2019年
短篇小说年选

孟繁华————编选

山东文艺出版社

图书在版编目（CIP）数据

2019年短篇小说年选 / 孟繁华编选．—济南：山东文艺出版社，2020.4

ISBN 978-7-5329-6091-0

Ⅰ．①2… Ⅱ．①孟… Ⅲ．①短篇小说—小说集—中国—当代 Ⅳ．①I247.7

中国版本图书馆CIP数据核字（2020）第035462号

2019年短篇小说年选
2019 NIAN DUANPIAN XIAOSHUO NIANXUAN

孟繁华　编选

主管单位	山东出版传媒股份有限公司
出版发行	山东文艺出版社
社　　址	山东省济南市英雄山路189号
邮　　编	250002
网　　址	www.sdwypress.com
读者服务	0531-82098776（总编室）
	0531-82098775（市场营销部）
电子邮箱	sdwy@sdpress.com.cn
印　　刷	青岛国彩印刷股份有限公司
开　　本	710毫米×1000毫米　1/16
印　　张	21.5
字　　数	320千
版　　次	2020年4月第1版
印　　次	2020年4月第1次印刷
书　　号	ISBN 978-7-5329-6091-0
定　　价	59.00元

版权专有，侵权必究。如有图书质量问题，请与出版社联系调换。

序：今年说说蔡东

孟繁华

蔡东的小说不是关乎信仰、彼岸、正义、终极关怀等宏大内容的小说。当然，我们需要这类小说，那些具有宏大话语操控能力的作家作品，曾经给过我们血脉偾张的激动，甚至影响了我们的性格和价值观。但是，当唯一的讲述方式渐次消退之后，无数种讲述方式大面积复活。被宏大话语覆盖的生活的细小浪花逐渐形成了另一种潮流——我们身边流淌的就是这些细小浪花构成的生活潮流。于是我们发现，关于生活、关于人的情感、情绪等内宇宙是如此的浩瀚丰富。蔡东的小说更多的就是面对人的内宇宙展开的。她的小说，一如它的讲述者，内敛、低调，虚怀若谷大智若愚。但是，小说中的那些人物、情感以及与人的精神领域有关的问题，读过之后竟如惊涛拍岸卷起千堆雪。见微知著是蔡东小说的一大特点，她以丰富的直觉或魔幻、或荒诞、或洞心戳目般地讲述了她的人物的情感危机或内在焦虑，让我们感知的是这个时代普遍的精神困境和难题。因此蔡东的小说可以看作是这个时代精神状况的报告；另一方面，蔡东又以她的方式处理或化解那些貌似无关紧要的幽微处。于是，她的小说是有光的小说，这个光，就是心有大爱。

几年前，我曾分析过方方的中篇小说《有爱无爱都刻骨铭心》。这篇小说在读者和文学界引起了巨大的反响。转载、评论，一时蔚为大观。方方写了一个惊涛拍岸的与情爱有关的故事，但小说写了人性的两面性：背叛与真情。杨景国是一个猥琐的男人，但瑶琴对爱情的执着像火光一样照亮了这个小说。方方这篇小说的发表距今已过去十多年，但诸多小说对情感领域的书写仍如火如荼居高不下。当然，没有什么题材比情感更适于小说。但我们发现，十年之后，对情爱的书写却发生了巨大的变化：只有薄情、背叛、算计、欺骗、冷漠而没有爱情。小说写的都与情和爱有关，但都是同床异梦危机四伏。这种没有约定的情感倾向的同一性，不仅是小说中的"情义危机"，同时也告知了当下小说创作在整体倾向上的危机。生活总有不如意甚至不堪忍受的苦楚或难处，蔡东同样也在面对，但蔡东讲述这些背面生活时，却没有写得血肉横飞惨不忍睹。那些不忍处她节制且体恤，那是了然于心后的体悟，是对生活光景的善意修复，就像德高的医生发现了病变，并不是一惊一乍而是得体或无声地疗治。在蔡东对生活的理解中，就像加缪一样：我们所受的最残酷的折磨总有一天会结束。一天早晨，在经历了如此多的绝望之后，一种不可压抑的求生的渴望将宣告一切已结束，痛苦并不比幸福具有更多的意义。

《伶仃》中被抛弃的妻子卫巧蓉，一直怀疑丈夫有外遇，丈夫出走后，她不惜跟踪丈夫，但丈夫确实洁身自好，事情不是她想象的样子。小说以极端的方式写了丈夫出走后卫巧蓉的"伶仃"况味。当一切真相大白，卫巧蓉与生活和解了："他们至今没有碰过面。她设想过面对面遇上的情景，这辈子该说的话已经说完了，她不知道该对他说点什么，但她还是会迎上去，向他问声好。"然后我们看到的是，山峦连绵，白云飘过，青山依旧在，万事万物都没有改变。但对卫巧蓉来说"身边的黑暗变轻了"。经历过了，从容不迫才会成为人生一场真正的幽默，她无须安眠药也可以轻松入眠。放弃怨恨和猜忌，与生活和解，就是作家赋予《伶仃》的一缕阳光。

蔡东的小说有鲜明的现代气质。这个现代气质不只是说她小说具有的时代性或辨识度。我指的是她小说人物的性格。《天元》应该是一部寓言小说，一部具有鲜明"现代派"气质的小说。陈飞白是个人才，但她入职每次都折戟在面试上，她不得不从事一般性的工作而难以介入中心。所谓"天元"，就是围棋盘正中央的星位，也就是被众星衬托的"北极星"，是最耀眼的一颗星，天元也意指那些出神入化的人物。而陈飞白应该是一个"此辈不可理喻；亦不足深诘也"的人物。她不想成为"天元"，不想成为那个世俗意义上于贝贝式的成功人物。她更像是来自彼得堡时代的"多余的人"，现代中国的"零余者"或60年代的美国、80年代中国"现代派"的反抗者。不同的是，陈飞白并不狰狞铁血，她表面略有棱角内心坚不可摧。在她的观念里：

> 我终于不是少年也不是青年了，
> 不再因年龄被强行划入一场场比赛
> 回望这些年，我会从心底笑出来
> 我记得
> 我活得特别有兴致在每一次能瞄准的时候我没有瞄准
> 我往左边或右边偏了一下
> 因为这不瞄准
> 因为这不瞄准
> 我觉得，我是一颗星我是一个人才
> 我活着最有意思的，就是这一次次的不瞄准

这就是陈飞白的诗。她值得炫耀或自我确认的就是一次次的不瞄准，她就是要特立独行。甚至她的这一节诗歌，也只用了一个标点。当然，决绝的是陈飞白而不是蔡东。蔡东开篇不久即写到一条抹香鲸的死亡。离开了大海，离开了具体的生存环境，即便你是一个庞然大物，也难逃厄运。

《照夜白》中的谢梦锦，是一个一心要"逃离"的人。"逃离"是加拿大诺奖获奖作家爱丽丝·门罗的小说。距门罗更为久远的时代，女性就早已准备好了"逃离"。因此"逃离"是女性文学屡试不爽的主题。面对旷日持久言不由衷的课堂，谢梦锦几乎忍无可忍。于是她"失声"了，她可以不上课了。"喜从天降"的"失声"让谢梦锦自由了。自由太让人神往了——歌德说"为生活和自由而奋斗的人，才享有生活和自由"，斯宾诺莎说"只有自由才能造成巨人和英雄"。谢梦锦不想奋斗也不想当巨人和英雄，"在没有英雄的年代，我只想做一个人"。于是，做一个人的幻想便出现了：

我一直有个愿望，或者说是幻想。有一天我到了教室，坐下来，我不说话学生也不说话，大家就这样一起沉默，一分钟，两分钟，四十分钟，四十五分钟，铃响了，所有的人一言不发，遽然散去。

但是，谢梦锦并不是一个彻底反抗的"现代主义者"。她马上说："想想罢了，怎么可能，一大群人呢。说不说话，从来不是自己能决定的事。"与其说谢梦锦不是一个彻底的"现代主义者"，无如说蔡东不是一个彻底的"现代主义者"。那个时代毕竟只可想象难再重临。一个普通人能做的就是"适可而止"。陈飞白、谢梦锦都生活在既定的生活环境中，她们具有的"现代气质"已实属不易。利奥塔在《后现代性与公正游戏——利奥塔访谈、书信录》中说：从历史的观点来看，文化是身处根本处境的一种特殊方式：它们是出生，死亡，爱情，工作，生孩子，被实体化衰老，言谈。人们必须出生、死亡，等等。于是一个民族对这些任务，这些召唤，以及它对它们的理解，做出了回应。这种理解，这种倾听，还有赋予它的回声，是一个民族的存在方式，它对它自身的理解，它的凝聚力。文化不是归属于根本处境的习俗、计划或契约为基础的意义系统；它是民族的存在。因此，讨论陈飞白、谢梦锦的"现代气质"，离开了利奥塔的民族的文化处境或布迪厄的"场域"理论，是说不清楚的。蔡东的"现代气质"就蕴含在这一文化处境和场域中。

有难度的小说，就是用爱化解人的无尽苦难和痛楚。痛苦是人类永恒面对的景况，用想象的方式解除人的痛苦并走出这一境遇，是有爱的作家选择的春冰虎尾的道路，也是一条难以为继的道路。它极易形成模式或同质化，即便确乎不拔也险象环生。但小说就是冒险的艺术，绝处逢生也就成就了一个作家的伟力。我们发现，生活中的问题包括那些内心深层的问题，从来就不只是自身的问题，这些问题是通过与别人别处的生活比较而呈现的。因此，那些理论金句尽管必要，却不具有实践的意义。但作家对具体生活场景和人物内心细微的描摹，一切竟一目了然一览无余。我们知道了自己那些幽微隐秘的痛楚究竟在何处作祟，找不到的那些痛点就在这些人物的身上转移到了我们的身上，切肤之痛就这样如期而至。读蔡东小说的致命感受就在这里。

　　之所以说发现、捕捉的是人的情感或感觉的幽微处是小说的难度，因为那是一闪即逝却又挥之难去的感觉，似有若无又无处不在，它几乎成了一个人的魔咒或幽灵，游荡在人的内心深处又不时泛起。那种只为别人观看的"盆景"式的生活在传染般地蔓延。《出入》中的梅杨一直生活在朋友李卫红的阴影下，鄙视她愤恨她，却又受虐癖般不能停止地接近她。林君梅杨夫妇话不投机，旅游计划搁浅，不谋而合的竟是源于两个人均难以启齿的对分开的渴望。也许这时我们才体会到纳兰容若的"人生若只如初见，何事秋风悲画扇"背后的一言难尽。夫妇均有着"分开的渴望"，就是人物内心的幽微处。这是生活中几乎人人都有又难以启齿的心理活动，如果诉诸实践，也不啻为医治夫妻矛盾的一剂良药。这里有存在主义的意味，但这里的存在主义是人道主义。不然就不能解释《出入》中的林君的"临时出家"，以及"出家班成员"们相互间亦有"咫尺天涯"的美妙感了。那个混乱的所在，基督教、道教、佛教一应俱全，国人女翻译、洋人牧师悉数在场。这个反讽的荒诞场景将精神世界的无序混乱和盘托出。更具有讽刺意味的是，梅杨居然对林君说"我可是修成正果了"。出与入，居与处，是传统士阶层难以处理和选择的矛盾，但历史发展至今日，这个曾经犹疑不决的矛盾终于幻化为一个后现代的闹剧。

　　《布衣之诗》中有这样一个细节：孟九渊和妻子赵婵分居前曾宴请大学读书时的同学，席间大家言谈举止得体周全。但结账时——

赵婵提出打包。孟九渊用眼神质疑她，你这是怎么了？拿回家你吃吗？吃吗？赵婵避开他的目光，起身去柜台付钱，很快就有服务员来桌旁收湿纸巾。孟九渊按住湿纸巾，问："干吗？"服务员缩回手去，解释道："女士说了，没用的都退掉。"同学们赶紧拿起来，说："不习惯用这个，退了吧。"孟九渊动作很大地扯开包装，说："我用。"

但回家的路上俩人并没有争吵，默默不语沮丧茫然。这最后一刻让宴请毫无颜面。这个细微处，赵婵的性格和两人的关系，不著一字尽得风流。生活自有迷人的魅力。但生活中总要遭遇它的背面，就是那些琐屑、无聊甚至构成"敌对性"的阵势。它让生活变成煎熬、无望甚至绝望。生活中某些细小的缠绕、纠结、不快等，直接作用于人的精神和情感，处理的过程并不亚于面对"大事件"时的犹豫或举棋不定。在大的生活内容面前，我们有那些高明的向导或潜在向导，他们代替了我们思考；我们还可以选择从众——或者有人先于我们选择，他们可以提供某种参照。但面对个人生活的百态千姿，你必须自己拿主意。这时你拥有了自由，也因为自由你拥有了麻烦——无所适从的麻烦。这个麻烦与生活丧失了方向感有关系，但是，生活中不是所有的事情都与方向感有关，其间的不确定性如影随形挥之难去。蔡东的小说要处理的大都是在这样的背景下发生的，这就是蔡东小说的当下性。

《天元》中的陈飞白虽然桀骜不驯我行我素，但她非常在乎和丈夫何知微的情感。她是太爱何知微了。两人的关系即便如此，仍有需要小心翼翼的缝隙。陈飞白曾经问何知微"喜欢你现在的工作？足以安身立命？"他们的价值观显然并不严丝合缝。何知微也爱惜和陈飞白有关的一切，他突然有些担心，"万一，他和她，把话都说完了怎么办？会有没话说的那一天吗？不敢深想，只能珍视此刻，想着既有此刻，也不算白活了。"彼此情感甚笃相爱甚深的人，也未必相知彼此。所谓"心心相印"不过是句堂皇的修辞而已。蔡东对人心内部秘密或细微处的大胆敞开或剖析，是她小说最具力量的一部分。温文尔雅是小说的表面，犀利就在其间。

蔡东的小说都心有大爱。这个爱，不只是对人物的处理，亦隐含在诸多细节之中。除了人物关系外,那些鸟语花香的细节更是楚楚动人。《照夜白》中的谢梦锦,"按照今天的设置,她不能发出声音,这番话只是在心里默默地说了一遍。她想起家里的柜子抽屉里,放满了杯壶碗碟,几年也用不上一回的,就是为了看看,看着喜欢。她从小喜欢的,好像都是些中看不中用的东西。""一路上她把车开得很快,急切地想把刚才的夜晚甩到身后。再转一个弯就到小区了,每次先看到的都是裙楼的鲜花店,她把车速降下来。店里的灯还亮着,她停下车,看着店员把摆放在门口的花盆一一搬进店内,透过落地玻璃,能看到不大的空间里布满鲜花。当初花店刚开的时候,她担心花店生意清淡,万一哪天关门就可惜了,她是第一批办储值卡的人。毕竟,楼下开间花店,住户的日常里就有了点高于生活的东西。" 中看不中用的东西就是美的东西,就是"高于生活的东西"。谢梦锦因对生活的这些感知和认识,人物就有了站位,她的"失声"和对日复一日机械生活的反抗,就有了意味——她抗拒的是被生活的"异化",坚决地站在了"美"的一边,一个理想主义者的形象在"不中用的东西"中腾空而起,一如画中的骏马"照夜白"。蔡东小说中那"不中用的东西""高于生活的东西"比比皆是。无论是人物趣味还是讲述者趣味大抵如是。《伶仃》的开篇——

> 黄昏的时候,卫巧蓉走进一片水杉林。通往树林深处的小路逐渐变细,青苔从树下蔓延到路边,她快步走过时,脚步带起了风,缕缕青色的烟从地面升起,蜿蜒而上,越来越淡,越来越清瘦。她停下来,等烟散尽了才俯低身子凑近看。这些日子阳光好,苔藓干透了,粉末般松散地铺展着,细看起来如一层毛毛碎碎的绿雪,她小心地喘着气,担心用力呼出一口气就会把它们吹扬起来。

然后卫巧蓉走出了树林,天空、小径、街道、楼房、海岸线、山丘和翻过山头的一朵云,伸向天空几个角的剧院才渐次出现。这些貌似闲笔的文字,让小说松弛冲淡,但小说内在的紧张就蕴含在从容的文字中。被"窥视"的丈夫一无所知,窥视者卫巧蓉则一览无余。那些"不中用"的闲笔便具有了"张力"的意义。《天元》中何知微一直期待将地铁六号线上印有"一步制胜"的广告牌摘走,女友陈飞白曾经做过这件事并且成功地把广告牌取走了。轮到何知微却遇到了麻烦。事情不在于何知微是否能够摘走广告牌,即便摘走"一步到位"的广告牌,陈飞白的命运能够改变吗?但是有了这个情节,小说便飞翔了起来,小说有了诗意。那是一种对"天元"的反抗,对"现代"价值观和格式化生活"理想"的反抗。

"不中用的东西",一如加缪旅途中将风景化为内心的背景,一道微光,一首乐曲或一群腾空而起的飞鸽,让他心中充满了莫名的欢乐。如是,我们就理解了为什么梭罗会守着一潭湖水,凡·高会画一双农鞋或几支向日葵,诗人要吟唱长河落日大漠孤烟。对"不中用的东西"的迷恋,只因为那是"高于生活"的美,是精神需求的要义。无论人的自然属性是否被满足,是那些"不中用的东西"改变了我们。

我还注意到,蔡东的小说对日常生活的兴致盎然。她的小说,几乎每篇都会写到花花草草,写到与日常生活的必须,写各种菜蔬或餐桌:

  吃过早饭,她忙着给女儿检查行李,钥匙,证件。女儿呢,忙着检阅冰箱,里面满满当当的是蔬菜、鱼虾和水果,冷冻层里也塞满水饺、猪肉包和带鱼段。

  早市海鲜区堆满了刚从海里捞上来的梭子蟹、海虹、毛蛤、爬虾,地面上水淋淋的,空气里弥漫着一股清鲜的味道——《伶仃》

  两人一路引我来到小区,小区的建筑物很疏朗,花园开阔,种着些合欢、夹竹桃、石榴、垂丝海棠,地上除了草坪还有大片的毛牡丹和矮牵牛,水系景观也悦人眼目,防腐木的平台,曲水游廊连起几座小巧的六角凉亭,岸边随意散落着几块景观石,流水潺潺,红红白白的锦鲤在硬币大小的绿萍间游弋。

  我早早来到咨询室,把洛阳买的牡丹绢花插在藤筐里。花朵绣球般大,颜色是渐变的粉,只有一瓣显得各色,近于深红,像湿了的胭脂,红色冷不丁一大步跳到粉白,倒是一点也不呆。——《来访者》

这些笔墨，既是闲笔，是"不中用的东西"，是生活的情怀也是个人的趣味，一个女性作家的性别区别亦在这情怀和趣味之中，或曰对生命的体验之中。小说考量的最终还是作家对生命理解的深度。蔡东自己曾说："说到'我想要的一天'，在非常不确定的世界里，有闲暇的一天大概便是最好的一天了。没有什么事是必须要做的，可以收拾收拾屋子，可以去菜市场逛上两个小时，买好菜回家做顿饭，可以拿起一本读过很多遍的书，从随便翻到的那一页开始看，毫无功利性地散漫地看。这就足够了。"正是有了这等平常心，蔡东才有了她和小说的低调内敛。但蔡东的内敛或低调，不是张爱玲见到胡兰成的那种变得很低很低，低到尘埃里，从尘埃里开出花来的卑微甚至不惜失了主体性。蔡东是《照夜白》中的谢梦锦喜欢的铃兰花，在盛年时便向下绽放，不似那些仰着头向上开的花，残败了才无奈地低下头。铃兰是主动、自愿地低头俯瞰，把花开向地面。开向地面的绽放也可以大放异彩，只不过那需要不同的看客或听众罢了，一如"峨峨兮若泰山""洋洋兮若江河"的高山流水。

目录

序：今年说说蔡东 / 孟繁华 ………… 01

炖马靴 / 迟子建 ………… 01
伶仃 / 蔡东 ………… 17
蚁人 / 班宇 ………… 35
魔术 / 王小王 ………… 43
苟滑脱逃 / 朱山坡 ………… 68
金鸡 / 张楚 ………… 78
头条故事 / 乔叶 ………… 92
葱伴侣 / 张鲁镭 ………… 111
岁枯荣 / 朱辉 ………… 131
曹铁匠的小尖刀 / 南翔 ………… 151
彼岸是岸 / 温亚军 ………… 166

沙鲸 / 李宏伟 ………… 179

天台上的父亲 / 邵丽 ………… 197

核桃树下金银花 / 弋舟 ………… 214

大民还乡 / 李一清 ………… 232

星期天的下午餐 / 周瑄璞 ………… 243

温榆河 / 李静睿 ………… 255

图谱 / 哲贵 ………… 281

立鱼 / 东君 ………… 297

两个半月 / 林那北 ………… 314

迟子建

炖马靴

故事发生在1938还是1939年，父亲记得并不很清楚，他说年份不重要，重要的是时令，寒冬腊月，祭灶的日子，西北风呜呜叫，他们抗联部队的一个支队（父亲至死对他部队的番号保密），二十多号人，清晨从四道岭小黑山的密营出发，踏雪而行，晚饭时分，袭击了位于中苏边界的一个日军守备队。

父亲说他们事先侦查了，这个守备队在山脚下，距离一个小镇四五里路，驻扎着三十来人，有一栋长方形板房，两座矩形仓库，还有一对大狼狗。板房是营房；两座仓库呢，为弹药库和粮库。这两座仓库，是他们的主攻目标。

那时关东军在中国东北，一方面针对苏联，在边境一带秘密修筑防御工事；另一方面针对抗日武装，进行围剿。为切断老百姓与抗日队伍的联系，他们大规模实施归屯并户，建立"集团部落"，大片农田荒芜，无数村落夷为废墟。父亲说自此之后，队伍的给养成了问题，缺粮少衣，陷入被动。

四道岭在哪里？我在地图上找不到。父亲说除了四道岭，还有头道岭、二道岭、三道岭和五道岭。这些岭呈刀锋状，山上林木茂盛，山下溪流纵横，地形复杂，易守难攻，适宜做秘营。父亲说他们最初的营地在头道岭的大黑山，那里狼多，当地人也叫它野狼岭。深夜时群狼齐嗥，狼眼鬼火似的在树丛中闪烁，地窨子的女战士恐惧这"夜歌夜火"，就往男战士住的这一侧跑。父亲也不避讳，说他们因此喜欢狼嗥。

　　狼通常群居，但也有离群索居的。父亲说头道岭就有这样一条母狼，它双眼瞎。不知是天生瞎眼，还是后天瞎的——比如被猎人打瞎、疾病或是同类相残所致。大家分析，它在狼群里受排斥，才被驱逐出来。一条瞎眼的狼，就是一把卷刃的剑，锋芒不再。虽说它的嗅觉依然灵敏，但它朝着掠食目标飞奔的时候，由于深陷永无尽头的黑暗，往往会撞到树上，或是跌入谷底。猎物到不了嘴，反受皮肉之苦。但狼是聪明的，父亲说这条瞎眼狼自打发现支队的行踪后，就一直凭声音和嗅觉尾随他们，求得生存。

　　父亲是火头军，他可怜瞎眼狼，做了几个鼠夹子，将拍死的老鼠扔给它。战友们都说，狼是吃人不吐骨头的野兽，喂不熟的，可父亲还是不忍看它挨饿，尤其到了漫漫长冬，白雪像巨大的裹尸布一样覆盖了山林，它几乎找不到吃的，连哀叫的力气都没了，像一团飘浮的阴云，蔫巴巴地尾随着队伍，父亲总会想方设法给它口吃的。它得了食物后会叫几声，像小孩子没吃饱奶时的吭叽声，带着些许的满足，又有些许的抗议。

　　大地回春了，瞎眼狼的日子就好过多了。春夏秋三季，它可以用鼻子觅到果腹之物，而那些东西其他狼基本是不碰的，譬如浆果、蘑菇、青苔或是昆虫。它食肉的机会有没有呢？那得看它的运气了。病死的鹰，半腐烂的兔子，对它来说就是美味。一旦发现，它就迅疾地赶去。可这样的食物，也是乌鸦的珍馐。常常是它大快朵颐时，乌鸦纷纷落下，与其争食。瞎眼狼反正看不见，奋勇地吃它的。父亲说他们不止一次撞见它与乌鸦同食腐肉的情景。看着它被漆黑的乌鸦给挤在一角，像条瘪了的布袋，实在是心疼。

　　有时不是瞎眼狼先发现的腐肉，而是乌鸦，它也能跟着蹭点荤腥。乌鸦一鼓噪，它就循声而去。所以瞎眼狼最爱的声音，该是乌鸦的叫声吧。乌鸦啃不动的骨头，对它来说就是心仪的阳光，它会把它们拖进山洞，作为存粮，以备不时之需。它瘦弱不堪，但牙齿锋利，骨头于它，恰如糖果。

瞎眼狼像个讨债鬼，跟着支队，渐渐地成了编外一员。

这条狼有年正月突然消失了！看不见它了，大家还担心，它是不是被老虎或狗熊给吃了？父亲说瞎眼狼失踪三个月后，他和战友为前方的大部队运粮，在二道岭遇见它。它居然大了肚子，怀了崽了！它拖着沉重的身子，穿越新绿点点的灌木丛，往头道岭走。它的爪子在林地上留下的印痕明显比过去深了，而它的毛色，也比过去光鲜了！闻到它熟知的队伍的气味，它还停下来，转过头，低低地叫了几声，有点羞怯，又有点骄傲似的。

它是在哪里俘获了一条公狼的心呢？父亲说他们猜测，公狼与它发过情后，恐怕也是后悔的，否则不会在它怀着孕的时候，让它孤独地在山岭间穿行。

那次运粮，父亲他们中途遭到日伪军伏击，死伤过半。原来是队伍里一个姓梁的通讯员做了叛徒。他们不得不放弃头道岭的秘营，重整旗鼓，在四道岭的小黑山再建营地。这样，头道岭的瞎狼，就在他们的视野里消失了。两三年不见它，大家还念叨，它生了几个仔？养活得了小狼吗？因为一直没见它来找他们，父亲认定，瞎眼狼生的小狼，个个都是好眼睛，它的生活有了灯，不需要他们了。但父亲还会在队伍偶尔开荤时，将吃剩的骨头，扔在附近的山洞。瞎眼狼喜欢山洞，也能对付骨头，万一他们转移了，而它走投无路，寻到那儿的话，总不会饿着。

为了那次行动，父亲说他们做了周密的计划。选择过小年的日子，是因为侦察员带来消息说，日本兵到了冬天的晚上，为打发长夜，喜欢三五结对，去镇上喝酒。小镇有家烧锅，酒好，下酒菜地道，且店主人的老婆俊俏，待人周全，烧锅便成了这个守备队士兵的温柔乡。每逢中国的传统节日，端午、中秋和小年，烧锅一派花园气象，菜品多姿多彩，香气扑鼻，撩人肠胃。每逢此时，守备队的人有一半会开小差，防卫空虚，易于突袭。

小年那天飘着雪花，从四道岭到目标点，大约八十里路，要穿越几道山谷和数条冰河。父亲他们驾着滑雪板，清晨就出发了。呼呼叫的北风，让雪花成了薄命人，未等落下，在半空就被风撕裂了。雪粉飞扬，常迷了人的眼睛。父亲说他们不讨厌这样的迷眼，因为雪花纤尘不染，就像老天送来的润眼膏，无比清凉。

他们在午后三点接近了日军守备队，于是埋伏在山后，把滑雪板卸下，藏在一条沟塘里，预备着突袭成功后，再穿上撤离。父亲说每个战士都是滑雪高手，在冬季，滑雪板就是他们的战马。

　　腊月的太阳疲软乏力，午后四点不到，就缩着脖子退出天空了，想必急着烤火去了。太阳落山后，遗下一片滴血的晚霞，好像西边天负了伤。父亲说天黑透了，侦察员带来消息，三辆摩托车驶离守备队，带走了十一个日本兵，看来他们是去镇上的烧锅了。父亲说支队长没有犹豫，下达了进攻令。

　　趁着夜色，队伍匍匐向前，靠近目标。守备队四周是铁丝电网，两扇宽大的铁门紧闭，门侧的岗楼是空的，没有岗哨。营房灯火通明，照亮了院子。那生硬的铁丝电网，因为有了光的照拂，在院子里投下无数爪形的印痕，像一幅工笔的松枝图。两条大狼狗嗅到异常，汪汪叫起来。身手敏捷的神枪手小张，握着手枪，埋伏在岗楼，单等日本兵开门察看时击毙他，打开进攻的通道。岗楼对面，隔着一条雪道，是一摞半人高的柴垛，一个机枪手和五个持步枪的战士，作为冲锋的主力，以此为掩体，准备突击。其他人员，分布在左右两翼，对守备队形成三面夹击。

　　两条狼狗越叫越凶，营房的门终于"嘎吱"一声响，有人出来了。狗迎了主子，引至铁门，更凄厉地叫起来，用爪子"嚓嚓"地挠门报警。那个日本兵没有想到外面有重兵埋伏，打开铁门，他刚一露头，小张便举起手枪。子弹飞过，他应声倒地！两条狼狗狂吠着，像两朵暴风雨中滚动的浓云，一前一后冲出，一个奔向岗楼，一个奔向柴垛。奔向岗楼的，被小张击毙了；奔向柴垛的，被步枪手撂倒了。不同的是前一条狼狗吃了一颗枪子，后一条吞了两颗。守备队的日本兵听到枪声，携枪而出反击。院子的光亮，让他们成为鲜明的靶子，在交战中处于劣势。支队伤亡极小地冲进守备队，可以说是旗开得胜。

　　然而谁也没有料到，那三辆刚离开不久的摩托车回来了！

　　十一个荷枪实弹的日本兵回来了！

　　父亲说抗战胜利后，他路过那个小镇，才知道那天日本兵为什么突然回返。原来镇上的几个农民，看不惯开烧锅的夫妇做日本人的生意，知道小年的这天他们又要来喝酒，就自制了燃烧弹，投向烧锅，让烈火吞噬了它！

他们在返回途中，已经听到了守备队传来的枪声。

父亲说他们受到了前后夹击，优势立刻转为劣势。

当队伍冲向弹药库和粮库的时候，没想到这两座仓库，居然还有碉堡的功能，这是他们事先没有侦察到的。虽说守备队门前的岗哨形同虚设，但粮库和弹药库，哨兵一直在岗。这两座仓库架设的机枪，让暴露在空场的战士陷入绝境，父亲说大部分战友牺牲在那里，包括支队长，以及两名救护伤员的女战士。

最终从虎口脱险的，只有五个人，一个副支队长，三名战士（两男一女），加上父亲这个火头军。当然，父亲说他是后来才知道的，因为逃出的五个人，分了三个方向。

他们事先也制定了撤退计划，一般来说，为牵制敌人，保存实力，撤退时会分两个方向。火光中父亲不辨东西，所以他开辟了一个撤退的第三方向。

他们没有全军覆没，得益于绰号磨牙王的战士。这个人爱磨牙到什么程度呢？不仅睡觉磨，行军磨，吃饭也磨。挨着他睡的战士，梦中被他扰醒，常将臭袜子塞他嘴里。他咬着袜子，吭吭哧哧的，磨不出声了，但醒来后塞袜子的战士就惨了，袜子湿漉漉的不说，对着太阳一照，还亮光点点（到处是窟窿眼），好像他用牙齿，在袜子上播撒了繁星。

父亲说交战处于被动时，靠近粮库的副支队长下达了撤退令，父亲眼见着身负重伤的磨牙王，咬着牙，趁乱爬向弹药库，在冻土上爬出一条墨似的血痕，用自制的手雷引爆了弹药库。剧烈的爆炸令大地震颤，冲天的火光像一条条金红的鲤鱼，跃向夜空，守备队周围的铁丝网被撕裂了，日本兵赶紧转向粮库防御。

父亲就从弹药库北侧逃了出来。从此以后，与磨牙相似的声音，比如吱扭的扁担声、喑哑的拉锯声，甚至是老鼠啃东西的声音，都被他视为美音。

父亲逃得并不顺利，一个日本兵不屈不挠地追捕他，两个人之间的周旋和战斗，进行了大半夜。

初始父亲并未察觉身后有人，他戴着狗皮护耳，呼哧带喘的，加上踏雪发出的咯吱声，根本听不到背后的动静。由于撤离方向有误，预先藏在守备队山后沟塘的滑雪板，对父亲来说是梦里的彩虹，遥不可及，他在雪中跋涉了一个多小时，才走了七八里路。但父亲觉得这距离足够安全了，他停下来，打算歇歇脚，给身体补充点能量。

父亲说作为火头军，无论行军还是打仗，他总是背着一口铁锅。那铁锅跟菜墩那般大，与他的背一样宽，所以他背着它的时候，一点也不突兀，就像他身体的一部分，当然这使他看上去像个罗锅。除了铁锅，他棉袄外还斜挎着干粮袋，里面装着二斤左右的炒米。此外他棉军服的里子，靠近胸口的地方，还缝了两个布袋，一个装盐，一个盛火柴。火柴和盐，是部队陷入被动时的救生索。

父亲停下的一刻头晕眼花，也许是先前战友的死刺激着他，他忽然恶心起来。当他垂头呕吐的时候，后背的锅猛地一震，冲击力让他险些栽倒，接着右前方树丛闪出一团白炽的火花，好像彗星划过，父亲马上意识到这是子弹擦着锅的右角飞过，后有敌手追击！父亲本能地卧倒，拔出枪来，匍匐到一处雪坎，以此为掩体。

父亲讲起这个人时，总以"敌手"相称，那么我也随他这么叫吧。

雪已停了，父亲说借着雪地的反光，依稀看见一团黑影在树丛间飘动，距他不过四五十米。敌手对父亲的突然消失满怀警觉，因为他知道子弹打飞了，父亲不是中弹消失的，对方已进入防御，他的最佳进攻机会葬送了。敌手开始隐蔽自己，父亲说那团黑影下沉了，鬼影似的不见了，证明他也就势趴在雪地上了。那年雪大，积雪足有两尺，正好隐蔽。

父亲说他所在的支队的武器装备，在当时算精良的，有七八条老套筒步枪，还有两把毛瑟枪。手枪中好的是缴获来的王八盒子，其余的是自制的转轮手枪。而有的队伍武器装备紧张，像火头军和救护兵，只配备大刀，而父亲所在的支队人人有枪。父亲所持的是一支自制的转轮手枪，有些笨重，但很好使。父亲自诩枪法不错，用它打过野猪和狍子，为支队改善伙食。不过对他的枪法，我一直怀疑他有吹嘘的成分，因为在我童年时，看他参加武装部的运动会，父亲投掷的铁饼和铅球，都是不听话的孩子，落脚点不在规定范围内，没一次成绩是有效的。还有他每每教训我时，无论是飞向我的砖头还是空酒瓶，也无一砸中。当然，也许他只是为了吓唬我，没让它们走正确路线。

在与日军守备队的交战中，父亲所带的子弹基本用光，只剩三发。每一发对他来讲，都贵如黄金。父亲说一个人在野外作战，子弹的用途多了去了。既可抵御敌手，又可预防野兽袭击，还可以猎取动物、获得食物，以及向搜寻自己的人发出求救信号。除了这些，父亲说子弹还有一项顶要紧的功能，万一奄奄一息，有落入敌手的危险时，不如给自己个痛快，所以他说要给自己留颗子弹，就当是藏着一块人生最后的糖。

但那个晚上，他的糖果没能保住。

父亲说腊月天本来就冷，加上夜间气温骤然降至零下三十多摄氏度，人趴在雪坎上，一刻钟就冻木了。如果双方僵持下去，都将被活活冻死。为了让敌手主动出击，父亲想了个办法。他穿了两层衣服，里层是棉绒秋衣，外层是棉袄。他不顾严寒，卸下锅和干粮袋，脱下棉袄，将里层的秋衣脱下，再把棉袄穿回，锅背上，顺手捡了一根被暴风雪刮断的柞木树杈，故意大声咳嗽几声，引起敌手注意，然后用树杈将秋衣挑起来，轻轻舞动，制造他在运动的假象，敌手果然上当，连着两发子弹打过来，父亲说那家伙的枪法真不错，子弹都是穿过秋衣呼啸而过。两发子弹过后，父亲丢下树杈，让秋衣垂落，使对方以为他中弹了。果然，敌手认为父亲凶多吉少，慢慢露出头来，缓缓朝前移动，准备察看战果。当敌手走了十多米时，父亲扣动扳机，想在最有利的时机下，一枪撂倒他。可是也不知是手冻得麻木了，还是移动状态的黑影有点飘忽，总之第一颗子弹打飞了。枪声让他暴露，敌手自知上当，卧倒瞬间，父亲又开了第二枪，这一枪中弹的是一棵树，树发出咝咝的响声，火花绽放。父亲说他剩下最后一发子弹后，反倒镇定了。双方都知未伤对方皮毛，也就是说，他们的生命，处于同一地平线上，谁有日出，就看命运了。

父亲说他占据的雪坎驼峰一样凸起，是天然堑壕，毕竟有利，不想转移。但他知道卧在雪地撑不了多久，所以紧盯着那个方向，等待敌手的意志先崩溃。他们对峙了近半小时，父亲说他感觉周身的血液要凝固的时刻，敌手背后传来凄厉的狼嚎。这声音曾经一直萦绕着支队，所以对父亲来说，习以为常，权当是老朋友来打招呼，可敌手却感到危机，躁动不安，听得见他潜伏之处传出咯吱咯吱的声音，他想着避开狼吧，终于起身了，一直全神贯注盯着他的父亲，就在他露头的一瞬，打了最后一枪。

父亲很镇定，撤退时没忘了将中弹的秋衣拿上，顺手系在腰间，将两只袖子打结。他说现在很多人在运动时喜欢把外套脱下来这样装扮，自以为时髦呢，其实那时他就这么干了。那天西北风从背后吹得厉害，秋衣像棉帘子护住腰臀，让他暖和不少。

父亲说自己太走运了，等他后来终于瞅清敌手时，才知道最后一枪，击中了敌手的左肩，而这家伙是个左撇子，右手虽也能持枪，但枪法比起左手差远了，所以尽管父亲消耗了所有子弹后被迫撤退，而为避免中枪采取蛇形方式，忽左忽右，但暴露在敌手有利射程范围内的他，没有倒下。那人开的最后两枪，都成了献给夜的森林的小礼花。

父亲是什么时候察觉到敌手也没子弹了呢？他说为了便于听动静，他解开了护耳，在雪地跋涉约两里路后，他不再听到背后传来枪声，只是越来越清晰的狼嗥，觉得奇怪，回身一望，隐约见尾随他的敌手所挎的枪，似乎枪头朝上，说明它也无用武之地了。父亲说那一刻他轻松了一下，赶紧放慢脚步，撒了泡尿。他说战事紧急时，只要不是冬天，尿就撒在裤子里，尤其是雨天的时候。可是北风呼号时节，一泡尿下去，不出一刻钟，裤裆就会冻成硬坨，男人的家伙挨着冰坨，再强壮的人也会废了！父亲说如果那样，就不会有我和姐姐的出生了。

父亲撒完尿，再回身看了一眼，敌手追得近了些，但离他还有二三十米的样子。他走得跟跟跄跄的，看得出很吃力。父亲也没多想，心想你有耐力就追吧。武器都成了哑巴后，双方拼的就是毅力、体力和运气了。

雪又下了起来。父亲说不下雪的话，他不会迷失方向，他本来是向着四道岭新建的秘营方向撤退的，他渴望在那儿与离散的战友汇合，渴望着在地窨子拢起火，喝上一缸热水，吃顿饭，踏实地睡一觉。

然而雪越下越大，父亲说雪夜的森林，就是打了数不清的烟幕弹，你不走上歧路都不可能。他分辨不出东西南北，觉得哪儿都是前方，可走了一个小时后，会突然发现，自己又回到了先前经过的地方。敌手无路可走，紧追父亲。父亲怎样走，他就怎样追随，父亲想除了斗志在起作用，这家伙一直跟着可能与背后狼的追逐以及他无法辨认来时的路有关，也就是说，他也无力撤退了。

他们就这样在飞雪中又行进了两个多小时，午夜时分，父亲实在走不动了，在靠近河岸的灌木丛中停下。飞雪中林木模糊，可狼的叫声一点也不模糊，愈发清晰。对付狼，火光就是子弹，父亲打算与敌手徒手决一死战，如果幸存的话，就卸下锅，燃起一堆火，化点雪水，就着热水吃炒米。想起炒米，他一摸斜挎的干粮袋，却是瘪的，他立时就腿软了。父亲仔细摸索，发现干粮袋靠近后脊梁的部位，有道寸长的口子，看来这一通急走，穿山时被树枝给刮破的，炒米白白流失了。所幸吊在干粮袋上的茶缸还在，行军中它既能喝水，还能当食物的容器。父亲说鸟儿要是寻到遗落的炒米，一定会张开翅膀欢呼。他说脱险以后，干粮袋就不在衣服最外面斜挎着了，而是像护卫盐和火柴似的，将其当银圆般捆在腰间，这样就不会有闪失了。

老实说复述到此，我觉得父亲无数次唠叨的这个故事，没啥新奇，无非是他们行动失败，他单枪匹马撤退，被一个敌手不懈追击而已。

但接下来发生的故事，尽管父亲每次讲述时，语气是平静的，却总能在我心底搅起波澜。我对后半程的故事永不厌倦，就像对一首喜欢的乐曲，不管循环播放多少遍，依然爱听。

雪没停，父亲选择了靠近河谷的一片灌木丛停了下来。除了手枪，他还携带一把三寸长的钢刀。作为火头军，这把刀的主要用途是炊事，剁个野菜，剥点引火的桦树皮，打到野兽开荤时用于肢解动物等。当然危急时刻，它还可以作为武器。

父亲说他卸下锅，把枪也卸下，看着敌手一步步逼近。他的喘息传来了，如此沉重，好像喘不动的样子。父亲手握钢刀，身体绷紧，做好了决战准备。可是敌手踩着父亲蹚出的脚印，趔趔趄趄靠近他时，既没做出战斗的姿势，也没举手投降，而是一头栽倒在雪地上。父亲怕他佯装倒下，持刀慢慢凑近，才发现他左臂中弹了，他的军服残破不堪。原来情急之下，他撕扯军服当绷带，包扎伤口了。可是他伤得厉害，军服的面料又不适宜做敷料，所以包扎处渗血严重，一团墨色。父亲说他从未见过一个人的眼睛会在夜的飞雪中发出那样强的光，锐利、绝望，又不甘。敌手打着寒战，牙齿磨得咯咯响，不知他是被疼痛折磨的，还是因为憎恨父亲。

父亲先缴了他的枪。是一支轻便灵活的三八式步骑枪，俗称小马盖子枪，父亲说那是女战士最喜欢的一款枪。他最终靠着这支枪，俘获了母亲的芳心，那时她在后方营房的被服厂做军服，当然这是后话了。

小马盖子枪到手后，父亲继续搜他身，没发现手枪和刀具，说明他们仓促应战中，装备不足。父亲说本来可以一刀子扎在他心口上，让失去反抗能力的敌手立即毙命，但见他气息奄奄，挺不了多久了，再说狼嗥声越来越近，父亲准备赶紧点火。敌手受伤后，伤口没包扎好，血滴在雪地上，父亲想，是血腥气让嗅觉灵敏的狼一路跟着吧。狼的叫声越来越近时，父亲听出至少有两条狼在叫，一种声音富有攻击性，凄厉而有穿透力；一种比较婉转、犹疑，像婴儿的啼哭，让他有似曾相识之感。

父亲在灌木丛里划拉了一抱干枯的树枝，又找了棵桦树，剥了块桦树皮，生起火来。这堆火距离敌手倒地之处有四五米远。父亲把锅支上，想融化点雪水来喝。没有食物，吃几粒盐，喝一缸热水，也能补充能量。

他烧雪水的时候，想着该怎样处置敌手。他失血过多，倒地后就再也没能爬起来。父亲知道这样下去，不出几个小时，他就会死在那片灌木丛中。他似乎不惧怕父亲，但对狼的叫声表现出异常的惊恐，狼一叫唤，他就呻吟。

父亲又找来一些柴火，打算在篝火旁多休息两个小时，等雪停了再行动。他抱着柴火回到篝火旁时，雪水烧沸了，狼也来到近前。躲避在灌木丛后的狼，交替发出叫声，一种是带着威慑和焦急情绪的大叫，一种是呼唤故人似的低沉呼唤。敌手哼唧得更厉害了，他身体扭曲着，似乎想努力爬到篝火这边来，可他终归没能离开跌倒之地半步。

父亲是怎么判断出徘徊在附近的狼，有一只就是他熟悉的瞎眼狼的呢？他喝过一缸热水后，发现篝火的斜对面，狼发声之处的灌木丛，有两个黄绿色的光点在闪烁，那是狼眼发出的光。两条狼应该有四个发光点，可父亲说他望了多次，总是两个光点，这说明另一条狼的眼睛是不发光的，它不是瞎眼狼又会是谁呢！父亲说直到这时他才明白，为啥有一条狼发出的叫声，令他有熟悉的感觉。

一缸热水落肚，父亲觉得已快凝固的血液，开始苏醒，一波一波地缓缓流动了。他摸出几粒盐，当点心一样品咂。直到和平时期，父亲都有囤积食盐的习惯，这与他战争年代的经历有关吧，他常说盐粒是尘世的珍珠！

不瞎的狼一定是饥饿到极点了，它的叫声带着极度的不耐烦和愤怒。父亲向篝火填了更多的柴，让它愈发旺盛，篝火噼啪燃烧，就像黑夜的心脏，怦怦跳动。父亲说他歇息的时候，不时瞄一眼敌手，敌手努力挥起右手，似在召唤他。父亲走过去，发现他浑身颤抖，脸被疼痛和恐惧折磨得扭曲变形，他对着父亲，从牙缝中迸出一个"冷——"字，父亲明白，他这是想离篝火近些。父亲犹豫了一下，想着这可能是他此生的最后愿望了，最终还是又怜又恨地拽起他双脚，确切说是拽着一双半新的长腰马靴，将他扯到篝火旁。篝火照耀着他，他发出一声怪异的笑声。不知是被篝火激动的，还是因父亲最终屈从了他而得意的。

敌手是个年轻的士兵，懂得一点中国话，说不连贯，单字单字地蹦。他到了篝火旁，先是艰难地吐出个"水——"字，父亲没搭理他；他又吐出个"盐——"字，父亲还是没搭理他。父亲说了，水和盐的摄入，也许会让一条毒蛇苏醒。想着自己差点成为他枪下的鬼，想着牺牲的磨牙王，父亲甚至觉得把他拖到篝火旁，让他得到最后的人间温暖，都是对战友的背叛。

父亲说那夜的篝火太美了，将它周围飘舞的雪花，映照得像一群金翅的蝴蝶！他看着飞旋在铁锅上空的雪花，心想它们要是化成小年的饺子，该有多好啊。父亲饿得慌，狼也饿得慌。一条狼始终凶悍地叫，它一定希冀篝火快点熄灭，黎明快些到来。敌手怕自己最终会成为狼的盘中餐吧，他在生命的最后时刻，拼尽全力，拍一下自己，然后指指篝火，再吃力地拍一下自己，再指指篝火。父亲明白，他想让父亲火葬了他。父亲说你要是投降，优待俘虏，我或许可以考虑。敌手听得懂父亲的话，但他没有将手上举，而是牢牢贴在胸口，像守卫最后的堡垒，至死没有做出投降的姿势。

敌手挣扎了最后一程，凌晨两三点钟死了。父亲说这时雪停了，老天爷不撒纸钱似的雪花了。西北风刮了起来，父亲又捡了一抱柴，让篝火始终处于旺盛状态。父亲饿得肚子咕咕直叫，可雪水沸腾的铁锅，依然没有可煮食的东西。父亲再次搜敌手的身，希冀有所发现，万一有两块压缩饼干，或是一支香烟，那将是这个小年的好享受了，可他最终失望了。他只在军服的口袋里搜出两样东西，一个是一方蓝格子手帕，另一个是长方形金属外壳的镜盒。打开一看，里面竟夹着一张二寸的黑白相片。父亲凑近篝火一看，那是个穿着印花和服的姑娘，她额头很宽，鼻子小巧，微微垂头，浅浅地笑着，满眼都是甜蜜。这掩藏在镜盒里的姑娘的相片，令父亲有看见原野小花的感觉。父亲想这相片中的人，也许是敌手远在家乡的恋人，而她再也见不到心上人了。父亲将镜盒放回敌手的口袋，而将蓝格子手帕揣进自己兜里了。

父亲从敌手的头一直细搜到脚，突然有了救命的发现。敌手穿着的马靴，是长靴，长靴通常是军官和骑兵的装备。从这名士兵的肩章和帽子看出，他不是军官，那么他是守备队中的一名骑兵？军官的靴筒通常为平口的，而骑兵长靴为斜口的。父亲说敌手的马靴就是斜口的，深棕色，里面有黑色绒毛，极其保暖。靴子是上好的牛皮的，靴帮靠近脚腕处，有一圈韭菜叶宽的装饰带，好像给这靴子戴了一个项圈。

父亲将这两只靴子从敌手脚上拔下来，靠近篝火，用钢刀切割靴子。靴筒很温乎，敌手死了，可他身体的余温未散，孤魂似的游荡。父亲说摸到热气时，他心里哆嗦了一下，望了一眼敌手，他死时眼睛没闭上，父亲停下手，将敌手的那块蓝格子手帕掏出来，走过去蒙在他脸上。父亲每每讲到这个细节，我总要问，你是怕他看见你吃他的马靴吧？父亲的回答总是，一个死了的人，唉，他就是没闭上眼的话，哪能真瞅见呢。父亲并不解释给他蒙面的具体原因。

父亲割掉靴底，将要扔掉时，发现靴底烙印着一行字，仔细辨认，原来是"昭和十二年制"的字样。他将靴底撇得远远的，他说感觉是将这罪恶的一年给抛掉了。父亲划开靴帮，燎猪毛似的，将靴筒绒毛在火上处理掉，再用刀子，将它一遍遍地刮着，除掉绒毛烧后留下的灰烬，再尽力刮掉所染的颜色，让牛皮尽量恢复本色。他数了数，一双马靴，经他分解后，得到了大大小小的牛皮，一共十块。他将它们放进雪堆，一遍遍揉搓，使它们更为清洁，然后加柴调旺篝火，往铁锅里续了雪，使融化的水更多，把马靴皮下到锅里，又折了几簇樟子松苍绿的松枝，作为提香除秽的调料，投进锅里，开始炖马靴了。

父亲说火旺，锅很快就烧开了，咕嘟嘟冒热气。在冬夜的山林，这口锅散发的水蒸气，在升腾的一刻，被篝火映照得像一条腾空的金龙。没有锅盖，水汽蒸发极快，父亲不停地往锅里添雪。马靴的味道渐渐散发出来，初始是煳味，跟着是膻味，半小时后，牛皮仿佛被熬煮得苏醒了，淡淡的香气出来了。父亲说他等不及了，狼也没耐心了，它们闻到肉皮的味道，嗥叫不休。一种是威慑性的想要攫取的叫声，一种是乞求施舍的温和的叫声。

父亲用桦树枝条做筷子，捞出最大那块马靴皮，用刀切下一小块，填进嘴里。牛皮虽然膨胀起来了，但炖的时间不长，极其难嚼。父亲努力吃了半块，将余下的一分为二，撇给盘踞在灌木丛中的狼。我问他食物如此短缺，为啥还要喂狼？他说可能是习惯吧，毕竟瞎眼狼在那里。再说狼得了吃的，就不会过来吃人。他说的人，是否包括敌手呢？这个话题我始终没敢问他，直到他辞世。

父亲说肚子里一旦有了食物，哪怕只是垫了个底儿，心就不慌了。西北风越刮越大，树也开始呜呜叫起来。父亲不担心会有敌兵追来，因为路途艰险不说，他们留在雪地的足迹，早被飞雪和狂风搅起的雪浪给荡平了，任谁也别想找到他们了。

马靴又被炖了一段时间后，终于嚼得动了，父亲吃了两块，体力恢复了，他将剩下的牛皮捞出来。父亲说几乎就是打个哈欠的工夫，它们就在寒风中凉透了，再打个哈欠的工夫，它们就冻硬了，父亲将它们当点心，分别揣进裤兜，然后取下篝火上的铁锅。热锅落在雪地的一刻，发出"吱吱——"的叫声，父亲说锅底下的雪被烫得不轻，化了很大一片，流出汩汩的雪水，但热锅烫伤的雪，很快结痂，寒风也让热锅成了冷锅。父亲抬头望了望天，雪停了，但夜空还没晴朗起来，望不见北斗星，父亲不知置身何方。夜晚的山岭，看上去都是一个模样，按照父亲的比喻，它们就像一把把钢刀插在那里，阴森恐怖，让人觉得是在屠宰场。

父亲本不想天亮前出发的，他不知该走向哪里。天明以后，他能通过太阳判断方向。可是狼逼得他必须走，因为它们窸窸窣窣地冲出灌木丛，朝向篝火了，显然那点牛皮，不够它们打牙祭的。父亲说当它们离自己仅有五六米远时，他在它们斜对面，借着残余的篝火，望见了一生难忘的情景，两条狼一前一后，呈一条直线，前面的狼高大威猛，后面的狼矮小瘦削。前狼挣扎着向前，后狼拼死咬住前狼的尾巴，试图阻止它的步伐。父亲认出了后狼就是瞎眼狼。他说从未见过狼眼会泛出红光，前狼试图奔向篝火旁边的人时，眼睛漫溢的就是这种光，也不知是不是篝火映的。父亲"嗨——嗨——"地叫了两声，这是以往瞎眼狼尾随支队时，他抛给它食物时惯常的招呼声。瞎眼狼显然熟悉父亲的呼唤，它更加用力地往回拽前狼，前狼的尾巴绷得直直的，像一支在弦之箭，就要绷不住了，它的尾巴随时有被扯掉的危险，痛到极点，叫声格外瘆人。最终前狼让步了，瞎眼狼将它生生地拖回灌木丛。父亲长吁一口气，感恩似的分出两块牛皮，投给它们。

父亲说既然前狼连火光都不怕了，久留于他来讲，危险太大了，他准备出发。他本想换上敌手的棉服，它的保暖性更好，可是这件棉服的肩胛处，被父亲发射的子弹打穿后，先前涌出的鲜血已成凝固剂，衣服破损污秽不说，要是强行脱下，等于撕敌手的皮。最终父亲将他的帽子取下，扣在自己头上。然后划拉了一抱柴，将篝火调得旺旺的，拔腿出发了。

常听父亲讲炖马靴故事的母亲和我，一再问过父亲，你都要开拔了，还点篝火做什么？是不是火葬了敌手？父亲给出的答案总是模棱两可的。有时他说"我缴了他的枪，还吃了他的马靴，不然就得饿死啊"，有时他说"我战友的尸骨还不知埋在哪里呢"，有时他说"那晚上没月亮，生火能照亮一段路啊"，最接近答案真相的一次，他说："唉，让他和那个姑娘的相片一起化成灰，他做鬼也值了吧。"

父亲说他根据西北风吹来的方向判断，他要撤退到队伍的秘营，得与风向逆向而行。结果他走了一两里路后，风竟然休克了，没了，他等于丧失了唯一路标，又不知所向了。按照父亲的说法，当时森林整个冻僵了，树枝动也不动，连一声野生动物的叫声都没有，他感觉自己在地狱中。天渐渐亮了，可它亮在阴云里，父亲期待的太阳没有现身。就在他走投无路之际，他听见了背后有走兽的声音，回身一望，距他五米多远，就是那两条狼！冬季的狼皮毛黯淡，它们就像荒草堆一样。瞎眼狼还是在后面，叼着前狼的尾巴。前狼见着父亲，停了下来，它的目光柔和多了。瞎眼狼低低叫着，安慰着陷入绝境的父亲。父亲仔细打量前狼，发现它是条年轻的公狼，它对瞎眼狼不敢违命，原来是瞎眼狼的儿子啊！父亲是怎么看出来的呢？前狼追上父亲，停下的一瞬，它身后的瞎眼狼，立马松口，放下前狼的尾巴，上前两步，用嘴温柔地触着前狼的脸，似在亲吻，前狼发出撒娇和委屈的叫声。父亲说只有母亲对孩子才能表现出如此的怜惜和爱抚，也只有孝顺的孩子，才会对母亲发出的哪怕它不喜欢的指向，俯首帖耳。直到这时，父亲才明白瞎眼狼当年为什么怀孕，它是为自己的未来生活，寻找一双眼睛啊！不知瞎眼狼一窝生了几只仔，存活几只，它的丈夫和它另外的骨肉，也许都因嫌弃而背弃了它，但至少父亲看到了，有一只忠勇的小狼，把自己的尾巴当作母亲的生命线，在荒无人烟的深山，不离不弃地牵引着它。父亲说瞎眼狼所叨着的尾巴，是它生命的脐带，也是一道藏在心底的光啊。

　　后来的故事，我和母亲差不多都能背诵了，天连阴了三天，不见日月，瞎眼狼和它的孩子在前引路，把父亲领出迷途。他们靠着所剩的煮熟的马靴皮，和深埋在雪下的红豆浆果，以及山洞的骨头，渡过难关。而那些骨头，有瞎眼狼备下的，也有父亲当年丢给它的。骨头怎么吃呢？父亲说晚上在山洞口生起火后，会把它们在火上烤酥，这时的骨头就能咬动了。而小狼很卖力地想帮他们解决伙食，期间它发现一只雪兔，可雪兔跳跃着要扑向它的时候，它的母亲松开它的尾巴过慢，它扑了个空。母子狼最终带着他，靠近了一个村庄。父亲说闻到炊烟的气息后，瞎眼狼觉得告别的时刻到了，它松开嘴，用两只前爪激动地刨着地，洗尘似的，快乐地躺倒，在雪地上打了几个滚，然后起身抖了抖毛，沾在它身上的雪粉飞溅出来，飞进父亲的眼睛，与他的泪水相逢。瞎眼狼看不见父亲的泪，它无比骄傲地仰天嗷嗷叫了几声，仿佛宣告它的使命完成了。小狼卸下了父亲这个沉重的包袱，得到解放，它比母狼还要欢欣鼓舞，父亲说它原地转了好几个圈，像在跳舞，然后站定看着父亲，身体后倾，调皮地做出进攻的姿势，长嗥一声，最后吓唬一下父亲。

　　母子狼转身走了，依然是小狼在前，瞎眼狼叨着孩子的尾巴在后。父亲说它们转身前，他给两条狼作了个揖，瞎眼狼无法看见，小狼却并不领情，对着他又是一声长嗥，好像在说，少来这套，没吃掉你，算你走运！父亲说他夜晚栖息在山洞的那三天，瞎眼狼守候在洞口外，也不忘了叨着小狼的尾巴，怕它万一不听话，会对父亲下口吧。

　　父亲得救后，认识了后方被服厂的母亲，那支缴获来的小马盖子枪，经组织同意，配给了后来跟父亲一同上阵的母亲。他们在我之前，生了一个女孩，跟着他们转战，营养匮乏，两岁就死了。我命好，出生在抗战胜利后。父亲待我甚为严格，他像严苛的教官，要求我学习攀岩、游泳、滑雪、测绘、爆破甚至跳伞等本领。据母亲说，这些都是抗联战士当年要学的科目。每到小年的时候，他都要讲一遍炖马靴的故事。所以我落下了一个毛病，父亲去世后，每年腊月二十三，我也给我的儿子，讲炖马靴的故事。而且我退休后，爱泡在图书馆的地方志资料室里，查阅抗联时期的相关历史资料，希冀能找到头道岭二道岭四道岭的位置，希冀能找到那个不依不饶追逐父亲的敌手的资料，希冀能够从民间资料中看到有关瞎眼狼的传说，可是我就像一个蹩脚的渔夫，撒下无数片网，却终无所获。最后我甚至怀疑，父亲的这个故事，是不是编造的。但有一点可以肯定的是，父亲中弹的棉绒秋衣，弹孔还在，边缘处的烧灼痕迹清晰可见，不过它没有传到我们下一代手里，而是在抗联博物馆陈列室的橱窗里。

　　父亲去世的次年，母亲也走了，他们都活过了八十岁。炖马靴的故事，只有我一个人给下一代讲了。儿子是做网站编辑的，他每次听这故事，总要俏皮地说，驴马牛都是大牲口，算是一族的，爷爷当年在山中，吃的可是大补的阿胶啊。之后便骂张学良，说当年他要是带领东北军抵抗侵略军的话，日军不会轻易占领东北。他说当年的东北军是只老虎，空军有两百架战机，地面部队也不错。张作霖当时开办的兵工厂设备优良，还有德国进口的设备呢，所以造的武器也过硬。儿子说要是张作霖不被炸死，妈拉个巴子的，侵略者休想进犯东北半步！儿子经常是发完牢骚，就会打电话叫外卖，外卖的主角是猪皮冻和鱼皮冻，他说动物的皮，是身体的精华。我想他是用他的肠胃，帮助他的精神，记忆这个故事吧。

　　最后我要补充的是，父亲每回讲完炖马靴的故事，总要仰天慨叹一句：人呐，得想着给自己的后路，留点骨头！

原载《钟山》2019年第1期

蔡东

伶仃

　　黄昏的时候，卫巧蓉走进一片水杉林。通往树林深处的小路逐渐变细，青苔从树下蔓延到路边，她快步走过时，脚步带起了风，缕缕青色的烟从地面升起，蜿蜒而上，越来越淡，越来越清瘦。她停下来，等烟散尽了才俯下身子凑近看，这些日子阳光好，苔藓干透了，粉末般松散地铺展着，细看起来如一层毛毛碎碎的绿雪，她小心地喘着气，担心用力呼出一口气就会把它们吹扬起来。

　　刚出林子的一刹那，天空似乎亮了一下，像头顶响过一声短促清亮的口哨声。接着，卫巧蓉走上一条布满沙砾的小径，小径尽头就是马路了。街道，楼房，不远处的海岸，浸没在薄暮柔和的光线里，声响也似乎被夜晚悄悄吸附了，四周显得很寂静，是傍晚时分特有的暖金色的寂静。她身后，遥远的地平线上的山丘只剩下含混的轮廓，挨着山体漂浮的云彩在暮色中显得格外白，她抬头看时，一朵云正翻过山头，翻到山的另一侧，消失不见了。

　　剧院伸向天空的几个尖角先露出来。很快，一个透明的多面体完整地出现在视线中。福海剧院到了。跟老家那座蚕茧形的剧院相比，她更喜欢福海剧院的外观，就像不同形状的巨大积木堆集起来，一道道利落的几何线条，阴天的时候看起来平淡无奇，一有光线就活了，晴朗的天气里阳光穿过大块玻璃拼成的斜坡，透视出一个个宽敞开阔的空间，晚上灯一亮，如海边漂来一块熠熠闪光的宝石，每一个反光面都粼粼地映着海水的波纹，从远处看过去，宝石像浮在水里，被晃荡着的水波抬起来，又放下去。走到剧院门口时她看看表，离开演还有半个小时，她照例绕到剧院后面，这里有一条木头栈道通往海滩。

海滩的西边是码头。三个月前她在轮渡买到船票，上了船，找了个靠窗的座位坐下。初春的海风从窗户缝里挤进来，像一蓬细细的针扎向她的脸，她从背包里取出围巾，把头和脸裹起来。一直等到渡船靠岸，围巾也没摘下，她蒙着脸，踏上这个初看起来有些荒寂的小岛。那天，海上刮风，天上也在刮风，云彩纷乱，单薄的云身子后面拖曳着一条长尾巴，尾巴的末端已是丝丝缕缕的，像蘸着白颜料的毛笔在蓝天上疾扫而过。

演出快开始了，她推开后门，找到座位坐下，顶上的灯光正好变暗，舞台的帷幕向两侧徐徐拉开。过了一会儿，眼睛适应了厅里的黑暗，她伸着头四处看，在前几排中央的位置找到了徐季。她接着观察徐季身旁的人，左边的男人跟徐季差不多年龄，右边是个高中生模样的女孩，他们没有东瞧西望，都专心地看着舞台。有经验的观众已经准备好了，她也把头转回来，望向舞台。

剧院不定期地上演话剧、音乐剧和演奏会。第一次来剧院的时候，她选择的也是最后一排的座位，整场演出她都盯着徐季，徐季也像今天一样脊背挺直，端坐在朱红色的软包座位上，即使只看见他的后背，她也不难想象出他的神情，一种沉入到另一个世界的完全的平静。而她不明白台上的人在唱什么，为何流眼泪，怎么又拥抱在一起，从头到尾她的脖子都拧向徐季座位的方向，眼睛在徐季和徐季邻座的身上转来转去。一直到演员谢幕，徐季也没跟邻座的人有任何交流，他似乎还在静静地回味，演员转身走向后台了他才站起来鼓掌。大多数观众还待在座位附近，她低着头推开后门，顺着螺旋的楼梯往下走，走到门口时她看到柱子上张贴的海报，有出剧的名字叫《吉屋出租》，海报上印着几位异国年轻人，相貌各异，表情都是生动的热烈的，眼睛睁得很大，满怀希望又带点天真地直视着海报外的世界，她站在海报正对面，他们就眼神热切地看着她，好像想对她说点什么。

此刻，她的视线离开徐季，转向正前方。舞台上空无一人，只有幽蓝色的灯光在说话，几秒钟后，乐声响起，泠泠的琴音，悠来荡去，她恍惚看见几根枝叶稀疏的瘦竹，在空旷的庭院里摇动着，接着琴声变稠，如雨点般密密层层地落下来，地上的雨水似越积越多，光一掠而过时照出一汪空明。琴声断绝的地方，更多的乐器参与了进来，音量逐渐攀高，水流加快，太阳光轰然倾泻而下，翻折的星空豁然打开向着无限的虚空延伸，她呼吸急促起来，大水没过头顶，人快要窒息了，乐声终于冲至顶峰，渐次低回，末了只剩下几个零落的音符，像余烬中一闪即灭的火星，最终乐声全部隐去，突然降临的静谧中，一个绿色皮肤的女人出现在光束里。借着乍然一现的亮光，她忍不住把头转向徐季，光线勾画出他清晰的侧脸，脸上的表情跟她之前想象过的差不多。

全部演完总要两个钟头吧，她坐不住也看不进去，一群小猴子在胸口乱窜，她胳膊交叉在胸前也压不住它们。曾坚信不疑的事实，正变得越来越失去底气，虚弱得站立不稳。头脑中设想过无数遍的画面，即使每个细节都已被磨得发亮，也不会就此变成现实中真切的一幕。

再说，已经这样了，她是对是错又如何，不重要了。

舞台上几个人正围在一起说话，你一言我一语，声调很高，身披大氅的卷发女郎似乎说了一句幽默话，观众席上传来笑声，笑声夹杂着小猴子们奔跑杂沓的脚步声，耳边所有的声响，混合着她脑子里那个也许永不停歇的声音，让她感觉身体随时会从内部爆开，碎片四处飞溅。她摇摇头，欠身离开座位。

巧蓉，下午出门吗，我跟老吴想去你那里坐一会儿。吴太太站在树荫里，冲卫巧蓉喊道。

卫巧蓉刚从菜市场回来，手里拎着一个塑料袋，袋子口露出白萝卜的绿缨子，萝卜下面隐隐能看出是一条鱼和几块姜。好呀，她答应着，来吧，来吧，说着把口罩摘下来，连房东都能一眼认出自己，还自欺欺人地戴什么口罩。

你们逛，我去买包洗衣粉。她拐上一条小路，往小区西门方向走，那里有一家便民超市，一般的日用品都能买到。超市到了，她没进去，径直出了西门，又往前走了一里路，来到岛上的养老院。

上午阳光不毒的时候，护工会把椅子搬到平房的门口，让老人们出来晒太阳。她来这里是为了看看其中的一个老人，通常这老人坐在一排平房中间的位置，她跟别人不太一样，一般的老人坐一会儿就困了，头一点一点地打瞌睡，忽地醒来时一脸受了惊吓的模样，不打瞌睡的就不停地搓弄衣角，看起来难免有些愚蠢，而这位老人面前摆着小桌儿，桌上是一堆乐高积木的零件。

乐高老人太像她的母亲了。

有一次路过，不经意间瞥见老人，她马上被眼前这副面容钳在原地，惊骇之后，喜悦和感激迅速占了上风。一样的方脸型，相似的五官，甚至连五官被地心引力拉拽后的走向都是一致的，还有同样的用黑色发卡犁过的银发。那一刻她真希望乐高老人就是她母亲，母亲没有离世，只是换了一个地方生活，她不是好好的吗，还会玩乐高呢。

这会儿六月份了，有的老人头上依然戴着毛线帽子，抄着手坐在阳光里。乐高老人穿白色的亚麻长袖上衣，黑裤子，看上去清爽干净。前几次，她只是远远地望着乐高老人，也看不懂她在拼装什么，这次走近了看，老人手里摆弄的似乎是个摩托车。她弯下的身子在桌面投下阴影，老人抬起头，把老花镜往上推推，看了她一眼，她冲老人笑笑，老人也笑了，接着垂下头去，用手指捻动着一个转轴，说，你看，能动的，后面连着一个车轮子呢。她也试着拨弄一下转轴，轮子转起来，老人笑得更开心了。她问，在这儿过得挺好吧？老人不说话，拿起一个L形的小零件继续往车子上装。

临走的时候，她看到护工推着一个老人过来，轮椅上的老人像是刚刮完胡子理完发，这让他显得年轻了一些。她走过去跟护工搭话，打听乐高老人的情况，护工说，那位呀，也没什么大毛病，就是儿女没工夫伺候，送到了这里，隔几个星期过来瞅瞅她。她问，老人家有什么特别爱吃的吗？护工摆摆手，一口假牙，什么好吃的也吃不出滋味了。

回去的路上她在超市买了东西，回到家里，把东西随手往地下一丢，她习惯性地走进北屋，坐在窗前的椅子上往对面看。楼间距不大，窗户又都是落地的，不用望远镜，肉眼看对面就看得清清楚楚。她的目光扫过阳台、客厅、朝南的卧室，不见徐季的身影。也许他是出去了吧，她想。

下午听到敲门声，卫巧蓉知道是房东夫妇来了，心里也猜到他们为何而来。管他呢，反正她喜欢见到这两个人，至于换房的事情能拖就拖吧。

一看老吴手里拿着一兜瓜子，她悬着的心就放了下来。老吴嘴里说着又来喝你的好茶了，一边把瓜子倒进果盘里，吴太太也笑嘻嘻地靠着茶几坐下，一条白玉珠穿成的链子绕了两圈，勾在她纤长的中指上。

哪有什么好茶。卫巧蓉打开抽屉，往外拿杯子，手在冰裂纹的瓷杯上放一下又弹开来。她微微叹口气，为什么大老远地把这个瓷杯带过来，上面的裂纹会让她联想起自己现在的生活。

她取出几个玻璃杯，在每个杯子里放一大把茉莉花茶。她说茶叶不讲究不是谦虚，跟老吴夫妇比起来，她确实不懂喝茶，就是吃完饭嘴里觉得油腻时，泡杯茶解解腻而已。

老吴夫妇喜欢跟人交往，与邻居、房客都混得很熟。这之前，卫巧蓉并不习惯外人有事没事地造访，奇怪的是自从来到岛上，也不觉得这种邻里日常的交际对自己构成打扰了。她寻思着，可能身处与陆地隔绝的小岛，人们很容易变得亲近起来，说起来岛屿也不大，起一场浓雾，这小岛就从世界上消失不见了。

老吴他俩待人亲切，态度始终是自然的，这有别于她过去的经验，微笑的同事，问长问短的亲友，热情的服务员，在某些时刻，她会在他们脸上捕捉到一闪而过的游离和厌倦，那种实际上对你不感兴趣的疏远，那种掩藏不住的对周围人事的漠然。

而且有他俩坐在身边讲故事说闲话，她会暂时忘记此行的任务，脑海里喋喋不休的声音也会逐渐减弱，直至听不见了。

上次讲到养殖户的腿瘸了。她提醒老吴。

老吴呷了一口茶，说，对，瘸腿的养殖户还惦记着他的海参苗，没日没夜地在池子边守着，知道守着没用还是守着。养殖场就他一个人，他寂寞了就跟海参说话，念念有词：你们别化了别跑了，好好长，长得肥肥大大的，过些日子咱们就能见面了。这天晚上，海上刮来一阵阵凉风，温度总算降下来了，养殖户炒了几只螃蟹，打开一瓶白酒，对着大海坐下来，喝了几盅，越喝越烦。

他爱人呢，那个抹开面子去娘家借来钱的姑娘。

跑了。老吴说。

卫巧蓉捏着一粒瓜子正往齿间送，听到这话她放下瓜子，不对，怎么就跑了，这俩人轰轰烈烈的，多不容易才聚在一块儿，就这么散了？

散了。老吴一语带过，似乎这没什么好说的。他接着讲，养殖户跟海参说完悄悄话，又开始对着大海瞎想，精卫、哪吒、八仙这些人如今在哪儿呢，能出来一起喝杯酒就好了，哪怕钻出来一只海妖，他也愿意敬它三杯。

吴太太端起茶杯递给他，笑着说，你喝口茶吧。

卫巧蓉很不情愿地往下听，心里还在想：那俩人为什么不能一直好下去呢？故事的主角是老吴年轻时候的一个朋友，她听了几个章回了，曲曲折折的，总不叫人如意，以为后面大致上就是养殖户跟他老婆通过养海产挣来了好日子，谁知道海参被热死一大半，老婆也走了。她耐着性子继续听，到这里好像就该分岔了，她也只能转个身，跟上去。

养殖户自己喝着闷酒，偶尔抬头看看四周，欸，不远处的礁石上好像坐着一个人，他揉揉眼，似乎是个女人抱着膝盖坐在石头上，天黑也看不清楚。又过了一会儿再看过去，周围哪有什么人，海鸟都不知道藏到哪里去了，他吮着螃蟹腿，也许是刚才眼花了。

老吴忽然压低声音，说，他正想着，有只手拍拍他的肩膀，身后响起一个声音，你这里有孟婆汤吗？

卫巧蓉的心怦怦乱跳，脸色变得煞白。吴太太赶忙说，别怕别怕，听他乱讲呢。

怎么成了乱讲，你说我讲的对不对？卫巧蓉看见老吴边辩解，边向太太眨着眼，夫妻俩脸上同时荡漾开笑意，笑意从嘴角漫到颧骨，最后笑的，是眼睛和眉毛。

毕竟世上也有这样的夫妻。卫巧蓉觉得宽慰。也许两个人一直待在小岛上，一辈子轻松平顺地过来了，没尝过多少疾苦，暮年时又赶上除了外星球哪儿都能开发的好时候，几套楼房在手，日子安闲舒心，也就更容易体会到一些细微柔软的情感。

反正不是鬼啊魂啊，我猜是个女人吧。卫巧蓉说。

老吴点点头，是个一时想不开的女人。人活一世，坎坷是难免的，过不去的，跳海了，更多的人还是过了，人总有办法让自己生活下去。

还是你们两个好,一辈子没发过愁,没经过什么变故,这神仙般的逍遥日子。说完她起身去厨房,打算再烧一壶水,身后传来珠子相撞的清脆声,吴太太跟进来。

老卫,还是那件事。你都这个年纪了,非要住四楼,有什么好的,每天爬上爬下累得呼哧呼哧的,二楼那套房子是小了点,你一个人住不也够了。

一对学画画的学生情侣计划暑假来岛上住,说陆续还会来几拨朋友,嫌一房一厅的那套太小。老吴夫妇试着跟她提过,说她要愿意的话就帮她搬下去,房租还便宜不少呢。

她跟往常一样说考虑考虑,心里却清楚自己是不会换房的。刚来的时候,她在岛上的旅馆住着,来来回回找了几家中介,把小区的各种户型差不多都摸透了,最后终于找到这套位置绝佳的房子,从北面的居室望过去就能望见对面住着的徐季。

吴太太看了一眼北居室,说,你别嫌烦,我再唠叨一句,海边的房子潮湿,你最好把床挪回向阳的卧室里,让太阳多烘烘床铺,北面这间随便放点杂物,住人哪行呀。

住惯了,在老家也是住北房。她怕这个话题再继续下去,就问,还喝茶吗?

老吴在外面说,且听下回分解吧,你歇歇也该做晚饭了。

送走房东夫妇,她坐在窗户前,定睛看着对面的三楼。这两年,只要闲下来,过往的一些画面就像过电影一般在脑子里走,大风大雨,石子儿接连打在湖面上,涟漪一圈儿赶着一圈儿,她细数着一个个错误的选择,重新回到一个个不愉快的场景里,她翻箱倒柜,她披头散发,她会突然在窗玻璃上看到一张狰狞的脸,自己吓了自己一大跳,扭头转向窗外,月光苍白,月亮变老了。

她宁愿一动不动地看着对面,至少这个时候她还能感受到一丝平静。看着看着,天色暗下来了,对面楼上的灯渐次亮了。其中一盏灯下面晃动着徐季的身影,他来回走动了几次,然后坐在茶几前,边看电视边择菜。屋里再没有其他人了。

水泥地很凉。卫巧蓉先是觉出凉来,接着眼睛看见灰色的地面,才发现自己扑倒在楼梯台阶上。周围没有人，静得能听见自己的呼吸声，时间变慢了，几乎像锈住了一般不再往前流动。

她不敢贸然起来，等了一会儿，小心地动动手掌和胳膊，每根手指都能活动，胳膊也没事，只手腕子擦破一点儿皮，无大碍。她用手和膝盖撑住地面，慢慢地调转身子，坐起来。知觉渐渐恢复了，也没觉出来哪里不适，她庆幸腿没有骨折。她试着把掉出来的鲳鱼、小葱拢过来，重新放回塑料袋里，另一个袋子她还攥在手里，里头是买给乐高老人的猕猴桃和鲜牛奶。

坐在楼梯上定了定神，她看到脚下有水迹，本来应该是一摊，现在有被她踩过滑倒的明显痕迹。胡思乱想什么呢，怎么就没看见这摊水呢，她抱怨着。

歇够了，站起来准备继续往上走，刚迈了一步，她就"啊"的一声，身子靠在楼梯扶手上，脚踝传来一钻一钻的锐利的疼痛，额头上立刻渗出一层细汗。她紧咬牙关，弯下腰，扯起左边的裤脚，一个陌生肿胀的踝关节露了出来。

她抓住扶手，右脚先向上迈一个台阶，踩实了，再蜷起左腿，依靠右半边身体猛一用力，把落在下面的一半身子也带上来，就这样慢动作般费力地攀爬着，到家门口时，外面的太阳已经升高，一个早晨来过又走了。

躺进沙发，后背还没放平，脚踝深处涌上来一波剧烈的撕裂感，像一根筋扯着，几乎要扯断了，疼痛从脚到头，向上贯穿，她猛地一激灵，像突然意识到自己还有一具身体。

愣了一会儿，她站起身来，小步小步地挪进厨房，接了半盆水放进冰箱冷冻室里。水冻成一坨冰后，她用毛巾裹住冰块，贴着脚踝放好。阳台的门开着，风吹进来，窗帘下摆一荡一荡的，桌上的塑料袋唰啦唰啦响。

慢慢地，融化的水透过毛巾疏松的孔洞往下淌，冰块越来越小，伴着血管的收缩，痛感也似乎有所减轻。

集中全副精力应对脚伤，还没到饭点，肚子就饿了。

头几顿还好，炖了鲳鱼，拌米饭，分两次吃完，冰箱里存的西红柿、豆角也分别充当了一餐，第三天早晨，她打开冰箱，里面空荡荡的，仿若一个心虚的人在冲她讪笑。关上冰箱门，她从袋子里拿出给老人买的猕猴桃，捏了捏，已经变软，这天就靠猕猴桃应付了过去。

天黑了，她躺在床上，透过拉开的窗帘看见一小片夜空，一弯细月嵌在天上，像一个精致的伤口。月光里，踝关节高高耸起，疼痛依然在，变得钝了、闷了，沿着神经线隐隐传导着，她能感觉到它，也在学习着承认它，跟还没离去的它一起待着。前几天早市上，她不知道该给乐高老人买点什么吃，大鱼大肉不好消化，坚果咬不动，甜点心也不行，逡巡了一会儿，买了点水果和牛奶。来到养老院，见一排老人沐浴在晨光里，没有了乐高老人的踪影。她掉了魂一般，好像老天爷第二次把她母亲带走了。她来回找了几遍，又拉着一个护理员问，描述老人的样子和老人的玩具，护理员是新来的，说不知道，我刚来两天。

接着，她就崴了脚。

她坐起来，挪动到床沿儿上，往对面张望。三楼的灯亮着，徐季还没睡。这几天她时不时往对面瞅一眼，有时看见他闪过的身影，心里就踏实些。

她扭伤了脚，困在屋里，一个人，寂静地，目送着日影从东走到西，听见小鸟聚集起来欢叫又忽地散去，感觉到脚部的疼痛由汹涌巨浪化成一脉细流，偶尔看看对面，也是因为突然想到他在岛上，这里还有一个熟人呢，离得这样近呢。她一个人住，他也是一个人住。他的生活简单、孤独，看起来，他享受这一切。

她拿起手机，调出徐季的号码，瞅了半天，手一划，屏幕暗了下去。

早晨醒来，恍恍惚惚双脚着地的一刹那，她几乎忘了有只脚受了伤。干脆，她心一横，左脚着地往前走了一小步，疼痛变弱了，若隐若现地，一跳，隔了很久，再一跳，像清晨发白的天空上星星即将淡去时的微弱闪光。她走到门口，想到还有四层楼梯等着她，就算走完楼梯，去超市的路也还长，心里就泄劲了。犹犹豫豫地打开门，往楼道里迈步，关门的时候，她看见门把手上挂着东西。

一个袋子，里面装着挂面和鸡蛋。

怕是谁放错地方了？四下看看，不见人影，叫了一声，没有回应。她拿起袋子回到屋里，赶紧给自己下了一大碗面条。一直等到晚上又吃完一顿，她仍然猜不透食品的来历。房东夫妇刚来过一次，短时间内不会上门,再说他们也不会留意到她脚伤被困。徐季呢,他应该不知道她在岛上,刚到岛上的时候,她尾随着他去早市去剧院去公园,一直都很小心,戴口罩撑洋伞,挡着遮着,并且总是保持一段距离,往对面楼上窥视的时候她也很警惕,他猛然抬头时,她就赶紧缩起身子,蹲着走出北屋。

难道是乐高老人,明知道不太可能,她心里还是一热。

徐冰倩是几天后赶到的。电话里卫巧蓉说,已经快好了,快好了才随便聊几句的,没事了。徐冰倩说,用药了吗,应该没有,你自己挨着不会去医院的,以后落下病根怎么办。这么多天,你一个人没吃没喝的,光下面条怎么行。对了外卖,先叫外卖对付几顿。

她不会叫车,也不会叫外卖。

不管她怎么说,徐冰倩还是立马买了票。女儿快来身边了,她嘴上反复说不用跑一趟,心里不知道多高兴。说起来,她们也有好些日子没见了。

女儿坐上渡船,卫巧蓉就一直在门边站着。终于听到楼梯上有响动,她赶紧打开门,往下张望,徐冰倩也正抬着头往上看。随着女儿的脚步声越来越近,她竟有几分紧张,不知道为什么,鼻子还酸酸的,有点想流泪的感觉。女儿刚到门口时,她不敢仔细看女儿,每次隔一阵子又见面时,就觉得女儿身上少了或多了点什么,跟记忆中的样子总有些许出入。

她有些客气地把女儿让进屋,女儿放下行李,她递上茶杯说喝口水,两个人这才互相看一眼,也互相适应了一下。

你刚扭伤时就该告诉我的,毕竟是出门在外,不比在老家。徐冰倩环顾着简陋的房子,又提起这一茬。

她说,以后身子骨儿越来越糠,小病小灾不断,哪能每次都通知呢。她知道女儿也有一堆烦心事儿,各人生活在各人的苦里,谁也替不了谁。

生病、碰上意外,都该及时给我说,我请个假就出来了。徐冰倩在屋子里转悠,来到北面的居室,她停下来,先看看对面,又转头看着卫巧蓉,嘴动动,却什么也没说。她不是第一次来岛上了,有一年临近春节的时候,她来这里探望过父亲。

过了一会儿,两人坐在沙发上,先说了几句无关紧要的闲话,徐冰倩才问,妈,你打算什么时候回家?

怎么还要劝我?卫巧蓉有些抵触。

我说爸爸独自在岛上生活，你不信，臆想出来一些事情，到处跟别人说，有鼻子有眼的，我只好把地址告诉你，你自己来看看，也当出来散散心，之后这事也该过去了。妈，你信不信，这事终归会过去的。

你说得简单，几十年夫妻说散就散了，任凭谁也想不通呀。一辈子过来了，两个人加起来一百多岁，该相依为命了，他无情无义翻了脸，一句解释都没有，铁了心要走。她还记得那番情景，本来没放在心上，以为徐季不过是哪里不顺气，说几句疯话罢了，后来她才发现，这个看起来没什么个性、无可无不可的人，坚决起来是如此可怕。她慌了神，想死命抓住点什么却被一股陌生的力道抛出来，跌落在局外，眼睁睁看着一条熟悉又安全的路线突然断了头，死去了。她和徐季，曾是彼此在世上最亲近的人。这么久了，再回忆起来，愤怒、屈辱、自怜自哀都淡下去了，但她的心还是会疼一下。

徐冰倩叹口气，妈，一个人突然想过另一种生活，于是什么也不要了，什么也不管了，这样的话每天给你解释一遍，有用吗？他是另一个人，跟你想法不一样的人，他发明不了一个完善的解释来补你现在的残缺，再说到了今天，你还需要一个解释吗？对于爸爸的做法，我既不赞同，也不理解，我只是接受了。

卫巧蓉的身体抖了一下，像打了一个冷战。她拉紧衣服，小声说，我不是一个糟糕的妻子，我想不通，我来岛上只是想知道为什么。

妈，现在知道了吗？

她看着女儿，女儿也在看着她，她心头一震。女儿看她的眼神，没有厌倦和不耐烦，也不是那种睥睨低维生命体的轻蔑眼神，她从对方的注视中接收到很复杂的信息，鼓励，期待，真心盼着她好，还有，她认得出，爱。

有几分熟悉，她想了想，女儿还是小孩子时，她看女儿的眼神也是这样的。

有点明白过来了，她回答道。她的明白里其实掺杂着说不出来的茫然，她不想让女儿失望。回答完了，终究还是不服气，马上又加了一句，这事要落在别人头上，别人说不定什么样子呢，还不如我呢。

女儿笑了，那当然，我妈挺棒的。

去医院的路上，她对女儿说，在岛上遇见一个很像你外婆的人，我经常去看看她，最近这一次没见到她，你说，她会不会去世了，老人家，说没就没了。

女儿会假意宽慰她吧，说老人可能是被接回家云云。

她听见女儿在耳边说，妈，真羡慕你，好比你又多看了外婆几眼，多少人都只能在心里想念亲人啊。

她先是愕然，转而欣喜，一转念的工夫，出租车从窄道里拐出，下了一个坡，半月形的海湾出现在眼前。车窗外面，一排排红房顶的度假别墅轻快地掠过。海里，渔船上的人正在撒网，身体一旋，两只手臂抡出去，把张开的网撒向空中。这多像记忆深处的一幅旧画。卫巧蓉忍不住喊女儿看一眼，女儿摇下半截车窗玻璃，偏过头去往外看。卫巧蓉偷偷瞅着女儿，跟小时候一样，女儿的鼻梁和下巴还是那么秀气，她的脸庞看上去是甜的，甜如成熟的果实，还有她皮肤散发出的光泽，卫巧蓉只在牛奶结成的奶皮上看到过那么温和细腻的光。出租车从两排樟树间开过，到了更明亮的地方，她注意到女儿眼角的一小簇皱纹。

她并不为女儿脸上现出的老态感到忧虑和惋惜。她多么喜欢女儿现在的模样。

明天上午的票对吧？卫巧蓉帮徐冰倩把碗筷收拾到厨房，徐冰倩一边点头一边说，别动了，出去坐着。卫巧蓉给她系上围裙，提议道，一会儿咱俩去沙滩上走走。别担心，脚好多了，再说选最近的沙滩，几步路而已。

这是一个很秀气的海滩，地势平缓，沙质松软。两人沿着海潮退下的一道水痕往前走，被阳光晒了一天的沙子现在还是暖热的，走了一会儿，脚底像被小火苗远远地烤着一样舒服。

到底女儿能不能看到呢，卫巧蓉并不确定。此前，她在这个海滩上遇见过一幕奇景，一幕不属于人间的景象，说不出来的美，短暂而神奇，她悄悄地记在了心底。那会儿，她也像现在一样在沙滩上闲逛，忽然，海水的边缘出现一条闪着蓝色荧光的带子，随着波浪一前一后地摆动，她走近几步，看到海水里浮动着珠子形状的团团蓝光，不像灯光，也不像珠宝的光，那蓝光分明是有生命的，正活着的光，很快，也说不清是水还是光，一波波漫上来，漫过她的脚。星星从天上掉下来了吗，她恍若站立在流动的星河里，喉头一哽，想叫又叫不出声来，整个人呆住了。星河消失，她如梦醒，旁边拍照的人告诉她，这是夜光藻聚集引发的现象。她回想刚才那一幕，更愿意相信是繁星掉落海水，嬉戏片刻又飞回天空。

可遇而不可求吧。她挽着女儿的手臂，往更开阔的地方走，背后有风吹拂，很轻柔的风，像踮着脚尖跟在她们身后。

再往前就是地质博物馆了。她指着不远处的建筑物。女儿停下来望着前方，说，这博物馆外形很奇特，像上冲的海浪在半空中被定住了，是空间，但更像一个瞬间。她点点头，第一次见到博物馆的外形，她首先感受到的也是时间。在这个"瞬间"里，陈列着岛屿地层的主要构成，一亿多年前的早白亚纪的火山岩，还有小岛各个地质时期的动植物化石，层层叠叠地凝结着亿万年的漫长时光。

已经闭馆了，等你再上岛，我陪你进去看看。

回到家里，两人都觉得有些困，早早躺在床上。楼下散步的人陆续回来了，人们的说笑声夹杂着小狗的吠叫声，卫巧蓉说，隔壁单元有人养了一只串串，博美和蝴蝶犬的混血狗，样子特别漂亮。说着说着话，徐冰倩那边先没声了，她睡熟了。

卫巧蓉听到耳畔传来缓慢深长的呼吸声，有多少年没听过这样的呼吸声了？听着听着，眼角一热，赶紧背过身擦了擦。眼泪不听劝，继续往外涌，无声无息，顺着脸颊流下来，滴在枕头上，黑暗中静悄悄洇湿一片。听着平稳的呼吸声，她感到时间滴滴答答善意地流逝过去，万物沉默地生长，山脉，海水覆盖下的岩石圈，还有不远处伸向海滩的铁红色岬角，那长满地衣的寂静而热烈的火山风景。在一些艰难的时刻，她以为自己肯定要完了，结果她没完。日子呀，慢慢就磨过去了，再过几年女儿生了孩子，她要当个好帮手，帮女儿熬过最忙乱的两三年。再往后，不知道多少年以后，总有这一天吧，她得病了，去世了，她的魂魄也会循着这酣酣的呼吸声，在人世里找到女儿，不呼唤，不打扰，只远远地看看她，守着她。

她多享受和眷恋这普通的夜晚啊，平和的夜，熟睡的人，还有此刻不在眼前但她知道会站在那里的一棵树，楼门口种着的一棵夹竹桃，月光下几片深红的花瓣正缓缓飘落。

窗玻璃上渐渐起了一层雾。

天快亮的时候，下起了小雨。卫巧蓉跟往常一样醒来，睁开眼睛，先看见女儿侧过来的头，心里顿时满是安慰和满足，脸上的表情也一下子变得温柔起来，连带着心头涌起了对整个人世的淡淡的温情。她凑近了，端详女儿熟睡的样子，端详了一会儿才起身，轻轻关严屋门，走进厨房，熬上杂粮粥，煮了两根鲜玉米。

　　吃过早饭，她忙着给女儿检查行李，钥匙，证件。女儿呢，忙着检阅冰箱，里面满满当当的是蔬菜、鱼虾和水果，冷冻层里也塞满水饺、猪肉包和带鱼段。临走的时候，女儿还把几瓶药油分别放在茶几、床头柜和窗台上，嘱咐着，没事多擦擦，在关节上不停地划拉，划拉到发热就是起效了。

　　她换下拖鞋，跟在女儿后面要一起去码头，女儿摆摆手，说，你的脚还要再养养，别跟我去码头了，有空了我就来看你，很快的。女儿向外走几步，忽地又闪身进来，搂着她的脖子，说，妈，还记得吗，我十几岁的时候咱们一家去旅行，去南方的一个海岛，那几天玩得可真好。

　　女儿的本意是让她开心，"一家"这个词却短暂地刺痛了她，疼痛来而复去，倏忽而逝，她清晰地感觉到疼痛的发生和消失。不过，快乐的旅行，她有点记不起来了，只能装作想起来的样子，用力点点头，说，等你再来，我的脚也好了，我们一起在岛上逛逛，很多好地方呢。

　　晚上，卫巧蓉把白色塑料瓶里的药片倒进垃圾桶。自从徐季走后，娴静端庄的夜晚也一并失踪了。她躺在床上，翻来覆去，枕头里的荞麦皮儿沙沙地响个不停，像深秋的雨在耳朵边下着。夜深了，她一点困意也没有，圆睁着双眼，全身火烫地想象着跟徐季理论的场景，她整夜整夜处在战斗状态中，凌晨时才在一边倒的胜利中疲惫睡去。再后来，母亲去世了，她白天呆呆地流眼泪，夜里躺下就蒙住头，想忘了已发生的一切。一切的一切，争相往外喷涌，她揭开被子，眼睛在黑暗中盯住天花板，感觉到有什么东西迅速流走了，萎缩，干涸，焦枯，她如一副空空的骨架，在月光的照耀下又冷又白，森森地闪着寒光。

　　她倒掉安眠药，准备重新学习睡眠。

　　细软的沙子里插着柠檬色的太阳伞，伞下面是躺椅，躺椅旁边的野餐垫上摆满面包、烤肠、冰汽水、椰子、西瓜，几块浴巾平铺在细沙上，接受夕阳的照耀。海水里浮动着五颜六色的泳帽，卫巧蓉戴着一顶红泳帽，徐冰倩紧挨着她，双手攀住蓝色的救生圈，徐季在旁边不远的地方凫着水，不时游过来看看她俩。温柔的海浪一波波涌来，身体不用使劲儿，顺着海浪就可以一起一伏，渐渐地，身体好像要跟海浪合为一体了。

徐冰倩不肯戴泳帽，高高扎起的两根辫子被海水打湿，头发一绺一绺地贴在脸上，她毫不在意，咯咯笑着，说回家了我要学游泳。徐季答应着，我给你当教练。

上了岸，徐季歪在躺椅上，卫巧蓉陪女儿堆沙子，饿了，吃几口面包，渴了，抱起椰子来喝。天黑透了，三个人仰面躺下，看银河，认北斗七星，直到起了很重的夜露，海风吹到身上觉出凉了，一家子才起身收拾好东西往宾馆走。回去的路上，徐季给女儿讲故事，前半段讲塞壬，后半段讲忒休斯，两个人一直说说笑笑的。

深色丝绒般的夜空下，卫巧蓉沉默不语。她不停地回想白天游玩的顺利和完美，隐约有些不安，明天还会像今天一样顺，一样快乐吗？不知不觉地，眉头拧紧了。想什么呢？妈。女儿突然问她。她勉强笑笑，没什么，有点累了。

到了宾馆，女儿和徐季陆续冲了澡，她进去的时候，发现热水时有时无，调试了一会儿还是不行，心里就很烦躁，打电话让服务员过来，服务员大概知道这是年久失修的老毛病了，装模作样地查看一下就走了。她匆匆洗完，拿起吹风机，风量不太够，费了半天劲儿勉强吹干了发梢。躺在床上，她对徐季说，明天咱们换家宾馆吧，徐季嗯了一声。

第二天，她在雨声中醒来，心有些慌。透过窗户往外看，一片白茫茫的，外头的树都看不清了。浴场肯定关闭了，海边那家著名餐厅也不营业了。怎么就突然变了天，昨天还是大太阳呢。怎么办，她拉紧睡袍裹着自己。徐季翻了个身，说，下雨了，多睡一会儿吧。

在宾馆里吃完午餐，徐季和女儿铺开棋盘纸开始下跳棋。她看他们下跳棋，只觉得一步一步好像踏在她心口，乱糟糟的。眼睛转向外面，雨势正猛，雨水从高处扑下来，天色昏暗，恍若傍晚。她无聊地坐着，打开电视，连换几个台，没有什么好看的，屏幕里的画面越来越模糊，她意识到自己实际上在望着空气，便扭过头去问徐季，你说雨会停下来吗？

天知道，徐季笑着指指上面，别想了，正好在宾馆好好歇歇。她嘟囔着，我们明明是出来旅游的。

那是十五年前的夏天，卫巧蓉想起来了。隔着十几年的漫漫烟尘，她看见回程的路上，徐季拿着相机拍照，女儿远眺着海里的怪石作诗，她不愿破坏他们的兴致，嘴上没说什么，心里却默默复习旅行的细节，到底是哪里不对，造就了这不圆满的旅行？

雨早就停了，大海平静，闭目养神。

她看见一个一脸严肃的女人斜倚在船舷上，看见一团灰白色的影子从她的身躯里脱离出来，一飘一飘，飘回到昨天的那场暴雨中，在雨中孤独地游荡。

清晨，厚厚的云层覆盖着岛屿的上空。云层散开的瞬间，浩荡的光涌进树林。光线穿过树冠，化作一道道光柱，光柱和高矮错落的树木共同设计着林子里的空间，风吹来的时候，叶子哗啦哗啦响，树摇晃，树影摇晃，林子醒来，小动物也醒来了。

早市海鲜区堆满了刚从海里捕捞上来的梭子蟹、海虹、毛蛤、爬虾，地面上水淋淋的，空气里弥漫着一股清鲜的味道。卫巧蓉停在一家商户前面，阳光倾洒，落在一筐筐海货上，她看见有个筐子里摆满纯银。条状的银子，在晨光中闪闪烁烁的。卫巧蓉挑选了一条，她叫不上名字来，鱼身形曼妙，没有鳞片，细看起来像鎏了一层厚厚的银粉。市场外面，渔民举着筐子走动，螺、青口、海蛎子，碎石头一般擦着碰着。明亮的光线透过筐子，有的鱼看上去几乎是透明的，一片片鱼形的玉，里面纤细的骨头犹如玉石内部的天然纹理。

蔬果区里似乎集结了世间所有明丽的色彩。在里面转了一圈，她回到熟悉的摊位买茼蒿和蒜苗，隔壁的摊上，一把把粗壮的西芹码在台子上，她想起了徐季。每次跟随徐季来市场，他似乎都会买一把西芹。以前她总说徐季像个孩子，离了她准不行的，她观察着他，看他怎样配齐一餐饭的原料，他东走西走的，就把该有的材料都买齐了。而且，她从来不知道他喜欢吃西芹。回想过去几十年的生活跟回忆一场梦境有些相似，一样的模糊不清，一样的零碎混乱，任意流淌，没有形状，而且，你能记起和描述出来的都不是全部，总会漏掉点什么。

往回走的时候,她看到老吴夫妇正沿着环岛步道散步,两人身上的红色运动衣在清澈湛蓝的天空下显得分外鲜明。她向他们夫妇俩招手,心想,世上总算有几个好运气的人,能一直得到命运的厚待。

吴太太小步慢跑起来,老吴也加快了步子,一群白色的海鸟从石头上飞起,拍着翅膀飞向海面。两个人一会儿并排行进,一会儿一前一后错开了。

老吴的腿怎么了?卫巧蓉看着他俩的背影。老吴紧赶几步时,身体有点失去平衡,一条腿拖曳在后面,吴太太回头说着什么,脚步已停下来,两人原地歇了一会儿,吴太太挽起丈夫的手臂,慢慢往前踱步,两人的身影消失在步道拐弯的地方。

卫巧蓉想着吴太太的南方口音,恍然明白了过来。

经过码头,正赶上一艘渡船靠岸,先是甲板一阵咚咚乱响,接着,拖着行李的人们沿着跳板走下来。她也是这样抵达小岛的,只不过没有游客的欢快好奇,她来的时候,随身携带着一座地狱。

海上的晨雾尽数散去,碧清的海水豁然出现在眼前。近来,她时常忘了自己为何来到此地,好像她原本就生活在这里,或像很多外地人一样,来岛上是为了观光和疗养,为了享受这里的阳光、空气和海味。

回到家,她顺手拿起一瓶药油,拧开盖子,把气味辛辣的药油倒在手心里。作为孤居之人,她时常提醒一下自己,你要多保养多锻炼,腿脚得利索点,不利索没法儿独自生活下去。她打着圈搓脚腕子,直到搓得皮肤越来越热,药力缓缓地往下渗,蜿蜒着向里走。脚踝深处的疼痛沉睡了过去,只在阴天下雨的时候,<u>丝丝缕缕地往上爬</u>。今天是个晴朗的日子,她来到自己的卧室,南向的卧室,把床上的被褥摊开,等着丰沛的阳光把棉絮里积攒的潮气一点点赶出去。

下午的时候,被子已变得温温热热的,摸上去像一层柔软的皮肤。手抬起来时,那种软软的感觉还停留在指腹上。

又该出去活动活动手脚了。她在门口拿起一个东西,散步最好有个伴,这个就是她的伴。女儿给她买了一根拐杖,铝合金材质,防滑手柄,高度可以调节。一开始她有些羞恼,说不用不用,还没老到用拐杖的份儿上,女儿说有个拐杖稳当,等脚好了再把它扔掉。脚好了,她每天出门还是顺手拿起拐杖，跟她做个伴。

　　走进公园时，光线正变得黯淡，灌木和花丛低低地伏在朦胧的暮色里，像通过一面未磨的镜子映照出来的。有好几次，她在公园里见到徐季，他有时在跟人下象棋，有时和老人们一起坐在路边乘凉，有时在跟孩子们聊天，她悄悄地绕到后面，能听到他在说什么。他给孩子们讲木卫二，讲珍珠的形成，最近的一次她听见他说：麻姑是谁，她是个仙人，有一天下凡参加宴会，宴会上她对另一位神仙说，自从上次和你见面以后，我亲眼见到东海三次变为桑田……

　　他们至今没有碰过面。她设想过面对面遇上的情景，这辈子该说的话已经说完了，她不知道该对他说点什么，但她还是会迎上去，向他问声好。

　　岛的西面是连绵的山峦。群山在渐渐稀薄的岚烟中站立起来，缓缓伸直了脊背。她抬头望过去，正巧又有几朵云飘到山头附近，一纵身，翻了过去，云朵们看见山那边有什么了。

　　夜色像宽大的黑斗篷一样罩下来。经过小树林时，身后传来窸窸窣窣的声音，也许，是人在落叶上走，也许，是小动物正穿过草丛。回过头去，是看见松鼠、野兔、狐狸，还是看见一个跟她一样独行的人呢？不管怎样，她都决定转过身去看看。就在她转身的一刹那，环绕在身旁的黑暗变轻了。

原载《青年文学》2019年第1期

班宇

蚁人

我们犹豫了很久,决定饲养蚂蚁。

那是我们婚后的第四年,一切相对平静,虽然过得始终不算宽松。年初时,报社改制,我跟领导吵了一架,从此赋闲在家,也好,我将物质需求降到最低,开始写一本无法完成的书,但当时自己并不知情。妻子则继续在旅行社做导游,收入不高,工作也比较艰辛,总是要出差,不过她似乎已经习惯了,很少抱怨。我们是高中同学,辗转多年后,又在一起。

旅行社不大,只有几条周边线路,妻子负责将游客带到景点,并作适当讲解:有时是荒凉的农庄,几座孤零零的木屋,立在公路旁,一匹老马拴在树上,马首朝向远处静静的河流,一切都像是睡着了,无比困倦,她介绍道,这是某位作家的故居,在其人生低谷时,曾驻留于此处;有时则是未经开发的岛屿,妻子为其编造历史,并附上一个牵强的故事,发生在古代,一位骄傲英武的首领,遭遇暗算,狼狈奔逃,退败至此,人马精疲力尽,而身后的追兵不断逼近,行将溃败之时,途经这片海滩,忽然一个浪潮打过来,冲击崖石与山脉,随后是另一个,前仆后继,无穷无尽,相互叠加,渐渐升高,最终在空中形成一道喧嚣的屏障,为其阻隔追兵,首领乘机逃脱,重整旗鼓,报仇雪耻,成就一番伟业。

这两个故事我听过不止一次,妻子对我说,她在讲述时,偶尔会略有改动，有时候那位作家的身份会变成画家，或者已经过世的音乐人，反正也无从考证；而那不存在的浪，有时候会化为一条龙，自远古而来，春分登天，秋分潜渊，从海中升起，栖息于岸，怒视众人，分隔出神与人的两个世界，既不能跨越，也无法弥补。

妻子出差的夜晚，我通常会在家里通宵写作，偶尔顺利，但多数时候陷入停滞。对于我们之间的关系，我难免会多想一些，即使她不讲，我也能猜到。在旅游高峰季，床位紧张，为节约成本，导游与司机往往会被安排在同一间房内。这是小说里的常见情节，他们住在海边的房间里，劳作，漫步，吃药，睡眠，时间在彼处弯曲，也是一个被分割出来的世界。

我见过与她搭档的司机，比我年轻不少，外地人，鼻梁很高，四肢修长，臂上有青筋，还有隐约的文身，辨不清具体图案，与其深色的皮肤相互混淆。他的长相称得上清秀，五官分明，但衣着随意，甚至有点邋遢，倒是很擅长交谈，总能找到新颖的话题。事实上，养蚂蚁这件事情，最初，就是他向我们提出的建议。

我们躺在床上，妻子如是转述：蚂蚁在纸箱里饲养，家里只要有空闲之处，均可安放，卧室、客厅、厨房、厕所，都是不错的位置，电视或者缝纫机上，也未尝不可，总之，所有角落都不要浪费。饲养起来也容易，像对待普通鸟类一样，食物残渣和几滴水就可以，连续半个月不管，也饿不死，它们的生命力很顽强，进货无需费用，但需要向公司缴纳一万元的保障金，公司每隔三个月返一次款，共计四次，总计返回一万三千五百元，即便期间稍有差池，至少也会有一万两千元入账，保本经营，这种蚂蚁目前的市场需求极大，前景广阔，原因是它可以入药，且功效神奇，调理内分泌系统的同时，还能刺激大脑皮层兴奋，激发细胞潜能，相关部门已经发布证明文件。

缴纳保障金的次日，司机便与蚂蚁一起来到我家。他神情兴奋，为我们悉心指导，像是这些蚂蚁的主人，先是在几间屋子里来回走动一番，之后坐在转椅上，望向窗外，推测日光走向，并指挥我将一箱箱的蚂蚁移至阴凉处，我数了一下，总共六箱，每箱近万只。他嘱咐我说，这种蚂蚁行动能力很强，牙齿锋利，时常会咬破一角，钻出纸箱，要做到随时观察、及时修补。若有蚂蚁爬到外面，也不要慌张，装进透气的药瓶里，统一处理，或者抓起来吞掉也行，对身体益处不少，这点他有所体会，此外，其味道也不是那么难以忍受。

安置好蚂蚁后，妻子整理行李，准备去上班，今天是夜间发车，要在凌晨之前抵达目的地，这样旅行团才有机会观赏到海上的日出。妻子换衣服的间隙，我问司机，日出好看吗。他说，没留意，每次都在车上睡觉。我又问，蚂蚁到底是什么味道呢。他说，形容不好，有点酸，你尝尝就知道了。

妻子收拾得很快，拖着皮箱，跟在司机身后出门。我在楼上听见客车发动的声音，笨拙倒转，缓缓启动，在狭小的街道上调整方向，向着远处的日出驶去。我打开一瓶啤酒，开始看电视，天黑下来，我想着那篇停滞许久的小说，不知不觉有些醉，十点钟时，忽然意识到，我今晚将与数万只蚂蚁一同入眠。

临上床之前，我透过塑料膜观察这些蚂蚁，它们爬来爬去，步伐匆忙，像是不断运动着的文字，正在试着组合成一篇文章，我往里面滴了几滴水，想起妻子经常讲起的那个故事，神的水幕将其一分为二。饲养结束后，我关紧门窗，关了灯，躺在床上，却怎么也睡不着，那些蚂蚁爬行的声音从纸箱里传出来，窸窸窣窣，细微而密集，在黑暗里急驰奔涌，我又想起故事里的那条龙，从海中跃起，怒视众人，我对此十分忧虑，却不敢起身，只能祈祷这些蚂蚁不要钻出纸箱。

睡眠断断续续，似乎总能闻到一股烧焦的味道，像正处于一个失火的黄昏。第二天，我起得很早，第一件事就是去看这些蚂蚁，它们好像正处于睡眠状态，很少移动，我悄悄掀开一角，从箱中取出一只，让它在手臂上行走，晨光使其晕眩，它好像还不能完全适应，急速走几步，又停下来，再走几步，仿佛在翻越重山，而风势很大，不得不经常判断一下所在方位。

接下来的一天，我发现自己几乎无心做其他事情，这些蚂蚁也许将成为我与新世界之间联系的纽带，不只是金钱问题，我想象着无数种可能，失窃，火灾，疫情，或者纸箱破损，逃去室外，无限繁衍，毫无疑问，对于妻子和我来说，无论何种情况，都将是一场灾难。我在白天里一直为此担忧，辗转于几箱蚂蚁之间，束手无策，夜里也睡不安稳，总觉得它们在我的神经上爬行，成群结队，持续开采，蔓延至心脏。

我决定以知识去克服焦虑，埋头于书本，查找许多相关资料，仔细罗列，精心呵护这些蚂蚁，甚至忘却时间，不分昼夜，待到我回过神来时，已经是两天后，而妻子仍未归家，我打了个电话，她告诉我说，由于某些不可预估的原因，行程有所延后，让我不要着急。我听后有点失落，此时此刻，我迫切想要见到她，想与之分享蚂蚁的常识，以及我的痛苦与忧愁。又过了一天半，妻子还是没有回来，这次电话也没打通，我开始有些慌神，甚至想去旅行社询问消息，但衣服还没穿好，便打消了这个念头，我想，也许这些蚂蚁更需要我，或者说，我需要这些蚂蚁。

照料蚂蚁的同时，我给妻子发去几条信息，直至很晚，妻子才给我回电话，她的声音很低，对面风声尖厉，她讲话断断续续，但又能听出几分慵懒，我不知道她身在何处，只听见她对我说，又有一些问题，耽搁在半路上，让我不要担心，她也许马上就能回来了。然后便匆忙结束通话。

我稍稍放下心来，并试着转移注意力，强迫自己回归到写作上，仍旧难以为继，这个小说我越写越陌生，翻回开头来看，有那么一瞬间，竟无法辨认是自己所写。凌晨时分，我仔细勘查，终于发现，那股烧焦的气味是不断从小说里传出来的。具体说来，与其中的一段描写关系密切：纸烧起来，火焰高扬，往水里一送，它也不熄灭，就浮在上面，漂着烧完，最后还残留一些火星，在海面上一闪一闪。我思考许久，将这一段勾去。

整整一周过去，妻子还是没回来，她反复对我说着，旅程如同噩梦，他们不断地被突如其来的状况所耽搁，不过还好，一切行将结束，她已经离我很近，咫尺之间。此外，她也很想念我，以及家里的那些蚂蚁。挂掉电话后，我在窗前等待很久，仍是不见她的踪影，我甚至开始怀疑，有没有一种可能，就是这些蚂蚁将时间延展至无限。我在地板上追踪它们爬行的痕迹，试图揭开其中的奥秘。一只蚂蚁在屋内游走几圈，最终顺着桌子腿爬至桌面，落在稿纸上，一格一格仔细经过，稿纸上正是我的小说。

我把它捏起来，放在手心里，在小说未完成之前，我并不希望任何人读到它，蚂蚁也不例外。不过它要是愿意的话，我倒是可以随便讲一讲。我将这只蚂蚁放回纸箱，吸了口气，清清嗓子，坐在沙发上，开始对着纸箱高声讲述，关于一个消失的女人。纸箱内的蚂蚁不断爬动，上下翻腾，撞击内壁，发出顿挫的声响，时而低沉，时而激昂，也像是在与我交谈。

我说，朋友，夜深人静，我们却都睡不着，那就来讲个故事，你或许还不知道，我十几岁就不读书了，成绩不行，家境也差，只能出去混社会，兜里揣着卡簧，卡簧听过没有，也叫侧跳，弹出来反握，藏在袖口里，用的时候转动半圈，拇指抵住刃，斜下刺入，快进快出。我那时候下手黑，反应快，不顾及后果，比较出名。最开始做物流生意，赚到过一些，但也不满足，年轻嘛，总要往高处走，虽然高处有时就是更低处，后来跟着认识一位朋友，我认他作哥，帮他处理一些简单的事务。隔着箱子，那些蚂蚁如急行军一般，步伐铿锵而整齐，而窗外的夜色像一道深河，漫向四周，平平流开。不多时，箱中发出类似说话的响声，回应我说，看不出来，你还有这段经历。我说，有时候啊，我自己都快忘了，想起来像上辈子的事情，继续说，我哥是个人物，名号响亮，呼风唤雨，有好几家歌厅饭店，我成天跟着他，收入不菲，很有地位，可谓春风得意，当时我很羡慕他，现在想想，实际情况未必像我推测的那样乐观，你想想，每天早上醒来就感觉很孤单，身边都是要倚靠他的人，却没有他能倚靠的人。这不好受，跑题了，不说这个。当时我还交了个女友，虽然条件不太允许，但我们的感情很好，无所不谈，在一起时总有事情可做，这种亲密关系，在我的一生里，也只有过这么一次。蚂蚁问，为什么条件不允许。我说，你倒是很会抓重点，现在讲出来，倒是无所谓，我的这个女友，本来是我哥众多情人中的一位，俩人在歌厅结识，她说当时是在勤工俭学，很难令人信服啊，朋友，但她怎么说，我就怎么听。蚂蚁说，你胆子不小啊。我说，也许根本无所谓，我哥并不是那种狭隘之辈，主要还是在我，心里迈不过去这道坎。刚开始时，我们偷偷摸摸，半年后，一不小心，她怀孕了，就有点藏不住，这期间，她一直劝我离开这里，换个城市生活，跟她结婚，回归正途，好好过日子。蚂蚁说，你答应了吗？我说，朋友，我当时只有二十岁，根本没想过这些，更不可能为这个女人把一辈子都搭进去，于是犹豫几天，找了个借口，骗她说，不能再在一起，我哥已经有所察觉，可能会有麻烦。蚂蚁说，她信你吗？我说，当然骗不过，不过这样一来，她也就知道我的想法了，总归是有点伤心，哭闹过后，让我陪她去打掉孩子，我如释重负，松了口气，或许还有一点要说明，就是她比我大十岁整。蚂蚁说，跟这样的女人有过一段，肯定难忘。我说，没错，本来约好第二天上午去医院，头天晚上出事了，我陪我哥去谈生意，喝了不少酒，散场之后，司机去后院取车，我俩站在门口等，我想搀着他，他却一把将我推开，我正不知所措时，忽然有两个骑摩托车的冲到面前，头盔没摘，直接掏出枪来，其中一个用枪顶着我，这个阵势，第一次遇到，我吓得不敢乱动，口干舌燥，酒全醒了，冷汗直流，另一个朝着我哥开枪，瞄得很准，不慌不忙，像是在执行死刑，总共三声，我哥倒在台阶上，那俩人迅速分头离去，我立在一旁，一句话都说不出来，也跑不动。后来有人报警，我被带进派出所，接受调查数日，也没任何线索，无迹可寻，放出来时，才知道我哥当天就死了，没抢救过来。我又去联系女友，却怎么也找不到，如同人间蒸发，两个我最亲密的人，全都消失不见。我极其失落，万念俱灰，我哥这一走，很多债主上门要钱，此一时彼一时，人不在了，牛鬼蛇神全部到位，我很不服气，带了白酒和砍刀，孝带裹身，坐在他家门口，前后待了三天三夜，为其守灵。蚂蚁说，有你这么个兄弟，也算值了。我说，不是一回事儿，我总觉得有所亏欠，女友一事倒是其次，主要是没尽到义务，当然，子弹是拦不住的啊。不过这个事情，后来有很多传言，对我颇为不利，我也没办法辩解，只好隐姓埋名，换个身份生活，那些年里，这样的事情不难办到。蚂蚁说，后来也没抓到凶手？我说，没，你要知道，死了这么个人物，警方也许求之不得呢，女友那边，也没有踪影，我找了很多年，从南到北，依然毫无线索，很不理解啊，一个人怎么能就这样消失了呢。

　　蚂蚁说，你想没想过，为什么要给你留条命呢，我的意思是，存不存在另一种可能，一个女人要是爱上另一个人，任何事情都做得出来。我说，说不好，不过我想，她的离去，还是因为我失约，她一定相当失望，认为我是懦夫，某种程度上来说，的确如此。蚂蚁说，女人看着软弱，实际上，做许多事情时，要比男人坚定。我说，后来，听到一个说法，也无法验证，有人告诉我，她当年离开之后，四处漂泊，在游轮上唱过几年歌，凭海临风，几乎没上过岸，她唱歌很好听，当年绰号小邓丽君，还会几首她的日语歌，有一首很著名，叫《夜幕下的渡轮》，她模仿得惟妙惟肖，我很喜欢，所以现在只要一有机会，我就去海边。朋友，你知道，虽然跑内陆运输赚得更多一些，但我不愿意去，现在这样很好，带带旅行团，隔几天就能看到海，也许有一天，可以听到她的歌声，哪怕相隔遥远，只要她唱，我想我一定听得到。

讲完后，屋内传来一阵撕裂的响声，我还没来得及做出反应，那些纸箱便已四分五裂，数万只蚂蚁从四面八方涌过来，彼此借力攀登，如锁链或者血管，组合成人形，坐在我对面，像一道不断流动着的影子。他对我说，朋友，你的故事不错，我也有故事回赠，关于我的一位友人。我们在年轻时相识，他模样英俊，家境好，工作也不错，就有一个毛病，好赌，输得倾家荡产，还借了不少外债，老婆要跟他离婚。虽然赌瘾大，但他还是很爱老婆的，当时被逼得走投无路，债主上门，甚至以妻儿威胁，怎么办？一筹莫展之际，其中一位女债主给他指了一条路，简而言之，就是让他去做次杀手，往大海里面扔个人去喂鱼，报酬可观。他算了算，这笔钱够他偿还大部分债务，也许还能重新生活。他思前想后，决定接下这项任务，租好船，琢磨方案，怎么动手，什么时刻，补救措施，都在心里反复演练。头天晚上，睡不着觉，有好几次，他都想反悔，干脆逃掉，也许他根本不适合做这样的事情，但不知为何，他仍躺在船里，纹丝不动，仿佛被钉死于此处。第二天，按照计划，他开车去火车站接人，连续几趟车，却怎么也没有接到，而且死活联系不上对方，他只好又返回船上，给女债主拨通电话，对方也诧异，怀疑事情败露，匆匆挂掉，这件事也就不了了之，后来听说，原来前一天晚上，那人在外地被袭，直接丧命，不需要他再去动手。有时候命运这东西很奇妙，朋友对我说，做了这么多准备，结果都没用上。我说，然后呢？蚂蚁说，他回到家里，装作什么事情都没发生过，不过老婆还是跟他离了婚，再往后，他改邪归正，去海上打工几年，当水手，在深海里放灯泡，见识许多风浪，也吃了不少苦，慢慢还掉债务，又娶了个新妻，生了个儿子，一家人过得很幸福，满月酒还邀请我去，相当阔绰，包了一艘船，真是热闹啊，他满面红光，气色极好，整个人跟以前完全不同。对了，他老婆虽然不算年轻，但长得不错，唱歌也动听，当天特意献唱几首，嗓音一亮，满堂喝彩。我们那天在船上玩了个通宵，早上去看日出，太阳从苍茫之间升起，炽烈而宽广，真美啊，我们的船追随着云缝间的阳光驶去，所以说，朋友，人啊，有时候就是一念之间。我说，是啊，一念之间，但是你信不信，风如猎手，而海是藏不住罪的，哪怕你动过一点念头，它也会通过浪潮的声音讲述出来，反反复复，像是一道咒语，像是几颗火星，你的朋友虽然没有杀死他，但他仍是凶手，如蚁一般，在逝者的躯体上爬行。

　　故事讲完，我们相对而坐，仿佛处于同一艘游轮里，引擎忽然静止，水声消逝，船正浮于夜海的中央。他沉默片刻，又说，我那个朋友，其实就是我啊。我说，猜得到，说自己的朋友，往往都是自己，简单的道理。蚂蚁说，对不起啊，撒了个谎。我说，也不要紧。蚂蚁说，经过这件事后，不知怎么了，我居然开始走运，十赌九胜，但这次我学聪明了，见好就收，最后全身而退，我现在对什么都很珍惜，一切来之不易。我说，但是朋友啊，海是藏不住罪的。他叹了口气，不再说话，那些蚂蚁也不再游动，月色之下，躯壳反光，形成一面黑镜，我在它身上看见自己的倒影。长风吹拂，外面传来歌声，一首久违的日语老歌，远处仿佛海港，有灯火闪烁，船身摇荡，即将起航。我从沙发上站起来，扭扭脖子，舒展臂膀，活动一下身体，悄悄掏出卡簧，弹开背锁，抵住利刃，骤然向前冲刺，而组成人型的蚂蚁，只一瞬间，便坍塌在地，重又分散，化作无数细密的符号，缠绕四周，将我团团围住，云遮蔽火光，夜如帷幕，低沉垂落，在不曾间断的歌声里，蚂蚁逐渐覆盖在我身上。

原载《小说界》2019年第1期

王小王

魔术

A

他贴着墙走，贴得那么紧，就像那墙是一张床。路灯把他的影子在地上拖来拖去，毫不怜惜。他今天很想回家，想早早躺下来，什么也不干，就那么躺着，安安静静。有个人站在他面前他也没有注意，直到他撞到那人的身上。确切地说，是那人撞到他身上。他抚弄了一下那小男孩儿的头，把他轻轻推到一边，接着向前走。

小男孩儿绕到他前面，推他的肚皮，说："哎！"

他摇摇头，说："不，今天不需要。"

"为什么？"

"不为什么，就是不需要。"他朝小男孩儿歉意地笑笑，从那小身子和墙的中间挤过去。他现在只想贴着墙，就像他现在要回家，就像他以前常让男孩儿们那样对待他，没有理由，就是想这样，就是想那样。他从不给自己找理由，那没什么用。理由对自己有什么用？理由是对别人说的。对自己来说，有理由也好，没理由也好，一切都该怎样还怎样，既然无法改变，干吗要费劲给自己找个理由？

"那不行，我需要钱。"小男孩儿再次挡住他，却扭过头看向另一边的街角。

他顺着小男孩儿的目光看到了一群男孩儿。五个，或者六个。他们待在房屋的阴影里，路灯洒在他们前面的空地上，照不到他们。

"我们都来了。"小男孩儿接着说，并且转回头直视他，眼神里有了不屈的光彩。显然，伙伴们的存在给了男孩儿坚持的勇气。"怎么样？我们找好了一个地方，没有人会发现。要么，我们便宜点儿？"男孩儿接着说。最后这句话让那张小脸上显出了纯真。

他看着男孩儿，心里头一次充满了不一样的感觉，很疼爱似的。他伸出手抚摸男孩儿的脸。男孩儿使劲儿打掉了他的手，恶狠狠地蹭自己的脸。这个抚摸让男孩儿很气愤。"快点儿，跟我们走！"男孩儿盯着他，向上扬起了手挥动着，街角的几个孩子跟随那手势的召唤出现在灯光下了，向这边走过来。他看清了，是六个。

七个男孩儿围着他，抬头盯着他。他们中最高的那个的头也刚刚才到他的胸口。他想起了七个小矮人和白雪公主，觉得有些可笑。

也许他脸上露出了一点点笑意，也许男孩儿们把这笑意当成了默许，也或者当成了轻蔑。总之他们如同得到了号令，突然一拥而上，对他拳打脚踢。他们沉默着挥舞拳头，飞动麻秆一样的细腿，紧咬牙关，带着说不清是努力还是恨意的扭曲表情。他也一言不发，只是把身子紧紧贴住墙面，微蜷身体，闭上眼睛，像一个在噩梦中抽搐的人。

他高大，虽说不上威猛，但是两条胳膊也跟圆木一样粗壮结实，拳头攥起来，朝随便哪个男孩儿的脸上捣下去，也会砸出鼻血来，或者毁掉一两颗小牙。但是他不动，男孩儿们也似早就知道他不会还手一样，踢打得勇猛而坦然。

"多长时间了？"最高的男孩儿奋力舞出了自己的最后一拳后，先停下来，站到一边问。

男孩儿们跟着都停下来了，喘着粗气，散在他的四周，有一个一手扶着墙，看起来累得够呛。今天他们特别卖力，他们觉得自己表现很好。最先出现的那个小男孩儿抬起胳膊，撩起过于宽大的袖口，看手腕上一只金光闪闪的表。表盘对那只细胳膊来说大得要命。他认出，是他的表。是他以前给他们的。那一次他应该付给男孩儿们三百八十块钱，他们拿了八十块钱，提出要他的表。那是他最不值钱的一块表，出门前临时换上的，但也值六万块，他觉得就当它是几百块也没什么，于是把表给了他们。后来他注意到，男孩儿们轮流戴那块表。他没有提醒他们应该把表卖掉，他自己也不知道是不想说，还是懒得说。他想，也许孩子们突然觉得他们的"工作"与时间有了关系，因此赋予了一块表更庄严的意义吧。

"差不多十分钟了。"小男孩儿看着表，郑重地回答。

他无奈地苦笑。

高个子男孩儿向他伸出手来，"十分钟，一分钟三块钱，七个人，呃……二百一十块钱。"

他摇了摇头说："不，今天不算。"

"呸！"高个子男孩儿高高跳起来，一脚踢到他两腿间。

他惨叫一声蹲下去，仍然说："今天不算，我只想回家！"

男孩儿们再次扑上来。这次他们不再是沉默的，每个人都在边打边问："算不算？算不算？算不算……"

奇怪，他们问得越多，他越不想回答，他在心里对自己重复着说："我想回家，我想回家……"没人听到他心里的话，就算是听得到也没人在意。他听着此起彼伏的"算不算"，猜想男孩儿们的心里一定也有他听不到的声音。他感觉到他们这次打得比刚才凶狠多了，他的腿支撑不住了，只能躺下来。尽管他今天真的不想这样，但也不会还手，他只是护住自己的口袋，不是为了护住钱包……

他突然想哭。

B

"滚开！滚！快滚！"年轻人扯住一个男孩儿的领子把他扔到一边，又拨开另一个，然后向那个仍没停手的孩子的屁股上狠狠地踢了一脚。现在所有的男孩儿都停下来了，但没有滚，他们看清了这个制止他们的人，迅速低下头来，向其致敬，并像受到过训练一样齐齐喊道："二郎神。"

等年轻人从鼻子里哼出一声算作答复，那高个子男孩儿才抬起头来低声说："他还没给钱呢。"

"你们没听到吗？他今天不想给。"年轻人的手动起来，所有的孩子都不由自主地捂住脑袋。但他只是将手停在空中。男孩儿们放下胳膊，有些羞愧又有些松了口气地互相看看。年轻人的手在空气里一抓，几根烟便出现在他指间。男孩儿们齐声叫好，然后几只手伸过来抽走了烟。他又向空气中一抓，掌中便多出一个打火机来。又是一阵叫好。他先给自己点上烟，深吸了一口，才把打火机扔给高个子男孩儿。打火机在男孩儿中间传递，一个个烟头儿次第亮起红光来。年轻人吸着烟看男孩儿们，突然抢下一个男孩儿的烟扔到地上踩灭，说："小崽子，学什么抽烟？"那男孩儿最矮，看上去是最小的一个。

"你，你给的嘛。"小个子男孩儿小心翼翼地辩解。

"我给你了吗？"年轻人略弯下腰，把头探到男孩儿跟前。

"没有没有没有，你就这么着，我自己拿的。"小个子男孩儿显出了机灵，一边说一边学着年轻人的样子伸手在空气中挥舞。

年轻人嘴角向左面撇撇，算作是笑。男孩儿们跟着笑，他们都笑出了声音，嘴咧得大大的，夸张得很。

"滚！"年轻人直起身来，挥了一下拿烟的那只手，长长的烟灰猛地抖落。

男孩们被惊吓到，不约而同地飞快跑了几步。离开一些距离后，他们慢下来，转过来倒着走。那最先出现的男孩儿喊道："我妈没钱买药，我需要钱。"可当那年轻人矗立在路灯下的身影刚慢慢转过一半，他就转身拔腿向街角跑去，其他的孩子们也跟着他跑远了。他们害怕这个年轻人，这个外号"二郎神"的小伙子是这一带的霸主，当然只是针对一部分人来说。不过，恰好是这群孩子所归属的那部分。

这段时间内，被孩子们殴打的那个男人一直蜷缩在墙边，他静静地躺着，为了晾干自己的眼泪。

"二郎神"背朝着那个人，多年以前，他便用"那个人"给那个人重新命了名。这个称呼既有些崇拜，又有些轻蔑；既含着些恐惧，也带着些需求；既亲切，又陌生。"那个人"在他和其他孩子中间秘密流传，谁也不知道他真正的姓名。"二郎神"的目光跟随着男孩们奔跑的脚步声，仿佛看到若干个自己在四下逃窜。他换上一副忧愁的面孔，慢慢将烟吸完，然后踩灭烟头，走到"那个人"的身边站着，静静地俯视那具同样安静的身躯。

过了好一阵儿，"那个人"才撑着墙站起。"二郎神"把目光移开，移向斜上方的夜空。

"谢谢。""二郎神"听到"那个人"说。而他回应的方式只是把双手插进牛仔夹克的口袋。其中一个口袋里有一把灵巧的弹簧刀。一按那个按钮，轻轻的"当"的一声，闪着银光的刀片就从黑色的刀把里长出来，像魔术一样精彩。当然，"二郎神"没有马上变这个魔术。他在暗处等着这男人出现，然后一路跟踪，本来就是为了变一个更大的魔术，比如白刀子进红刀子出。

可男孩儿们的出现打乱了他的计划，也搅乱了他的心思，现在，看着"那个人"的样子，"二郎神"没有了表演的欲望，他想，也许还不是时候。

C

他仍旧紧紧地贴着墙，向前走，疼痛让他步履缓慢。年轻人走出一段距离，便靠在墙上等他。等他离得近了，再闪开身子，把墙让给他，自己站在一边。他走出一段距离，便又听到年轻人沙沙的脚步从后面赶上来，超过他，走到前面去，走了一段，又停下来。有那么一次交会的时候，他扭过头去，觉得应该跟这年轻人说句话，可是却被内心的虚无感抑止了，于是接着向前走。年轻人走走停停，紧抿双唇，似乎也决意就如此无声伴随。

夜那么长，足够他们这样走下去。他看着自己的两只脚交替着一前一后，机械地重复像蕴藏着什么玄机，可他无力去想。他们的路却远没有夜色那样长，那堵墙到了尽头，他们停了下来。前面，是一扇阔大的门，大得让人不知所措。他在粗壮的铸铁栏杆前站了一会儿，才想起也许应该在这儿跟这个被称为"二郎神"的年轻人告别。

他看向"二郎神"，刚欲开口，那年轻人的目光却从他脸上移开了，越过他的头顶，在他的身后缓缓飞起，落在高处。他被那束年轻的目光指引着转身，在明亮的灯光中眯起眼睛，仰起头，沿着栏杆向上寻着，终于看到栏杆顶端那铸着繁复花纹的一排巨大箭头。它们直直地指向夜空，好像在着重提示着方向——向上……

两个人都受了暗示一样向上望着，头向后仰起，像两个叠加的问号。等他们的目光都从上面落下看向地面时，两个人仿佛获得了某种默契，低着头并排向那大门走去。在一侧的小门前，他掏出门卡贴在磁锁上，门"哒"的一声启开了一条缝。两个人一人伸出一只手，共同推开门，然后并列着走了进去。他感觉到"二郎神"的手撑起了他的胳膊，尽管有些生硬，但毕竟是一个依靠。他把身边的人当作墙，竟然感到些许安定。

D

"二郎神"走进来才感觉到诧异，像冥冥之中有什么驱使他，他对自己说：也许我只是需要一个新的变魔术的场地。这个高墙中的院子是不属于他的世界。大墙中套着小墙，小墙内是一幢幢漂亮得吓人的房子。他的名号在这个别墅区叫不响，他在一街之隔的广阔地带叱咤风云，走进这墙内，却还不如路旁精美的欧式灯柱引人注目。他憎恶富人，也曾靠着劫富济贫酣畅地表达过这憎恶，可当他真正面对一片庞大的富丽时，却陡然失去了力量。他突然扶住身旁那刚刚被一群孩子殴打过的男人，反倒觉得自己也被支撑了。他早就知道"那个人"住在这里面的某栋房子里，关于这个男人他只知道这件事，和另外一件事——正是这另外一件事，将他们联系起来。

"二郎神"九岁的时候——那时他还没有这个响当当的名号——也是一个夜晚，他正拖着一个破袋子四处寻找空饮料瓶子，这个男人走过来，将手中一瓶只喝了一半的矿泉水递给他。他们的故事便开了头。

他看看这个突然出现的陌生人，迟疑了一下，便拧开瓶盖，倒掉了里面的矿泉水，把瓶子扔进袋子。然后含糊地说了句"谢谢"。

男人点点头，没说什么，也没有离开。

等他迈开步子向附近一个垃圾箱走去，男人跟上几步，在后面轻轻地说："你想挣钱吗？"

他听清了,却又像没有听清。他对这句话充满困惑,于是他回过头,张开嘴,吐出一声:"啊?"

那男人却犹豫了一会儿才重复道:"想……挣钱吗?"

这句话让一个穷人家的孩子如此心潮澎湃,以至于他飞快地返身奔回男人的面前,一边使劲点头一边说:"想啊,想啊,想啊!"在他当时的想象中,男人会把他带到一个地方,那个地方有数不清的空饮料瓶子,全都属于他一个人。

然后,这男人确实把他带到了一个地方,是一栋刚刚被推倒一半的房子。那个时候,别墅区刚刚建成第一期,在那些气派的新房子旁边,大片的老房子被推倒,还有大片的老房子被涂上丑陋而气势汹汹的"拆"字,那块原来充满了穷酸气的土地正等待着脱胎换骨。他在破房子里没看到一个瓶子,只看到那男人在黑暗中闪亮的眼睛,他感到了恐惧,以超常的机敏悄悄后退,正准备拔腿而逃。"一分钟一块钱。"他听到了这句话,瞬间就有了把生死置之度外的豪迈感,他对自己说:"妈的,豁出去了。"

"你要我干什么?"他努力使自己显得粗声粗气,仰着天不怕地不怕的小脸儿问那黑暗中的男人。

"打我。"男人说,"打我,不停地打,使劲儿打,我说停才可以停。"

"我打你?"他一时间怔住了,然后自顾自地肯定是那男人说反了。他认为这件奇事最起码应该是那男人要打他才可以接受,如果是反过来,那就太过于奇特了。

"是的,你打我。用拳头也行,用脚踢也行。随你怎么样。一分钟给你一块钱,十分钟十块钱,一小时就是六十块钱,两小时……"男人停住了,期待他的肯定。

"为什么?"他必须这么问,这是无法避免的好奇心。

"不为什么。"男人轻轻答道。

他没有说话,用沉默的目光重复着他的问题。

男人抬起头,看着废墟中残破的夜色重新回答:"因为我想这样。"等了一会儿,重又看着他,很温柔地问:"可以吗?"

他愣住了,这事儿对他来说实在是太可以了,但他又觉得不可以,他不知道该说些什么。他用力看着眼前这个高大的男人,光线暗淡得看不清男人的神色，只看到男人那双眼睛里透露出的恳求。最后，仿佛是这目光，而不是钱的驱使，让他扔掉了手里的袋子，试探着以不大不小的力量向男人肚腹上捣了一拳，作为他给那男人的答复。

如果我是富有的，那个夜晚就不会存在——"二郎神"置身在这另一个世界，在心中回望自己生长的贫民区，感到了说不清根由却无比清晰的痛楚。

E

拐过两道弯，他看到了自己的家。今天他原本特别想早早回到家里，在床上躺下来，就那么一直躺下去……

可突发的事件耽误了他的渴望。那群男孩子，那群他经常付钱请他们殴打他的男孩子，今天主动进行了工作，可却没从他这儿得到回报。他听到了那小男孩儿远远的喊声，说他母亲等钱买药。他有点儿后悔没给他们钱，尽管他今天真的不想被打，但是给他们一点钱又能怎么样呢？孩子们已经把打他当成了一项工作，一个挣钱的行当，当他们需要钱的时候，他成了他们的希望。而今天他的固执让他们的希望落空了。可他逼问自己，确实是因为固执吗？

以往男孩儿们打他的时候，他感到的是安慰，今天他却感到了悲凉。悲凉使他觉得自己是一个受害者，是一个可怜人，悲凉也使他丧失了付钱的勇气。

是的，为这种事付钱是需要勇气的，他的地位，他的财富，让他有勇气以这种方式承认自己是一个变态。然而当回家的渴望被孩子们不由分说地阻断时，他突然在心里缩成了一个更小更弱的孩子。他希望能被放过，可没人理解他，没人同情他，他们不但不在乎他的心情，甚至连他高大的身躯也不放在眼里。而且他们也不想从他这儿抢钱，他们只是要让他屈服于自己的角色。这种彻底的鄙视让他由最初的不想付钱变成了不敢付钱，他已丢光了一个有钱的变态者的自信。他蜷缩在墙边，虽然他已准备好去死，却并不想死在那儿；虽然他并不想这样被打死，却也没有自救或反击的欲望。他只是小心保护着口袋里的药瓶，心中被担心一种死亡阻止另一种死亡的忧虑占满。这种对于"死"无法把握的感觉，让他更加绝望。

可"二郎神"救了他，他感到了羞愧。

曾有接近五年的时间，他们不定期地相聚，以逐渐发展的默契保持着一种奇异的关系。甚至随着物价的提高，他为领受殴打所付出的费用也自然地增长。这男孩儿用打他赚来的钱补贴家用，他粗略算过，已经相当于一个成年人在工地上付出苦力的报酬。而他得到的则更多——他是这样认为的——当他心中郁结难耐，无法排解的时候，一个男孩儿落在他身上的拳脚会将一些烦闷赶跑、打出，让它们暂时远离他，让他可以顺利地走向新的一天。

直到突然发现他承受的已不再是他所需要的，那已经变成了来自一个少年的只能让人痛苦的殴打，他无法从中感受快慰，只有身体上的痛。他明白了，他不需要一个少年，他只需要小男孩儿，十岁左右的小男孩儿。

他知道有一种人被归于"恋童癖"，但他也知道自己不属于这个群体。他的怪癖无法命名。没有名称，意义便无从附着，这成了他生命里一个不可说的事物。"凡是能够说的事情，都能够说清楚，而凡是不能说的事情，就应该保持沉默。"他便对自己沉默了，屈从了这不可说的召唤。于是一切没有因为小男孩儿变成少年而终结，少年"二郎神"得到了一个新的工作——为他寻找新的小男孩儿。十四岁的小"二郎神"乐于接受这新的安排，并迅速地扩大了"业务"，接下来的几年，贫民区里的适龄男孩儿都或多或少地从他这里获得过这种特别的"资助"，小"二郎神"通过这业务建立了他最初的权威，并得到了更丰厚的回报。后来，这个最初以这种怪异方式与他结缘的男孩儿淡出了他的生活，很久没有再出现。他对此并不在意，对他来说，男孩儿们都是一样的，只要他们打他。

尽管已经几年没见，今天当"二郎神"站在他面前的时候，他还是马上便认出了那副面孔。他想起，当他在备受心中那无以名状的折磨时，正是今天的这个人给了他突如其来的光亮。他发现被那男孩儿痛打一番的渴望像饥饿中面对食物一样无可抵挡——那是他的"第一次"；在他的计划中，"最后一次"已经在上一次结束了，然而就像冥冥之中被安排，他被动被强加的"最后一次"结束在开启"第一次"的人手中——那个男孩儿已长大，具有力量、威严和响亮的跟神有关的名号。想到这些，他有些感动,然而却不是感动于被搭救,而是感动于这种命运的巧合。

他将钥匙插入锁孔,转动了一圈,停住了。他突然感到了此刻的情境充满了吊诡——他为什么没在小区门口感谢这个年轻人的搭救和护送然后对他说再见?为什么要将他带回家?尽管他没有用语言表示邀请,但他用行动引领了跟从。这是为什么?这不是他最后的一个夜晚吗,他有这一生最重要的事情要做。可为什么……

他转回头看向"二郎神",当年那张稚嫩懵懂的面孔如今已布满与年龄并不相衬的阴郁和沧桑。他想起多年以前他们第一次相遇时,自己抛给那个疑惑的小男孩儿的答案——"不为什么"。为什么要问"为什么",自己那个"为什么"的源头便全然隐蔽在虚空之中,除了他需要被殴打的时刻,他在自己生命的其他时空中全然回避着这个现实,并用强大的心理暗示承认了自己是个天生的变态。有一次,他曾向一个即将跟他结婚的女人坦白了自己这个独特的嗜好,结果那个女人揪住这个问题不放,不停地问他为什么会这样,结果,他只能痛苦地选择了与之分手。

"不为什么。"他很快给了自己答案。钥匙接着转动,锁孔里"咔哒"一响,门开了。

不为什么——这几乎已是他的人生信条。他打开门,以一种从天而降的茫然的亲近感邀请"二郎神"走进了他的家中。

F

"二郎神"换好拖鞋,走进去,站在客厅的中央环顾这个富丽堂皇的房子,再次把双手插进上衣的口袋,右手抚摸着里面的弹簧刀,仿佛在安抚那把刀的惊讶。他当然知道"那个人"是个有钱人,但从未想到过富有到这种程度。说不清是憎恨还是恐惧,总之这富有一时让他无法接受,他把不可思议的目光移向"那个人"。

"这是你家?"他问。

"是的……算是吧。"他听到"那个人"低沉且压抑的回答。

"什么叫算是?租的?"

"不,不,那倒不是,是我的房子。""那个人"说,"不过,有时候觉得它不像个家。"

"二郎神"点了点头，这句话让他有了认同感，他也时常觉得家不像家。

"那个人"很感激他的认同似的笑了笑，然后指着沙发提出建议："坐？"

"二郎神"犹疑地看着身后那张硕大的皮沙发，向它移近了一步，却没有坐，还是回过身来直直地站着。

主人也那么站着，两个人面对面，透露出不知道要拿对方怎么办的窘迫。

"二郎神"摩挲着他口袋里的弹簧刀，突然觉得很口渴，于是问道："有……啤酒吗？"

"那个人"愣了一下："啤酒？"

"二郎神"突然想到他不应该在这个家里留下太多痕迹，随即改口说："不，不，算了。"

可是，当"那个人"向厨房走去的时候，"二郎神"却又感到自己无法阻止。他的目光追随"那个人"一路点亮灯光走进厨房，隔了一会儿，他看着"那个人"怀里抱着一堆易拉罐出来——啤酒。他觉得自己应该帮一下忙，可他仍然保持着双手插在口袋里的立定站姿，似乎自己是一个被紧缚的木乃伊。

一堆易拉罐散放在大理石面的茶几上，叮叮当当响了一气才稳住。"那个人"又返回厨房，再回来时，他又抱了一堆东西。同样，一股脑儿摊在茶几上。"二郎神"感到身体慢慢松弛下来，可以改变姿势了。他在沙发上一屁股坐下，双手从口袋里伸出来，迫不及待"砰"地开启一个易拉罐。

好像两个人都渴得要命，一人一罐啤酒咕咚咚地喝下去，他们又几乎同时打开了第二罐。这次，他们慢了下来，并且开始享用花生米和薯片，每喝上一口还要碰一下彼此手中的易拉罐。无论是否用力，这种"碰杯"都只发出音量几乎固定的小小声响，如同背对一个发声障碍的人，即使他涨红了脸在你背后拼命嘶吼，你也只听到平静。

第二罐就这样有些优雅地喝完的。

"再来一罐？""那个人"指着茶几上的啤酒问他，算是谈话的开始。

他当然再来了一个，他要做的事还没有做。

"你一个人？"喝了第三罐的第一口后，"二郎神"问道。

"是的。"

"离婚了？"

"那倒不是，一直没结过。"

"没有女朋友？"

"很久没有了。"

"二郎神"抓起一把花生米，犹豫着，往嘴里抛了一颗，还是问道："你喜欢男的？"

"那个人"愣住了，抬头看他，然后苦笑着摇了摇头，回答："不，不是你想的那样。"

"二郎神"一边看着"那个人"，一边喝光了手里的那罐酒。

在他小的时候，每次依照这男人的请求对其进行殴打时都觉得不可理喻，虽然再不问为什么，可"为什么"始终萦绕在他心底。最初，看着蜷在地上老老实实挨打的那具身体，他心里涌动着不由自主的同情。然而疑惑慢慢折磨着他，没有出路，他开始在自己身上寻找。这样他便逐渐感到了自己的可悲——一个被有钱的变态者所驱使的"打手"，一个摆脱不了自己命运的穷孩子。对，这就是他的命运。再下手的时候，他不必等"那个人"要求"再用点儿力"了，他用尽全身的力气，每打一下都带着恶狠狠的快感，仿佛他打的是那个掌控他命运的魔鬼。可是每次结束，看着那离去的背影，他又会生出强烈的悔痛。他对"那个人"的情感是复杂的，复杂得让幼小的他难以承受。他下定决心要拒绝，但是不知道是因为金钱，还是"那个人"本身，他被说不清的力量诱使着，一次次地回应着召唤，来到"那个人"的身边。他恨自己，也恨那个变态的男人，然后，他终于觉得整个世界都如此面目可憎。

长大一些之后，当他懂得了男女之事，便立即轻率地给了"那个人"一个结论——性变态。他不想再被疑惑控制了，他需要一个答案。于是他便认定，"那个人"是一个天生的性变态，靠这种方式达到性快感。这虽然让人恶心，但起码是个理由。有理由的事情才能让人心安。好了，这样一来,他终于可以坦然地对待"那个人",对待整件事了,一切变得简单了。

可今天,多年来的判断遭到了否定。"二郎神"盯着男人疲惫的脸,看出那张脸上没有半点欺骗的意味,只有说不出的苦楚。"二郎神"对"那个人"重新疑惑了。这疑惑因为经年的根基,生长得极为迅猛,像杂草侵占庄稼,呼啦一下把他心里的恨挤得细瘦。现在他只能再喝一罐啤酒——他原本想喝完这一罐就完成他的计划。

G

他没想到会有这样一天,他跟"二郎神"坐在他的家里,而且还喝着啤酒。尤其是在这样特殊的一天。他觉得这个邂逅虚幻得不可思议,甚至怀疑这是不是一个真的"二郎神"从天而降。

他把手揣进衣服口袋,握紧那装满药片的小瓶子,瓶子圆滚滚的形状完美地贴合着他的手掌,他感觉到了一切将要结束前的心安。这让他开始认真审视眼前的年轻人,审视他们的相遇与相处。他认真追忆起那个最初的夜晚——当他看到那个捡瓶子的小男孩儿,心里突然涌上来的念头像一阵不由分说的风吹着他走。他追随着那个瘦小的昏暗中的身影,积年的厚重阴郁有了裂口,这种感觉实在诱人,让他难以抑制自己,终于还是用钱来满足了愿望。他当然知道这跟性取向毫无关系,当他置身于男孩儿的拳脚下时,并没有半点儿身体上的性满足,只有来自内心深处的获得救赎的安慰。他喜欢女人,想爱女人,这一点毫无疑问。可命运没有让他遇到那个愿意疼惜他的女人。而他也并不确信该如何爱一个人,他精通的是与人的相处之道。他相信,妥善处理各种关系,使双方的利益最大化,需要的是智慧,而不是情感,或者说,恰恰需要的是没有情感。

"砰"的一声,"二郎神"启开了第四罐啤酒,朝他举起。他回应,将自己手里的一口气干完,然后也启开了另一罐。从这时开始,他们都喝得很矜持,慢慢地啜饮,没有人再去碰茶几上花花绿绿的食品袋,气氛与其说是尴尬,毋宁说是种别样的和谐。

他想,这也许是他在人世间最后的安详。这个"二郎神",像个特意来送行的使者。出于感激，他让自己的语气充满关切。"你过得怎么样？"他向前探着身体问道。

"二郎神"看他一眼，短暂而锐利，像飞出来的针。

他被扎到一样倏地闭上眼，"二郎神"的眼神儿却"余晖效应"般久久地在他眼前晃动。

夜已很深了，不论每个别墅主人的生活有着怎样的生机盎然，别墅区这时只有一片死气沉沉的寂静，甚至能清晰地听到 "二郎神"咽下啤酒时喉头滑动的声音。他微微摇了摇头，是对自己的否定，他假设有人也如此问他，而他对这样一个问题只能摇头。"你过得怎么样？"这个提问看似关切，实际上却充满敷衍的虚伪，对于一个人来说，这是个天大的问题，几乎没有答案。于是他感觉到这沉寂中浮游起浓浓的苍凉，他深吸了一口气，轻缓地发出一声叹息。就在那叹息的结尾处，他听到一句让他意想不到的话。

"我今天打了我爸。"

他觉得自己没有听清，再次探出身体发出短促的疑问："什么？"

"我今天打了我爸！"易拉罐被捏得"砰"地凹陷下去一块，啤酒溢出来，打湿那双青筋暴起的手。他们四目相对，他看到"二郎神"眼球暴凸，蒙着一层颤动的泪水。他下意识地蜷起身，双手撑住额头。

如果在往日，不是今天；如果是另一人，不是面前这个，他确信自己会对这句话无动于衷。即使他会说出最得体的宽慰和劝解，但他的内心不会因此波动。但偏就是在今天，偏就是这个人，于是这句话像一个漩涡，把他吸了进去，他感到胸腔憋闷，呼吸不畅。他的家乡有一条河，他长在河边，却害怕水。他记得自己不会游泳，从没有过溺水的真实体验，可是他却总是梦到那条河，梦到他站在河边，河水卷成一个巨大的漩涡，一瞬间便将他吸入，淹没……他从沙发上站起身，深深地吸吐着空气，在客厅里转圈儿。直到一声脆响将他惊得呆住——"二郎神"把手里的易拉罐砸到他的脚边。酒溅到他的脸上、身上，竟还在地面上留下一摊完整的圆形。这溢着酒香的圆太过完美，简直像魔法一样神奇，神奇得似藏着什么暗示。

他从水中挣扎出来，回到岸上，头上已沁满汗水。他坐回沙发，迎向

"二郎神"的目光，看到那双眼睛里闪烁着复杂而强烈的怨恨。他还未及去探究这怨恨的根源，却莫名地感到了一种深切的自责。他们之间有着一种奇特的缘分，这缘分不美妙，不温情，似乎只关乎双方的需求。他支使"二郎神"，利用"二郎神"，他的钱帮助"二郎神"和其他的那些男孩儿们补贴了家用，他出手大方，甚至还为此而感到过些许欣慰。他不想知道他们站在他面前，得知自己将要做的事的时候是什么感受，也不想知道当他们下手殴打他的时候心里承受着什么，是否也在挣扎和痛楚，更不想知道这项怪异的"工作"带给了他们人生怎样的改变。他只关心自己。在被他们殴打时，他只享受着自己心中那深重的痛楚被暂时驱散的轻松，陶醉于那自欺欺人的解脱，沉湎于祈祷自己的重生。他想起那个童年时代的"二郎神"，想起那双在黑夜中望向自己的清澈双眼，那眼中有天真的疑问，还有生活的渴求。他无比强烈地想在那双眼睛的注视下受刑，却并未考虑那个被迫行刑者的感受。当他感到刑罚缓解了自己灵魂的折磨，却从没有想到这折磨已一点一点地渗透进行刑者的生命。那男孩儿是怎样度过了童年，他并不知道，也并不关心。可如今，那目光清澈的孩子已变成一个面带凶狠的少年，带着那响亮的绰号，像所有那些男孩儿的代言人一样坐在他的家里，以一个简短的句子表达着悲愤。这一切真的没有理由吗？难道仍旧可以用"不为什么"来作答吗？几十年筑了一个堡垒，原以为牢不可破，却不想只是个见不得水的沙雕。

最近这两年，他越来越痛苦，越来越觉得走投无路，那些花钱买来的殴打带给他的解脱感越来越短暂，直到转瞬即逝，当他付完钱的那一刻就开始重新感受煎熬。现在他明白了，因为他带给别人的那些痛已经成为他新的罪责，它们隐身在那最初的罪之中，结成强大的一团，共同碾轧着他的心。他非但没有使自己得救，反而将更多的罪加诸其身，他觉得自己就像一个邪恶使者，将他的痛不断从身上剥离出来撒播给更多的人——那些孩子，那些贫穷的、单纯的、无辜的孩子，再通过他们种植进更广阔的生活。他不但是自己痛苦的根源，也成为摧毁他们生活的推手。

"我今天打了我爸。"他紧闭双眼，这句话在他耳边一遍遍回响，那语气中的伤痛、悲苦、悔恨和绝望一次比一次更清晰。这句话中的两个主角在他脑海里浮现——他想起自己其实是见过"二郎神"的父亲的。

那还是很多年以前，他看到父子俩在街边摆摊，一边变魔术一边卖些简单的魔术道具。他有些好奇，走过去看了一会儿，当年的小"二郎神"镇定自若，只是在他提出要买一副道具扑克的时候，头也不抬地要了十倍的价钱。那父亲生怕吓跑了这个难得的顾客，伸手打了儿子一巴掌，伸出三个指头，"三块，三块。"他装着没听到，还是掏出了30元钱。那副扑克有一半的牌是"红桃6"，这些"红桃6"比别的牌短一小截，不仔细对比看不出来，但是放在手上翻牌时，短一小截的牌会隐在别的牌后，完全藏匿起来看不到。但是换一个方向翻牌，"红桃6"便又遮住其他所有的牌，整副扑克看起来便全变成了"红桃6"。这副道具扑克让他很沮丧，觉得魔术说到底就是骗人的行当，毫无神奇可言。这行当流传至今，也大师辈出，证明了人类本就是有自欺欺人的天性。可他仍然保存着那副扑克，没有什么原因。

街边的魔术父子在他记忆里消失多年，在这样一个时刻魔术一样重返。他凝望着时空深处的他们，一直能望到他们灵魂的伤口，他心里生出了强烈的疼惜与爱意，好像看到亲人。在人生中最后一个夜晚，他突然对整个人类产生了感情。这猛烈而澎湃的情感让他难以自抑，他想为自己多年以来的无情道歉。

"对不起。"他抬起头来说。

H

这一天傍晚，"二郎神"的父亲再次笑嘻嘻地出现在没有被邀请的酒席上……从前他是个靠变小魔术为生的街头艺人，也常会在别人家的红白喜事上表演挣些小钱，后来人们厌倦了他那些老掉牙的把戏，街头的表演只能赚一些零钱，大小宴席也都不再请他。为了蹭酒喝，他听说谁家请客就去免费表演，一开始还能换些酒菜，渐渐就愈发受嫌弃，于是为避免遭到驱逐，他又练就了讲荤笑话的本事。钱当然是赚不到的，可他已经不在乎，只要有酒喝。这天当他喝得醉醺醺的，满脸泛着红色油光地讲到一个黄段子的高潮处时，"二郎神"站在他身后，拎住了他的衣领。这个瘸着一条腿的酒鬼早已经习惯了奴颜婢膝，他咧着嘴费力地回过头，发现是自己的儿子，一时间不知如何是好。他原本是怕儿子的，而此时众目之下的屈辱还是让他难以承受。为了在外人面前显示父亲的尊严，他挣开儿子的揪扯，将手中原本作为表演道具而挥舞的筷子砸在儿子的脸上。

也许是出于本能，"二郎神"一拳挥了过去。而接下来，"本能"已无法解释他的行为。父亲蜷成一团蹲下去的姿势激起了他心中的凶恶，像汽油注入发动机，他被莫名的力量驱使着，将拳头疯狂地砸在父亲身上。

等到围观的人们从惊愕中走出来将他按住的时候，他正好刚开始走入惊愕。他不相信自己做出了这样的事，他看看左边，又看看右边，本来是想向左和右寻找真相，可两边的人都被这小霸王的脸色吓到，迅速不约而同地放开他，脸上挤出多管闲事的歉意。

他耳中飘进父亲嘤嘤的哭声。这哪里是一个父亲的声音？"二郎神"在那婴孩一般委屈无助的哭声中苏醒，拔腿奔跑而逃，仿佛再晚一些，自己就会被那声音啃噬成一堆白骨。他一次一次跑过家门，却都无法停止脚步。他绕着逼仄肮脏的街巷一圈一圈飞奔，在此过程中，满腔的疼痛被挥洒在路上，他心里的意念瘦骨嶙峋，突显了轮廓。

"二郎神"在家门口猛然刹住了脚步，喘匀了气后，郑重地踱进了家门，在抽屉里找到了那把战功赫赫的弹簧刀。在把刀刃一次次清脆弹出的声音里，他回溯着自己的成长，看到一个黑色的身影形影不离地站在他身后，鼓励他成了一个凶神。他从那黑影中掏出钞票，也从那黑影中汲取了黑暗。他想象着，如果没有那个夜晚的诡异相逢，他会继续捡他的破烂儿补贴家用，而后慢慢循此道路变成一个勤奋劳作的人。他可能仍旧贫穷，但不会攒下不劳而获的可耻心理，不会习惯了以欺凌别人来换取体面与财富，不会将自己塑造成一个恶魔，不会在牢里度过那么多大好时光，也不会将自己的母亲气死，而他的父亲就不会因为死了老婆变得更加酗酒无度，尊严丧尽，他今天也便不会禽兽不如地殴打自己的亲爹……

我过得怎么样？这就是我的生活！

"二郎神"顺着自己的思路理到最后，觉得一句话就可以总结他到目前为止的人生——"我今天打了我爸。"

他盯着"那个人"的眼睛，问题到回答中间那些被省略的部分在他的目光中不断地闪回。他努力地恨着眼前的这个人，这样才能平复对自己的恨意。

可是当听到那句简短的道歉时,沮丧、震惊和迷惘如飞沙走石击得他毫无力气,瘫在沙发上。他早已不相信人们口中吐出的话,在社会上混,谁的话都不能信。可是他却无法让自己不相信那双眼睛,他曾断定,或者说他曾希望,那双眼睛里透出的是猥琐,是肮脏,是有钱人的轻浮与傲慢,是嘲笑,是虚伪,是鄙视,是一个变态者的淫邪,可是他无论怎么看,都只看到无尽的忧愁。

忧愁这东西总在人生的阴暗处滋长,却有如早春冻土中顽强生发的草芽,总还是在冷中带着些暖意,且又是那么容易蔓延。"二郎神"被染上了忧愁,他抵抗似的捏着自己手里的易拉罐。易拉罐发出脆响,凹陷下去,这个带着刀的人仿佛听到自己刚硬的心"叭"地一折,泪水溢出眼眶。

I

他的眼前出现了那个在夜晚哭泣的孩子,是的,那是他自己,那一年,他六岁。几十年了,他从来看不到自己六岁时的样子,他主动丢失了自己的六岁,让那一时刻成为生命中一个断裂的沟壑。

在死亡来临前的时刻,他却突然想起了六岁的自己。

几十年来,活下去的欲求使他锁死了一扇门,他躲在里面苦苦求生,寻找别的出路,即使精疲力尽也不敢去碰那门,时间久了,他连那门也忘记了。直到多年的挣扎把他的生命耗费殆尽,如今他放弃了,心里的那把锁却也像失了灵力一样,有个人轻轻一敲就碎掉了。"二郎神"原来就是那个开锁人。他望着对面那流泪的年轻人,感到心里那尘封的大门正吱呀呀开启,引起的震动让他浑身颤抖。

他想起六岁的自己原本有一个十岁的哥哥。回忆在这里停顿了一下,哥哥的样貌模糊不清,总是和"二郎神"童年的脸叠加在一起。他闭上眼睛,用黑暗与面前的人拉开距离,再次看到六岁的自己。那躲在被子里哭泣的孩子突然坐起身来,看着他,向前方一指。他顺从地向前踏出一步,却一下子跌进深渊……

他感到了身体被剧烈地摇晃,胸膛里憋着的一口气突然找到了出路,伴随着一大口浊水向外喷出。眼前还是一片昏黑，耳边有遥远的哭声。他伸出手挡在眼前，慢慢看清了指缝间一张张晃动的脸，那些脸他都认识，却都不似平常的样子，突然变得有些丑，也有些恐怖。哭声也渐渐地近了，越来越近，震得耳鼓生疼。他被抱起来，他的头靠在那肩头，他闻到熟悉的味道，那是祖父。祖父在走，肩头在颤动。他努力挣脱，踉跄地跑回去，却又腿一软，一屁股跌坐在地。他的面前，是一层层裹得十分严密的人群。人群的中间，父亲在大喊着他哥哥的名字，母亲在扯着嗓子哭号。他向后一倒，又昏了过去。

时光接着倒流，他正站在家乡那条河边，倔强地盯着湍急水流中那搅动的漩涡，他哥哥晃动在水面上的双手正在慢慢下陷，最后终于寂静地隐没，这时，他方才感到了巨大的恐慌，声嘶力竭地大喊着向河水中扑去。

再向前，他终于来到了那个时刻——他蜷成一团躲在墙角，而他哥哥的拳脚落在他的身上……他已经忘记了起因，忘记了自己又是因为什么激怒了他哥哥。他那当年在他看起来威武无比的哥哥经常自作主张地承担起替父母管教他的责任，而管教的方式就是打他，只要觉得他做错了事，就向他挥起拳头。他被打的时候心里复杂地交替着恐惧、后悔、伤心和恨。可是只要过了一个晚上，只要他在夜里感受到哥哥为他盖好蹬掉的被子，只要他在早晨看到他哥哥像个男人一样扛起扁担去挑水，他就完全忘记了恨，哥哥就还是他最亲爱的哥哥。

但是那一天，被打的疼痛还清晰地留在身上，恨还没有来得及被时间擦拭干净，他就遭遇了这一切。持续了两天的暴雨早上突然停止了，阳光报复似的猛烈地洒向大地与河流，河面涨了很多，已淹没了他平时玩耍的那片石滩。出门的时候母亲嘱咐他，千万不要下河，下过暴雨，水流急，会有危险。哥哥早已奔出门去，没有听到，母亲说，记得啊，告诉你哥，别下河。站在河边，他看着哥哥脱掉衣服，耳中不停地回响着母亲的话，脑子里却全是哥哥打他时的场景，他委屈，继而憎恨，默默地发出对哥哥的诅咒；当他看到哥哥脚踢着水，快活地喊着"真凉快"向河中深入时，诅咒更密集地向心中聚拢，他抿紧双唇，倔强地看着哥哥；当哥哥一头扎进水中，向河中心游去，他突然张开了嘴，却没有发出声音；河水突然汹涌起来，形成一个漩涡，将哥哥卷了进去，他看到哥哥的胳膊像两根树枝一样在河面上舞动，心里的诅咒被吓得飘走了片刻，却又固执地荡了回来，他是会游泳的，比哥哥游得还好，但是他没有动；当他哥哥彻底消失在了河水中，那小小的恨也跟着一起被淹没了，他清醒了过来，感觉到了自己因为这恨和诅咒而受到的巨大惩罚，像一把铁锤重重地砸在他的心上，他的心被砸烂了。他大叫一声——"哥"，扑向了河中……

那天晚上他哭了一夜，直到哭得晕厥。醒后他便像个傻子一样整日昏昏怔怔，不说话，也不再哭。直到秋天的一个早上，他睁开眼睛，感到像做了一个长长的梦，终于彻底醒了过来。清醒后的他已忘记了刚刚过去的夏天，忘记了自己的哥哥，也忘记了游泳的全部要领，从此怕水怕得要命。父母知道他的病由惊吓而来，也从不再提起那段悲痛的往事，和那个淹死的孩子。

他们很快搬了家，离开了那个伤心地。他从此开始"快乐"地成长，虽然他没有一天真正快乐过。

突然回归的记忆如此清晰，像一盘没有被岁月划损的录像带在他脑中循环播放。他再次找到那个被他哥哥打得蜷在墙角的时刻。与后来发生的一切相比，那个时刻是那样美好，那样幸福，他哥哥的拳脚落在他的身上，他哥哥不会因他的仇恨、诅咒和冷漠而死，他仍然还拥有那个哥哥。他一遍一遍地回放这个镜头，希望时间就停在那里，他宁愿一生就那样度过……

原来他一直在用自己的方式不断重演那一幕。然而现实的触角也不断将他从这重演中撩拨而醒，他不能将假的变成真的，他无法永远停留在那生造的梦境中，也无法摆脱那一时刻对他的纠缠而回到正常的生活。配合他演戏的那些群众演员也被他拉进了一个缥缈的苦境，他们浸润着他的痛苦衍生变异出来的毒素，又把这些毒掺在一起分享给了他。他被自己逼到绝境，只有用自我的灭亡才能将它们全部毁灭。理由，他终于承认了自己人生的溃散根本理由。不敢直面，只是因为这理由来自自己。人，真正不敢直面的只有自己。可失去自己，也就失去了全部的他人——空无一人的世界，这就是他的世界。

在这个他给自己设定的人生的最后一个夜晚，那个失而复得的六岁的夏天，像当年他从"二郎神"父亲手中买的那副魔术扑克里的"红桃6"，不断地在他心中闪现，遮掉其他的记忆，铺展成他的整个人生。

不发现"红桃6"的秘密，就会以假为真。面对这个并不自知却带着重大使命来到他家中的"二郎神"，他感叹着命运的诡谲，知道自己必须要在此刻讲出这个秘密来。

J

"二郎神"把这个故事听完，窗外的天色已在黑暗中透出一层灰蓝。在天光与灯光的对峙中，这正是个彼此不相上下的时刻，从窗外看灯，有光，从屋内看天，也开始有了亮光。这故事久远而隐秘，可是不知为什么，"二郎神"总觉得它跟自己有着那么紧密的关联。

"那个人"的呜咽声由小变大，逐渐灌满了他的耳朵。

"那个人"，"那个人"是他的仇人，尽管看上去那么孤苦无助，不仅手无寸铁，而且毫无防备，完全没有一个仇人应有的样子，但仍是他的仇人。他将手插进口袋，摸了摸他的弹簧刀，提醒自己这一点。他将要杀死这样一个人，他在心里提前进行了哀悼。而哀悼使他终于敢承认他对"那个人"那奇特的感情……

在他第一次拿了那笔莫名其妙的"工钱"回家后，他犹豫了很久，责任感才战胜了恐惧，他忐忑地将它交给父亲。他等待父亲的询问、咒骂甚至殴打，在他心里，他觉得这笔靠打人换来的钱跟抢劫差不多。可是父亲听说了这笔钱的来源，反而惊喜地说："还有这好事儿，好，揍他！打死他个有钱的变态。"说着还将钱藏进袖筒，在空中一抓，又把钱变出来，再变没，再变出来……他看着父亲得意地不断重复这拙劣的魔术，不知为什么，反倒希望自己被暴打一顿。

第二天，他看到父亲喝起了一瓶平时不舍得买的好酒。父亲瞥见他进来，堆起笑说道："好儿子，来，陪爸喝一盅。"他走过去坐在父亲身边，像个老练的酒鬼一样捏起杯子，噘着嘴一饮而尽。父亲大笑着拍拍他的头。他晕了，心中冲上来一股奇妙的幸福感，父亲在他眼里变得美好起来，不再是那个佝偻着腰的瘦小瘸子，不再是那个只会变些小魔术等着人行赏的近乎乞丐的街头艺人，不再是那个动不动就要酒疯对他和母亲大发淫威的卑劣酒鬼。他傻笑着看着父亲，看着那健硕高大的父亲，那慈爱亲切的父亲，那富有体面的父亲，却突然发现那张脸是另一个人——"那个人"！他跳起来，打翻了酒杯。一个巴掌落在他脸上，打掉了他的醉意，他看到眼前的父亲又变回了往日的样子，心里竟然既欣慰又失望。父亲骂他浪费了这得来不易的好酒，用手指蘸起洒在桌面上的酒放在嘴里嘬。他的失望越来越大，把欣慰完全遮住了，他怀念起醉意中那个假想的父亲，心里的蔑视如点燃的鞭炮一样炸响。他站起来，以十岁的小身躯站成一个大人的模样，对父亲说："你凭什么打我？这钱是我挣来的。"他如愿以偿地看到，父亲尴尬地愣住了。

从那以后，他便无法控制地将"那个人"想象成另一个父亲。他看到"父亲"迈着稳健的步子走来，穿着考究，脸上带着亲切的微笑——到这一阶段为止，都是那么完美，"那个人"像一个榜样一样、一个救世主一样站在他面前，宽厚的胸膛看上去让人那么踏实，他那么想要投入那个怀抱，想要喊一声"爸爸"，想要得到真切的关爱和呵护。这渴望让他想哭。他忍着泪，默默地贪婪地感受着那假想中的父爱。可这一切很快就结束了，当"那个人"蜷成一团等待他的殴打的刹那，所有美好的想象就都破灭了，他失望了，他不需要这样一个可悲的变态当父亲，不需要一个被殴打的可怜人当父亲。他对自己再次失去父亲而痛心。他拿了"那个人"的钱，飞也似的跑回家，想寻求一个真的父亲的关爱。可当他真的看到父亲时，又很快就失望了，这个父亲除了在老婆和子女面前大发淫威，面对外面那个世界却卑贱得像一条狗。这也不是他需要的父亲。

他轮流在两个男人身上寻找"父亲"，每当在一个"父亲"那里受到了伤害，便企望从另一个"父亲"那里找到避难所。这样的身心奔波，他觉得两个"父亲"合谋将他越伤越深，进而认定他们都是他的仇人。

现在，"那个人"忏悔的痛哭与父亲在他拳脚下的哭泣合二为一，"二郎神"看到父亲的面容在"那个人"的脸上浮现，而使这一切调和在一起的，不再是他对一个真正的完美的"父亲"的希求和想象，而是那共同的人生之艰难。

他真的那么厌恶父亲吗？他想起自己曾经是那么鄙视父亲的魔术，他把那些魔术与自己不堪的生活联系在一起，甚至觉得它代表了贫穷、卑微和苦难，可是他又为什么无法抑制对魔术的喜爱，偷偷学会了父亲所有的小把戏？他在重复那些魔术的时候，难道不是在用自己的方式温习对父亲的爱吗？他想起父亲醉酒打骂他之后，深夜里偷偷查看他身上的伤痕，想起父亲领他去买鞋，将街头表演挣来的零钱摊在柜台上时那羞怯的表情，想起母亲病重时父亲挨家挨户借钱，被赶出来时一瘸一拐跑掉的小丑样的身影……这些他其实从不曾忘记，只是假装忘掉了。忘掉这些，他才能让自己的恶理直气壮——生出恶意是容易的，无论对他人还是对自己，但我们需要给它一个堂而皇之的理由。忘掉这些，他才能将父亲当成苦难生活的根源，将父亲当成自己要打败的对手——父亲近在咫尺，衰老使本就残疾的身体更加软弱可欺，父亲不会真正与儿子为敌，不会去申诉，去告发，也不会报复，"二郎神"此时觉得自己这响当当的名号着实可笑，他竟然为了必胜而选了最无辜也最无力的人来欺负。

那么"那个人"呢？"二郎神"将自己的父亲打倒在地，却没有丝毫胜利的喜悦，反而感到更加无法平复的痛苦，与其说他要找一个更强大的仇敌，还不如说他是将"那个人"当成了自己这个施暴者的替身，来替他承受殴打父亲的罪责。他窥见了自己的真实目的，一时又无法正视，这份焦灼让他站起身来。他的脚步在客厅里来回疾走，内心也似有一股力量在左右冲突。他的手向空中一抖，变出那盒烟——每逢要抽烟，他都用这种方式，这已成为习惯，不管是否有观众——点上烟，他重新坐下来，开始认真地审视"那个人"。他看到的是一个跟父亲一样可怜的人，一个跟自己一样用错误的方式惩罚了错误的仇人的人；一个像六岁孩子一样哭泣的人，一个曾被自己假想成"父亲"的人；一个忏悔者，一个失败者。"二郎神"发现这个人同样无辜而无力，完全承担不起自己强加给他的罪恶。

那么，谁是那个摧毁一切的凶手，谁是自己真正的仇人？"二郎神"突然感到了对手的强大，无奈感一层一层地叠加上来，压得他喘不上气。他在茶几上摁灭烟头，再次站起身，走向窗边，似乎是想向窗外那个无边的世界求助。

可他看到的只有窗户上映现的自己的脸，那双眼睛正忧伤地与他对视，仿佛在告诉他，这就是他寻找的答案。

K

他真的从未这样哭过,哭过了悔恨,哭过了悲痛,之后仍然无法停止,变成一种极致的哭,纯粹的哭;不带任何目的,既不为了表演,也不为了表达。只是哭。他被自己的哭放空了,淘净了,像一个玻璃瓶,晶莹,透明,所有的光穿透他的身体,他感到了澄澈。他起身扯出纸巾,擦干满掌满脸的泪水,站到了窗边,站在"二郎神"的身旁。微白的天际、灰暗的残星,遥不可及,寂静无声,那片空无投进他身体,他也变空,变轻。在这幻境般的幽明交会时刻,他感到灵魂出了窍,飘飘荡荡,在从不曾抵达的最远和最近间徜徉,清晰地看到了很多前所未见的东西。他默默惊叹着,这是怎样的一个世界啊,它那么恢宏,又那么狭隘;那么壮美,又那么龌龊;那么情深意长,又那么冷若冰霜;那么丰富,又那么空荡……

他的灵魂从天边飘回来,透过窗子看到了屋内并肩而立的两个人。一个是他自己,一个是号称"二郎神"的年轻人,两个人脸上都带着彻悟的虚空,多么可笑,多么可怜,然而又是多么可爱;他们像一对父子,也像老朋友;他们那么陌生,又如此亲近。等灵魂安详地回到身体内,他感觉到破碎了很久的自己获得了一种久违的完整,仿佛重生。他想,也许可以再等一等……

"谢谢你。"他侧过身,对"二郎神"说。

"谢我什么?""二郎神"没有动,看着窗外问道。

"谢谢你救了我。"

"二郎神"转头看着他。

他把手伸进衣服口袋,拿出一个小药瓶,递到"二郎神"的面前,说:"我原本想……"

"二郎神"疑惑地接过瓶子,对着上面的标签愣了很久,才明白了,"你是准备……"

"是的。本来,我是看不到这个日出的。"他再次转过身看向窗外,天边已漫上一抹亮丽的橙红。突然有种激荡的热流蒸腾在皮肤上,从每个毛孔向皮肉里钻，再向血液和骨头里蔓延。他难以承受地深深吸满一口气，再缓慢地呼出来，双手抵住窗台的边缘，支撑住自己颤抖的身体，慢慢平复下来。

L

"二郎神"握着那个药瓶，反反复复地看，似乎是想从它身上解出命运的玄机。他本想在刚刚过去的夜晚杀死"那个人"，而"那个人"却也计划好在这个晚上自杀。

"真巧。"他说。

"什么？"男人转过身望着他。

"二郎神"把手伸进口袋，但那里空空荡荡。

他找遍所有的口袋，掀起沙发垫，把头探到茶几下……

那把弹簧刀消失了，那把已准备好成为凶器的弹簧刀，那把等了一夜要变"白刀子进红刀子出"的魔术的弹簧刀，它就这么消失了，仿若从没有存在过。

"没什么。""二郎神"站起身，整理好衣服，把双手摊在"那个人"面前说，"没什么。"

小时候他曾梦想着，有一个真正的魔术，可以改变他的生活。

原来这种魔术是存在的。他突然忍不住大笑起来。

原载《钟山》2019年第1期

朱山坡

荀滑脱逃

生而为贼，我很抱歉。真的非常抱歉。荀滑向人展示他细长而灵巧的双手，说，我祖上都靠扒窃养家，我一生下来就是扒手，我干不了别的，只能子承父业，我比你们更讨厌我自己。他说此话的时候像一个谦谦君子，态度很诚恳，很羞愧，甚至痛心疾首，是在憎恨自己，恨不得向所有的人下跪谢罪。他不止一次向受害人说这句话。只是，说完了继续作案，在蛋镇热闹的街头，把手隐蔽而熟练地伸向那些乡下人的裤兜。

荀滑从不扒镇上的人的裤兜，都是街坊邻居，他下不了手。虽然如此，如果站在正义一边，我们都认为荀滑是可恨可恶之人，希望雷电劈掉他的双手。但跟其他贼不太一样，荀滑有可爱之处。比如说，他从不希望通过窃取他人财物发家致富，只求一日三餐，他从不大吃大喝，每顿都像乞丐一样吃得很节俭，有时候一碗稀饭就足矣。填饱了肚子，他便安分守己，老实巴交地坐在肉行的角落里打盹，只有想看电影时，才睁开眼睛，寻找猎物。

荀滑是一个虔诚的影迷。他向别人索取不多，有时候够买一张电影票就可以了。"我真的非常抱歉。我是为了看电影才这样的。"荀滑向我们解释说，"我看电影的时候，希望坐在电影院里的全是好人。夜不闭户，路不拾遗，所有人的心里都歌舞升平。"

因而，他从不在电影院里下手。虽然电影院里人头攒动，拥挤不堪，光线昏暗，正是扒窃的好机会。但荀滑认为，如果一旦意识到可能有贼，观众就必须时时提防，根本无法聚精会神地看电影，就会造成艺术的浪费，最终会导致良知的丧失。

"艺术的良知要靠像我这样的人来维护！"荀滑自信地说。我们不知道他心里的"良知"到底是什么概念，但荀滑确实向空中挥舞着拳头咬牙切齿地公开警告过那些贼眉鼠眼的人，不要在电影院行窃，谁搞事砸烂谁的头颅。实际上，他是在警告自己，因为蛋镇只有他一个扒手。电影院从没有出现扒窃的情况，无论是镇上的人，还是乡下人，甚至外乡人，坐在电影院里看电影用不着担心自己的裤兜会被扒手光顾。

"电影院就像是外国人的教堂，不是撒野作恶的地方。"荀滑说的，我们都十分认同。镇上所有的人都觉得"作恶多端"的荀滑说了一句深得人心的真理。

这里的"我们"，包括了几个游手好闲之徒，因为太闲而凑在一起消磨时光，当然也有谨慎而有限的友谊。

荀滑长相粗鲁，常目露凶光，但内心柔软，即便是欺负乡下人也留有余地，不把事情做绝。比如，他从不把一个人身上的钱扒光。把钱包窃取出来后，他只取一半的钱，把另一半悄悄地归还原主。这叫休养生息，给人留下活路，也算是为自己积点阴德。果不其然，那些不幸被扒却发现钱财还剩一半的人，既有无端失财的悲痛，也有劫后余生之惊喜。荀滑既受尽了诅咒，又收获了赞美。因而，在蛋镇，他从来都是毁誉参半，让人爱恨交加。

但凡做贼的人，总有马失前蹄的时候。荀滑也是。有时候他将手伸向汗渍斑驳的裤兜时，被人察觉了。察觉者惊惶失措，抓住他朝着熙熙攘攘的人流大呼"捉贼"。人赃并获，此时的荀滑无法狡辩，有些尴尬和挫败感，他会把钱退还给原主，并义正词严地警告再三："保管好你的钱物，不要再丢了。"围过来的乡下人都认出了他，义愤填膺，叫嚷着揍扁他，但看到他粗壮凶悍随时以死相搏的模样，也就怯退了。他从人缝里闪出去，装作从容地戴上草帽，粗略乔装打扮一下，重新消失在人海里。

"我只有在一边作案一边想着电影里的情节时才会失手。"荀滑总是把失手的原因归咎于电影，这也不奇怪，像电影影响了工作和生活的情况在蛋镇比比皆是。比如，炒菜时想到电影，竟把菜炒煳了；走路时想着电影，走反了方向；夫妻吵架，互相指责对方在过性生活时心里想着电影明星，嘴里喃喃地喊着影星的名字……但电影使荀滑马失前蹄，这是电影的独特贡献。我们希望电影要么把坏人全部变好，要么把他们全部消灭。

即便是失手，荀滑总是能轻易地逃脱乡下人的惩罚，并非仅仅因为他凶悍的外表。他是真的凶悍，打架下手很狠，不顾后果。五年前，他父亲还在蛋镇，他在高州练习手艺和胆识。有一次中了地痞的圈套，失手了，被当众掳获，十几个地痞围殴他，把他打得半死。他们以为荀滑真的被打趴了，当他们往他身上吐完口水，扬长而去时，他从地上爬起来，手抓一块砖头将他们其中的三个脑袋砸开了洞，吓得其他地痞抱头鼠窜……当然，荀滑进了两年少教所，实际上就是坐牢。从牢里出来后，他再也没有向谁扬起过拳头，但依然常常目露凶光，那是骨子里与生俱来的狠，令人胆寒。荀滑从他父亲那里继承了脱逃术，但都是低端的，比如说易容术、乔装术、求饶术、死皮赖脸术、丢盔弃甲术、就地隐身术、绝境求生术……如果无法脱逃，只好抱头扮死猪，任人踹踢，生死由命。荀滑的祖父是逃跑时翻墙摔死的，父亲是慌不择路掉进食品站的粪池沼气中毒死的。荀滑基本上不使用这些脱逃术了，因为在蛋镇，没有人敢揍他，他不需要狼狈逃跑。乡下人知道他的恶名，畏惧这个命贱如泥的烂仔，不愿跟他玉石俱焚，只求他的手不要伸进他们的裤兜，相安无事。这也是一种善良。荀滑希望善良的乡下人养他一辈子。

"蛋镇还不富裕，只能养活我一个扒手。"荀滑说话绵里藏针，"我不允许有竞争对手。"

事实上，很多年来，蛋镇也只有一个扒手。在荀滑之前，是荀滑的父亲。在荀滑父亲之前，是荀滑的祖父。这几年，就是荀滑了。他的祖父、父亲都曾经对竞争者下狠手，除了他们家的人，没有谁敢在蛋镇开展扒窃业务。这几乎成了一条潜规则，连派出所都无可奈何。每当接到裤兜被扒的报案，派出所第一个要找的人便是荀滑："乡下人不容易，你把钱还给人家吧。"荀滑从不承认，警察也无法从他身上找到证据，又因为乡下人本来就没什么钱，报案者损失都不大，警察便不了了之，对受害人说：

"你口袋里的钱不是还剩下一半吗，扒手已经手下留情了，算了吧？"他们也就只能算了。荀滑出入派出所就像回家离家那样平常，派出所被乡下人骂作"蛇鼠一窝"，后来他们被扒窃，连案都懒得去报了。

荀滑只是蛋镇街头众多混蛋中危害最小的一个，犹如厨房里的蟑螂，又犹如一个人身上的小疥癣，包括警察在内也没有人觉得非要除掉他不可。

荀滑也因此觉得他会像他父亲一样，可以安心当一辈子扒手，直到老之已至，自己摔死在逃跑的路上。

有一天，电影才放到半截，电影院里突然有人惊叫，说自己的裤兜被扒了！这一叫，很多观众才发现自己的裤兜被人摸过了，有的还被刀片割了口子，身上的钱不翼而飞。电影院里一下子变得闹哄哄的，荀滑看电影的心情一下子没了。

"谁他妈的那么缺德，竟然在电影院里行窃？"荀滑站起来大声吼道。

然而，所有人都看着他。灯亮了，荀滑看到的全是对他充满怀疑和鄙视的眼神。

"蛋镇只有你一个扒手，你说是谁在电影院里扒窃？"

"可是，我一直在专心看电影，我的手从没离开过自己的裤裆！"荀滑争辩道。

没有人相信荀滑一直在看电影，都讥讽他比他父亲多使用了一条脱逃术：贼喊捉贼。荀滑有口难辩，把身上的衣服脱下来让他们查看。他身上没有钱，但还是无法洗清自己。

"反正蛋镇只有你一个扒手。除非你爷爷、你老爸复活了。"

此时荀滑意识到，蛋镇来了同行，跟他抢食了，而且是冷酷无情，不择手段，胆敢在电影院作案。荀滑突然目露凶光，脸上却有慌张。

一连几天，电影院里都有观众被扒窃，他们再也无法心无旁骛地看电影，时时提防。即使荀滑没有进电影院，他也是唯一的怀疑对象，观众的怒火都往他身上撒，大声责骂他把电影院变成了菜市场。派出所每天都接到有人裤兜被扒的报案，荀滑不厌其烦地向警察自辩清白。新来的派出所所长不相信荀滑，警告他，如果不能证明扒手另有其人，便要抓他归案，让法庭从严从快判决，把他押往遥远的监狱，在挖煤中度过余生。

荀滑委屈得像一只即将被宰杀的母鸡，发誓要揪出竞争对手。镇上没出现过几张陌生的面孔。陌生人也不敢在蛋镇贸然下手。荀滑怀疑是大家都熟悉的人作的案，比如麦香面包店的伙计李泡菜，银饰铺的学徒樊白毛，做棉花糖生意的叶呆子，游手好闲的痞子蔡，喜欢潜伏在女厕所的流氓顾……他们看上去呆头呆脑，却是贼眼圆睁，双手却灵巧得很，功夫藏得很深，如果不是荀滑压住，他们早就出手了。荀滑不动声色，暗地里重点盯着他们，细心观察，耐心跟踪，可是一无所获。他们像往常一样，虽然鬼鬼祟祟，却并无扒窃之举。他把所有可疑分子全跟踪过了，都被他一一排除。可是扒窃案仍然频频发生，且常常把人身上的钱财和贵重物品一扒而光，毫不留情，一时间大街小巷人心惶惶，电影院里更是怨声载道，观众不得不一边看电影，一边双手捂住裤兜，即便如此，仍然有人钱包莫名消失。

有人猜测说，荀滑喜欢上了供销社最漂亮的售货员卢卡妮。但卢卡妮要嫁万元户。只要是万元户，嫁谁都无所谓。荀滑要当万元户，所以才一改常态，疯狂作案。

荀滑是喜欢卢卡妮，但他没打算当万元户。

"我喜欢电影，但没必要非得建个电影院不可。"荀滑说，"喜欢卢卡妮也是一个道理。"

对手藏得很深。荀滑面临的压力越来越大，内心充满了惶恐，寝食难安，对我们说，"现在我是千夫所指了，每个人心里都对我恨入骨髓，好像只有我死了，或者重新坐牢了，他们才安心，蛋镇才恢复安宁。"

荀滑的主要压力不仅来自派出所，更多的来自乡下人。似乎是每一个乡下人都被他扒窃过，他们同仇敌忾，要跟他算总账了，甚至要把他祖宗三代的账一起算，只是没有找到合适的契机而已，他感觉到危险在迫近。

这一天，已经临近春节。中午，南洋大街布行前突然有一个乡下人躺在地上呼天抢地地痛哭，引来里外七层的人围观。原来，这个乡下老头的裤兜被人扒了，养了一年的鸡，卖得二十八块钱，刚进布行，要给老母亲买七尺布做寿衣用的。老母亲在床上衣不蔽体，死前总得穿得体面些。但他付款时却发现钱不见了，裤兜被刀片割了一个口子。

"这是我一年的收入啊！"那个老头像被人割走了蛋蛋，悲痛欲绝，在地上翻滚挣扎，哭声博得了同情。二十八块钱，对乡下人来说确实是一笔大款子了。老头是新茗村的一个五保户，年迈的老母亲在家里等着他的钱买棺木，老母亲可能都挨不过春节了。

苟滑成了众矢之的，口诛之声响彻云霄。

苟滑怎么变得那么贪婪无情了？竟然一下子盗取了一个五保户的全部家当！

民愤汹涌，如火山喷发，怒火把南洋大街烧得炽热。乡下人越围越多，很快便水泄不通，他们高呼着口号，要揪出苟滑，为老头讨回公道。

没有人认出草帽遮脸、稍做易容了的苟滑，他小心翼翼地从人群里退了出来。

"我认得这个老头。刚才他经过电影院门口时，我只窃取了他左边裤兜里的一块钱。因为我突然想看电影了。"苟滑对我们嘀咕说，"但我没偷他右裤兜的钱。你们知道，我从不使用刀片。"我们相信苟滑说的是真的。他没必要坏到透顶。

老头被割的是右裤兜。割口很直，很小，刚好够二十八块钱进出，说明两个问题：一是刀片很锋利，二是手法娴熟。作案者是一个高手。

苟滑把口袋外翻给我们看，确实只有一块钱。

"今天我不看电影了，我把钱还给老头。"苟滑说。

苟滑要拿着一块钱重新回到人群，亲自还给那个老头。我们阻止了他。我们远远看着那些被怒火点燃了的乡下人，心里也十分害怕，因为我们去年见识过香蕉大滞销农民围攻政府的情形。

"他们会像一群鬣狗将你撕碎了吃了。"我们对苟滑说，"哪怕你是一头狮子、一只河马。"

苟滑悻悻地说："可是，有人败坏了我的名声，我要证明我的清白。"

你的名字比东风旅社的暗娼还家喻户晓，还想证明什么呀？我们不是他的帮凶，只是他的街坊，严格来说，只有他不做坏事的时候，我们和他才算得上朋友。我们平日里也做些不正经的事，但都遵循了彼此和平共处、互不干涉的原则，哪怕看到苟滑正在作案，我们也是睁一眼闭一眼。此时他像一只飞蛾要扑向一堆怒火，眼看蛋镇街头又要出现一起血案了。这些年，我们吃过不少亏，知道和平的可贵，不太愿意再看到有人喋血街头。幸好，他听从了我们的劝告。

"生而为贼，我很抱歉。真的非常抱歉。"荀滑说。这是他的口头禅。我们从不怀疑他的诚意。从牢里出来后，他曾经决定向善，要金盘洗手，走正道，去锯木厂上班，干正经的事业。但那些无孔不入的木屑使他浑身发痒，轰鸣的锯木声使他心烦意乱，漫长的工作时间让他坐立不安。不到一个星期，他便向锯木厂说再见。不仅仅是他，我们当中的哪个小混混不想弃恶从善，做一个光明正大、有体面工作的人？只是时机未到，我们都在电影院里等待。

世事纷扰，江湖难清。电影院是最好的避风港和桃花源。

我们推着荀滑走向电影院。这天放映的是一部旧影片，我们都看过多少遍了。但是，除了看电影我们还能干什么？电影里有的东西，蛋镇都没有，比如最简单最常见的火车。荀滑就喜欢火车。荀滑从牢里来出来后，我们曾经结伴去陆川县看过火车。坐在铁轨旁边，从中午一直等到傍晚，才有一列绿皮火车从北面徐徐而来。残阳的余光照在火车身上，车厢通体金黄。我们被长得几乎看不到尽头的火车吓得目瞪口呆，又莫名兴奋，拼命向火车招手。出乎意料的是，火车并非想象中那样比闪电还快，而是开得很慢，好像它是故意慢下来让我们看个究竟似的，甚至让我们跳上去，带我们前往遥远的地方。车厢里挤满了人，我们十分羡慕他们，向他们招手，他们却没有给我们相应的礼仪，但我们一点也不怪他们。荀滑却追着火车跑，眼看他要追上火车了，却被枕木绊倒了。等他爬起来，火车已经转过一个弯，最后消失在隧道里。

"如果不被绊倒，我早应该到广州了。"每当想起当年前看火车的往事，荀滑都兴奋而无不遗憾地说，"那是我离世界最近的一次。而且，还让我明白了一个道理：当扒手是可耻的。"

那时候，他父亲没有因为儿子坐过牢而产生悔意，让儿子悔过自新，而是加紧训练他当扒手，教授他如何脱逃。因为在他看来，儿子坐牢的原因恰恰是学艺不精。在等火车来的无聊时间里，荀滑给我们演示扒窃和脱逃艺术，我们都赞叹他身怀绝技。"还有更绝门的脱逃术，你们做梦也想不到。"只是火车来了，他没有展示。这段经历，是我们和他的友谊的基石，也是不愿意看到他毁灭的原因。

后来，只要是剧情里会出现火车的电影，荀滑都要看。我觉得他进电影院不是为了看电影而是为了看火车，各种各样的火车。这天上映的电影极其无聊，但是能看到火车，这就够了。

"我用那糟老头的钱买电影票吗？"荀滑在售票窗口前犹豫了。

我们说："当然。这是一块钱最好的用途。"

荀滑向售票员递上一张皱皱巴巴的一元纸币，换来一张电影票。荀滑接到电影票的刹那，像触电了似的，手抖了一下，脸部肌肉剧烈地抽搐，目光前所未有的谦卑、温和。

"怎么看上去像是一张远程火车票呢？"荀滑晃着手中的电影票说。

我们说，待会能看到火车，很长的绿皮火车，比一百条南洋大街连起来还要长。

荀滑抬头看了一眼电影院，说："今天的电影院像一座监狱。"

我们推着他往前走。

"我害怕坐牢。你们没坐过牢，不理解的。"荀滑喃喃地说，"电影院可以像监狱，但监狱一点也不像电影院。"

我们推着他继续往前走。

"你们这是把我往监狱里推。"

南洋大街传来越来越激愤的声讨声，此时还有什么地方比电影院更安全呢？荀滑半推半就走进了电影院。但今天的他显得很特别，双手是颤抖的，汗水湿透了他的背心。电影院里坐满了人，我们的座位在最靠前的一排，刚坐下来，电影便开始了。

荀滑坐在我们中间，忐忑不安，不时地挺直身子，抬头环顾四周，仿佛要让人看见他在安静地看电影，又仿佛是他正在窥探谁在扒窃。电影院外突然传来阵阵喧闹声，很猛烈，气势汹汹，无法阻挡。毫无疑问，是一群情绪激昂的人在冲击电影院。

后来我们才知道，那个在南洋大街上倒地痛哭的老头趁人不备，用尽最后的一口气，一头撞向布行门口的电线杆，脑袋开花，当场死了。那根电线杆碰晕过多少人的脑袋，早有人要求把它移走，政府总是置若罔闻，现在倒好，成了老头自杀的工具。后来我们说，如果没有那根晦气的电线杆，老头就不会死了。老头死状极惨，那些乡下人咆哮起来，每个人都瞬间变成了狮子。有人告诉他们,荀滑正是用老头的钱买票进了电影院。

围攻电影院开始了。他们手持凶器,誓言要打死荀滑,为民除害。派出所的四个警察和守门的卢大耳根本无法阻止他们。

乡下人冲进了电影院,一下子占领了后面的空隙地带。黑暗中,他们喊着嚷着:"杂种荀滑,你滚出来!"

电影院里骚动起来。观众被泰山压顶的阵势吓坏了,小孩子都哭了起来。放映员蒋卷毛见多识广,没有被眼前的局面吓倒,稳坐放映室,淡定地让放映机正常地转动。电影仍在继续,只是荀滑坐不住了,喘着粗气,不断地擦拭额头上的汗水。我们也害怕起来,对他说,你应该脱逃了。然而,荀滑无动于衷,绝望地瘫软在座位上,似乎是被吓坏了,忘记了所有的脱逃术,一筹莫展,只能坐以待毙。是啊,往哪里逃啊?他们已经把电影院围得水泄不通,连一只老鼠也无法在他们的眼底下脱逃。我们为荀滑揪心。他会被愤怒撕碎的。

那些怒火中烧的乡下人开始分头逐个座位查找,脸对脸地辨认,信心满满地要揪出荀滑。

电影的光线照亮了乡下人一张张愤怒的脸孔。他们也偶尔抬头瞧一下银幕,有的还被银幕上的影像吸引,停下来,驻足观看。荀滑的脸上凝结着大难临头、插翅难飞才有的恐惧、绝望和悲凉。

电影院里乱糟糟的,像清晨的菜市场,也像杀气腾腾的屠宰场。

"火车快来了!"我们兴奋地告诉荀滑。

是的,银幕上出现了一片无垠的草原,天空像海一样湛蓝。火车就要来了。

荀滑如梦中初醒,豁然开朗,猛站起来,回过头来对所有人说:"亲爱的街坊,朋友们,生而为贼,我很抱歉,真的非常抱歉。但是,我要走了。我要离开蛋镇到世界上去。"

电影院一下子安静下来,在微弱的光线中,所有的人都看清了荀滑的脸。未等他们回过神来,荀滑径直跑向银幕,然后站在银幕前,朝观众席弯腰躬身,然后再次向我们挥手:"我要跟随火车走了。再见!"

此时,银幕上,火车从远方开过来,像蟒蛇一样的绿皮火车在草原上奔跑,比我们见过的火车都快,风驰电掣一般。所有人都看到并永远记住了这个场景：荀滑转身冲向银幕，冲向火车……

荀滑在火车里向我们挥手。

我们也下意识地向他挥手。

火车消失了，荀滑也消失了。银幕安然无恙，电影依旧在继续，观众席上鸦雀无声。所有人，包括我们，包括那些乡下人，都目瞪口呆。

电影结束了。乡下人幡然醒悟过来，封锁了所有的出口，把电影院翻了个底朝天。可是，哪有荀滑的踪影？

荀滑就这样逃之夭夭，销声匿迹。十年间，我们都弄不清楚荀滑到底去了哪里，这是蛋镇电影院历史上最不可思议的往事。奇怪的是，自从荀滑消失之后，蛋镇再也没有出现过扒窃现象，似乎坐实了什么。荀滑脱逃后的第十一年，正好是春节，电影院正在上映《东方快车谋杀案》，人们正看得入迷，突然从电影里的火车上跳下一个人，径直走出银幕，站到所有的人面前，向大家挥手致意："……我很抱歉，真的非常抱歉。我回来了！"

此人西装革履，风度翩翩，像一个谦谦君子。借助电影的光束，我们好不容易认出来了：荀滑。

是的，荀滑回来了，他的模样没有什么变化。电影院里发出了一阵惊呼，有人冲上去拥抱他，拉住他，仿佛担心他会重新回到银幕，跳上火车，又离开蛋镇。

下面的情况同样家喻户晓。荀滑在蛋镇投资办了一个香蕉食品加工厂，招收了三百名乡下人，第二年初便当了县政协委员。在遥远的北方，他还经营着一家大型煤矿，从地下能源源不断地扒出很多的煤，实际上扒出来的是钱。他的事业和理想远不止于此，有朝一日，他要建设一条长长的铁路，起点就在蛋镇，让所有的人都有机会到世界去。

他的成功像当年脱逃一样如此匪夷所思。然而，人们不但没有撤销对他作案的嫌疑，反而还怀疑他扒窃了全世界。只是谁也不再提起，不屑议论，像曾经看过的烂电影。

原载《青年文学》2019年第1期

张楚

金鸡

秋天总是很短,仿佛黎明时墙壁上花卉的倒影。白昼也短,直至卯时杨树上的喜鹊才叫,而等我醒来,所有的鸟鸣声都消失了,只看到室友穿着肥大的睡衣趴在电脑屏幕前移动着鼠标。还不睡啊夜猫子?通常我礼节性地问候一句。修图,他略带羞赧地笑笑,轻声打了个哈欠,头仰向布满细小蛛网的屋顶,点几滴眼药水。我挺佩服他,我一直不会自己点眼药水。这样会把身体熬坏的,没听老中医说吗,子时养肝,丑时养胃。没事啦大叔,习惯了,再说如果我偷懒,就真找不到工作了。

他搬进来也有段时间了,跟上位室友相比,这孩子过于安静,睡觉不打呼噜,看《奇葩说》和《十三邀》时戴副AUDIOFLY牌白色耳机,即便外卖点的海鲜烩饭,碎龙虾壳吐得满桌都是,也家猫般不出声响。他瘦,但不是枯瘦;眼大,但不瘆人。他还是个爱干净的孩子,临出门前总要洗澡,如果不洗澡的话就洗头。他用无硅油洗发水,他说自己是油质皮肤,而斯里兰卡的这款洗发水去油效果强悍,他尤其喜欢洗发后那种涩涩的犹如初恋的感觉。他还有三瓶不同水果味道的发胶和啫喱水,有次我看到他在镜子面前小心翼翼地摆弄着发梢,半个时辰也有了。你要去拍戏吗?哦,大叔,他严肃地盯着我,你这话一点也不幽默。发型对男人来讲太重要了!我忙活半天,还是没有办法将额头上的这一绺完全竖起来。他有些沮丧地捋了捋头发，一根根重新拽直。

跟他相比，我可真的老了。我从来没有买过除臭器，每晚将鞋子用油擦净后再郑重其事地悬挂在上面；我也没有像他那样，如果晚上不洗澡就用"小天使"牌柠檬味湿纸巾将腋窝擦拭两遍。他的袜子也比我多，有次我忍不住用眼光偷偷地数了数，光夏天穿的短袜和船袜就有五十多双，更别提那些堆在床边的长筒棉袜和色色鲜艳的足球袜了。

说实话，我甚至连瓶发胶都没有，当我为自己的邋遢寻找借口时，我才发现我不是没有发胶，而是从小到大就根本没用过这种闻起来犹如空气清洁剂的奇怪液体。这就是代沟吧。代沟是什么？代沟就是我只有两双从超市买的廉价皮鞋，而他有三双手工复古尖头皮鞋、两双旅游鞋、四双板鞋和一双运动鞋。当他要走出那扇奶油色的房门时，他会根据自己穿的衣服选择其中的一双。

我们的作息时间也完全相反，当我睡觉的时候，他在设计平面图；当他睡觉的时候，我在图书馆看小说。只有中午，我们结伴去吃点东西。让我欣慰的是，他嘴不刁，这样，我们就能去离宿舍最近的那家小吃店。

这大概是世界上最小的店铺了，只有七八平方米，专卖成都小吃。据说他家的酸辣粉和红油抄手是学校里最地道的。这不是我说的，是室友说的。你在北京根本吃不到这么正宗的酸辣粉，他吸溜吸溜地吞咽着银白粉条，艳红的辣椒油顺着唇角蜿蜒至下颔。老板，家是哪里的？老板正叼着香烟剥鸡蛋。他是个讲究人，手上戴着一次性塑料手套，只是我老担心烟灰要掉进盛满了猪小肚的铁锅里。

我是四川人。四川哪里的？成都。成都哪里的？蒲江。哦，我是青羊的。你娃儿是小老乡哦，加个蛋，加个蛋。我看到老板犹豫片刻后用勺子扪了个鹌鹑蛋大小的卤蛋，倒进室友碗中。

我才知道室友是成都人。他的普通话那么标准，丝毫没有川普那种软绵绵的桂花甜味。闭上眼，你会以为是电视里的播音员在一板一眼地念新闻稿件。

相对于室友的日常起居，我的生活规律得仿若机器人：晨起七点起床，洗漱后去食堂吃早餐，通常是一碗豆腐脑两个牛肉煎包，要是牛肉煎包卖完了，我就吃两碗豆腐脑。上午骑着小黄车跑人文楼听专业课，我喜欢那个有点斜眼的老教授用西安话讲《中国文学通史》。中午小睡四十分钟，下午要么旁听历史学院的清史，要么躺在图书馆的沙发上读维特根斯坦。这套维特根斯坦全集共有十二册，我读了半年，连一本都没读完，读过的也半懂不懂。只记住一句话，"我只有放弃对世界上发生的事情施加任何影响，才能使自己独立于世界，从而在某种意义上支配世界"。能记得这句话是因为我认为它从逻辑上讲是错误的……晚饭后我去体育馆跑步。我想学游泳，从十岁时就想学，想了三十年也没有学。当然，这次还是没去，主要担心被教练或年轻学员笑话，我自己都能想象到那种场景：一个松弛的中年男人挥动着黑毛手臂在水中胡乱扑腾，他以为自己是青蛙或蝴蝶，其实不过是头落水的猪。三个月后我彻底断了念想，每晚绕操场小跑十圈。初二时我曾在学校的春季运动会上拿过五千米长跑亚军，如今呢，跑起来倒像背上还驮着另外一个沉默寡言的灵魂。

　　我快快地想，这样已经很好了，这样能有什么不好？一切都将被细菌般的时光轻柔地吞噬、肢解、分离，变身泥土或尘埃……当然，吃饭是快乐的，只不过这快乐不关乎食物，也不关乎胃，它更像是厌食症患者的机械选择。

　　除了离图书馆最近的东区食堂，我最常去的就是那家成都小吃。店面委实小，又窝在阴面，白天也要开灯。老板跟他老婆在里面都要侧着转身。我时常听到他们用家乡话嘀嘀咕咕，虽绵软低沉，也能猜得出是在拌嘴。也难怪，夫妻店，连服务员都没有，他们又不是蜈蚣，他老婆还要时不时骑着电动车去宿舍楼送外卖。他们在台阶下面摆了四五张狭长洁净的小桌，顾客随便坐，有时我恍惚着老板真的变成了蜈蚣，瞬间长出了若干条手臂将一碗碗汤面甩到桌上。吃完后我通常吸支烟，吸完如果他们还忙得脚尖朝后，就帮他们端端饭菜，拾掇拾掇碗筷，反正闲人最不怕浪费的就是时间。

　　哎呀，你人太好了，老板大概想跟我握手致谢，刚探出却又缩回，胡乱在裤子上揩了揩。下次我要给你加个蛋！加个蛋！当然他说完也就忘记了，翌日即便多加个卤蛋，也要收两元钱的。我倒没什么，很喜欢跟他聊一聊。通常是阴雨天，客少人稀，麻雀在草丛里觅食，他蹲在树下择葱洗菜，搓洗腐竹。他嘴上叼烟，时不时猛吸两口，烟灰落在洗净的蔬菜上。

整支烟吸完，他手连碰都不碰烟，当他呸的一口将烟屁股吐地上，我才长长地呼口气。

你是哪里人，幺弟？我浙江的。你是学校的老师？不是。你是陪读的家长？不是。你是保安？不是。你是修锁修自行车的？不是。你是卖水果的？不是。你是宿管？不是。他这才乜斜我一眼，又叼上支娇子，你是扫厕所的？不是。他不问了。他不问了，我也就不说。我跟婆娘累得要吐血了，他抱怨道，腰杆都要断咯。你们找个手脚勤快的老太太，花不几个钱。他摇头，你晓得不，房租一年要八万呢，他伸出食指和拇指，狠狠地朝我比画。我感觉他把我当成房东了。下个月把我娃娃叫过来，反正毕业了，没个破正事。闺女还是儿子？幺妹儿，长得很巴适。他得意地龇出口黄牙，吐沫星子差点喷溅到我脸上。

室友依旧过着黑白颠倒的日子。下午起床，起床后喝袋芬兰牛奶，然后穿着睡衣坐在硕大的电脑屏幕前。我老担心稍不留神，他的头部和躯干都会被电脑倒吸进去。他接了幼儿美术培训学校的活儿，说起来简单，给学校起个新名字。以前学校有两名股东，多年闺蜜不慎翻脸，一方另立门户，另一方要给新公司起个告别过去又展望未来的名字。我这才晓得这个长相颇似侦探柯南的室友有多神奇了：他把北京所有同类培训学校的资料搜集起来，按照所属区域、学校规模、学生年龄、学生性别、收费情况进行了索引，光这一项就花费了他七天时间。我忍不住问他，你是在做社会调查还是在起名字？

他说大叔这你就不懂了，要整合全部资源才能起个与众不同又醒目贴切的名字。这名字要高贵，要通俗，还要符合学校定位。瞧见没，就在国贸附近，国贸附近有几个高档小区？每个高档小区有多少户家庭？每户家庭是一孩还是多孩？户主是本地土著还是外来人口？这些都要综合考量……你收费很贵吧？他摇摇头，我刚出道，只收六百元。你别以为只是顿撸串的钱，如果跟客户建立了良好密切的关系，彼此信任，难道不是铺了条无形的路吗？你别小瞧这个培训学校的校长，好歹是美国普林斯顿大学的教育学博士，她父亲是国务院参事，她哥是东城区公安局政治部副主任……

后来他又接了个烧烤炉的平面广告图。他在烤炉上不停地更换着品种、色泽、厚薄度不同的牛肉、羊肉、猪排，将这些肉类的颜色变成浅红、绯红、深红、霞红、朱红、血红……你觉得哪种颜色看上去最有食欲？他忧心忡忡地盯着我。我只好说，你这是在卖肉，还是在卖烧烤炉？他说，大叔，你思维不能太僵化，看事物要看它的本质。我们去超市选择烤炉，首先留意到的难道不是炉上的食品吗？所有烤炉的功能大同小异，我们应该考虑如何让深思熟虑之后才去买烤炉的人，在第一时间注意到烹饪后的奇妙效果，当他的味蕾在图片的催化下猛然苏醒并作出虚假判断时，他已经下意识地将烤炉抱在了怀里……

烤炉的平面图得到了老板的认可。但这个老板肯定不是普林斯顿大学毕业的，烤炉都快上市了室友才拿到八百元设计费。他倒得意得很，大叔，我请你吃饭，去中关村的"河豚先生"，还是苏州桥的"第六季"？穷学生请什么客，省省吧。他笑嘻嘻地说，大叔啊，你不也是学生吗？别瞧不起我，我的生活费比你多。你以为我穷啊？偷偷告诉你，我家财万贯呢。我说，你讲话注意点，别闪了舌头，我以前可在税务局上班，要不，你请我吃红油抄手吧。他叹息一声，你们这些老人家，真是温良恭俭让，勒紧裤腰带过日子，还啥事都喜欢替别人操心，累不累啊？

那是深秋的午后。白杨树的叶子将黄未黄，天空是那种清冽的蓝，蔷薇还没开败，从破旧的栅栏里挣扎出来，我从花蕊里逮过几只灰翅蜂鸟送给玩滑板的孩子们。那天，还没到小吃店，远远就瞅到那棵粗大的白杨树底下闪着团动来动去的金黄的东西。走近了看，竟然是一只公鸡。这是我见过的最雄伟漂亮的公鸡了，浑身一点杂毛没有，只有鸡冠是血红的，像涂抹在黄金上的血迹。

幺妹！一碗抄手，放香菜不加卤蛋！一碗酸辣粉，不放香菜加卤蛋！老板正在店门口抽烟，瞅到我们就梗着脖子朝店内喊。我问，哪里来的公鸡？老板说，幺妹来帮忙，把她的宠物也带来咯。果然，有个女孩匆忙走出来，慌里慌张地朝我们问，哪个加香菜哪个不加？再说一遍，我忘咯。她声音很小，像在跟人窃窃私语。室友瞪了眼说，随便，香菜我也吃的。女孩朝这边又瞥了瞥，没吱声。幺妹上的大专，在家里陪她奶奶，缺人手，才喊过来。老板嘿嘿地笑着，这个瓜娃子，傻得很。

我看到女孩走到白杨树下，从兜里抓出把玉米粒撒草丛里。公鸡抖抖双翅，跳着脚过来，脖颈闪电般一探一缩，一缩一探，玉米粒顷刻就光了。我这才发现这只公鸡只有一条腿。我以为我眼睛花了，不禁凑前瞅了瞅。没错，这只威武的公鸡只有一条腿。

小时被黄鼠狼咬掉了，女孩细声细气地说，别看一只脚，能飞到榆树顶顶高头。今年春天，还啄死过一条蛇。我们镇上的母鸡，都喜欢它呢。

再去看那只公鸡，又蹦跶着去草里觅食了。

把你的公鸡看好。室友用湿纸巾将每根手指刮得干干净净，盯着女孩说，把你的公鸡看好。

女孩呆呆地哦了声。

这里野猫特别多，比黄鼠狼还贼。前几天，我亲眼见到一只胖野猫叼着一只胖喜鹊蹿上树梢，啃得只飘下几根羽毛。

女孩瞪大眼睛瞅他，又快速地瞅了下公鸡。

你用麻绳把它拴在树上，它就不会四处乱跑了。这学校，比你们浦江还大呢。咦？你手上全是红油，还不快去擦擦。

女孩又哦了声，噘着嘴转身去收拾碗筷。

室友这段时间不再熬夜了，据他说导师要开个人画展，作为导师这届唯一的弟子他要唯马首是瞻回报师恩，另外就是要写毕业论文了，必须白天到图书馆查阅文献资料。这样我们的作息不免一致起来。不过白天他总是蔫头蔫脑，骑着小黄车跑完展厅跑图书馆。即便如此，他还抽空网购了熨衣板和熨斗。他将冬天的棉袜和长袜统统翻出，一只一只熨好，再挂在一个环形衣架上。他还帮我熨烫了我唯一的一件白色亚麻衬衣。你都这么大岁数了，难道只有一件衬衣？他张大嘴巴盯着我，你光膀子穿毛衣吗？我只好告诉他，像我这个年龄的，通常都会买若干件秋衣换着穿。他撇了撇嘴说，秋衣有纯棉的吗？你穿起来不拉肉吗？我只好再告诉他，秋衣里面还会套作跨栏背心。跨栏背心，他扑哧笑了，跨栏背心难道不是打篮球才穿吗？我说我以前是单位的篮球队队员，13号球衣，人送绰号"罗德曼"，我打了三十多年篮球，跨栏背心也有四五十件了。他不可思议地凝视着我，半晌才嗫嚅着说，天啦噜，你竟然还是篮球运动员……你有二百斤吗？我说我是虚胖，其实只有一百九十三斤。他也没接话，抓起桌上的香梨嘎吱嘎吱啃，啃着啃着扭头对我说，叔啊，你老了，但也要规划好自己的生活，不能将就，人这一辈子，不容易呢。我使劲朝他点点头。

要是女儿还活着，应该比他小不了几岁。

深秋那段日子，我跟他频繁地去成都小吃吃午饭。他们家又添了钟水饺、肠粉、凉皮和担担面。我们去了也不用说话，女孩就把面和粉端来，有时排队的人多，她就偷偷给我们加塞。我跟室友说，你发现没？我碗里的面还是那么多，但你碗里的粉明显量大了。他就问，大叔，你这句话的潜台词是……我说很明显啊，这女孩可能喜欢你。他咧嘴笑了，说，难道你觉得我的情商是负数吗？我说你别太自负，仔细瞅瞅，女孩长得多好，大眼睛双眼皮……你对女人的审美还停留在20世纪90年代，他打断我的话，现在的年轻人都喜欢狐狸脸，这姑娘腮帮子上的肉也太沉了吧。我说，圆脸的姑娘有福气……他摆摆手说，我不敢谈恋爱了，怕了，多好的姑娘跟了我，她就不再是原来的她。为啥？都被我宠坏了呗。我还想问点什么，没问。他盯着杨树下的那只公鸡，心不在焉地说，真像是用黄金雕出来的。

女孩大概忙完了，去喂鸡，喂完了朝我们喊，你们忙不？不忙的话帮我录下"快手"。室友说，好啊，录什么？难道你也要生吞缅甸蟒蛇钢牙咬碎玻璃？女孩说，乱讲，"快手"不全是疯子，还有很多好玩的人呢，不要一棍子打死。室友懒洋洋地问，比如——女孩说，有个小姐姐叫文静，住在内蒙古乌兰布统景区，养了一群狼，她每天跟狼嬉戏打闹，狼要是不听话了，她就把狼打一顿。室友说，哦。女孩说，还有个养牛人，是个牛经济，每天直播如何在牲口市场挑选好牛，又翻眼皮又摸牙齿又验牛粪的。室友歪头问，那你直播什么？女孩说，我呀，直播堂吉诃德跳舞，上树，爬寨子，捡项链。室友问，谁是堂吉诃德？女孩指着公鸡说，它呀，你不觉得这个名字很配吗？室友干咳了声，问，你学中文的？女孩说，哪里，我学的织染专业。室友说，好吧，我们现在要录的是？

女孩将脖子上的项链扔出去，然后吹了声口哨。我们看到堂吉诃德疯了般单腿猛蹿出去，直奔阳光下闪闪发光的饰品。说实话，我觉得堂吉诃德奔跑的样子很像饥饿的澳大利亚袋鼠。

天越来越冷，却没有下雪。来这里一年多了，只碰到一场雪。对我这个的南方人而言，不得不说是件遗憾的事。室友导师的画展结束了，结束当晚举办了盛大的庆祝晚宴，室友还把我邀请过去跟他导师同席，介绍说这是中国很有名的编剧。他的导师是位满头银发的老太太，热切地跟我握手、碰杯、加微信，弄得我很是羞愧。晚宴快结束时，我才瞅到小吃店的女孩混坐在室友的师姐师妹中间，穿了条咖啡色呢子长裙，得体又漂亮。那晚室友喝了很多酒，当我把他搀扶回宿舍，他抱住马桶就哇哇狂吐。我用温水给他泡了杯蜂蜜水，他囫囵灌下，很快就又冲向卫生间。听着他呕吐的声音我有点恍惚。后来他耷拉着双腿斜靠着墙壁，闷头闷脑地说，大叔，我谈恋爱了。

我说，挺好啊。我早就说过，那个女孩不错，适合当老婆。他有些惊讶地说，你怎么知道的？我笑着说，我谈恋爱的时候，你还在你妈妈的怀里嘬奶呢。他说，其实上个礼拜六我跟她去天津了，没错，我们坐了摩天轮。我一直想跟我的女朋友坐一次摩天轮。我跟她说，我是个精致的利己主义者，你条件不好，学历低，家庭一般，但我喜欢你。这不符合我的处事原则，可我愿意破一次例。我明年就要在北京买房、工作，你要是愿意，就当我女朋友吧。她想了想，答应了。我们拉了拉手，她的手很凉。她说她的手从小就凉，她一直怀疑自己是冷血动物。我们就面对面坐着，拉着手，看地面上的马路、淮海、大桥、建筑一点一点地远离我们，因为速度缓慢，我们并没有觉得离人间越来越远，离星空越来越近，相反，在这段弧线运动里，我觉得时间、空气、思维都凝固了，我仿佛坐在一列密闭的宇宙飞船里，正跟心爱的人以光速驶向某个神秘的星系。到达制高点时，摩天轮静止了片刻，我想吻她，她笑着推开了我。她说，早知道坐摩天轮，就把堂吉诃德抱来了，也让它从空中看看美景，顺便直播一下，就叫"堂吉诃德大战摩天轮"。后来呢？后来我们在附近的宾馆住下，大床房，我们都没有脱衣服。我抱着她睡的，她身上的味道很奇特，是陈皮和花椒的气味……

他后来说着说着，就靠着墙睡着了，我拿了条毛毯给他盖上。

女孩的父母大概晓得他们的事，比以往更客气。那次甚至给我们免费送了份水芹猪肉水饺，糖醋蒜也多给了两头。室友当着我倒不怎么跟女孩讲话，只是一双眼贴在女孩身上，脸上是那种热恋的人惯有的傻笑。得闲了，女孩坐我们旁边洗猪小肚。水那么凉，她也不怕，手上全是茧。室友跟我商量面试的几家单位，在他看来最好能去腾讯或中国移动。但面试的条件极为苛刻，他的专业并不对口。虽然他托朋友通融，也不保险一定有面试机会。如果去不了这两家公司，最佳选择是完美游戏公司……女孩洗完猪肚继续听我们讲，听着听着开始打哈欠，后来她把堂吉诃德抱在怀里哼哼唧唧地唱歌。她声音小，曲调也婉转，可架不住堂吉诃德在她怀里扑腾时羽毛发出的声响，我一句也没听懂。当我喝掉碗里的热汤，发现女孩靠着椅背打盹，公鸡好像也睡了。有那么片刻，稀薄的阳光照着她洁净甚至有点凸起的额头和怀里的堂吉诃德。她均匀地呼吸着，粉色围巾的细穗被她的鼻息轻柔地荡出去，又缓缓地落在堂吉诃德的鸡冠上。抱着黄金的女孩。我想起了女儿，我说我们走吧。室友摸了摸女孩的耳朵，女孩哆嗦下醒了，笑着说，我做梦了。室友问，梦到啥了。女孩红着脸说，等晚上再告诉你。

有一次我去邮寄快递，路过静园时发现树下围着群人，不时听到惊奇的赞叹声，还有人举着手机照相，凑前瞅了眼，却是室友和女孩。一条细长的绳子，一头在室友手里，一头在女孩手里，他们将绳子抡成了圆形，每晃动一次臂膀，女孩都会鼓着腮帮吹声哨子，哨子很响亮，然后，我看到独腿的堂吉诃德纵身而起，双翅在空中展成金色的降落伞，而那条绳子温柔地舔下地皮，又甩向洁净的天空。

我站在那里看了很久，堂吉诃德也跳了很久。

接下去的一个月我几乎没在学校。有个大学同学以前是国美房地产高管，后来辞职干起了影视。那几年，有钱人，无论是开矿的、做饭店的、盖房子的、卖保健品的，只要是有钱人，都想拍电影。不管是洗钱还是真的想赚钱，反正是把这个行当搞得比好莱坞还红火，听说连刚出道的三线小鲜肉，只要肯接活儿一年赚一亿还嫌少。他不晓得从哪里搞到笔投资，想拍部关于广场舞的都市轻喜剧。导演也找好了，获过金鸡百花奖和金鹰奖，是拍家庭剧的大师。作为刚出道的制片人，能请到大导演简直是中了彩票。为了套住人家，哥们先预付给导演两百万定金，又陪他到拉斯维加斯赌钱，"输"给他一百五十万。可都年终岁尾了剧组仍迟迟没有组建，原因很简单，导演认为剧本"是一泡狗屎"。用导演的原话讲，就是如果他拍了这部戏，这辈子的名声就毁了，而且一辈子都别想翻身。既然问题如此严重，朋友只好换编剧，换了七八个也有，可无论出名的还是即将出名的，都被导演骂得要跳楼。

你帮帮我吧，哥们说，我彻底没辙了，疯了，瘘了，抑郁了。我说我这种烂木头怎敢冒充椽子和檩？哥们说，我一集给你十万，一共四十集，怎么样，够意思不？我想了想说，我缺钱，但也不能糟蹋你。这样吧，我有个朋友，以前给国师当过御用编剧，让他来帮你擦屁股吧。

尽管如此，还是在他那边待了段时间。他给我安了个文学顾问的头衔，我也不能白吃干饭。这期间我接到过室友的电话。他支支吾吾地说，有些事想跟我商量商量，除了我，他实在想不起还能找谁。当时我们正在开剧务会，导演正在训斥他的助理，我说忙完就回学校找你。等真的忙完了，我却忘了这茬。翌日回电话过去，室友关机。隔天又打了几次，还是关机。也许是他跟女孩出了问题？不过，这世界上还有他搞不定的事吗？

回学校时已是冬天。我喜欢北方的冬天，树木赤裸干瘪，野猫仍像士兵一般巡逻，乌鸦的叫声要比夏日漫长，人们行走在路上时只露出焦灼的眼睛，一切都在萧瑟中等待着春风吹来。而我，则等待着传说中的漫天大雪将这一切都覆盖。诗人说，只有雪是免费的，希望雪不要落在坏人的屋顶上，要落就落在鸽子的眼睛里。我想，雪可以落在好人的屋顶上，也可以落在坏人的屋顶上。当世界上只有一种颜色时，无论好人还是坏人，都会在彻骨的寒冷中悄然入眠，都会在梦中彻底忘记那些早就该遗忘的人。

而我的室友大概也将我忘记了。打电话不接，发短信不回。看着他电脑桌上的灰尘，我突然萌生出某种不祥的预感。当我站在小吃店门口瑟瑟发抖时，女孩问，大叔，好久不见，来碗抄手？她跟以前比没什么变化，只是脸颊更红润，像来自高原的姑娘。我点了碗酸辣粉，抽上支香烟，问她，室友怎么失踪了？她搓着手说，大叔，我也快半个月没他的消息。你们，难道……我们挺好的，女孩说，他好像家里有点事，处理好就回来。他还说，要带着我和堂吉诃德再坐一次摩天轮呢。我去看那棵树，堂吉诃德没在树下。我把它关卧室了，女孩笑嘻嘻地说，它可是只从来没有在北方过冬的公鸡。

那天我正在读阿摩司·奥兹的《爱与黑暗的故事》，室友忽然推门进来。那么冷，他只穿了件咖啡色风衣。他朝我摆了摆手，然后闷头整理行李箱。等我烧完水沏完茶，他已穿着鞋和衣躺在床上，须臾便听到了急促的鼾声。我掩上房门，去超市买了只烧鸡、两袋老蚕豆，还有一瓶红星二锅头。回来时他醒了，正坐在床边发呆。我说这么冷的天，大叔陪你喝两盅，暖和暖和。他接过酒杯，嘬了一口，皱着眉头问，酒杯没洗吧？全是灰尘的味道，哎，你这个邋遢大叔。我笑了笑，撕了只鸡腿给他，说，你这风尘仆仆的，干大事哪？他估计饿坏了，也没吭声，三两口就把整只鸡腿吞咽掉。我爸出事了，他望着墙角说，操，去年就该用我的名儿把三里屯那几间商用房买下来。都怪我，什么都不着急，总觉得什么都来得及，一切都为时不晚。这下好了。

我没再问别的，我不习惯在别人的伤疤上撒盐。按他的口风，他父亲犯了事，资产全被冻结，父亲的合伙人也跳楼自杀了。这段时日他一直跟他姐夫找律师跑关系。跑似乎也是白跑，哪里有路？路都被堵死了，或许我爸被逮捕的那个下午，世上所有的路就全部消失了，他将剩下的半杯白酒干掉，愣愣地盯着我说，大叔，我说的没错吧？

他说的确实没错，他其实什么都懂。

我们也从北京找了人，人家开口就要三百万。你说，这些人的胃口怎么这么大？从小吃恐龙长大的？你知道吗大叔，我姐夫现在只能住如家宾馆，天天找不同的人，等相同的信儿。

我又给他倒了杯白酒，酒是最好的安眠药。这个时候，他需要一个漫长、踏实的睡眠。

室友一直在成都跑门路，我给他打过电话，他声音嘶哑，但依旧像往常一样口齿清晰。他说他母亲也被关进看守所了，不过这样他就放了心，过年的时候，好歹父母能团聚。他说他打算和女孩分手。为什么？大叔你傻啊，我能给她好日子过，才有底气跟她在一起，如今家破了，业也败了，她要还跟着我，难道一起喝西北风？我说，女孩要是真喜欢你，就不会在乎这些，你要尊重她的选择。他沉默了会儿说，大叔，那是你们那个年代的选择，现在不一样了。你老了，这些你不懂的。

让我意外的是，女孩倒来过几次宿舍。我猜她联系不到室友，又不甘心，才会冒失地来找我。我含混其词地解释说，室友家里有点琐事，需要他亲自出马，只要处理好就马上回北京。她嘟囔着说，死活联系不上他，怕他出事，觉也睡不踏实。要是室友回学校，让我暗地里知会她一声。有天雾霾很大，整个校园变得像座迷宫，女孩又来了，她戴着黑口罩，头上裹着围巾，只露出鼹鼠般羞怯的眼睛。她递给我一个牛皮纸信封，说，大叔，我晓得他家里的事了，这是我平时攒的零花钱，还有跟堂吉诃德直播的钱，等他回来你转给他。我从微信转给他，他直接退回来了。

她走后我数了数，总共三千四百五十二块钱。那两枚一元的在硬币很新，亮晶晶的。

等室友回来，已是一月中旬。他剃了个光头，穿着件类似袍子的黑色风衣，围着条蓬松的波希米亚围巾，像个忧心忡忡的牧师。他气色比上次见面时还差，眼袋肿胀，嘴角生着几粒暗疮，不过胡子刮得很干净。他给我带了箱都江堰猕猴桃，说是表姐家种的，以前都用来酿酒。你又胖了，大叔，他上下打量着我，你最近没有夜跑吗？你是不是打算过年了把自己卖掉？不过，最近的猪肉可都是大白菜价。我不晓得该如何安慰他，也许他只是怕我安慰，才会这般生硬地调侃，他一向是个不会讲笑话的人。我说，你的新发型不错啊，以后那些啫喱水就全归我了，你这是打算出家当和尚吗？他跷着二郎腿说，大叔，你这主意不错，等我料理好家事就去九华山剃度，这世上的事，我是看个透心凉。我把女孩的信封递给他，他打开瞄了瞄。我说，你可要想清楚，不要辜负了人家。他没吭声，半晌才磕磕巴巴地说，大叔，我辜负她……也是为了她好……她傻乎乎地跟着我……会一辈子受苦的。我拍了拍他肩膀，然后到洗漱间给女孩发了个短信。

天已擦黑，我们也懒得开灯。我看着太阳的余晖从东墙移到南面的窗口，又从窗口移到西墙的书架，最后房内彻底陷入了一种羽翼般的黑暗。很多时候，我们就是这般眼睁睁地看着光亮从眼前一点点地流逝。室友絮絮叨叨地讲述着这段时间的经历——也许用"奇遇"这两个字更为恰当，我完全能想象到一个孩童站在悬崖边的情景。他也谈及诸多与他父亲的往事，在叙述这段涉及隐私的时光时，他没有任何羞涩与迟疑，或许正是他的这种坦荡让我对他还算放心。他说了什么我大都忘记，只模糊记得几句，他说他父亲从来没有教育过他"什么是爱"以及"如何去爱"，庆幸的是，也没有教育过他"什么是恨"……于是我说，我听到我自己说，我们只有放弃对世界上发生的事情施加任何影响，才能使自己独立于世界，从而在某种意义上支配世界。他想了想说，大叔，你的心灵鸡汤真够咸的。

女孩敲门时都晚上八点了，我打开门闻到了浓郁的肉香。她嘟囔着说，你们俩是瞎子啊，真是省电。边说边开灯。我这才看清她怀里抱着个青花瓷盆，盆上覆着锅盖。室友挠着光头说，你……你……怎么来了？女孩足足盯了他有两分钟，才细声细气地说，我当然要来，我要看看，你到底是活着，还是真死了。

他们笨手笨脚地抱在一起。女孩在他怀里不停地哭。我才知道原来女孩哭泣的声音可以这么响亮。室友下巴抵住她头顶，双臂环住她有些臃肿的腰身左右轻柔地晃动。他们像两个刚学会跳舞的人。女孩后来终于不哭了，她掀开锅盖说，我炖的鸡，你快吃吧。你不是最爱吃鸡肉吗？屋内立马充溢着浓烈的香气，我听到自己的肚子也咕噜咕噜地响起来。女孩用筷子夹了个鸡腿小心地塞进室友口中，室友嘟囔着说，烫。女孩吹了吹，说，吃吧，吃吧。又抬头扫我一眼说，大叔，愣着干吗？趁热吃，你们有酒吗？我想喝点酒。我说你要真想喝，我书橱里还有瓶陈年茅台。女孩说，真的呀？我还没喝过茅台呢。我就把酒拿来，打开，倒好。这时女孩盯着室友问，好吃吗？室友说，好吃。

女孩说，当然好吃了。堂吉诃德从来没吃过饲料，玉米和青菜喂大的。

我和室友的嘴巴都不动了。

女孩端起一杯白酒，抿了一小口，可能是呛着了，咳嗽了一通，说，白酒原来是这个味道。

室友晃着手里的鸡腿问道，你刚才说什么？

女孩说，没啥。我记得有一次你问，我有多爱你，我说，我可以把堂吉诃德炖了给你吃。你说实话，堂吉诃德好吃不？

室友再次回成都时，终于下了第一场雪。这是我来北京后下的第一场大雪。我想，真正的雪就该是这样子吧，如白天鹅的绒毛弥漫了天与地，它落在好人的屋顶上，也落在坏人的屋顶上，但它没机会落在堂吉诃德的鸡冠上了。我不知道室友跟女孩后来如何了，女孩再也没来过我们的寝室。之后去过几次小吃店，只有老板跟他老婆在狭窄的屋子里转来转去，叽叽咕咕。我本想问问女孩去哪里了，但从来都只是慢慢地吃着我的红油抄手。男人到了我这岁数,就会发现沉默是一种真正的美德。那天在地铁口,看着室友踏入那段漫长幽暗的甬道,我的嗓子不禁哽咽了下。他的头发长出来些,没戴帽子,他的下巴更尖了,或者说,他的头颅更像一个标准的倒三角形了。我不知道以后是否还能见到他,我伸出迟钝的手臂,用力地挥了挥,他大概没有看见,只佝偻着腰滑动着黑色行李箱。本来我还想大声地说句"再见",可大朵大朵的雪花倏地旋进了我的喉咙,那么凉,甚至有点甜,我就哑巴似的翕合了几下颌骨,然后彻底闭了嘴。

原载《青年文学》2019年第3期

乔叶

头条故事

1

空气质量是优。万里无云的蓝天，就是为这个优颁发的巨大证书。入冬以来，这样的天，掰着手指头都能数得出个一二三四。对老天爷这难得的好脸色，人们也很是知道领情，出门散步的人比平时多了好几成，且没有一个戴口罩的，人人似乎都是一副且行且珍惜的模样，走得面庞红润，喜笑颜开。

半下午苏紫就翘了班，混在街上的行人里，不疾不徐地走了很久。先是去超市买了一点苹果和酸奶，路过商城遗址公园，又进去溜达了一圈，从公园出来，站了片刻，瞧见马路对面的文庙大门敞开着，大成殿的琉璃瓦在蓝天映照下如锦缎般绚丽，心中不由一动。除了前年女儿中考，她特地来过一次为小棉袄祈福，这一晃已经两年多没了。文庙离家不过几步路，却整日里庸庸碌碌地不知道忙些什么。还真是用人朝前用不着人朝后的势利眼呢，自己都替自己不好意思。

苏紫便掸了掸衣裳，进去，上了一把吉祥香。把刚买的苹果用湿纸巾挨个儿擦了擦，上了个果品供，然后，规规矩矩拜了拜孔子。大殿里没有什么人，拜完了，她干脆在蒲团上坐了一会儿。仰视着孔子的塑像，忽然觉得有些惶惑。她一直很喜欢孔子，觉得他既坚定又柔软，既正经又调皮，既倔强又通达，既睿智又单纯，既慈祥又天真……是一个似乎可以用"既""又"无休无止地形容下去的可爱的老头儿。可这个塑像，说到底，跟《论语》里那个血肉丰满的孔子有什么关系呢？孔子在世的时候，会想到有一天自己会被后人供奉成这个样子吗？

妈妈，孔子的庙为什么又叫文庙？进来了一对母女，小女孩问。

因为孔子有文化嘛。妈妈说。

唐朝有个皇帝叫唐玄宗，他曾经封孔子为文宣王。老百姓也把孔子尊称为文圣人，所以孔庙也叫文庙。苏紫说，摸了摸小女孩子的脑袋。

苏紫出了文庙，继续去往家的方向。却还是想再延宕一会儿，便东瞧西看，迤逦而行。零食铺子，蛋糕房，茶叶店……都会驻足流连，像个无所事事的人——当然不是真的无所事事。她一直没让手机闲着，找个好点儿的角度就拍上两张照片。不管水平如何，这些个照片总归是自己亲手拍的，涉及不到版权问题。再配上几句闲话，兴许就能图文并茂地用到自己的今日头条号上。

前面有个精瘦的年轻男人正在刷树干，穿着深蓝色的工装，背上印着一家物业公司的LOGO，身边搁着一个白灰桶。这种场景每年冬天都会重现，她却从没有特别留意过。于是上前。

师傅，您这是在做什么呢？

刷白。男人说。头也没抬。

刷白的作用是什么呢？

杀菌，防冻。

哦。

男人显然懒得搭理自己，不过这也没关系。既是冒昧搭讪，必然就会有人不爱搭理。苏紫一点儿也不觉得扫兴，走出去两步，悄悄拍了两张照片。没走几步，又见到一个粗壮的中年男人也在刷白，刷的对象却是电线杆。杀菌防冻对树干还说得通，对电线杆是什么道理？

师傅，您为啥要给电线杆刷白呢？看了一会儿，苏紫方才问道。

男人停下来，看了她一眼。想要回答什么，似乎又无从答起的样子，便继续埋头干活儿。

刚才看见有师傅给树干刷白，说是杀菌防冻，这电线杆也得杀菌防冻啊？苏紫也知道自己这么追着问很讨人嫌，有着中年妇女的饶舌和唠叨，可既然问了，就索性问下去，大不了还是落个不搭理呗。

这个呀，为了美观。一个老太太拎着一袋子青菜走过去的时候，搭话说。

是为了美观么？苏紫朝着男人再问。

咱也不知道，上头叫刷咱就刷。男人终于说。

苏紫微微一笑。"上头让刷咱就刷"，这句话说的，耐琢磨。"上头"有意思，"咱"也有意思。于是又悄悄拍了两张照片。今儿的头条号，就发这个吧。

2

负责对接苏紫的今日头条小编姓岳，昵称悦悦。对于她的入驻邀请，苏紫起初的态度是礼貌性拒绝。《中原腔调》不过是一本订阅量羞于出口的戏剧杂志，即便是作为主编，开个头条号又有多大意义？悦悦却很执着，天天到她微信上打卡献花，耐心游说，说头条从不缺人气，缺的是文化，说咱们《中原腔调》这么有文化内涵，您的身份就是当仁不让的文化符号，我们太需要您来送文化啦。苏紫敷衍了一阵子，苦于应酬，干脆就把悦悦的微信号设置了个免打扰。

敬爱的小主，开了吧开了吧，您一开就是V，一般人哪有这待遇呀。编辑部主任豆子说。以她为首的几个小编辑不是80后就是90后，也你一言我一语地撺掇着，说您要是不想打理，我们来帮您打理，就是把咱们杂志每期的目录和内容提要放一放也是好的嘛。平日里他们都称苏紫为小主，原因么，《中原腔调》太小众了。

架不住他们鼓动，苏紫终于妥协，答应了开。

小主圣明！

在这种事情上，她很在意这些小年轻们的意见。不能不在意，杂志再小众，总也是对外的，多少总要吸纳一些当下的新鲜信息，而身边这些小年轻就是最便捷的信息来源。别的不说，单是一两日不好好和这些小编辑们聊天，再听他们说话，她就会觉得有些磕绊。既不明白"撩""套路""洪荒之力"之类的老词有什么新用，也不好懂"人艰不拆""喜大普奔""细思极恐"之类的新词是如何诞生的，更不清楚"小目标""友谊的小船"之类的段子笑点在哪里。这些半生不熟的词就像一堵堵或厚或薄的墙，会把她和他们高高低低地隔开，想要迈过去总是显而易见地费力。每次逢她发问，小编们都是默契对视，乐不可支。

小主，您可真萌。一听您问这些，小的们就像看见了碳酸饮料。豆子说。

这是什么坑？

开心得冒泡呀。

在苏紫的意识里，今日头条这种自媒体号就是一块地——她承认，自己的本质，就是一个农民，无论是杂志还是家务还是这种自媒体号。地，没有便罢，一旦有了，她都会尽自己的最大能力去耕种，不管种点儿什么，都绝不容许让地撂荒。既如此，肯定累，这也是她起初推拒悦悦的缘由之一。

第一条内容例行是问候诸位网友。网友这种存在，明知道每个账号后面都是一个活色生香的人，可真要在网上面对时，还是觉得空茫茫的。拟好了稿子，她先给悦悦审，悦悦说，好的呀，只要是原创就OK呀。苏紫问，对内容没有什么具体要求吗？悦悦说，请您自主就好呀。只要和文化相关，符合公序良俗，不侵犯任何第三方的合法权益就OK呀。又体贴道，其实您不用那么紧张，读书，旅游，电影电视的观感，这些个都行的，您怎么发都有文化含量的，哈哈。

一听这甜甜蜜蜜的官话，苏紫便知道了，这悦悦明着是在宽自己的心，实则是在暗示自己文责自负。不是吗？给你的边界越是辽阔你就越需要小心脚下。从高处说，是自由，也是权力。从低处说，是人家越不管你，你就越该严管自己。

第一条的阅读量不到一千，是意料之中的可怜。第二条好了一些，苏紫发的是桂花，那几天桂花正开。她在网上找了一张图，配了一段有点儿文艺腔的话：

"桂花是用鼻子看见的花，这酒一样馥郁的浓厚的黏稠的香味，慢慢悠悠，从从容容，筋筋道道。曾听过一个词，叫'桂花引'，有人说该是'桂花饮'，我觉得如此这花香如此勾人，当然是引。"

半天时间，阅读量破了万。有人评论道：图不错。

整天和版权打交道，苏紫蓦地一激灵：这图不会有什么问题吧？连忙问悦悦，悦悦说，这图如果不是您原创，那就不太好说得清楚。按要求您得保证对图片享有合法使用权。不过只要没人说，那就没问题。要是不放心，您可以注明一下：图片来自网络。

苏紫赶紧在评论里注明了一下。

隔三岔五的，悦悦就会发给她一些话题，邀请她参与。话题各式各样，摩肩接踵：中秋，国庆，重阳，二十四节气，改革开放四十年，明星结婚，名人去世，考研……"会有流量福利"，每次，悦悦都会这么提醒。什么是流量福利呢？悦悦说，头条推送的机制是：机器识别了内容后，觉得哎呀不错，就会推给比如一百个人先看看，假如有五十个人看完了，机器就会觉得，哦哦真不错，我再给一千个人看看，然后再计算打开人数，假如又有四五百人打开了，机器就会再给比如一万人看看，就这样一直螺旋扩大，直到过了时效性，或者传播疲软了方罢。所谓的福利，就是平台会让机器把她发的内容在首页上多推送几次，在首页上停留的时间也要长一些，努力让更多人看到，这样她的粉丝就有可能增加得比较快，阅读量就有可能会高起来，在不远的将来，就可能会有广告收益……

如此陌生、遥远且间接的福利，不要也罢。这么想着，苏紫便对话题一直很消极。迄今为止，她参与过的唯一一次话题就是"我爱家乡戏"，也还是因为多少和工作有关。《中原腔调》如今的读者虽然比原来有所拓宽，可戏剧毕竟还是原始根本。她发的内容是自己收藏的油印戏本：

"十几年前，在一个县城的小店，我买下了这些成摞的油印戏本。这个刻写人，至今是个神秘的名字。我推测他多半很平凡，只是无数戏迷中的一个，像我一样。

在郑州街头巷尾——当然也不止郑州，不经意的，就能看见这样的民间剧团在活动。演者动情，观者专注。

这是最小的舞台，方寸就已够用。

也是最大的舞台，随处皆可唱响。"

配了六张图，一张是她拍的路边小剧团演出场景，一张是最新一期的《中原腔调》封面，还有四张是她早年存的油墨戏本封面。上午发布，她下午去看，阅读量居然已经过了十万，粉丝也增加了两百。最让她惊讶外的是那一百多条评论，有人问她哪里能买到这些本子，有人问她可不可以转卖，有人告诉她刻写者的身份，和自己有什么转弯抹角的关系，有人则说油印这种方式属于侵权……苏紫感慨不已。她忽然觉得，自己这块小小的地，其实更像是一个开放式公园，无门无墙，无障无碍，任凭是谁，想进就进，想出就出，想说就说，且全可潜隐。唯有她，宛若站在公园中心的小广场上任人观看。既是众目睽睽之下，就得小心翼翼，不能出乖露丑。

对网友的厉害，她从此心悦诚服。自此，她决定一周发两次，内容也更上心了些。耗时费神是必然的，不过能长见识，也有意外收获，为了这些见识和收获，耗时费神也值得。她也开始对阅读量和粉丝数在意起来，慢慢发现，却原来，这两样的增多确实也是会让人上瘾的，会让人有些甜丝丝的成就感。——这也让她有了警惕。她告诫自己要有意疏离，不要让自己被话题蛊惑着去发一些什么内容。我的内容我做主，哪怕只有一个人读呢。她这么反复提醒自己。等到再一次出现超十万的阅读量且那条内容没有得力于平台的任何话题流量福利时，她更确信了自己应该坚守这个原则。

那天，郑州下了初雪，她发的就是雪：

"今天下午的郑州，飘了一会儿大大的雪花。看到雪花，就想起一些以雪花命名的物事：雪花膏，有一种化妆品的名字就是这么叫的吧，很有年代感的。这个名字一出口，仿佛就闻到了那种香味儿。还有一种冷饮，叫雪花酪。还有一种甜点，叫雪花饼。对了，还有一种衣料，叫雪花呢……还有雪花啥呢？"

最后一句提问，自然是有意投饵，勾引网友讨论。网友们果然没有辜负她的用心，热火朝天地议了起来。什么雪花酥、雪花粉、雪花肥牛、雪花啤酒……抢答接龙似的，几分钟之内就都有了。看到有人说到雪花银，苏紫忍不住上线回复：嗯，这个东西最强悍。还有人说，应该把"雪花呢"的"呢"注上"泥"的拼音，不然很多年轻人都读不准这个字。苏紫也回复：您说得甚是。还有网友提到了雪花汤，苏紫回复说，这个是第一次听说。那网友便细解：就是用鸡蛋清打碎做的汤，撒上白糖。另有一网友说了雪花酒，苏紫简直怀疑这是他杜撰的，再问，对方说是来自眼下正热播的古装剧《知否知否应是绿肥红瘦》，剧中华兰和明兰两姊妹在一场戏中喝的就是这种酒，应该是宋朝就有了的。

那个下午，苏紫一会儿刷一次手机，每次看，阅读量都是噌噌噌地涨着。她这才发现：阅读量在万以下的时候是精确到个位数的，一旦过了万，就是精确到千。等过了十万，就只精确到万了。怎么说呢，就好像在说存款，穷人得抠着一块一块地报数，中产阶级就可以抹去零头，富豪人家就必须留更大的整数，那才能叫体面。

3

这么好的阳光，随便坐在哪里静静地晒着，都是一种享受。苏紫仰靠在街边的长木椅上，选好了两张图，又上网搜了给树刷白的一些资料确认了一下基本常识，便拟出了稿子：

"看到图一师傅正在路边给树刷白，跟他聊，他说刷石灰水可以杀菌防冻。嗯这个我是知道的。又见图二师傅在给电线杆刷白，难道电线杆也需要杀菌防冻？请教他，他沉默。我不耻下问，他终于答：上头说了，路边跟树干长得差不多的，都得刷。仔细一看，果然。"

照片发的都是背影，避免涉及肖像权。也把刷电线杆师傅的话小改了一下，想要多点儿幽默感。至于"不耻下问"……打出这个词时，苏紫有些犹豫。这个词，是今天中午所得。中午的工作餐里，有一道是红烧猪蹄，做得鲜香微辣，苏紫一向对猪蹄没兴致的，却不知怎的开了胃口，啃了一整只。

大猪蹄子，真香！苏紫感叹。

小编们立时爆笑。

小主，这一句话里有两个新典，您知道不？豆子问。

苏紫摇头：请赐教。

他们先说的是真香定律。说是芒果台有一档叫《变形记》的真人秀节目，主要内容是清贫的农村家庭和优裕的城市家庭的孩子们互换生活环境的故事。其中有一期，是一个城市男孩初到一个农村家庭，觉得环境差，难以忍受，就撂下了狠话，号称自己"就是饿死，死外边，从这里跳下去，也不会吃你们一点东西"。但几小时后，饿极了的他只能在这里吃饭，他边吃边感叹说："真香"。节目播出后，"真香"这个词被网友们单摘了出来，泛指一个人信誓旦旦如何如何却马上就被打脸的状况，很有喜感。

至于大猪蹄子，就是指男人。各种言情剧或绯闻事件里不是都有男主角么，主角谐音为猪脚，猪脚不就是大猪蹄子嘛。

适用于所有男人么？

多适用于渣男。

为什么？

您的为什么可真多。

我这叫不耻下问。

小编们又轰然而笑。

不耻下问，我用错了么？这有什么好笑的？

很少见您不谦虚的样子，觉得好可爱。豆子说：而且，按照字面意思，也可以释义为"不觉得羞耻，一直往下追问"，挺有趣的。

好吧，那就我继续不耻下问：为什么大猪蹄子多适用于渣男？

就像咱们骂小孩子是熊孩子一样，这是女人对男人又爱又恨又调侃的一种称谓，用来骂渣男当然是最合适啦。

……

好吧，那就不耻下问吧，或许能因此再添一点儿幽默感。有网友评论过，说她的腔调是端庄有余幽默不足。而且，这个词也合文庙的景，是出自《论语》，和孔子有关系呢。

完成，稍改，定稿，发布，回家。到了小区门口，看见右手边那家肉夹饼店，苏紫便又拐了进去，买了一个。回到家，上了个卫生间，吃了半个肉夹饼，又泡了一壶正山小种，喝了一口，苏紫方才打开手机。在这个过程中，她不时压抑着想看手机的念头。总是嘲笑小编们让手机长在了手上，其实自己看手机的欲念也无时不刻，她常常暗自惭愧，有意克制。

其实，以这一段时日的经验，不看也知道，这个刷白的头条，阅读量不可能多高。前些时，她发过一条齐白石的，自认为写得十分精彩，配图是齐白石的画，美得也是无可挑剔，她想着怎么也得有三五万的阅读量，不料还没有过万。她有些不大甘心，便婉转地问悦悦，这条机器是否没有推送，悦悦回复说，肯定是推送了，不然阅读量不会超过粉丝量。如果阅读量低，那就是内容不受欢迎。对于绝大多数头条用户来说，齐白石有点儿冷，哈哈哈。又说，从大数据来看，最受欢迎的头条内容就是美食和流量明星，其次就是乡村，什么农家故事啦，美丽乡村啦……因为头条用户嘛，下沉比较多，也就是说三四线城市基数大，程度参差不齐。要是不想蹭现成的热点，那您就得各方面都试试看，找找画风。

费劲巴拉地去找什么画风？还是老老实实种地吧。

——可是，这是什么情况？苏紫的头嗡了一下。到一个小时，刚刚发的这个刷白，阅读量已经超过五十一万，评论过了两百条。

她心慌意乱地把评论粗粗溜了一遍，大致可以确定，惹祸的，正是那个"不耻下问"。从头条的界面仓皇退出，她略定了定神，便给豆子打了个电话。在豆子到家之前，她都没有敢再看手机。

餐桌上摆着剩下的半个肉夹饼，她呆若木鸡地盯着，盯了许久。忽然想起来，她第一次在头条上被喷，发的内容就是肉夹饼，阅读量也超了十万。她写的是：

"说起来，肉夹饼虽然名头叫肉夹饼，可搭眼一看就知道，明明是饼里面夹着肉好吧？就字面意思而言，肉夹饼简直是明目张胆地不尊重事实。可有意思的是，汉语就是有这么一种奇怪的魅力。首先，一看到肉夹饼这个词，谁都不会误解，都明白它指的就是饼夹肉。其次，你若真叫成饼夹肉试试？反而会让人觉得黯淡了，平庸了，更重要的是，显得不痛快了。这时候再回过头琢磨肉夹饼——肉字当前，主题就是这么鲜明，这么响亮，这么夺目，这么具有打动人心的力量。"

一分钟后，就有陕西网友的评论来了：

肉夹馍，西安人叫了几百年，您非得整出个肉夹饼？

苏紫忙回复：郑州有这么个叫法。我到西安就赶快叫肉夹馍了。

郑州网友发言：郑州也叫肉夹馍。

另一位郑州网友迎上去：我这个郑州人偏叫肉夹饼犯法了吗？

然后是一位大学生赐教：肉夹之于馍，宾语前置表示强调！

接着，一大波好为人师者前仆后继地诲人不倦，有举例句的，有传授古汉语知识的，有分享关中文化的……眼看着应接不暇，苏紫只好讨饶道：作为一个语文还可以的人，肉夹馍是"肉夹之于馍"的简化句式，我还是知道的。正因为觉得知道的人太多，就不想再提，想从一个普通吃货的角度来解析一下……谢谢各位，谢谢！

4

小主，阅读量已经八十万了，您莫不是从此就成红得发紫的网红了？您闺名又是紫，这可真是实至名归啦。一进门，豆子就吊着嗓子阴阳怪气地戏谑，她明亮的笑容让苏紫紧绷的神经有效地松弛了一些。苏紫忙振作精神，也以少有的夸张的热情拉着豆子在沙发上坐下，肉麻地撒娇道：别贫了，赶快支着救命吧，我要死啦。

没事儿。豆子洒脱地甩甩头发：有一句鸡汤很好用，所有杀不死你的，都会让你更强大。小主，您一定会更强大哒。

站着说话腰不疼！

哪里哪里，我和您主仆一体，您疼我就疼呢。

一打开手机，豆子顿时正色起来，说她刚才在出租车上已经把评论全看了一遍，理了个大概，网友的注意力主要是在三个点上，第一点就是"不耻下问"，第二点是"上头"，第三点才是刷白的作用。你看……

苏紫微斜着身子，偎着豆子小小的肩膀，似乎这是世界上最坚实的依靠。刚才那些评论，她没敢细看。此时，挨着这小肩膀，她方才有勇气逐条过目。

豆子分析说，这些评论看似乌泱乌泱，其实全都可以简化为了一个字：怼。若要强行划分，可分为轻怼、中怼和重怼这几个层级：

恕我没文化，你这个不耻下问用得不对吧？

我不耻下问一下，现在主编门槛这么低了？

我不耻下问请教下，你是怎么当上主编的？

这个不耻下问用得好，表达了主编高高在上，看不起劳动人民的心态。

苏主编，你是有多高级？

苏大主编，请出来走两步呗。
……
苏紫终于理解了什么叫眼睛里有针，有刺，有木梁。
说"上头"的也不少，连带着说到刷白：
年底了，单位的经费没花完，这么花着快。
无论刷树干还是刷电线杆，都是按照根来收费的。
会花钱，才能捞嘛。
不刷电线杆怎么会有回扣？这是为了拉动第三产业！
唉，猪一般的领导。广告牌要搞成统一风格的，美丽乡村要搞成统一风格的，什么都要搞成统一风格的……
我农村老家那里也是，所谓的美丽乡村，就是把所有路边的房子和墙都刷成白色，树也要栽成一个品种。下来检查的领导只走大路，他们沿着路开车而过，会点头说，嗯，这新农村建得真漂亮呀，他们哪里会知道，这只是一个表皮儿？里面该怎么样还是怎么样！
电线杆刷石灰就是为了好看。每个国家的市容管理都有非实用性规定，比如欧美国家规定，私人草坪必须得按时修剪，不然就会收到高额罚单。
刷电线杆好看？这是什么审美！
肯定不是为了好看，不然为什么其他季节不刷？
刷白是为了让领导看着喜庆！
喜庆应该刷红的!
没听说过白喜事吗？
对啊，白喜事请去了解一下！
领导怕虫子没树吃，会去啃电线杆！
领导有强迫症！
给电线杆刷白可以防触电，领导的用意是让你晕的时候扶电线杆更安全，哈哈哈！
刷电线杆防触电？这是什么依据？
这位朋友，幽默感是个好东西，祝福你有！
你们真啰嗦。给树刷白，是为了防虫。给非树刷白，是为了美容。鉴定完毕!

我来强调一下,这刷的不是石灰水,是涂料!只是涂料!过去的人刷石灰水,现在刷的都是涂料,为了省事,反正看着都差不多!

我觉得刷电线杆子是很可以理解的。领导检查都不下车的,在车上一眼瞄过去,看到有几根没刷,追责下来,你是去质疑领导眼神不好呢,是去科普解释呢,还是干脆刷白了事?

……

他们真喜欢用问号和感叹号啊。

豆子说,咱们一定要分清主次。主次很清晰:这三个点里,最核心的自然就是"不耻下问", 冲着这个靶心的箭射得最为密集,需要赶快把这个点消化掉。至于消化之术,豆子说,常用的做法是雇佣传说中的水军,可是像咱们这种,一般也用不着水军,用完了还留下另一种把柄,犯不着的。最简便的是找信得过的熟人号来引导一下。苏紫问,咱们杂志社谁有头条号?豆子刚想清点一番,寻思了一下,又说,几个小编头条号的身份认证都是《中原腔调》的编辑,以往发的内容也跟《中原腔调》有关,一看就是自己人,现改恐怕也不妥当。如果被网友查出来,一定会被诟病,那也是另一番麻烦。

左不中右不行的,两人这边商议着,那边的阅读量已经过了九十万,评论过了四百条。苏紫眼看着数字像洪水一样不可遏制地往上涨,与此同时,窗外的阳光一寸寸地灰暗了下去。

还是先表个态吧。豆子说,反正咱们有错,就先认错。若是一直不认错,这个情绪就会像是地震形成的堰塞湖,越积越险,因此还是疏泄为要。怎么认错,自然也有讲究。肯定不能认领说看不起劳动人民,只能说是误解。比误解更高级一点的是带点儿幽默感的歪解。那就歪解吧,尽量用萌萌哒的语气:

"抱歉用错了成语。还自认为有点儿幽默感呢。自认为幽默的地方在于把'不耻下问'歪解成了'不觉得羞耻一直往下追问',见笑了各位。"

发出去了一会儿,如石沉大海,似乎没有一个人看到。评论区里,依然是层出不穷的怼:

佩服师傅,这么耐心回答多管闲事又没境界的人。

你比师傅尊贵？卑劣的等级思想。

"不耻下问"的使用直截了当地显示了你的水平。

……

真是让人憋闷。和豆子简单商议了一下，苏紫便又发了一条：

"请教"一词不知道是否有人看到，在下的本意确实是礼敬的。谢谢大家批评指正。

这条也毫无反应，似乎还是没人看到。

小主，你懂得，网络舆论的特点之一，就是大家根本不了解也不想去了解事情的全部，他们只看自己想看的，只说自己想说的。如此而已。豆子说，以目前的态势而言，最适宜的就是等，等高潮变低，等强音变弱，等热度变冷。

苏紫沉默。是的，实在没有什么办法的时候，时间就是最后的办法。毕竟，一切都会过去的。

对了，头条的平台有没有办法？豆子突然问。苏紫拍了拍脑袋，懊恼自己的智商，连忙给悦悦发了微信，似乎永远在线的悦悦很快回复：哈哈，网友们确实有些杠了。没事儿的，您忽略就好。

这丫头，也是站着说话腰不疼——不，她是站着卖瓜腰不疼。悦悦说过，自己是个专业卖瓜的。

其实也该恭喜，您的阅读量创新高了呢。网络铁律是，越红越会被喷，看来以后您得适应这个节奏啦。悦悦又说。

明知悦悦是在巧言相慰，苏紫却也气得直冒火，撂了手机。真是卖瓜的不嫌瓜大，还恭喜呢。突然，她想起自己发的一个头条：

"作为一枚吃瓜群众，我还蛮喜欢看娱乐圈爆料的，总能集人性丰富之大成。这是在高强度聚光灯下的无剧本演出：当事人双方以及亲友团反应，狗仔队耐心细致地梳理挖掘，深层人脉关系的暴露，各色人等的三观展示……吃瓜群众的热烈评论最是有趣，常常闪烁着真知灼见。瓜有大小美丑，也有酸甜苦辣，总的来说，好瓜惹人爱，癞瓜必有渣。"

原来，她一直自认为的吃瓜群众的身份，竟然是一种错觉。她这个吃瓜群众，居然也可以转换成为一个种瓜人，眼看着这些不知姓名的其他群众吃得津津有味，吐得一地渣子，忧心如焚，却束手无策，真是讽刺。当然，跟流量明星的那些瓜相比，自己贡献的这一个瓜自然算不得什么。可是产于自己这块薄地，还真是不堪忍受。如此这般折腾了一番，也还是没灭掉。还不知道接下来会狼狈成什么样呢。

小主，您这是什么好茶？能不能赏一杯呀？

握着早已经凉透的茶杯，她这才想起来给豆子泡茶。这个故事，不，应该说是这个事故，老公孩子还都不知道，单位里也只有豆子知道——平日里，杂志社的小编们也都顾不上看她发的东西，都忙着呢。这挺好，知道的人越少越好。不知道接下来会怎么样，暂且不管。先喝茶吧，喝茶。

5

一时无话，两个人只是喝茶，豆子提茬说着闲话。这两日娱乐圈最大的瓜是一个当红中年男明星的绯闻，这个大猪蹄子为了一劳永逸地除掉死缠烂打的小三，居然和原配同心协力将小三以敲诈之名报了警，小三的父母诉诸网上，网上正炸着锅。豆子说，今天这瓜又出了一条新枝节：有一个律师出来说话了，原来小三曾咨询过这个律师，却不知怎的最终没有请他。自然有吃瓜群众说，连律师费都舍不得花，所以活该掉坑里。说着说着，便说岔开来，有人感叹的是女主的衣裳，包包，耳环，腕表，辨别着是真品还是假货。有人关注的是女主坐的私人飞机，揣测着飞机的价格。有人在说女主看秀时合影的大咖，有人在说女主照片的背景是哪处名胜，同时期是否男主在那儿，还有人在说男主预备上档的新片，正和男主合作的女明星的旧年情事也顺便被重新捞起，女主还是十八线演员的时候的片子也被扒了出来，众人惊奇地发现，当今如日中天的两位一线红星当初还是给女主搭戏的女二女三……

豆子感叹说，吃瓜群众果然是最最厉害的呀，无论是瓜藤瓜蔓还是瓜花瓜叶，甚或是当瓜还是小瓜时的一切枝节，总之是瓜的一切，只要是他们想刨的，什么都饶不了。

喝了两巡茶，正山小种的茶色渐渐淡了，苏紫洗了杯，泡上了七年的老白茶。喝茶这事，根子里和静息息相关。有个说法是，有静气才能喝出茶的好来，苏紫却觉得也能倒过来说：喝好茶是能让人有静气的。正如此刻，老白茶的温香对她的重要。

豆子的话越说越少，终于渐渐地沉默了，只是乖乖地陪着苏紫喝，很懂事。一直喝到窗外的阳光终于成了暮色，迫近晚饭时分。

那，我先走吧？豆子说。

好。

您一定要沉着。没事儿的。相信我，很快就会凉凉的。网友们才没有那么持久的耐心关注这一件事儿呢，明天保准就好好的了。在电梯口，豆子拥抱了一会儿苏紫，还亲了她一下：保持联系。

谢谢亲。

回到家，再去看手机，阅读量已经过了百万。不过，网友们的焦点貌似有了朝各个方向发散而去的迹象，也越来越脑洞大开：

姚明要是站在一边等车，给他刷不刷白？他也跟电线杆子差不多呀。

不刷。姚明跟树和电线杆子还是有本质区别的。树和电线杆子是下不开叉上开叉，姚明是上不开叉下开叉。

哈哈哈哈哈。

知否知否？刷电线杆是为了车。晚上车大灯一开能明显地看到它们，起到提示的作用。

不刷的话那司机还能把车开到树上去啊？

是不是该把汽车屁股都刷白，省得追尾呢？

当然也有人忘不了怼苏紫，不过主要是为了晒知识：主编连树为啥要刷石灰水都不知道吗？唯一目的就是防虫！重要的事情说三遍，防虫，防虫，防虫！

你是怎么知道刷石灰水就可以防虫呢？

你怎么知道你妈是你妈呢？

……

乱怼之中，有一位农林大学的副教授给出的答案貌似最为明晰和周全：虫子出土后要往树上爬，会吃叶子、吃嫩枝、休眠等，刷白之后，虫子讨厌石灰的味道，就不爬树了，也就不容易造成来年虫害。石灰水干燥后也会在树皮表面形成保护膜，能磨损试图爬树的昆虫腹部的角质层，让虫死亡。如果电线杆离树干很近，那确实也是需要刷一下的。虫子爬树是本能，并不知道那是树，只知道爬上高处就有树叶吃，所以理论上虫子会借助一些东西向上爬，例如电线杆。如果只刷树干，虫子就会在附近寻找其他可攀爬得高物体，大概率是电线杆，然后就会顺着电线又爬到树上，所以刷电线杆并没有问题。另，刷的应不是单纯的石灰水，而是掺了硫酸铜。纯石灰水的话，虫子是不怕的。

也有为苏紫说话的：

哼，你们这些人，都是吃鱼长大的吧？专会挑刺。

苏老师，不要太在意评论。如果太在意，是没办法活的。

简单的题老师做错了，是应该道歉。不过同学们因此都去骂老师，也是疯了。

……

尽管接下来就有人怼"谁认她当老师了？""错认了这样的老师，老师该退学费呀"，苏紫也还是从这些友善中感受到了珍稀的温暖。这些人，在生活中应该也是友善的吧？——什么是友善？对熟人友善不是真友善，对生人友善才是真友善。对于生人，确实容易刻薄。是啊，又不认识你，干吗还要顾及你的心情，我只要自己爽就可以了。像这样肆无忌惮地怼人，最爽。

手机突然响起，是主管杂志社的70后副厅长。他是班子里最年轻的领导，工作作风相对灵活，经常开会强调说要转变观念与时俱进，要熟悉新媒体，要延长服务手臂，要丰富信息层面，当然了，还要注意影响，要正能量……苏紫脑子里迸出一团乱光。难道他也看见了？该怎么解释？会不会对厅里产生什么恶劣影响？要不要恳请他去找找网信办之类的关系……

一时间，她没敢接，任铃声沉寂。怔了一会儿，又觉出自己的可笑。亏得平日里还常以淡定示人呢，骨子里也不过是一只可怜的纸老虎。其实有什么大不了呢，至多是以个人名义写个检查罢了，至多是不配做这个主编罢了，至多是不做这个主编罢了。

于是，又镇定了一番，拨了回去。

刚才干吗呢不接？

在卫生间呢，请指示。

明天或者后天厅里会开个会，上面会来人，找几个同志谈话，让谈一下对班子的意见,你心里要有数。

好的知道了。

苏紫长长地松了一口气。

再看手机,有个网友发来了私信,劝苏紫删号。苏紫回复:谢谢。

删号?就为了这个事儿?她不。她脑子里压根儿就不曾有过这个念头,连一闪都没有过。删号就是认输,当然不删号也未见得就是赢了谁。可苏紫不想删号,就是不想删号。此刻,她莫名地觉得,最沮丧的最没出息的事情,就是删号。

6

微信提示音此起彼伏。女儿晚饭想吃黄焖鸡米饭,要她点外卖。老公在外面应酬,要晚些回家。豆子说刚到家,又安慰她了一番。正一一回复着,悦悦的信息也跳了出来:

对了苏老师,我忘了告诉您,每篇头条都可以小小修改一下的,您可以试一试哈。是刚上线的新功能,我们都还没习惯呢。

紧接着,悦悦截了几张图,把使用程序演示了一遍。

一瞬间,苏紫难以置信。

好的,我试试。冷静了片刻,她回复。心怦怦直跳,她捂了捂胸口。有谁知道呢?此时,对于这项新功能,她如获至宝。仿佛这项功能能让自己凤凰涅槃,浴火重生。

找到"编辑"项,重新打开这一条,手持热茶,一字一词地重读。此刻,再看这段话,觉得简直处处是毛病。

"看到图一师傅正在路边给树刷白"——师傅,这个称呼是否足够尊敬?"跟他聊,他说刷石灰水"——对于石灰水的叫法是否应该再查一下资料,像个科学家一样精确?"可以杀菌防冻"——要不要把"防虫"加上?或者把"杀菌"改成"防虫"?既然网友们把"防虫"讨论了那么多回合,副教授都说话了。"嗯这个我是知道的"——你真那么知道吗?要把这句话去掉吗?

终于到了"不耻下问"。呵,这个"不耻下问",这个罪魁祸首,该改成什么呢？想了想，改成了"我请教请教再请教，锲而不舍地请教，打破砂锅问到底地请教"——用上这么多"请教"，够不够？够不够？

改，拿出主编的看家本领去好好地改。她的眼睛如今有些花了，平时懒得戴老花镜的，这次特意戴上，改了一遍。改完了又觉得戴着花镜不习惯，镜下的字看着有些失真，于是把花镜摘下，又改了一遍。亏得家里没有打印机，如果有打印机的话，她一定要把这一段用三号字打印下来，在纸上改，那才踏实呢。一边这么想着，她一边压抑着自己往单位去的冲动——太荒唐了。

她把改好的发给了豆子，让她替自己把把关。十分钟后，豆子才回复。像豆子这么伶俐的，平时看这段话也就是几秒钟的事。她可以想象，豆子肯定也是和她一样，神经质的，看了又看。

豆子说很好，不过她还有一个建议，就是把两个师傅工装背面的物业公司LOGO打上马赛克，这样就完美啦。

苏紫回复：遵命。

这个建议有道理，很有道理。万一师傅们被物业公司问责了呢？她知道，自己这个头条很像一个扫帚星，说不定就会因为什么关系沾连到谁，从而给人家带来了晦气。谁知道呢。

改，改，改。最后一稿改完，又放了五分钟，再看一遍，铁定万无一失，苏紫才拇指轻按，再次发布。修改过后，一百一十六万的阅读量旁边显示出了五个小字"内容已编辑"。

想了想，她又在评论里发了两句：

改了改了改了改了改了！

谢谢谢谢谢谢谢谢谢谢！

——这貌似诚恳的激动的语气，万能的网友们能从中读出一股子恶狠狠么？她忍不住笑起来。

然后，她瘫倒在沙发上闭目养神，直到女儿回家。

怎么还没叫外卖？女儿嘟起了嘴。

怕凉了不好吃，苏紫狠狠地亲了女儿一下。

妈妈你怎么了？疯啦？

嗯，爱你爱疯了。苏紫笑道。

一直到和女儿吃完了晚饭，洗过了碗，她才又去看手机。阅读量是一百一十九万，评论是九百一十九条。

　　阅读量依然在增长，不过节奏到底还是缓慢了下来。她的心完全踏实下来。她知道，这事儿，应该差不多算是过去了。今天晚上，她能睡得着觉了。

　　老公还没回来。眼睛有些酸涩。苏紫走到客厅的飘窗前，朝外面看去。远远近近的居民楼里，一格子一格子，闪着明明暗暗的灯光。有一片朦朦胧胧的幽深之处，被彩灯简洁地勾勒出了飞檐翘角。毫无疑问，那里就是文庙。

原载《北京文学》2019年第7期

张鲁镭

葱伴侣

就在今天下午，余小燕得到一个前所未有的称呼，呵呵，球奶奶，这个称呼让她有点儿措手不及，日子说到底不经过，一眨眼工夫就沦落到这个份上了。阴天门厅那儿又没开灯，欢欢妈穿了件淡粉色睡裙出来开门，一张脸蛋儿被领口那堆白色蕾丝捧得娇娇嫩嫩。余小燕夸张地把一只手伸过去，欢欢宝贝！哎哟，你看看这……对方难为情地回过身朝里面喊，欢欢，看看谁来了。

余小燕已经在门厅那换好拖鞋，沙发上那个圆滚滚的大熊猫骨碌一下站到眼前，这让她想起商场门前那些卡通人，卡通人手里边通常拿着传单，这只熊猫手里抓着一袋可比特薯片，嘴唇上还沾着星星点点碎末，她伸出舌头飞快地一扫，干净了！欢欢比视频里还可爱，眼睛眯眯着，嘴巴嘟嘟着，让熊猫睡衣这么一包，活娃娃似的。

晚上欢欢妈有饭局，欢欢追到门厅，靓姐，别忘了带草莓回来！然后倒在沙发上一边玩手机一边说，球奶奶，球球晚上要喝鸡汤。见余小燕没反应就提高嗓门，球奶奶，球球晚上要喝鸡汤。余小燕眨眨眼，欢欢拍拍身上那个鼓胀的大西瓜，他叫球球，你当然就是球奶奶了。这丫头片子真是偏心啊，喊自己妈姐姐，却把自己这个婆婆叫奶奶。熊孩子把辈分弄得乱七八糟。其实欢欢妈比她还大一岁呢！得，只要这祖宗高兴，奶奶就奶奶吧！

第二天靓姐吃过早餐准备去上班，余小燕问等下欢欢吃什么。那口小肥猪睡到中午都说不定，来得及。余小燕给欢欢熬了红枣小米粥，她特意从老家托人买的黏小米。看着小米一粒粒在锅里鼓起来，浓浓的米香弥漫在厨房里，就想起自己生大乔的时候，那时候她最爱喝这样的小米粥了，真快，再有几个月大乔也当爸爸了。

欢欢晃悠到餐厅，球奶奶，我想吃酸辣粉。余小燕指着餐桌，这黏糊糊的红枣小米粥熬了好一阵。欢欢拍拍肚皮，球球爱喝粥还是酸辣粉呢？然后捏着嗓子奶声奶气地，酸辣粉、酸辣粉，就吃酸辣粉！听见没，你家球球要吃酸辣粉。小祖宗，酸辣粉怎么做？太简单了，欢欢从壁橱里拿一桶酸辣粉浇上开水，不一会儿辛辣的味道飘出来。余小燕吱溜吱溜地喝着小米粥，直喝得肚子浑圆满头冒汗，欢欢饶有兴趣地看着，一对圆眼随着余小燕手里的不锈钢勺一上一下，球奶奶你呼噜呼噜像只小猪！余小燕拿出从家里带来的大酱，又在冰箱里找到一根胡萝卜，她口味重，愿意吃蘸酱菜。欢欢喊起来，受不了啦！看着就反胃，快点拿开！

下午欢欢带余小燕去家乐福超市，欢欢在零食货架上左挑右拣，酸奶、薯片、牛肉干、山楂条、巧克力、士力架、三只松鼠……满满当当一小车，想想爱吃什么菜？这些总归不当饭的。要喝牛骨汤，余小燕在牛骨堆里翻拣着，全都苦巴巴的瘦。要不排骨汤呢？排骨肉多，比牛骨实惠。欢欢拍着手上的西瓜，球球快告诉奶奶……余小燕赶紧选了一袋，欢欢看看又给放回去，人家都是喝进口牛骨汤，进口的。余小燕准备买个大萝卜一起煮。买萝卜干吗？欢欢噘嘴，汤里要加南瓜和甜玉米。萝卜的味道好讨厌！这种吃法还是第一次听说，到底是南方人的口味。结账口余小燕在心里一下五去四噼噼啪啪地敲着算盘，一次性消费五百二十三块八，果然和收银员报出的价格分毫不差，她得意地望着欢欢，欢欢已经去对面的椅子歇着了。余小燕从身上摸出钱包……

余小燕在厨房里熬牛骨汤，欢欢在沙发上和大乔视频，欢欢说球球要吃比萨哥哥快点回来买。自己想游泳等哥哥回来去温泉。欢欢大声小嗓地扮着两个角色，你看她腆着肚子两只胳膊在半空中又舞又蹈把自己累个够呛。欢欢这个平板真好，连大乔的眉毛都能数得清。她把嘴巴凑过去亲大乔脑门，又伸出舌头舔他鼻尖。大乔怎么瘦了？余小燕在一边伸长脖子问，这会儿欢欢没工夫搭理她，一张嘴抹布似的在屏幕上蹭，估计把屏幕上的灰都蹭干净了，才把平板往余小燕怀里一塞，你们聊吧，我去和球球玩了。余小燕嘱咐大乔在外面注意身体按时吃饭，别那么拼命，看看都熬出熊猫眼了。

晚上欢欢喝牛骨汤，余小燕喝剩下的小米粥，趁欢欢没注意往自己碗里挖了一勺酱，这酱是在超市买的葱伴侣，回来用辣椒和油爆在一起，里面还加了花生和芝麻！美味得不行。欢欢晃悠着脑袋，有股怪怪的味道？你妈妈什么时候回来？汤还热在锅里！说不准的，我靓姐可是个夜猫子。吃过饭余小燕给欢欢削苹果，长长的果皮从刀尖上吐出来，长长的一跳一跳的。欢欢忽然夺过小刀对准余小燕，不许动，快说钱藏在什么地方？余小燕吓一跳！快说，是不是藏在鸡窝里了？不，在耗子洞里！哈哈，球奶奶这么可爱！欢欢笑着过去吃苹果了。这祖宗二十多岁了竟顽劣得像个孩子。靓姐半夜回来一头栽到鞋架旁，嘴里说着连不成句的话。球奶奶过来帮忙呀，靓姐喝大了。

早晨余小燕看见靓姐在餐厅喝茶，已经施过粉黛，左腮帮子上那颗小黑痣在粉底液的遮盖下像迷雾中的星星一样闪烁。一套米黄色绸缎睡衣，头上缠着宽宽的碎花发带，露出白亮亮的额头。昨晚醉成一摊泥，抱着余小燕肩膀直喊妈，当时她偷笑，你姑娘叫我奶奶你叫我妈，借儿子光这是占了多大便宜。靓姐一个劲儿地道歉，真不好意思，昨晚让你见笑了，单位一个同事过生日，大家一起乐乐！余小燕讲那次她们系统业务竞赛，参赛有好几百人，她当场夺魁拿了奖金，回单位请客时大家起哄，她一口气吹掉半瓶二锅头，结果在床上躺了一天。余小燕准备追述一下当年赛场上的场景，好让这个亲家对她略知一二，算是简单的自我介绍。靓姐却转换话题问欢欢昨天的食欲如何？给她熬的小米粥，这孩子偏偏要吃酸辣粉。靓姐笑，大肚婆的一张嘴难伺候，刚才出来告诉我，晚上继续牛骨汤。不过菜再清淡些更好，盐吃多了容易引发高血压心脑血管等不少疾病。这个当然知道，多吃盐会造成钙流失损肾脏增水肿易感冒等各种不适。人体通常每日盐的摄入量不要超过六克，新华书店会计余小燕读过半尺厚的《生活百科大全》。有时候放在你面前的也许就是金镶玉呢？

余小燕想这天下的事情怪有趣的！两个从未谋面的陌生女人，因为儿女一下子成了亲家成了亲人，她们还不知道彼此的秉性甚至尊姓大名，却也像模像样地过起日子来。一个屋檐下安眠，一个餐桌上进食，一个还未谋面共享的宝宝。靓姐在门厅那儿让余小燕把垃圾袋递给她，还有板台上那袋剩牛骨，昨天给欢欢煮汤的牛骨已经被装在塑料袋里，上面还连着好多肉呢，她一面解开袋子一面对着门厅，你别管了，等我下楼时扔掉。

晚饭时欢欢把勺子一扔，破牛骨汤一点儿味道都没有，球球我们不喝了。靓姐看看余小燕，那些剩骨头你没扔？余小燕把牛骨从锅里捞出来，看看这上面好多肉，煮一次就扔太浪费了吧？为了证明这些剩骨头仍有实用价值，她在盘子里淋上几滴酱油，吭哧吭哧啃起来。肉在她嘴里打着转儿，麻绳似的嚼不烂。欢欢白她一眼，球奶奶，煲过的骨头营养都融到汤里，不要吃了。这么几块骨头要两百多块，大乔在外面没日没夜都累瘦了！靓姐喝掉杯子里最后一口橙汁，用纸巾擦擦唇边，欢欢和大乔，这一年多我们生活在一起，我是大管家，柴米油盐的事也没用他们分担。欢欢是我的宝贝，大乔也一样。还有球球，欢欢叫，马上又多一个宝贝了，吉祥三宝。靓姐起身倒了两杯水，把其中一杯推给余小燕，大乔这孩子自尊心强，眼下又没有条件买房，我告诉他不要考虑太多，都是一家人了还计较什么？一粥一饭当思来之不易，半丝半缕恒念物力维艰，余小燕啃着骨头嘟囔。靓姐好像被水给噎着了，目光笔直地发送着惊叹号！余小燕鼻子里哼一声，她可是新华书店的财务，新华书店！欢欢插嘴，丽丽供房贷，怀着孕连比萨店都舍不得去，好悲哀啊！我明天要吃比萨。

这顿饭吃得塞牙又塞心。余小燕拿牙签对着圆镜鼓捣了半天。大乔上大三时往家里领过一个女朋友，高高瘦瘦一个女孩，一笑一对小虎牙。他来鹅城工作女朋友变成了欢欢，还不到一年就报喜欢欢怀孕了就快生了，赶紧过来帮忙吧。欢欢辞职在家保胎，大乔自己也从软件公司跳槽，薪水多了就是要经常出差。余小燕和大乔爸有点懵，儿媳妇还没见个人影这就抱孙子了？

那天大乔来电话，余小燕正在电脑上用扑克牌算命，说她有飞黄腾达之喜。腾达个蛋！她已经在电脑上算三个月的命了，是电脑能让她腾达，还是屁股下面的木头椅子能让她腾达？余小燕曾是新华书店的财务，她们松城一共有三家新华书店，因为网络冲击被整合成一家。余小燕面临两个选择，提前退休或去流动销售部。所谓流动销售部就是在医院、药房、商场等公共场所门前看书亭，让一个堂堂财务干这事，她心里过不去这个坎。咬咬牙干脆退休！可惜她还不到五十岁呢！

这个年纪忽然变成退休老大妈实在尴尬，广场上扭秧歌活动室里打麻将，这些她都不感兴趣。只能坐在电脑前算命打发光阴，算算她的前世和今生，电脑上说她前世是官宦人家的夫人，锦衣玉食亭台楼榭，她觉得自己的前世过于奢华，所以今生必然反差成一个水暖工的老婆，过着小门小户的安稳生活。这时候大乔电话进来，说欢欢做过B超是男孩儿。余小燕瞥一眼电脑，看看她马上就升级成奶奶了，晚上要告诉大乔爸，有时候电脑算命挺准的。

余小燕发了一个朋友圈，说她要去广东鹅城了，那里常年白云舒卷鲜花满地，那里住着她的儿子媳妇和孙子。这话说得很得体很卖弄，潜台词就是她要去风景宜人的地方生活了。她还在下面配发了鹅城的简介和图片，并强调北宋大文豪苏东坡曾在这里给自己筑居，现为著名景点东坡祠。还有素雅幽深的西湖，浮洲四起青山似黛，敢和杭州西湖媲美！鹅城去香港也方便，坐大巴就可以。顷刻点赞成片，北方人对香港还是蛮向往的。熟知它就在改革开放的小窗户深圳对面。电视剧里见过多少次了，鲜花怒马满眼光华，人和物都那么靓丽，让人不敢确定是天上还是人间。有好事者在下面问，大乔结婚了？怎么没见张罗婚礼？余小燕回复，儿媳是当地人，就在当地张罗的，儿子住的小区和公园差不多。

娶媳妇本来是个严肃的事，家长们要跟谈判一样坐下来商量买房置地，大乔就跟闹着玩儿似的，没怎么着老婆孩子全齐活了。就像一不留神拣个钱包，打开看看里面竟是一根闪闪发光的金条。金条怎么能和价值连城的儿媳妇比，起码钻石和玛瑙，翡翠和汉白玉，劳力士手表和爱马仕限量包，总之余小燕家赚大了！

欢欢妈这边是套一百五十多平方米的三室两厅，外带一个大阳台。客厅宽敞得能打羽毛球。想想她身边那些同事，哪个不让儿子的婚事折腾得屁滚尿流？单说一套房子就叫人扒层皮，好歹她还不曾扒皮，好歹她手里还保留了苦心积累下来的过河钱，这么想着余小燕不塞心了，但牙缝还塞，直折腾到半夜才睡下。

一觉醒来已是早上九点多，余小燕赶紧穿戴，让她们认为自己在闹罢工就不好了。欢欢正吃早餐，靓姐已经上班去了。余小燕怪不好意思的，看看一下子睡过了头。你妈妈吃饭了？靓姐今天有采访任务在外面吃。你妈妈可真能干，人长得也漂亮，那天一进门还以为是你，这可不能怪我，你们走到哪里都像一对姐妹。因为昨晚的事，余小燕慷慨地赞扬起靓姐。那当然，我靓姐可是个大美女，还是她们商报的名记，拿的红包比工资都多，那台别克车就是攒红包买的。余小燕想告诉欢欢，她也曾是行业标兵，在业务评比大赛上还拿过奖还得过奖金。不过自己那点灿烂跟人家的红包别克没法比，她不想在这个话题上纠缠了，问欢欢晚饭吃什么，等下两人一起去超市。欢欢拍着肚子，一会儿带球球去上胎教课。球球乖，奶奶做什么我们吃什么。球奶奶考你个问题，你说是我儿子帅还是你儿子帅？这可怎么回答，可是我还没见过你儿子呢？欢欢拿过一份B超单。这黑乎乎的能看出什么？看轮廓呀，一看就是枚小帅哥！比你儿子帅多了！那可说不准，我们家大乔一般人赶不上。球奶奶你好没劲！欢欢临出门时递给余小燕一沓钱，留着买菜用。余小燕把钱塞回欢欢包里，这话怎么说的，我不是球奶奶嘛！

余小燕在超市买了一袋进口牛骨，她发现这个家顿顿离不开汤，看见旁边的新西兰羊肉也买了一块。她仍为昨晚的事抱歉着，可说出去的话就像泼出去的水，就破费点辛苦点给那娘俩包顿羊肉水饺，一想到羊肉水饺自己就先咽下口水，大乔和他爸要是知道她包了新西兰羊肉水饺，都能插上翅膀飞过来。转悠了半天也没找到饺子皮，干脆买了一小袋进口面粉。回家开始拌馅和面，料理完这些才想起来没有擀面杖。她屋里屋外翻腾总算在阳台上找到一个细细的红酒瓶。红红的肉团儿被放在面皮儿上一捏一捏饺子就排成队，这一刻余小燕是幸福的，她要努力把自己变成这个家庭的一员来感受满足和承欢膝下的快乐！因为工具欠佳这顿饺子整整忙了大半天，煮熟了捞出来，一个个胖乎乎的真像一群小肥羊。她拍了照片给大乔爸发过去，吃饺子喽，新西兰羊肉水饺！味道吗？想象一下！还在后面加了流口水的表情符号。大乔爸回复四个字，幸福生活！又附带着送她一串红玫瑰！

欢欢和妈妈一起进门，后面还跟着个抬婴儿床的。她们指挥着把床安置到余小燕房间。欢欢拍着肚子，球球以后好好保护奶奶，夜里来坏人你就一脚踢死他。孩子一生下来就跟我住？余小燕好奇。那当然，从小就培养他亲近奶奶！吃奶不麻烦？一点都不麻烦，我把奶挤在奶瓶里，再买个小微波炉。你随时都能喂他。大乔直到上小学才和我分床，夜里搂着他就像搂着一个热乎乎的肉蛋儿。大乔早答应过，我的任务是生下他，球奶奶的任务是照顾他。我依旧逛街泡吧练瑜伽……

欢欢讲今天看见丽丽了，挺个大肚子赶着去上班辛苦死了！靓姐用涂着指甲油的手指头一下下点她鼻尖，就你个小懒虫在家保胎，丽丽可要还房贷的！我有靓姐哟！欢欢扑到她身上拥抱后，问晚上给球球吃什么好东西？余小燕从保温锅里端出热腾腾的饺子，看看一群小肥羊。靓姐道，这东北饺子又大又鼓，简直是一群小肥猪。欢欢用手指捏起一个，随着哇的一声，那张嘴瞬间成了泉眼，斑斑斓斓的食物碎片从里面喷出来，她表情痛苦泪流满面。靓姐也急了，什么馅的！羊肉，新西兰进口羊肉。怪不得！她扶着欢欢在卫生间吐了一会儿，余小燕没想到欢欢对羊肉反应这么大。我们家从来不吃羊肉，她爸爸连超市里的羊肉都闻不了。等欢欢稳定下来吵着要吃糯米鸡，没一会儿外卖就送过来，直到这时候余小燕一颗心才落地。

余小燕把饺子端回自己房间，忽然多了个婴儿床空间小了不少，她索性把一盘饺子放进去。无论品质还是味道，羊肉也算得上肉中极品，这一家子真没口福。这边人口味怪，稀饭里加肉汤里添水果，余小燕跟着饥一顿饱一顿直减肥，不过她明白以后无论做什么都要请示汇报，免得费力不讨好。有微信提示，大乔爸爸发来的，把新西兰羊肉水飞过来一个尝尝！余小燕狠狠敲上三个字，馋死你。

羊肉水饺要趁热吃，凉着吃又膻气又伤感，余小燕草草吃过就去准备明日的早餐，可能吃得急这会儿胃肠里一阵翻江倒海，她得去厕所解决一下。欢欢门关着，客厅里的卫生间被靓姐占着，她每晚都在卫生间里磨蹭很久，冲个澡怎么会那么长时间。到底不是自己家，连上个厕所都费劲。余小燕捂住肚子，她本来想敲欢欢门，可是来不及了，她一个箭步冲进去，一屁股坐到马桶上，此刻靓姐正在莲蓬头下沐浴，一股股暖流打在身上整个人都笼罩在氤氲的水汽中。噗的一声，余小燕抱歉地回头朝她笑笑，什么情况？靓姐一手拉着浴巾一手捏着鼻子跑出去，冲个凉都被骚扰真是悲催！其实凭欢欢的俊俏完全可以嫁个富贵之家，大乔的家境普通得不能再普通了，长相倒是清秀帅气像韩剧里的明星。人也讨喜，第一次到家里就把欢欢的房间归置得窗明几净，再来还送给她一个飘着雪花的咖啡杯。靓姐权衡，反正拗不过欢欢，背井离乡的倒是能顶半个儿子。

　　余小燕出去时看见靓姐裹着浴巾半卧在阳台的躺椅上，耳朵上挂着耳麦。她想过去和靓姐说点什么，又不知道该说什么！忽然就想念起松城来，自家的那个小狗窝啊！该有菜香的时候飘着菜香，该有饭香的时候飘着饭香，她一手拿馒头一手拿大葱，当然旁边还有一瓶葱伴侣！电脑上播着《隋唐演义》，已经追到五十多集了。还有大乔爸每天给她捏背揉肩，这么多年他一直宠着敬着她，那是水暖工人对新华书店财务的敬，是一个体力劳动者对脑力劳动者的小心翼翼！余小燕忽然觉得那些没有房子的人，多像一棵没有根的树，树没根可不好办！

　　欢欢的门半开着，她窝在床上抱着平板电脑。靓姐，欢欢喊，靓姐，快来看，非洲大叔换头型了，不，是非洲大叔戴头套了，大叔你戴头套像新疆烤羊肉串的。余小燕知道那里面是欢欢爸爸，他公派在非洲，大乔都没见过！欢欢光脚抱着平板跑出来，快看……她妈妈在阳台上好像睡着了……

　　大乔从上海出差回来，给欢欢买了一个双肩背包，说球球不听话就把他放进去关禁闭。给靓姐买了一条银灰色格子披肩，给余小燕买了上海老牌雪花膏，欢欢立刻给靓姐围上披肩，还拍照发了微信。靓姐让披肩衬得皮肤更白了。余小燕从来没试过这种银灰，大乔过来拥抱她并扶在她耳边悄声道，妈妈辛苦了，你能来我真高兴。余小燕顿觉浑身舒暖，就像披上一条漂亮的银灰色的披肩。

　　大乔白天陪欢欢上胎教课吃餐厅，晚上两个人就赖在卧室里不出来，余小燕想和儿子说几句话都不得空。不过有大乔在心里踏实多了。两人每天都会耗子搬家般从外面买些东西放进余小燕房间，其中床上用品包括被子、睡袋、蚊帐、小枕头……喂奶用品包括奶瓶、挤奶器、消毒锅、奶瓶刷……洗浴用品有大小毛巾、浴盆、洗发水、沐浴露、护臀膏、痱子粉……衣物用品有小衣服小帽子小鞋……欢欢还在墙上贴色彩缤纷的动物图片。连天花板上都吊着大企鹅。余小燕的两只皮箱简直成了屋里的怪物。太不协调了，怪物要吓到球球的，欢欢拉着箱子满屋子跑，卫生间厨房不行，阳台是靓姐休闲的空间，一百五十多平方米的房子竟然无处安放。欢欢拖着箱子喊大乔，怎么办怎么办？大乔聪明，他把两个箱子摞起来盖上有愤怒的小鸟的图案的毛毯，这下协调了！

欢欢睡醒后觉得还应该在毛毯上摆个玩具鸭，推门看见余小燕正拿着一根青菜往葱伴侣酱瓶里伸。球奶奶偷吃臭大酱了！欢欢一面嚷着一面推开窗子，好难闻！大乔从屋里出来，来，过来哥哥给你削梨吃，就把梨切成一片一片地在盘子里摆出一朵花，他先去阳台上给靓姐献花，然后给欢欢，最后问屋里的余小燕，老妈也来一瓣！余小燕觉得有什么东西在咬，一口一口咬地心疼，她想问大乔，你现在不馋蘸酱菜吗？

大乔过几天又要出差，欢欢闹着要去温泉，大乔建议带上两位妈妈，他们选择了当地颇有名气的龙门铁温泉。大乔开车，欢欢和她妈妈坐后面，余小燕坐在副驾驶上瞌睡，昨晚都半夜了欢欢又嚷着要喝鱼片粥。欢欢讲丽丽现在是节约能手正学习以旧改新，她把旧裙子改成小孩儿斗篷，把毛巾改成围裙，手帕改成婴儿帽……其实在网上买也没几个钱。靓姐感慨，那房贷就像一座山，谁被压在下面能过得舒服。我们商报那些年轻人，一个个被压得叫苦连天。欢欢拍着肚皮，球球你可要乖，不听话靓姐就把我们赶到大街上。车子忽然一晃，大乔说昨晚没睡好，等下要到服务区歇歇！

到了龙门铁温泉，余小燕悄悄在心里喊了声我的天，只见大大小小的水池被红花绿树掩映着，袅袅的雾气把这里幻化成仙境。欢欢要去动感冲浪，开什么玩笑？最后她和大乔选了一个迷你池，一圈娇艳亮黄的花把水池团团围住，从远处看过去就像一朵灿烂硕大的向日葵。欢欢的大肚皮在阳光下一闪一闪，那向日葵就神仙附体了……

余小燕选了祛风除湿池，靓姐则选的是洒着花瓣的护肤美容池，她穿的那件玫瑰红泳衣和水里的花瓣彼此呼应，她一捧捧地用手掬着花瓣玩。不远处有个神龟池，池中矗立着一个龙头龟身的吉祥物，一群人围在那里，一对年轻情侣从身边跑过去，快点儿，摸一摸能带来好运气，我同学上次都中彩票了。余小燕摸神龟很虔诚，一边还在心里念叨，大乔好运挣钱买房子……旁边有人催促，倒是快点儿，这都摸了几遍了，后面排队呢！

大乔从对面走过来告诉两位妈妈，欢欢没玩儿够，今晚住这里。余小燕和靓姐一个房间，她换上一件淡青色睡袍，长长的瘦瘦的，领口那儿钉着一排银白纽扣。每每走动腰身就会现出弯弯的弧线，又轻盈又灵动演电影似的。你这睡袍真好看，哪儿买的？靓姐笑笑，很贵的！因为喜欢这几粒扣子才买下，你看它们那么晶莹，像月光一样迷人！余小燕内心波涛汹涌……

那天赶上家里没人，她悄悄拉开靓姐的衣柜，里面长长短短有一摞睡衣，十几件都不止。书上说喜爱睡衣的女人一定是个有品位的女人。靓姐不光喜欢睡衣，还喜欢咖啡茶和鲜花，她的卧室里永远有一束怒放的香水百合。余小燕把靓姐的睡衣拿出来一件件穿在身上，她的品位也不差的！在新华书店近水楼台读了不少书，也爱摆弄个花呀朵呀，尤其来到鹅城，她都是把舌头伸直了甩词儿，努力把语言组织得又文化又书面，就是在捯饬自己上没那么铺张！这些睡衣轻飘飘软绵绵的，像在身上包了一团云。这样的睡衣一定会把人送进好梦吧？外面一阵门铃声，她赶紧脱下来把衣柜恢复原样！是送水的！那人没好气，怎么这么磨蹭？

余小燕觉得靓姐的睡衣其实不是睡衣，那是一种有品质的幸福生活。跟大乔爸爸把羊肉水饺定位成幸福生活同理。靓姐去卫生间洗浴，那背影真有一层淡淡的月光洒在上面。余小燕也想买一件带月光的睡衣，贵也买，就算不过日子了也无所谓！

余小燕拿着浴巾到外面去，夜晚的景色比白天还美，星星一颗颗像点灯一样亮起来，它们点缀着天空有种说不出来的风情，还有种难描难画的烦扰。她找到白天那洒着花瓣的美容池，正好没人，望着远处的天边，心里开始推算这一趟的费用，门票住宿餐饮，欢欢还买了一个丑玩偶，她忽然觉得那水中散落的花瓣，就像一张张打了水漂的钞票！

余小燕回房间时已经很晚了，靓姐还没睡，头发湿漉漉地靠在床头，她眉毛弯又黑脸颊红扑扑的，嘴唇饱满如樱桃，一张娇艳的脸几乎掉到手机上，这是化妆了？她显然没看见余小燕，记得吃胃药，还不知道呢，下周能一起去吗……余小燕从卫生间出来，对面床上已响起轻微的鼾声！

回来时已近中午，欢欢要去吃蛇，余小燕可不敢吃那东西，想想都起鸡皮疙瘩。路上大乔和靓姐去卫生间，欢欢把余小燕拉进路边的化妆品店，欢欢看好一款气垫粉，一个闪闪发光的蓝盒。余小燕建议等生完球球再买，怀孕期间化妆总归不好。人家就是喜欢这个小盒子嘛！蓝幽幽的像月光宝盒看着心里就舒服，至于里面的粉用不用无所谓了。余小燕想起靓姐睡衣上的那些月光纽扣，她们还真是一对母女。欢欢把开好的小票塞给她，余小燕看见好几斤澳大利亚牛骨没了。等大乔和靓姐出来，大家一起进了首饰店，靓姐选中一条很精致的项链，坠着镶金边的小葫芦。打过八折是六千七百二元，余小燕张口报数，靓姐一边对她竖起大拇指一边拿出信用卡。信用卡呀！欢欢在试一串手链，余小燕表示自己不敢吃蛇，你们去吧，我一会儿随便吃点什么！

　　走在街上余小燕还在想着信用卡的事，她周边的朋友同事很少用那东西，除非房贷没有办法，剩下谁会借钱消费？银行也常有推荐，那些把持不住的年轻人倒喜欢，背着债把自己吃得流油穿得人模狗样！她也问过大乔欢欢家的房子有无贷款，回答是曾经有过，在欢欢上大学期间已经还完。那天欢欢让大乔去给靓姐还信用卡，当时她没太在意，这项链不会也让大乔还吧？

　　余小燕走进一家睡衣店，光光鲜鲜的睡衣挂了满墙。她发现"月光"了，和靓姐的一模一样。试衣间里她把"月光""太阳""星星""蓝天""白云"统统都试了一遍，那一刻她脸上的笑容灿烂明快充满自信，有一种真真切切的幸福感！最开始她试得很快，就要体会这风云变幻的美妙，渐渐地她慢下来了，每穿一件都要在镜子前打量半天，她要在这幸福里多待一会儿。"月光"以及"太阳"统统贵得离谱，她才不会像靓姐那么没谱。幸福后，饿了，吃饭去。

　　快餐厅旁边有一家中介，外面贴着大大的广告牌，急招月嫂，月薪一万起。余小燕知道月嫂这个行当，却没想到薪水这么高，在松城跑个小买卖也挣不到这些。正看着一个女孩出来搭话，阿姨需要应聘还是服务？随便看看。阿姨是北方人吧？一看就干净利落，需要的话我帮你报个名，先培训一周，上岗后干得好可以升级为金牌月嫂。培训收费吗？都是免费的。

　　快餐厅居然有葱蘸酱，不过要买烤鸭才会赠送。余小燕点了两份烤鸭，得到双倍的葱酱。等餐期间她和大乔爸微信聊天，欢欢妈居然用信用卡买项链，欢欢看好一串手链，我赶紧撤了。这边月嫂薪水过万，还给免费培训，我刚刚报了名。学学怎样照顾咱孙子也好。大乔爸爸告诉她，自己干了一点私活能小赚一笔，房子上我们已经占了便宜，零零碎碎的也别太小气。余小燕叹息，没有哪个便宜是好占的！懒蛋大乔都能把梨削成花了……葱蘸酱来了，余小燕嚼得两个嘴角都泛了绿。

欢欢和大乔在客厅里看电视，靓姐在一边涂指甲油，她把十个手指染得亮红，然后用点钻笔把一枚枚水钻放上去，手指头们在阳光下张扬绚烂个个成精了！余小燕把洗好的水果端上来问，晚餐蒸红枣馒头怎么样？汲取经验，她现在往锅里放个芝麻都要事先询问，欢欢伸着脖子小狗似的围着她转，什么味道？不好，球奶奶身上有毒气弹。靓姐站起来抽抽鼻子，葱，是生葱。你去外面吃生葱了？买烤鸭赠送的，鸭肉都打包带回来了。余小燕像个偷嘴的孩子被当众揭穿！靓姐皱着眉头从茶几下面拿出口香糖，指甲油没干透水钻脱落，手指头顷刻间斑驳成一双双愤怒的眼睛。欢欢已经从卫生间找来她的牙具，赶快，多挤些牙膏！

余小燕靠在床头把手边的纸巾撕成碎末，不就是吃了点葱？哪至于！把我当什么人了？天生的糙娘们儿？她余小燕在书店干了二十多年的财务，账面上从来没差过一分钱。单说那次系统珠算大赛，她在舞台上把算盘珠子打得飞起来，那情景那阵势就像在弹奏一首爵士乐，噼里啪啦、噼里啪啦……鲜花掌声奖金奖品，余小燕成了一只让人瞩目的燕子，给新人传授技艺，去总局业务汇报，出席业务骨干代表大会，没有鞭炮齐鸣也是锣鼓喧天，那是她人生中最绚丽的一页。

余小燕虽然不好看却也不难看，虽然不富足却也不贫寒，在她的小安乐窝里，锅碗瓢盆是闪着光的，被子是叠成豆腐块儿的，窗户是能当镜子用的，就算一块破抹布都清爽亮白。巴掌大的阳台种着几十种花，即便窗外白雪纷飞，阳台上也是满眼春色。余小燕最大的闲情就是打理她的那些花，剪枝浇水施肥，还记录每一种花的兴衰。有朋友到家里来，都是脱了鞋直奔阳台，他们哎哟哎哟地叫着，多么温馨的小小花园。小小花园，这名字好，大乔爸找人在窗口那儿做了个铁艺拱形门，上面铸上小小花园四个字，权当是安乐窝的后花园。不来鹅城她都决定把小小花园产业化，她把栽培的多肉植物拍照片放到微信上，她的生活也是有计划有前景的。

手机忽然一闪，大乔从另一个房间发来信息，妈妈，谢谢你为我付出的一切，我一定加油努力让你过上好日子，永远爱你的儿子。余小燕眼睛一热，就有泪珠掉到手背上。她控制住情绪，用纸巾把脸擦干净，换上笑呵呵的模样蒸馒头去。红枣被开水煮得饱满滚圆，面是用牛奶和的，她还把几个面团捏成了兔子的模样，再镶上一对圆滚滚的红眼睛。红枣馒头大快人心，连晚餐拒绝主食的靓姐都吃掉一个，欢欢直嚷着明天照旧！余小燕的劳动成果总算得到肯定，刚刚心里边塞着的那根葱也就消化了。没水果了，欢欢在一边喊！余小燕刚进电梯口，大乔从屋里追出来，等等我！

大乔在家乐福边上找了台提款机，我过两天回上海，欢欢这边辛苦妈妈了，这钱留着家用。回去的路上他们在西枝江边的休闲椅上坐下，有跳动的灯火映在江面上煞是好看，不远处传来轰轰的打地基的声音。大乔看着远处，那边又盖房子了，要不了多久我们也会有属于自己的房子。这次回去，争取给自己那个手游项目找到下家，有了钱我雇保姆伺候妈。余小燕眼眶又热，她努力着没让泪珠落下来。

欢欢大姨要来，靓姐正巧要去外地。这边就有劳你，靓姐把托付的话和钱一起塞给余小燕。这怎么可以？临行靓姐还是把钱放在书柜上。大姨和儿子从香港来，余小燕想非洲爸爸香港大姨这一家够气派的。她和大乔爸爸俩边加起来从祖宗开始挖掘也翻不出半点海外关系，有个海外亲戚，就算借不上光也觉得提气！她们财务科的小路远房表姐嫁到韩国，小路整天张口韩国闭口韩国，就像她亲自嫁到了韩国。托欢欢福余小燕自己也沾上港澳关系，她又高兴又寂寥，在她心里两家人的地位又给拉出了距离。为迎接香港同胞余小燕进行了彻底的家庭大扫除，里里外外整整收拾了两天。别看靓姐把自己捯饬得光鲜，却是驴粪球子外表光，这人被子懒得叠玻璃懒得擦，阳台上到处散落着书报碟片以及各种七零八碎。也难为她在那儿喝茶，还练瑜伽，脚都没地方下。余小燕看不下去都想帮她归置归置，可到底不是那么回事。收拾好后余小燕还在阳台上拍照片发了微信，落日余晖下茶具旁边的百合花，文字说明是静候香港亲人。

余小燕决定把自己也收拾一下，香港大姨，欢欢妈的亲姐姐，和她也算亲家，可不好给大乔丢脸。她让欢欢带着做了头发，满脑袋大波浪卷。

还在服装店买了裙子，一条银灰色连衣裙，上身哪儿都好，就是肚子那儿勒出一个小锅来！卖衣服的小姑娘倒也机灵，从箱子里翻出一个收腹内裤，生生把小锅给勒回去。

大姨来那天，欢欢还给她化了妆，球奶奶，你好隆重，像去参加宴会。再补个妆吧，就动手给她涂上腮红打了眼影。看看时间还早，问欢欢晚饭准备吃什么？打边炉又好吃又省事，多买些豆苗，阿福超喜欢。余小燕在超市选了上等的海鲜，豆苗连同其他蔬菜也是在绿色有机蔬菜区域买的，这样的蔬菜都赶上肉价了，对待香港同胞到底是要重视的。欢欢来电话说大姨她们已经到了，让她带回去两杯珍珠奶茶。到家门口余小燕又掏出口红涂了涂。

沙发上坐着的母子和余小燕心里的香港同胞几乎不贴边，大姨黑黑壮壮，身上那件蓝色卫衣因为材质问题起了一层疙瘩球，一把干涩的头发绑在脑后，整个人灰扑扑皱巴巴。阿福大概十五六岁，和他妈妈的体型很像。听欢欢说大姨有两个儿子，大儿子已经工作了。简单打过招呼，余小燕赶紧跑进卧室换上家居服，收腹内裤实在太紧了，其实她完全可以坚持的，但她不想坚持了。

阿福这胖小子胃口好，肉丸鱼丸虾饺豆苗从锅里到嘴里几乎省略了嚼的过程，他吃完就去欢欢卧室打电游了，大姨拉着箱子出去办事。她朝卧室嚷了几句，等了半天见没人理，就一个人走了。余小燕坐在阳台上，窗外夕阳正浓，一片叶子落到汽车上，一只麻雀飞到叶子上蹦来蹦去。她看见每一扇窗都有洗衣做饭的忙碌，每一户人家都有自己的天伦！难怪人们歌颂夕阳，简简单单的人和物就这么给镀上了色彩和意义，她轻轻摇晃着躺椅，旁边刚好有瓶指甲油，她涂着指甲油听见欢欢在屋里笑个不停，这一刻余小燕很享受，觉得自己像个主人翁。

大姨成天拉着箱子早出晚归，回到家一面哇啦哇啦对着手机讲，一面还在小本本上又写又记。她讲方言余小燕根本听不懂。阿福要么睡觉要么打游戏，余小燕早不光顾绿色有机蔬菜区域了，即便这样都难以招架，阿福点菜，白切鸡、梅菜扣肉、红焖猪脚、白灼虾……还帮忙欢欢吃水果，欢欢的水果一直都是进口的，为了球球也必须要进口的，靓姐一再强调。现在水果消灭得非常迅速，欢欢在屋里喊，球奶奶，火龙果没了。芒果也没了，阿福补充。

　　大姨邀请余小燕去香港玩两天，天上掉下的好事！来之前大乔特意让她办理了港澳通行证。可这边……余小燕看看欢欢，尽管去，欢欢拍着肚皮，有球球和阿福陪着我！饿了叫外卖渴了也叫外卖，统统叫外卖就是。这怎么好！要不以后再说？余小燕嘴上推辞，心里都合计着穿哪套衣服了。有电话进来，中介通知培训，我马上去香港了，是去香港！

　　大姨带着余小燕乘大巴从沙头角入港，然后又坐巴士和地铁，大姨家在深水埗。天上忽然下起雨，哗啦哗啦的来头不小，下了车大姨拉着余小燕钻超市跑药房，开始余小燕还以为在避雨，转着转着大姨出手了，面膜、奶粉、染发剂、护肤品、保健品、药品……行李箱渐渐鼓起来。余小燕有些气喘，大姨带她去了一个路边小店，这家的肠粉有上百年历史，不少人慕名开车来这里吃。大姨边吃边介绍，味道还好，大姨吃得很快，等下她要去办点事再把东西送回家。雨这么大，你就等在这里，我回来陪你到处逛逛。

　　大姨走后，余小燕又要了一盘肠粉，分量不大，如果是大乔吃个三五份都说不定，一盘下去大姨还没回来，要不是穿了收腹裤她还能再来一份，今天她穿得很体面！那套银灰色连衣裙总算派上用场，走在深水埗的街巷上都有超标的感觉。这深水埗路面陈旧房屋破败，有点像松城早年的棚户区，整个街巷被大大小小的商铺串联着，又零乱又喧闹！哪是什么花花世界鲜衣怒马，连松城都赶不上，松城现在也是马路越修越宽，房子越建越堂皇。当然余小燕还弄明白了一件事，大姨在干代购。难怪她总是拉着箱子往外跑，原来是在跑买卖！大姨总算回来了，手里拉着比刚刚还大的皮箱。大姨说雨太大只好陪她在附近的商场里转转。她们在商场里直转到天黑，又是满满一皮箱。大姨许诺，这次天公不作美下次一定带她好好玩玩。

　　大姨日子过得很狼狈，巴掌大个小屋床上摞着箱子，箱子上摞着洗衣盆，简直就是个危房。大姨不会是在香港吃低保吧？好不容易攀上个海外关系竟是这副光景，不过这样挺好的，真的挺好！大姨讲早年她也是家里的荣耀呢，电子表电饭锅还有弟妹们的穿戴，一件件从这边搞过去，周围邻居羡慕得很！对面陈阿姨托她给女儿寻一门亲，付了一万块好处。

那女儿后来看上阿福爸爸……余小燕太困了，梦里她正在自家的小小花园里浇水！

　　第二天简单吃过早饭便往回返，临出门大姨还送她一盒面霜，俩人各拉着一个行李箱。到关口时，大姨从背包里拿出一个黑塑料袋塞进余小燕行李箱。什么东西？大姨没吭声。再问说是苹果手机。大姨要去香港人通道那边排队，余小燕忽然有些头晕，让大姨帮她去买瓶水。大姨转身时，余小燕迅速打开箱子拉链……

　　大姨照例拉着箱子出去，欢欢和阿福照例窝在床上打游戏，余小燕照例忙家务。不过欢欢和阿福的饭要端到卧室里吃，大姨没早没晚的，现在餐桌上只剩余小燕孤零零一个，她索性把那瓶葱伴侣拿出来。被欢欢撞上一次，她翻翻眼皮转身回卧室去，现在除了吩咐准备吃食，欢欢很少和她讲话。昨天余小燕还有一个重要发现，欢欢妈留下的钱原本放在书架上，现在那地方空了！近期家用都是自己在掏腰包。就等着靓姐回来无意间眼睛那么一瞥，钱仍旧原封不动趴在那儿。余小燕很郁闷！她看见大姨正怒发冲冠地对着手机喊，脑门上的一缕头发就快烧焦了，她用手狠狠地拍着茶几，一枚硬币滚下来，大姨弯腰捡起放入裤兜。

　　靓姐带着一身旅途疲倦回到家，余小燕把她脱下来的衣服统统洗好晒上。听说大姨明天要回去，她风风火火搞了一桌子菜。还把白切鸡推到阿福面前，多吃点，这可是你的最爱。靓姐大赞，这么丰盛都赶上年夜饭了。这一阵多亏你在，辛苦了。不辛苦不辛苦，余小燕直摆手。她剥好一只虾放到大姨碗里，就是东西太贵，比我们松城贵多了。不过你那钱可没动，余小燕把目光投向书柜，钱哪去了，一直都放在那儿。她把目光重重地挪到大姨脸上，大姨嘴里正含着虾，忽然就被余小燕的目光电到，她狠狠地把筷子扔出去，你什么意思，说我偷了钱？大姨愤怒了，在关口你害我罚了那么多税金，现在又来诬陷我。大姨哭出来，在自己妹妹家还被人当贼！欢欢挺着大肚子从卫生间出来，吵什么吵，钱我拿去给球球订衣柜了。其实不然，大姨向她诉苦，补交了那么多税这一趟赔大了！你那个婆婆好阴险！欢欢气呼呼地把钱拿给她，生活费让余小燕出！余小燕脸都绿了，你这孩子怎么不说一声？球奶奶，这是在我自己家里耶。靓姐丢下碗里的汤去阳台上听音乐了！

鹅城待不下去了，余小燕坐在小区的长椅上给大乔打电话。反复拨打了几次都无人接听，又发微信，先打字后来干脆语音了。大姨哪里是带她游香港，分明是让她带货。那箱子大得赶上小货车了。在关口那儿忽然就往她箱子里塞手机，那里明明写着携带电子产品的规定，当我不识字吗？自己好歹在办公室坐了那么多年！当然有自我保护意识，只能调虎离山把东西塞回去。还有这一阵都是自己的花销，那钱欢欢应该说一声的。想着自己每天小心伺候却把事情弄成这样，余小燕很悲伤，夜晚一个女人在一盏路灯下悲伤是很突兀的，咋地啦？你家爷们儿搞破鞋了？你家爷们儿才搞破鞋呢！眼前一个身高体胖的女人，口音里透着一股大碴子粥的亲切。前面那个小区，上个月就跳楼一个，年纪不大一个媳妇，还不是男人罪过！余小燕见了亲人似的，我本一个财务工作者，不远万里来伺候即将生产的儿媳妇，费了九牛二虎的力气却没换来一个好字！亲家之间本该平等互助，自己却一矮再矮低到泥土里！大碴子粥拍拍她肩膀，房子人家出的吧？你怎么知道？余小燕张大嘴巴，那是一定的。要么出钱要么出力，总得占一头吧，我这也是来出力的，看外孙子。都八个月了，整天脚不落地累得腰酸背疼。那公公婆婆倒落得清闲，人家出了钱就犯不上挨累了！大碴子粥把嘴凑近余小燕耳朵，过几天我准备跑路，装病，回老家去，想老头子了。刚刚买药回来，孩子闹肚子我得赶紧回去。大碴子粥很快消失在不远处的单元门里。大乔那边仍没动静，也罢，那个在人家屋檐下低眉顺眼的儿子，那个饭来张口却能把水果切出花来的儿子还能指望他什么呢？回去了，回去照顾她的那些花了！花儿，只要照顾好，它就美给你看，哪像人那么多毛病！

客厅里黑着，只有阳台上散发着微弱的黄光，躺椅上的靓姐披头散发被光晕染得乌黑昏黄活像个女鬼。余小燕悄悄走进去，忽然一声劲爆的酒杯碎裂声，她赶紧靠墙把头悄悄探出来，靓姐正端着平板大叫，你和那个妖精就死在非洲吧！永远也别回啦。信用卡还欠着账，我们商报也解体了，明天我和你女儿喝西北风去。喝多了？一个沙哑的声音，那个主编不是很爱你吗？不管你了？原来靓姐的日子并不像她身上的睡衣那样悦目，原来那也是一本懒豆腐账，华丽的大门被掀开一条缝，里面一派杂乱和荒芜。

这一夜居然睡得很踏实，早上趁大家还没起赶紧收拾东西走人，余小燕在西枝江边直坐到太阳红彤彤的，这里比松城要漂亮整洁，多了些高楼商场，多了些花花绿绿的彩旗和挂着广告的大气球，多了些闲散无所事事的男人和女人，一切都显得很漂亮很过分很不稳定，好像谁的心里都很烦躁很委屈很无奈。看累了才想起来去火车站，路过中介所余小燕还看了看那块月嫂广告牌，不知从哪儿飘过来个白色塑料袋落在广告牌的铁架上，塑料袋被风吹得一鼓一鼓像一只热情洋溢的大手，过来呀！来挣钱啊！余小燕正了正背包，干脆！

大乔前一天晚上喝多了，人逢喜事千杯少，直到第二天中午才看到微信。他马上订机票往回赶，一路上按了多次手机，终于接通却是欢欢的声音，球奶奶离家出走了，她不要我们了，连手机都没拿……大乔联系各路朋友四处找寻，大酒店小旅馆整个鹅城都翻一遍也没见余小燕踪影。大乔给家里打电话探口风，他爸正在家里浇花，让你妈放心，她的花都好着呢！让她别舍不得花销，欢欢想吃什么就买，过一段我这边还能揽个活……

培训期间可以住宿，不过三餐要自己解决。余小燕学得用心，笔记整理了好几篇，原来伺候个月子还有这么大学问。培训还没结束，余小燕就被一个孕妇急需，一个三层小楼里，只装着一个胖乎乎的孕妇。孕妇比欢欢大不少，肚子和她差不多。话不多懒洋洋的没欢欢那么能折腾！浑浑噩噩的头不梳脸不洗，每天除了吃就是睡偶尔还在梦里呓语着叹息！听说也不是本地人！广州、鹅城、海南、云南、青岛、大连好多地方都有房子，前边已经生过两个姑娘，大的都上了中学，这个好像也是姑娘！她对吃喝不怎么挑剔！对余小燕也没多少要求，就是挨着日子准备卸货。

余小燕在欢欢那边整天忙得狗撵星星，这么清闲下来倒有些不适应，不干活白捡钱怎么好意思？等孕妇睡下她就开始归置庭院，边边角角的荒草都清理掉，该填土的地方填上土该铺砖的地方铺上砖，池塘里放上水假山石冲干净，石桌石凳擦出来，庭院就露出它该有的模样。墙脚那儿有一簇蝴蝶花，余小燕把它们挖出来栽到花盆里。孕妇醒来看见茶几上的蝴蝶花把脸贴过去，然后就去卫生间洗了脸梳了头还抹了润肤露。余小燕让她到庭院里晒晒太阳，孕妇说好些房子买完就再没去过，估计那院子里的草都有人高了。

夕阳渐渐在天边隐去,暮色四合,一群飞鸟从空中掠过,仿佛一群流星,孕妇目光茫然在想着什么。忽然就喊了一声儿子,你是儿子吗?她问旁边的余小燕。你怀儿子期间喜欢吃什么?这个,她得想想,对,当时她就喜欢大葱大萝卜,一根粗粗的葱白咔咔几口没了。家里堆着好些苹果大鸭梨,她却跑到菜市场买大葱和萝卜。哦,是这样!当然,你要配上葱伴侣更美味,酱要拿辣椒爆一下还要加上花生芝麻……

开始孕妇吃得直咧嘴,不过呢,她有信念,吃得苦中苦方为人上人!生不出儿子她的人生也会跟着黯淡的!不过蘸上葱伴侣味道好多了。余小燕在一旁鼓励着,她们一个同事,B超都做过是女孩,结果怎么样?生个八斤重的大胖小子!孕妇眼睛一亮,心诚则灵,没准儿就会有奇迹的!与此同时余小燕还给她配备了高粱米饭大碴子粥。孕妇逐渐适应了这样的口味,并且越吃越多,越吃越爱吃,俩人对坐在餐桌前,屋子里回响着一片咔咔咔、咔咔咔的声音,孕妇觉得每一声咔咔都是胜利的战鼓,余小燕身心舒畅上秤一称胖了五斤。偶尔她会提醒孕妇,你还要喝些牛骨汤,那种进口牛骨汤。说这话时她会想起大乔,他一定急得不行吧!无所谓,娶了媳妇的儿子也就那样!至于大乔爸爸,他敬重了那么多年的财务工作者一下子变成月嫂,又会怎么想?算了,就玩他个失踪,先把这票月嫂干下来,其实天王老子没了地球还是一样旋转!大家都会按原有的模样过日子!大乔爸会伺机溜出去干私活,大乔继续出差顺便推销自己的手游项目,欢欢仍旧打游戏!靓姐呢?继续拿着信用卡消费?商报都解体了,倒是可以在家照顾女儿!

余小燕离开一周后大乔在餐桌上公布,他研发的手游项目已经在上海找到合作伙伴,下一步公司就开在鹅城。这个手游前景不可估量,对方态度非常积极,马上就会打一部分现款过来!他在江边看好一套房子,前两天已经交过定金。大乔拧开那瓶葱伴侣,又在冰箱找到几根香葱,咔咔,一股细小的绿泡从舌尖弹出来,那是童年与故乡交织在一起的味道!那时候还没动迁,他们家还有个小院子,弹丸之地种有六七样菜,青葱、黄瓜、菠菜、生菜、香菜还有小白菜,只需把它们在清水里过过,院子里一家人围在饭桌旁,余小燕拿根青葱,老爸拿棵菠菜,他则把青葱香菜窝成一团，几只手蝴蝶一样围着酱碗转。有一颗泪珠从眼眶里跳出来，靓姐让他放心，你妈妈肯定没事的，她会发动媒体朋友去寻找。大乔把一根香葱做成哨子放在嘴里吹。他妈妈当然不会有事，她那么坚强好面子，肯定是躲在一个什么地方，等心里舒服了就会回来。还有大房子等着她！欢欢拍着肚子，球球我们有新房子住了。大乔把嘴里的哨子吹得呜呜哇哇……

欢欢住进妇产医院，靓姐大包小袋整整往病房搬了六趟，最后一趟是一个大购物袋。她提着袋子上楼时，撞到迎面而来端着汤锅的余小燕。真高兴你来！这锅里是？牛骨汤。好棒啊！心有灵犀欢欢正嚷着要喝，总说你煲的汤味道纯正。一个大肚子孕妇朝这边招手，余小燕赶紧跑过去把她安顿到长椅上，给她额头擦过汗，又把汤水一勺勺喂到她嘴里。孕妇从背包里翻出一瓶葱伴侣，靓姐走过去打开手里的购物袋，余小燕看见里面有青葱、黄瓜、生菜、菠菜、小白菜……上面还挂着亮晶晶的水珠！这菜好新鲜，把一条走廊都映得碧绿青翠……

原载《人民文学》2019年第1期

朱辉

岁枯荣

　　停机坪相比马路，实在是太宽阔了。巨大的机翼，让登机的人显得那么小。骏遥工作后，经常要出差，每次出门，奶奶都要说，你又要飞啦？或者：这次你飞哪里去啊？好像他真的长着翅膀。其实，他何尝喜欢老出差呢？以前他在国外留学，十几个小时的飞机，他简直坐怕了。没想到工作后他还是经常要飞，虽说大多是短途，但有时还是要出国，这次可不是又要到欧洲了吗？这次是去进修，工作需要，是个机会，他不能推。但他骨子里是个恋家的人。出发前奶奶拉着他的手说，你又要飞了啊，他忍不住说，哪里是我飞啊，是飞机飞，飞到哪儿是飞机做主啊。这话其实已是透着情绪了。奶奶一年中有大半年都住他家，他挺舍不得奶奶。

　　奶奶疼她，他小时候有很长时间跟爷爷奶奶一起生活。他妈妈到日本留学，六年，这六年时间他跟着爷爷奶奶。爷爷在镇上的中学教书，奶奶教小学。每天早晨，他跟着奶奶去小学，幼儿园也设在小学里。幼儿园里的老师都是奶奶的同事，对他很宽松，他得空就跑到奶奶的课堂里，人模人样地坐在后面听。a——o——e，奶奶在上面教，他在下面学。一来二去，拼音他学会了。也学写数字，1，2，3，奶奶走过来，看他写的数字，扑哧笑了：3朝左开口，他写成朝右了。奶奶说，3字像耳朵，是右边的耳朵，拿笔的这一面是右边。说着奶奶提笔帮他改过来。奶奶回家对爷爷说，你孙子可聪明了，拼音和数字全会了！于是他给爷爷表演一番，读拼音他的嘴忽大忽小，写数字一个也没有错。写3的时候，他用心，奶奶双手握拳，比他还用劲。奶奶说，他可以上学了。爷爷说，还差一岁多哩。奶奶说，反正他要跟我去小学，跟跟吧，跟得上就正式上学。于是他就上学了。

他确实不笨，二年级时，爷爷就带着他把唐诗三百首全背下来了。他爸爸一个人住在省城，每月都会来镇上看他，他的保留节目就是背唐诗。那些诗他不全懂，但是好听。"白发三千丈，缘愁似个长。不知明镜里，何处得秋霜"。他不懂。"锦瑟无端五十弦，一弦一柱思华年"。他更不懂。现在他快三十了，就全懂了吗？不见得。他小时候是个黄毛，头发稀稀的，泛黄，后来，他的头发越发浓密，越来越黑，爷爷奶奶的头发却灰了，灰得发白了。"不知明镜里，何处得秋霜"。这句，他是突然懂得的。他上大学不久，大一，突然接到爸爸的电话，说爷爷病了，重病。无可挽回。他看着爷爷和他的合影大哭一场，突然就懂了。

爷爷曾说，我孙子一定会去留学！他果然出国读了研究生，可是爷爷已经不在了。医生说爷爷只剩七个月到一年的时间，谁都不能相信。一年？只剩一年爷爷就要离开吗？除了经常咳嗽，他看起来还很健旺啊。爷爷被接到省城，住院，治疗。可爷爷最后只过了十四个月就不行了。几次化疗，把他弄得不成人形。那时骏遥在京城读大一，经常到省城看爷爷。有一天爸爸告诉他，爷爷吩咐了，让他们去老家找一块墓地。骏遥如遭雷击，顿时懵了。但是他不能表露，他冲病床上的爷爷笑笑，跟着爸爸去了老家。一切都是熟悉的，街上不时会遇见熟人，人家都很热情，但他们欲言又止、心知肚明的神情让骏遥的心一次次被扎。穿过幼儿园边的小巷时，清脆的童声悠扬起落，"鹅鹅鹅，曲项向天歌。"他忍不住透过窗户看进去，孩子们整齐地坐着，挺着脖子，像一群整齐的鹅。他突然觉得最前排有个孩子特别像自己。儿时的自己，背唐诗的自己，他突然哭了。

墓地看得很顺利。墓园拥挤，位置紧张，只能尽可能气派阔大一点。他和爸爸拍了墓地的照片，远景，近景，回去给爷爷看。爷爷拿着手机还没看，手机响了，有电话进来。爸爸接过手机，接通，是推销保健品的电话，包治百病的那种。爸爸恼怒地说不要！把电话挂了。爷爷耳朵还好，他听见了，批评爸爸说，你态度不好。他端详着手机里的照片，点点头，说，好，好。半晌，吃力地说，就是离祖茔远了一点。他的脸上满是抱歉，似乎自己提出了额外的要求。

骏遥没有见过自己的曾祖父母。他只见过照片。这一瞬间，他突然感知到，他们在，他们一直就在那里。芳草萋萋。

奶奶没有当着爷爷的面看手机里的照片。背地里她看过很多次。她让骏遥把照片放大了给她看。她抬起头，满脸是泪。她大概在想：我也会到这里去的。

骏遥想：我为什么不读医学呢？

这个问题在爷爷住院的十四个月里，经常会来质问他。他读的是法律，国内顶尖的法学院，可是救不了爷爷。可他即使读了医学又如何呢？况且，爷爷装在他脑子里的唐诗，早把他变成了个文科男，文艺男。骏遥明白这些道理，可他那一年多没有心思读书。爷爷去世后又过了一年多，他才回到自己专业上来。他是聪明的，真要用功了，效果可观。大学毕业后，他实现了爷爷的预言，出国留学了。

骏遥，这名字是爷爷取的，好男儿志在四方的意思，果然应验了，他曾去国万里。现在工作了，也还经常要飞。不知为什么，他常常在异乡梦见故乡。爷爷去世已近十年，音容宛在，但是，他竟然记不起爷爷离世的准确日期。他只记得是农历五月初一，记得那一天奶奶说过这个日期。阳历是哪一天，他不敢想，不敢碰，更不敢问。他经常梦见的倒是去看墓地时路过幼儿园的情景，课堂里，有个孩子宛若他的童年。

他还不到三十岁，可是经常认错人。或许是头脑里想着哪个人，一眼看见谁大致相像，瞬间就认错了。这次在欧洲，一个古镇的街头，他竟然又在人群中，看见了某个故人。

从飞机持续的嗡嗡声中出来，乍一踏上欧洲，你会觉得周围是那么安静。静得让人不适应。他回国后换过几家公司，做的都是法务工作。欧洲国家他去得不少，虽然形态各异，但是它们都安静而平和，世界的喧嚣似乎与它们无关，至少他没有遇见。因为见得多，他几乎不用听他们说话，就能看出是哪国人。但是这一切跟他又有什么关系呢？或许是童年的底色在起作用，又或许是因为在京城省城，老外已经很不少了，置身于外国人中间，他并无不适，只是感觉自己是个外人。他们的生活，他们的喜怒哀乐与自己隔着一层玻璃。那些历史悠久的教堂里供着的神像，远不如国内庙里的菩萨令人亲近。

在爷爷还能自己走路时，他们带爷爷奶奶去苏南玩过一次。谁都知道这是最后的旅行了，但谁也不愿说破。在天宁寺，一辈子不信神的爷爷也去拜了菩萨。出得寺庙，爷爷喘着气说，你要好好读书。奶奶说，还要出国留学吗？爷爷说，当然。我希望你有本事。后来他出国留学，硕士毕业回国工作，女友留在那里继续读书。他们有感情，但已不那么亲密，有点若即若离。痛苦吗？似乎有点，但也不那么强烈。因为并未正式分手，至少他，也没有再交女友。男女之情恐怕也就是那么回事吧，就像爷爷奶奶，一起过了一辈子，不也总归是有一个先离开吗？

奶奶现在两个地方轮流住。每年秋天开始，她在省城住大半年，清明前回老家小镇，她要给爷爷上坟。骏遥过年会和奶奶在一起，其他的时间，他和奶奶的联系只能靠手机。奶奶因为想看他，把视频聊天都学会了。一般他每个周末都跟奶奶视频，奶奶第一次在手机里看见他，高兴地说，这个好，这个真好哎。可是她后来对骏遥说，手机好是好，就是看得见，摸不着，我亲不到你。奶奶在视频里，无非是那几句话：你要吃好，睡好，不要省钱；要好好跟着领导干；女朋友现在怎么样了？老实说，骏遥真的想看到奶奶，但对她的话，就有点心不在焉了。他能告诉奶奶，女朋友八字还没一撇？奶奶恨不得要听他报喜，女朋友最好已经怀孕了才好。如果他出差出了国，因为有时差，他和奶奶视频就不方便了。奶奶体谅他，从不打搅他的睡眠。于是他拍了很多照片，风景照，发给奶奶看。过年见到奶奶了，他就一张一张讲给奶奶听。奶奶看上去兴趣不大，那是另一个世界，人家怎么活，她不关心。她关心的，只是她亲手带大的孙子一个人。骏遥跟奶奶来了个自拍。同框的祖孙，最触目的是头发，奶奶的头发基本全白了。

这一次骏遥在欧洲待了两个月。老欧洲的白天尚有一点生机，到了晚上，简直是一片死寂。古老的街巷，昏暗的灯光，偶尔从两边住宅里出入的，也都是头发苍白的老人。他们的文明曾经辉煌过，但现在，真的有些寂寥了。我们的京城是繁闹的，满街的车，满眼的人，为了欲望狼奔豕突。但实际上，住宅里还是安静的。骏遥租住的是合租房，四个房间，各住一人。他们无交流，不来往，偶尔在客厅里见到了，也只是点点头。他们都很文明，厨房厕所很干净。那个公用的冰箱，也有食物的，但从来不会被拿错，即使放坏了，也不会有人提醒你。他们都是白领，这里只是个睡觉的地方，彼此都不知道从哪里来，也不知道将到哪里去。但有个女的骏遥印象深刻。她漂亮，漂亮得让人无法忽视，可她真的有点老了，已经快四十岁了吧。这个年龄的美丽女人，应该是有故事的，但她的生活又如此简单，一大早出去，晚上回来。和骏遥他们一样，饭都是在外面吃过了。她应该是会做饭的，甚至有自己的孩子，可是她连个访客都没有。她简单得有点过分了，这种简单反而让人觉得不简单。对了，她也曾有过一个访客，是一只狗，金毛，是她某天傍晚带回来的。调皮的金毛在客厅里乱转，在每个门前观察，还伸爪子去抓，但是门不开。唯一出来的是骏遥，那天他正好在，金毛刷刷的脚步和她的呵斥突然触动了骏遥——他家里也有一只狗的。那只叫克拉的狗，来他家已经八年了。

　　克拉是钻石的计量单位，是他们很爱这只狗的意思。爸爸把狗带回来时说，前一家主人告诉他，这只狗六个月了。这就是说，这只狗出生的日期和爷爷去世，大致是一致的。克拉也是一只金毛，聪明，目光略带忧郁，而且它很少叫，也就是说不怎么说话，骏遥心底觉得这一点跟爷爷有点相似。克拉是为奶奶养的，爷爷去世后，奶奶第一年一直跟爸妈住。她总是怔怔地，有时走着走着会突然落泪，骏遥知道，这地方爷爷奶奶曾一起走过。克拉的到来帮奶奶度过了最难的那段日子。它像孩子一样调皮，有时又突然蹲下，凝神看你，又或者趴下来，半闭着眼睛，想着什么。骏遥终于忍不住说，克拉有点像爷爷，性格像。那时候全家人都已经很爱这只狗，都不觉得这是对爷爷不敬。奶奶大概最信这个了，她一贯认可转世投胎这类话。奶奶回老家的时候，从来不提要求的奶奶说，我要把克拉带走。奶奶说，骏遥乖乖对不起了，我要跟它一起过。骏遥那时大一，也就是过年国庆等节假日他才回省城的家，但他已经跟克拉混得很熟，他一回来，克拉就跟他睡，两个睡一头，除了不要枕头，它跟个人一样。骏遥跟奶奶视频时，奶奶会把克拉叫来。克拉听到手机里他的声音，来了，但它不会盯着手机看。骏遥说，克拉啊，你叫克拉吗？你知道你几克拉吗？

它东张西望，汪汪叫了四声。这不对了，它四十几斤，怎么也不止四克拉的。它不识数。但是骏遥早已把它当成了家里的一员。奶奶把它带走，能一直陪着奶奶，骏遥觉得再好不过了。假如没有这只狗，奶奶怎么能熬过来，还真不好说。

奶奶真的是熬过来的，尤其是前几年，尤其是还没有养克拉的前半年，那真的是在熬。不知不觉克拉八岁了，八岁的狗据说已经进入了中老年。克拉依然活泼，跟奶奶更默契了。奶奶常跟它说话，絮絮叨叨，它一副似懂非懂的样子。它其实是在等，等你在说话的间隙突然扔出一个小球，它会立即跑过去，叼回来摆在你面前，你最好接着扔。它体型已经很不小，六十多斤，跑起来像水里的鱼雷。骏遥十分担心它把奶奶撞倒，事实上这样的担心是多余的，它机灵得很。骏遥的那个美女室友，把一只金毛带过来，第二天又把它送走了。她确实只能养它一天，那个周末，金毛在客厅里玩，在美女的房间里玩，后来，也好奇地跑到骏遥房间。它是个自来熟，竟然还舔骏遥的脸了。恍惚间，骏遥觉得它就是克拉，他是在家里。不过奶奶不在。当然他很快就看出这个金毛和克拉还是不一样的，长相就不一样。狗看起来差别不大，但其实相貌各异。因为这只金毛，骏遥知道了美女姐姐的名字。以前他们偶尔碰见，都是"你""你"的，你好！你好！因为逗狗，他知道了，她叫东丽。以后再见到，他就叫她丽姐。他们合住了一年多，这才算是认识了。从口音判断，她是南方人，具体哪里不清楚。骏遥其实挺喜欢姐姐型的女人，他的女友因为比较黏人，凡事要讨他的主意，他一直视为缺憾。丽姐身上的故事让他好奇，也有点躲闪，可没等到他们更熟悉，甚至都没有机会问她，那只金毛是哪里来的，某一天，她就从窗户飞出去了。

那时他正换工作。偌大的京城，生存好难啊。他投简历，等待回复，在房间的时间比较多。整个房子里，常常只有他一个人，也许，还有别人，但他并不知道。他们的房子在七楼。傍晚，北风呼啸，雾霾漫天，黑沉沉的，仿佛已是深夜。房子的尖角处，又或者是电线，发出尖利的嘶鸣，几分凄厉，几分抽泣。也许，确实是有人抽泣的，但是他没有听见。他看见窗外的楼下，路边的自行车电动车甚至摩托车都被风吹倒了，有人围着围巾匆匆过去，费力地把某一辆弄出来，骑上走了，其他的车被视若无物。房间里有暖气，但是没有人气，是另一种冷。骏遥颓然躺倒在乱糟糟的床上，脑子里是空的。就在此时，他贴在床上的耳朵突然感觉到了一下震动，另一只耳朵显然听见了一声巨响。不久就听到楼下有人喊，喊的似乎是，跳楼啦跳楼啦！他一惊，猛然坐起。他推开窗户，很明确的声音告诉他，真的是有人跳楼。他探出身去，看见地上躺着一个人，红色，衣服是红的，血更红。好多人围着，有人指着他，还做着手势。他朝边上另一扇窗户一看，顿时心脏狂跳：那窗户开着。老房子，是外开窗，窗扇在寒风中抖动。他立即跑到丽姐的房间，门关着，敲不开。他跑到楼下，挤进人群。他看清了，是丽姐。她躺着，蜷曲着，脸朝天。他蹲下身，看到她的脸已经变形。一摊鲜血，仍在慢慢扩大。

人群乱哄哄的，骏遥什么也听不见。人圈外，一只狗汪汪叫了起来。骏遥心里一片茫然。他突然想起，丽姐的那只金毛，不知从哪里来的，又被她送到哪里去了？——事后回想起来，他当时心里，一时间还真的只出现了这个问题。

丽姐带着她的故事跳下去了，终结于冰冷的地面。不久，与骏遥合租的人全搬走了。他因为新的工作还没定，一时没搬。那房东几次上门请他快些搬走。骏遥知道，他是怕老房客说出这里曾有人跳楼，所以要让上一拨租客要尽早走光。

但是骏遥一直记得丽姐。他搬离那个地方后，索性暂时不工作，回省城看看奶奶，还有父母。奶奶看到他当然高兴，他一进门，奶奶愣了一下，立即抱住他，又抓着他的手，摸，摸。家里热闹了，克拉更高兴。它显然认得骏遥，它不断地往骏遥身上扑，等骏遥坐下，它索性跳到他身上，趴在他怀里舔他的脸，口水哩啦的，舌头还带一层毛刺。一家人坐着聊天，他把外面的世界说得天花乱坠。爸爸妈妈显然知道他的用意，知道他是想说服奶奶出去玩，旅游。奶奶的房间里，一直摆着爷爷的照片，她头发白了大半，人也瘦。爷爷生病期间，她瘦了十斤，以后就再也没有胖起来。骏遥看到自己奶奶没有别的老太太富态，心里难受。奶奶如果愿意出去玩玩，去那些从来没有去过的地方，去爷爷没有去过的地方，也许，她能分分心，会快点走出来。两年了，一提到爷爷，她立即就会哭。她曾经说，如果不是要看着骏遥结婚生子，她抱上重孙，她真不想活下去了。

可是奶奶不肯出去旅游。许多地方她和爷爷一起去过，她绝不再去；她没去过的地方呢，她又觉得没有爷爷陪着，去了也没有意义。她一辈子跟着爷爷，现在既然一个已经离去，而她又不能跟着去，那她宁愿代表爷爷陪着儿孙，这几乎成了她生活的全部意义。她开始一个人在家里伴着电视跳佳木斯舞，一种健身操。她想的是，死是免不了的，但她不愿意七病八歪的，给儿孙添麻烦。骏遥知道奶奶的心思，他劝奶奶坐一次飞机。奶奶说，飞到哪里？骏遥说，你想飞到哪里就飞到哪里。奶奶说，我不要坐飞机，我心脏不好，没准半路就吓死了。骏遥说，很稳的，比汽车都稳。奶奶说，要是跟你爷爷一起坐，我倒不怕的。他都没坐过，我也不坐。骏遥说，从天上看下来，那是不一样的，你不坐飞机，永远看不到这个景。奶奶你不是老说，你又要飞啦，飞到哪里啊？你也坐一次，我陪你，不行么？爸爸也帮腔，劝奶奶去。妈妈在厨房忙碌，插话说骏遥你索性帮奶奶办手续，飞到欧洲，或者美国玩一趟，你导游兼翻译。要不到台湾也行，奶奶是出生在民国的，那里有看头。奶奶还是摇头。克拉坐在沙发上，看他们说来说去，谁说话它就看谁。奶奶拽拽克拉的大耳朵，说，我哪里也不去，就陪着克拉。克拉听到它的名字，耳朵支棱起来。骏遥说，克拉，你说奶奶去不去玩？你做选择题：奶奶是去呢，还是不去呢？你说了算！克拉愣一愣，突然大叫一声，汪！骏遥笑道，它说了，去！

这些其实说了也是白说。奶奶很固执的。哪怕是孙子的插科打诨也说不动她。奶奶最后有点烦了，她突然红了眼眶说，我只想去一个地方，去陪你爷爷，我迟早要去的。她说，我听了他一辈子的，他留话让我镇上住住，这里住住，又留话叫我好好过，我都听他的。奶奶说我要去睡了，老头子要是托梦给我，让我坐飞机出去玩，我就去。

话说到这里，没法再劝她了。他们其实是担心奶奶一直走不出痛苦，怕她过不好。更怕哪天她真的做个梦，爷爷喊她去，那就不可收拾，奶奶是很迷信的。每个清明冬至，她都要烧很多纸，她认为这就是在给爷爷送钱。如果她真做了这样的梦，恐怕说都不会跟儿孙说，那就更可怕了。骏遥，还有他爸爸妈妈，其实都不绝对相信出去旅游有什么神奇的作用，恐怕潜意识里，还是觉得以前陪父母出去玩得太少，他们愿意在奶奶身上多尽一点心。第二天，爸爸问奶奶，妈，你昨夜做梦了吗？骏遥说，我倒是做了一个梦,爷爷叫我带你坐飞机出去玩。奶奶说,他有话怎么会不直接跟我说?告诉你们,我昨天没有梦见他。你们别想骗我。这个话题只能先翻过去了。骏遥突然心里很难过。爷爷曾说过他想坐一回飞机,可惜没有坐成。骏遥的钱包夹层里,一直悄悄藏着爷爷的一张小照,已经不知陪他飞了多少里程了。照片跟奶奶房间摆着的,是同一张底片,只是尺寸不一样。

有一回骏遥竟然梦到丽姐了。他们在陌生的马路上迎面碰见,她说,骏遥你好。你好么?骏遥说,还好。你呢?然后她微微一笑,就不见了。完全陌生的街道,不辨南北。梦见丽姐而没有梦见爷爷,这没有道理,爷爷多疼他啊。是因为看到克拉就想起了丽姐带回的那只金毛?好像不是。骏遥那次在省城待了半个月,差不多每天他跟奶奶都带着克拉去百家湖边遛遛。克拉很开心,但是它不说话。爷爷当年话也不多,只是笑眯眯地看着骏遥。爸爸妈妈都去上班了,骏遥跟奶奶常常沐浴在夕阳里,坐在湖边的长椅上,克拉就蹲在他们面前,看着他们俩。也许是因为童年时他曾和爷爷奶奶一起生活过好几年,他很享受这样的场景。奶奶也会唠叨,婚姻啊,工作啊,要吃好啊,但她的唠叨里只有怜爱,没有催逼和命令。但骏遥知道,这样的局面也是暂时的,他的工作永远歇不得脚,奶奶无可挽回地正在老去。一想起与爷爷诀别的场面,他的心像刀子在挖。他和爸爸俯在爷爷身上,他的手搂着爷爷脖子。爷爷半睁着眼,目光注视他,慢慢暗淡。示波器的曲线上蹿下跳着,突然就平了,一条直线在延伸,通向无尽岁月。爷爷的身子震了一下,好大的力量,然后就松弛了。这个场面平时被严密封存了,他不敢碰。但是在那个傍晚,坠落的丽姐躺在地面上,他的面前。围观的人大概觉得他是她家里的人,那一瞬间他确实也恍若她的家人。他伸手抚抚丽姐的脸,热的,那是血的热。她化了妆,残忍的美艳。可是脑袋不完整了,脸是歪的。他抽回沾血的手,拉她的袖子。胳膊软软的,好沉啊。你想不到纤纤素手竟有这么沉重。骏遥突然哭了。搂着爷爷时他号啕大哭,这时是无声的哭。毕竟还有区别。毕竟,他又长大了些。

他和丽姐属于萍水相逢。他依然在飘着,而她已消失不见。骏遥哪里能想到,他到欧洲的这次出差,会有如此的意外呢?

她香消玉殒,就在他的面前。救护车到来后,医生简单检查一下就宣布了她的离去。可是他在西班牙,马德里附近的一个古镇上,确实看见了她!他首先怀疑自己是看错了,黄昏,人很多,看错是有可能的。在那么多西方人当中,少数的亚洲面孔也许显得差不多。但是,那个女人,三十多岁,长发,端丽,实在是太像了啊。或者,她就是丽姐!

　　那天是四月初的某一天,西方的复活节,是庆祝耶稣被钉在十字架上,三天后复活的节日。那几天他在马德里附近的几个小镇游荡,有个小镇以出产刀剑和锅闻名。刀剑和锅一律锃亮闪光,锅也和刀剑一样挂在墙上卖。他不由得想起了老家那个镇子,锅和刀也是出名的,锅是铁锅,刀是菜刀,都是灰黑色的。厨房里锅铲碰响,奶奶在忙碌,腾腾热气中,爷爷在端菜。骏遥顿时痴了。这一天有太多的恍惚,上午他就发现除了一些挂着中文店招的小店还开着,几乎所有商店都关着门。但他没有深究,西方的节日又多又复杂,他当时还不知道这是什么日子。这个欧洲小镇是他的第三站,也是最后一站,刀剑和锅其实都只能隔着玻璃看,他看得津津有味。刀剑和锅,内在的关联是显然的:用刀剑打仗,抢来食物,然后煮了吃;我们的菜刀只是铁锅的配套用品而已。突然想起这个,肯定还是源于爷爷曾说过的见解,在他筷子还用不好老想去抓勺子的时候,爷爷告诉他,我们中国人用筷子是学的鸟——爷爷拿着筷子比画——外国人用刀叉是模仿野兽,他们是食肉动物……他走着神,走到小巷的拐角,面前豁然开朗,一个巨大的广场,无数的人。声音是有的,而且并不小,但是并不喧闹。在此后的回忆中,声音被滤去了,是一段无声的场面。

　　有几个男人穿着法袍,另有几个小伙子举着十字架,盛装的女人和活泼的孩子,漂亮的马和骑士。这显然是个仪式,人们的表情是郑重的,但也欢欣。所有人都穿得漂亮,仿佛他们都是主角。夕阳下的古街,色彩分明的头发和眼睛,艳丽的服装,绚烂热烈。没有声音。等到游行开始,清脆的马蹄声才成为唯一记得的伴音。

　　其实有人跟他说话的。一个四五岁的小男孩,金发,大大的蓝色眼睛。他拎着一个小花篮,里面是几个彩蛋。他抬头朝骏遥说:Felices Pascuas!小男孩拿起一个彩蛋朝上举起。骏遥蹲下身,摇手谢谢他。孩子的妈妈朝骏遥微微一笑,带着孩子走了。小男孩回头又说一句:Felices

Pascuas!骏遥朝他摆摆手，也说了一句。他的发音很纯正。小男孩怔了一下，突然咧嘴笑成一朵花，走远了。骏遥懂欧洲几个主要国家的语言，只要不说得很深，基本听不出口音。他见过世面，但他对中国的宗教也只是将信将疑，对西方的宗教节日也就是个知道而已。在自己的游历中巧遇复活节，他只是觉得开了眼界。

游行从广场开始，沿着最宽的一条小巷进发，骏遥有点好奇，不知道他们的终点在哪里。事实上，他没有跟到终点。尾随的人很多，有不少亚洲人。他们只是看客。骏遥拿着手机录视频，以备与家人分享，就在这时，取景框里出现了一个女人，那身姿是多么熟悉。丽姐！他差点就要喊出来，他从手机上移开视线，瞪大眼睛看着不远处的她。是她，是丽姐！他双腿发软，满脸惊讶，不，准确地说，是满脸惊恐。长发，端丽的侧影，窈窕的身姿，不是她是谁？

夕阳的余晖已然散去，房顶依然驳杂地亮着，小街蜿蜒起伏，地势高差很大。游行的人正在向下走，她也在向下走。他举着手机的手不自主地垂了下去，画框里是一片脚。等他感觉到自己手臂的存在，只觉得手很沉，像丽姐躺在他手臂上的时候那么沉。游行的队伍走得很快。他石化了一般站着，像水里的柱子。丽姐似乎回头看了他一眼，目光淡淡的，似有若无的友好。是陌生人的眼光，顶多是看见本族人的意思。骏遥嘴张了一下没敢喊。他赶紧往前几步，但街道两边不断有人汇进来，而且，道路此时已变成上坡了，不断有人挡住他，挡住他的路，更挡住他的视线。终于，他发现有好些人在看他，而他的视野里，那个丽姐，已再也找不到了。

队伍走远了。骏遥举起手机，点了一下屏幕，他录下了游行队伍的影子，这次经历的尾声。

刚才，他们相距那么近啊，再紧跑几步，就触手可及了。

怎么这么笨呢？他真是太急了。他应该保持举着手机的姿势，猛追几步靠近她身边，先把她录下来。那样，他肯定能录下她回眸淡淡一笑的样子，让他在此后追忆时，能有一个确凿的根据。可现在，除了他的记忆，没有任何东西能够证明他曾经的邂逅，甚至没有任何证据证明他在万里之外的异乡见过一个哪怕仅仅是长得相似的故友。他相信她一定住在附近，因为她身上连一个最简单的行李都没有,就是一副从家里出门来看热闹的样子。他改变了行程,第二天继续留在古镇,寻找他看见的丽姐。可惜,他没有找到。

从那一天开始的恍惚只能继续了。以致在旅馆里,奶奶把视频拨过来,他一时都没有反应。老欧洲的夜晚安静得要死,国内应该是下午。他看见了视频里,奶奶身后的窗户,阳光灿烂。因为逆光,奶奶的脸显得很黑。他请奶奶转个身,奶奶脸不那么黑了,但是苍老,白发和老人斑触目惊心。他已经打定主意,不和家里人在视频里说昨天的奇遇,因为一时说不清,而且,他自己也还稀里糊涂的,而且,他累,心累。他请奶奶去把克拉唤来,前几天跟家里视频,他就没看见它,奶奶说它不肯过来。今天奶奶说,你爸带它出去了。克拉不肯过来是常有的事,骏遥甚至上网查过,狗视力很一般,对手机上的图像完全没有兴趣;这会儿正是遛狗的时间,骏遥当然也觉得正常。他注意到奶奶脸上的一丝愁苦,但却没有觉察到她转瞬间的慌乱表情。

此后几天的旅程,他看景,更是看人。明知道他看见的丽姐并无可能在外地出现,但总还希望奇迹重现。他们迎面遇见,她说,骏遥你好!他就像在合租的客厅那样,回一声你好,然后呢?他说,你怎么在这儿?他不知道她会怎么回答。那段视频,人群中她的侧影,成了他的记忆中丽姐的最后图景,他疑惑,也很珍惜,至少,这段影像暂时或者永远取代了她躺在京城冰冷路面的样子。

他还没有想好,回国后他见到奶奶,还有爸爸妈妈,他要不要给他们看这段视频,要不要说起这段经历。此前他从未向家人说起过有室友跳楼,更没有提起过丽姐这个人。他明白他很难做到把这段视频仅仅当个海外奇谈来说。他觉得自己是有些奇怪的,明明父母是最亲的人,可是他最依恋的是爷爷奶奶;明明他有女友,而且就在欧洲,他本可以去看她,可他没有,倒是曾追寻一个叫丽姐的女人;明明他现在跟奶奶最亲,但他们视频时,他却也没有多少话说,倒是老问起克拉……他似乎真有点错乱了。十年前,他刚考上大学,爷爷奶奶还健康,爸爸妈妈还算年轻,那是他最快乐的时光。如果有可能,他真的愿意自己永远不长大,家人们也永不老去。但是,这怎么可能呢,空间可以变换,你可以东跑西颠,但哪怕存在时差,时间还是最残酷无情的。跟奶奶视频的时候,有时克拉也会跑过来,虽然它最大的兴趣也就是有一次在屏幕上舔了一下,但那一瞬间的画面还是让骏遥产生了截个图的冲动。但是克拉转眼就跑了。他只截了奶奶一个人的一张图。奶奶眯眼笑着,嘴半张,那是在说话。骏遥看着手机,突然心里战栗一下。爷爷的照片在他的钱包里。

他瞬间打定了主意,不给家人看那段游行的视频。什么也不说。手机里有无数他曾游历的美景,足够分享了。可以肯定的是,克拉对美景不会有兴趣,但它会缠着你要你跟它玩。他会抱着它在床上打滚,会不断地把小球扔出去,让它捡。但视频里克拉已经好久不出现了,那段古镇奇遇发生前后挺长时间,他都没有看见它。后来有一天,他又问起它,奶奶恼火地说,它就是不肯来啊!妈妈在边上提醒奶奶,把手机转过去。于是骏遥看到了他的金毛,克拉正趴在垫子上,眼睛都懒得抬一下的疲赖样子。骏遥喊它,它只把耳朵支棱了一下。

一个月后,骏遥回国了。他的手机里,有近千张照片,几十个视频。如果不是手机容量有限,肯定还会有更多。他希望奶奶会有兴趣。登机了,很多人大包小包在排队称重,骏遥想,我的手机满了,但它并不会增加重量。有一样东西他没有拍下来,那就是欧洲澄澈透明的空气,透明的空气谁也拍不出。就像爱,有时也是透明的。坐在飞机上,他心里只是有一点温润的兴奋,谈不上归心似箭。十几小时候后,他将降落,几天后,坐四个小时高铁,他就回家了。

与骏遥的视频通话,已经成为他们家的重要内容。时间不那么固定,因为骏遥实在是太忙了。他要加班,要出差,甚至经常要到国外,谁还忍心打搅他?现在的孩子真难啊,稳定称心的工作在哪里?房子又在哪里呢?可是儿子不愿意回来,哪怕他已经给儿子在省城找好工作。做父亲的私下里也有过抱怨,他爷爷这名字取得不好,骏遥,骏遥,可不就是要跑啊跑,奔跑不息么?当然这种抱怨他不会跟骏遥说,他跟父母话本就不多,回来了,也就是跟他奶奶说得多点,他们要了解儿子的情况,常常还要去问他奶奶。这一点,他很无奈,他和妻子能做的,就是在自己职业生涯的后期,尽可能地努力,争取能给儿子更多的支持,京城的房子,那是天价。

情感的关心当然也很重要。但是，他们之间不但有代沟，甚至有隔阂。这都是那几年妻子留学把儿子送到他爷爷奶奶那里造成的。冷不丁，儿子从三岁就长到八岁了——至少在每年只回国一趟的妻子眼里是这样吧？儿子亲口问过，你们能说出几个我小时候的朋友？你们知道我第一次跟别的小孩打架是为了什么事吗？——他们真的说不出。问题又何止这些呢？他和妻子都算事业有成，妻子因为有洋博士学位，更是干得风生水起，他们的说话方式骏遥难以接受，于是做父亲的尽量不说自己的事。他们觉得自己说话已经很注意了，不命令，只建议，但骏遥寄了本书来，还划了重点，书里说父母最好别说"我觉得你应该"或是"我建议什么什么"，而应该说"你觉得你是不是可以试试什么什么"——这有区别吗？有多大区别呢？

总之，沟通是不顺畅的，效果不好。他也在努力改变，妻子毕竟是骏遥的母亲，毕竟是她的出国深造直接导致了与儿子的分别，她的改变比他更有成效。这样也好，儿子跟奶奶聊聊家常，一起逗逗狗，与妻子说说他的工作，而他这个父亲只做个背后的支撑，这样的局面也蛮符合传统中国家庭的模式。

就是说，他的改变就是目前少跟儿子谈心，这样的改变有点无能，也很无奈。但他相信，血缘是这世界上最强大的力量，终有一天，也许仅仅是一件什么事，他将与儿子瞬间达成彼此的理解。也许，是等骏遥生了自己的孩子？可这要到什么时候呢？现在想这个，岂不是也有点婆婆妈妈了？

他很累。最操心的是骏遥的发展，还有母亲的健康。他的生活其实一直在改变，改变与儿子的沟通方式是主动的，另一些改变则完全无可奈何，不可阻挡。是的，他渐渐变老，妻子也不复往日容颜。他们的都有了白发，精力也大不如前了。以前不管多累，睡一觉就好，现在是累极了，浑身酸痛，却睡不着，第二天更累。这些，他还可以挺着。但父亲的离世却是猝不及防的。仅仅十四个月，亲切的父亲就化为一缕青烟，变成了墓碑上的名字。领到父亲的骨灰时，他捧着红袋子，热的，比体温更热，他蹲在地上哭得难以自抑。父亲安放在墓地的石匣子里，空着一点位子，那是给母亲留的。母亲的名字也已刻在墓碑上，只是还没有描黑。他每年都去扫墓，当年栽下的一棵小杨树又开始绽绿了。

骏遥无论多忙，清明节也都会去扫墓。他长大了，前些年还哭，这几年已经不哭了，只默默地烧纸，他嘴里有时会念叨什么。清明时不下雨就要刮风，听不清。但去年，骏遥又在念叨，那个清明的风忽东忽西，突然就吹来了他的话：……奶奶长寿快乐，爸爸妈妈身体健康……爷爷……听到这些话，他突然热泪盈眶。骏遥递来一包纸巾，说，烟太呛人了。

骏遥原本跪着，突然站起来，像是忽然间长大了。明眸皓齿的儿子，已经比自己高的儿子，胸肌饱满，前额的头发被烘焦了一点。他真的感觉到自己开始衰老了。给父亲看墓地的时候，他曾想过，自己以后魂归何处？但当时，实在是怕这个问题。他本能地躲闪。得知父亲的病情，知道一切都无可挽回，他心里想得最多的，是这个大家庭的柱子要塌了，一切都要改变了。待到父亲真的离去，最让他牵挂的，就是母亲。人终究是要一个个离去的，人能做的只是延缓。父母健在时，他从来没有想过自己也会死。即使理论上明白，但实际上并没有觉得威胁。父母是死神的防火墙。现在，这防火墙已经塌出一个缺口了，死神终将兵临城下。

但至少目前一切都已趋于稳定。母亲虽然话比父亲在的时候少，但至少骏遥还能让她笑起来。还有那只金毛，是骏遥提议要养的，名字也是他起的。克拉抱回来一个月，暑假结束，骏遥就去京城上学了。只一个月，克拉就已成了家里的一员。它跟母亲最亲，因为她每天遛它两次，喂食也是她的事。骏遥寒假再回来，大家才发现，克拉最亲的还是他。以前是决不许狗上床的，但骏遥带它睡；以前只给它狗粮吃，但骏遥喂它吃肉，吃饭，于是它从此再也不肯吃狗粮了。这些习惯一旦养成就改不掉，或许也能改掉的，但是谁忍心呢？骏遥把克拉惯得像个人，他回京城了，狗就跟着奶奶，也同吃同住，只是因为镇上的老房子不是木地板，总有点脏，奶奶不许它上床，摆块垫子让它睡在床边。

奶奶是离不开克拉了。她到省城，回老家，总是带着它。她还护短，偶尔它闯了祸，譬如把什么东西搞坏了，媳妇训斥它，它知道犯了错，会悻悻地自己跑到墙角，趴在地上不吭声。媳妇如果继续骂，奶奶就会说：好啦，你就当是我弄坏的，好了吧？它吃饭时一直来讨肉吃，站起来，扒桌边，一块一块地吃肉，媳妇有点烦，也有点舍不得，奶奶就会说：你就当我多吃了一块吧。

所以母亲在省城的时候，家里像是四个人，骏遥虽然在京城，甚至这次在国外出长差，他还是通过手机跟家里紧密相连。不需要骏遥开口，奶奶总会喊克拉过来，它不肯过来，奶奶也会把摄像头转一下，让它在骏遥眼前露个脸。夫妇俩坐在沙发上看电视，相视一笑。他倒没有被冷落的感觉，只觉得担子蛮重的，母亲的晚年，儿子的未来，他都要撑着。他是这个家庭的腰。

阴雨天狗由他遛，他怕母亲跌跤。克拉一般是优雅的，听话的，可是一旦遇到母狗，它就不听话了，绷着绳子使劲往前跑，好大的劲啊。第一次遇到这个情况，它猛一挣绳子，他的腰竟然被闪了一下。手一松，克拉竟然跑远了。当然他很快就把它追回来了，他忍受着母狗主人的埋怨，气喘吁吁地想：这个东西，还真是个累赘。

但他其实知道克拉在儿子和母亲心里的地位。有一天克拉生了病，他突然也明白了，克拉在自己心中的地位。先是母亲有一天遛狗回来，他发现克拉进门后地板上有血，原来是在外面戳破了脚。这本是个小事，涂涂百多邦，再给它穿上雨雪天穿的狗鞋，几天就好了。不知怎么的，后来它又不吃饭，老是躺在地上喘气，连出门溜达都不怎么愿意了。奶奶心疼，抱着它摩挲，突然她大叫一声：它这里长了个东西啊！

是淋巴癌，脖子那里一个瘤子，然后就变得越来越大。只好到宠物医院去，后来天天去，再后来直接住在那里了。

克拉戳破脚的事，骏遥是知道的。自己动手给它治好了，他还很得意，把克拉抱过来，举着前爪给骏遥看。后来克拉真的病了，家里人商量了，不说，不告诉骏遥。孩子刚去国外，何必让他分心呢？——他们当然也不知道，骏遥也有事情没有对他们说。也许，彼此间并非什么事情都说出来，这才是亲人吧。

自从养了克拉，他不得不懂得了一点"狗经"，知道除了一些特殊的病，狗也可能会生人的那些常见病，关节炎，糖尿病，高血压，甚至癌症。结局几乎也是一样的，那就是无力回天。狗一般能活十二岁，克拉八岁就得了这个病，你完全找不出原因，你只能尽量帮它，然后，看着它离开。

克拉刚生病时，病恹恹地趴在地上，眼巴巴地看着你，跟着你的活动转一下头；后来，经常躺着哀号，流泪，眼睛无神地看着虚空。最后一段日子，它留在医院里，他只能每天去看看它。不想让骏遥知道，其实是有难度的，但是只要用了心，也能做到。骏遥在国外，能看到的也就是视频，视频的时间是不确定的，于是，带它出去遛啦，到宠物店洗澡啦，都能成为它不出镜的理由，实在不行，还可以说它钻到床下了，就是不肯出来。开始的时候，他们只是不想告诉儿子克拉生病，并没有想到克拉会死，等到事情已无可挽回时，他们痛苦，但更难的是，他们怎么跟骏遥说，又或者是，不说。出差的骏遥终究是要回来的。

回国的时候已经是初夏了。骏遥飞了十几个小时，在京城略做休整，马上就乘高铁回家了。

南方已有些燠热。整个城市树木葱郁。骏遥自己拖着个小箱子，乘地铁，转公交回家。为了不让家里人接他，他故意不告诉他们车次。上大学时奶奶和爸爸曾接过他，可实际上是爸爸带着奶奶乘了一回地铁，地铁上的那些标志奶奶根本不会看，上下台阶奶奶也爬不动了，要人带一把手才行。那时候他就觉得，要赶快带奶奶出去玩，再晚奶奶就真的玩不动了。

省城满眼都是绿色，空气仿佛都带了点绿，虽不如欧洲那么清澈透明，但这里的空气更让他感到亲切，这是家的味道。离家越近他越熟悉，下了地铁，已完全是他少年时的领地了。他下车的车站就是他上中学时每天要乘的车站，路比以前平了，拖箱在地上滑得很顺溜。这是向晚时分，因为是休息日，路上并不拥挤。突然，他看见了一只狗，白色的牧羊犬，不是金毛。有人在遛狗了。奶奶会在遛狗吗？

遛狗的是个老太太，但不是奶奶。那老太太身边跟着个老头，正做着手势跟老太太说话，很一家之主的样子。虽然爷爷在时也经常在这里散步，但他跟奶奶一起遛狗这个场面却永远不可能出现，因为克拉是爷爷走后他们才养的。

骏遥站在树荫下，一时怔住了。离家已经很近，拐个弯就到了，周边都是老小区，路边都是老树，遍身苔藓。他上次在家还是去年元旦，树木凋敝，再来时已是绿荫如盖，树像是又长大很多。骏遥曾经在曲阜看到过唐朝、宋朝的树，树上的叶子还像是新的一样。爷爷去世已经八年了。

进了小区的门。拖箱轰隆隆的一路响过去。骏遥拎起拖箱上二楼。家门里早已有反应了。狗在叫，很威武的声音，带了胸腔共鸣。狗在扑门了，爪子抓得门唰啦啦响。他正犹豫着要不要掏出钥匙开门，门开了。他先听到奶奶在呵斥狗，然后，门开处，奶奶满脸是笑地迎了出来。乖乖回来啦！奶奶的身后是爸爸，他边上是拿着锅铲的妈妈。狗这时倒后退了，四爪踞地站着，看看这个，又看看那个，不知道怎么样才好的样子，喉咙里呜呜的声音流露出它的警惕甚至敌意。爸爸说，克拉，小主人回来咯，怎么还认生哩！他伸手接过骏遥的箱子说，你这一次时间长了，半年，克拉记性不好。在厨房里忙着的妈妈说，不是时间长了，是远了，你在京城总觉得不远，四小时就能回来，在国外，那可是一万公里，抱也抱不到，摸也摸不到。她说着，扬着锅铲跟骏遥抱了抱。锅铲上大概滴下了什么汁水，那狗低头在地上舔了起来。

　　奶奶和爸爸妈妈似乎都瘦了些，倒是狗胖了。它喜欢眯着眼，更显得眼睛小。这是只小眼睛的狗，骏遥到自己房间，它也跟过去，但是，它不往床上跳。这张床骏遥不在家时是空着的，它还没有学会往上跳。它虽然也叫克拉，但它不是克拉，这骏遥几乎一进门就知道了。天下的狗，即使品种一样，其实和人一样，长相都是有区别的。骏遥明白了，这家里死过一只狗，他的克拉死了，他曾经隐隐地认为跟爷爷有某种关系的克拉已经死了。他几乎立即就看见了这半年来家里的变故。他不知道是谁想出的主意，再抱一只看上去差不多的金毛来代替，总之，家里人是不想让远行的他伤心分心。好吧，那就不分心，也不问。它也叫克拉好了。于是他喊，克拉！

　　那只金毛确实认了是在喊它。它过来了。骏遥把从国外带来的礼物拿出来分给父母和奶奶。奶奶的帽子，妈妈的围巾，爸爸是两件衬衣；每人都有一些滋补品。连克拉也有，是一根橡胶的骨头，咬了会吱吱响。克拉被喊过来，对骨头嗅一嗅，不感兴趣。奶奶说，克拉你咬啊。克拉就是不咬。骏遥蹲下，示范着把骨头放在嘴里咬出声，又塞到克拉嘴里，两手摸着它的头让它咬，克拉头一抖，力气很大，把骨头甩出去了。爸爸苦笑。这时厨房传来了焦煳味，奶奶说，什么东西烧煳了！妈妈跑过去，立即关了火，说，骏遥回来我们都高兴得！连克拉都智商下降，不会玩玩具了。

　　饭桌上，奶奶问，欧洲好玩吗？你都晒黑了。骏遥说，好玩啊，跟我们中国完全不一样，吃过饭我把照片给你们看。奶奶哦了一声，往他碗里夹菜。奶奶想挑一块好肉，她眯着眼，夹了一块带着肥肉的，她眼神显然不行了。骏遥从小不吃肥肉，哪怕一点点也不行，但他没吱声，硬着头皮吃掉了。奶奶的心思全在他身上，只有他的事才能让她挂怀。骏遥知道，爸爸妈妈会跟他谈工作，谈发展，奶奶还会问他女朋友的事。果然饭后，奶奶把他喊到她的房间里，摸出一张卡，说又给他攒了五万块钱，让他抽空去银行转走。骏遥看着靠墙的桌子上，爷爷的照片，嗓子哽住了，不能说话，只嗯了一声。顶灯开着，灯光下，奶奶的白发触目惊心。这时妈妈来敲门了，她俏皮地说，我们能参加吗？我们还想分享欧洲之旅哩。不知道怎么的，骏遥这时只有一个念头，他就想带奶奶出去玩一次，欧洲，美国，澳大利亚新西兰，都行。奶奶对出国依然没有太大兴趣，对骏遥带回来的照片也是无可无不可的样子。骏遥搬来自己的笔记本电脑，把照片倒到U盘，他打算在电视上放照片，这样奶奶才能看清楚。电脑在工作，需要一段时间。骏遥突然说：奶奶你知道吗，这次我出去，遇到一件奇怪的事。

奶奶问：什么？

爸爸妈妈也饶有兴趣地看着他。骏遥说，我在马德里附近的一个小镇上，遇到了一个人。

奶奶问：哪个？

骏遥说，你们想不到。我也想不到。他说，那天有很多人，在看复活节。我无意间看见一个人，跟爷爷很像。简直一模一样！

爸爸妈妈瞪大了眼睛。奶奶说，你看见你爷爷了？在外国！

骏遥说，我不敢说就是爷爷，但实在太像了。他看看爷爷的照片，说，我跟过去，却跟丢了。我第二天又在附近找，找到他了。他开着一个饭馆，可是他不怎么会说中国话。

奶奶难以置信地看着骏遥，抓住了他的手。他不认识你吗？你说你是骏遥啊！

说了，我没看出他认识我。

爸爸妈妈看着骏遥。满脸的震惊、疑虑，如梦似幻的表情。一时间骏遥自己也有点恍惚。奶奶站起身，走到爷爷照片前，一言不发地看着他。克拉大概觉察到什么，跑进房间，不安地在窗前桌边转来转去。半晌，爸爸说，骏遥，你说那天是什么节日？复活节？骏遥说，是的，复活节。奶奶说，就是转世投胎的日子么？妈妈说，是的，耶稣复活。奶奶后退几步，跌坐在床上，喃喃地说，真的转世投胎了吗？

骏遥摸摸克拉的头。原先那只真正的克拉，它的皮毛比现在的这只更为柔软。你摸它，它会转过头舔你的手，但这只金毛不会。妈妈问，你当时没拍一张照片吗？骏遥说，没有拍到。第二天我去找，也没想到真还能遇到。遇到了，那个人不让拍。他直朝我摇手，好像听不懂中国话，是外国人，外国人不肯随便让人拍照的。

这样的解释令人将信将疑，但也不可验证。奶奶问，你记得那个地方吗？再去，还能找到吗？

原载《作家》2019年第1期

南翔

曹铁匠的小尖刀

一

周日一整天，曹木根都有点心神不宁。昨天接到老同学吴天放的电话，说是今天要带一个学者过来采访他。当时他正在维修附近桥梁工地送来的一把吊钳，即使摘掉手套依然两手灰污，几次划拉手机都没反应。接通之后他用肩颈夹着手机，再戴上手套，没好气地说，采访我？我有啥子好采访的哟！

老同学中气十足道，你不要做翘！人家是前两天特意跟我从深圳过来的教授，陆续采访了几个种麻的、做药的、搞桑蚕的，今天跟我讲起想采访一个铁匠，或者是木匠、篾匠、箍桶匠也可以。我头一个想起的就是你，跟他讲，我们初中时的一个老班长就是铁匠，当年在学堂里头，他的成绩比我好得多，考起试来，不仅是我，也是包括我们班花在内的集体抄袭对象。人家教授兴趣蛮大，昨日就想跟过来的。你周日不得关起铁匠铺子，还要生起火来，准备家什等着！

老同学的不由分说既令铁匠曹木根如芒刺在背，又让他稍觉安慰。

这种两极违和的谈话感觉，一直伴随两人一道初中毕业三十来年，且随着吴天放在南方的商威日渐壮大，越发彰显。亦即吴天放回来不找他，他心中会煎熬；若是找他，他又脚踩高跷，目光睥睨。

他最后回的一句话还是冷冷的，我一天到晚，忙得四脚朝天呢！

直到下午三时许，一声霸道的脆响从街口传来，曹木根一直绷紧的心思，骤然如江边解缆的船只，悄然松滑。不是天放这小子富贵还乡，哪一个过路客敢把喇叭摁得这般嚣张！

他赶紧扯过一条竹椅坐下，将年前女婿送的硬盒中华烟撕开一包放在当胸口袋里，又点燃一支，悠然地抽着，一边盼咐站在旁边的老婆去厨房烧水沏茶。

随着车声临近，便见一团白色轰然一声迎面冲了上来，猛然一个拐弯，便听一片尖叫，一辆宝马X5齐齐擦着台阶停在了屋檐下。副驾座上跳下一个中年男子，后座分别从两边下来一男一女，都是陌生面孔。很快的，吴天放这小子砰然一声关了驾驶门，旋风一般走到台阶下叫道，客人来了，泡了茶没？口干得很！未等回答，随即介绍，那个空留一缕长发盘绕在额头上的中年男子是孙教授，一男一女两个二十五六岁的青年学子，都是孙教授的研究生，男的叫欧阳，女的姓简。

接下来，吴天放是这样介绍的：曹木根，我两个从穿开裆裤就在一起，以前叫天福乡，现在叫天福镇。打从小学一年级开始，曹木根同学就是我的学习偶像，也是我的作业抄袭对象。读了初中，尤其是初二以后，他还是我的情敌——当然，我只是他的隐形情敌，无论是他，还是我暗恋的班花，根本不会把我这样的丑小鸭放在他们两个的眼缝里！

孙老师笑道，没想到吴总还是一个小屁孩时就情窦初开了，丑小鸭如今成了白天鹅了。

欧阳同学和小简同学更是笑得捂嘴不及。

曹木根蹙起两条浓眉嗔道，听他放肆编"天放夜谭"！铁匠有意将"天放"两个字念得很重。又道，他在班上从来就是一个编故事的高手，无人比得了哟。

孙老师赞道，那早应该来读我们中文系啊！不过少了一个作家，却多了一个企业家，于公于私，孰得孰失，还不好说啊。

吴天放做一声叹息道，可惜我们都是初中毕业就失学了，那时候，一方面受乡村以及家庭经济条件限制，另一方面也碰不到孙教授这样的好老师指点迷津，好多坎坷，好多颠簸，一头栽到又腥又臭的商海里，游的又是无师自通的狗刨式，几次呛水，差点淹死。

曹木根鄙夷道，没听过如蚁附膻吗？你还会嫌腥嫌臭！

嬉笑间，吴天放已经从随身的一只挎包里，抽出一个塑料袋放在椅子上了。

曹木根隐约瞥见那是两条中华烟，脸上就倏然涨红。老同学每次过来都会给他带点礼品，可是当着陌生老师和学生的面，让他有点尴尬。他不以为然道，你都三十多年不抄我的作业了，如此贿赂一个铁匠，你不怕禾田里吹喇叭，空响？

孙老师带着俩学生退后几步去看邻家铺子。

吴天放跟老同学耳语，给你的是软盒中华，有假包换。忽又涎着脸道，上面想抽的，跟下面想抽的不一样，软的比硬的好。

曹铁匠刚要反击，孙老师过来问，这条街恐怕就是你一家铁匠铺子了吧？

曹木根上来台阶道，是啊。整个县里十镇八乡不会剩下两个巴掌的铁匠，讲起什么家伙都能打的铁匠，恐怕也就是本人一个了。

孙老师连声赞曰：珍贵，珍贵！

曹木根顺着孙老师的目光，瞥见的是右侧一块灰蒙蒙的铁匾，是自家錾的一块铁牌，上有"曹铁匠"三字草书，已经生锈了。他心里生出几许懊恼，早知孙老师要来，那是要刮垢磨光的，起码也要用除锈剂洗刷一番才好哟。

二

谈讲间，曹铁匠老婆已经端了一个托盘出来，上面搁着热气腾腾的五杯绿茶。

吴天放端起一杯边看边嚷，孙老师过来吃茶，我们老班长家藏的茶看起来不怎么样，却都是上好的野茶树自己采摘、自家的锅盆加工的。

曹铁匠自矜道，那几棵躲在山角落里的野茶树，现如今怕只有我才能找得到。再过几年怕连我也进不去了，只有任其自生自灭了。

孙老师问，为什么？

曹铁匠答，以前都是家家户户上山砍柴，割茅草烧火，现在连烧煤的人都少了，烧液化气的多，山里的农户也早都迁出来了。山里没有住家，也没人上山砍柴，没人走的山路，很快就被野草灌木侵占了，先前的很多路都断了哟。

孙老师饶有兴致道，如果有可能，今后我倒是想跟你进山看看野茶树。孙老师又转身看两个学生，学生连连点头表示，太好了，山里摘得到野果子吃。

曹铁匠一努嘴，他老婆就麻利地在门口的雨棚下，支开一张折叠桌，布下几张塑料椅，一圈儿坐下。她又很快端出一个分格的漆器果盘，里面盛着杨梅干、李子干、酸筒杆（虎杖草）等自制的山果干，还有一盘新鲜的红心火龙果，也是自家园子里的。

孙老师一样尝了一撮，津津有味道，想起了小时候在家乡吃的零食，有些他们那里也有，譬如杨梅干、炒米糖之类。他们那里还有一种酸枣脯，新鲜酸枣滑如黏虫，难以入口。迄今为止，他都认为是他吃过的最酸的山果。

孙老师便谈起这回来的意图，他领着学生在做一个非虚构民间工匠的采集，可以称作"非非遗"写作。现在上上下下都重视非物质文化遗产，简称"非遗"，却还有很多没有列入各级非遗的匠艺，譬如散落在乡野的铁匠、篾匠、箍桶匠、油漆匠……没有引起足够的重视。正因为这些"非非遗"一不来钱，二不引起重视，所以比非遗式微得更快。

曹铁匠喉咙里响了一声道，《国风·邶风·式微》就有一首写的是："式微，式微！胡不归？微君之故，胡为乎中露！"这一句的意思是：天黑了，天黑了，为什么还不回家？如果不是为君主，何以还在露水中！

孙老师赞曰，我只知"式微"一词来源《诗经》，早不记得这首诗了！又环顾左右两个弟子问，你们知道出处吗？

两人均摇头，一起说：真不知道。

孙老师感叹，这下你们知道了吧？不要认为大学学堂的门槛有多么高！这么偏远的地方，这么一个平平常常的乡村铁匠铺，这么一位寂寂无闻的铁匠，能够背诵《诗经》，真正是野有遗贤人未知啊！

铁匠老婆这时才上来续水，插话道，我们家铁匠平时除了打铁，就是喜欢看书。你们去看看他的床头，堆满了各种书，尤其是旧书。一个收破烂的从门前过，他也要在一堆破烂里翻翻拣拣，要是有他看中的旧书，几块钱一本，甚至十几块钱一本，他连眉头都不皱一皱。

孙老师抬眼看看铁匠老婆问，曹师傅的太太风韵犹在，就是吴总说的当年的那一朵班花吧？

吴天放呵呵一乐道，我们曹班长有办法，班花被高一年级的人撬走了，他就回头采了一朵低一年级的班花，比同班上那一朵更水灵，更漂亮，更能干。

铁匠老婆就啐道，吴老板，你要骂我，就痛痛快快啐几声，莫要把针藏在袖子里戳人好啵！

吴天放便不管不顾，问一旁抽烟喝茶的曹铁匠，木根你讲一句实在话，眼前这个春梅跟班上那个桂秀比，哪一个更入得了你的色眼？

曹铁匠道，你能不能讲点正事？都是要奔公公婆婆辈去的人了，你还有那一份花花心思涂什么颜色呦！

孙老师担心采访中断，很快续上了话头。他做的这个"非非遗"采集的主要目的有二：一有为传统工艺鼓与呼的意思，希望引起全社会的重视，改善他们的现实处境；二是给现如今的学生多一些田野调查的示范与机会。先是做文字附带图片的，将来还会做影像记录，也就是做纪录片。

曹铁匠津津有味地嚼着茶叶末，很享受地往后一仰道，我觉得现在的日子就很好，平时想做就做，累了就歇息，不受约束，自由自在最宝贵。另外，传统工艺也不是谁想留就留得下来的，第一要看它还有没有用，也就是有没有人需要它，第二要看还有没有人愿意做，也就是讲，它来不来钱。

孙老师连连赞同，觉得曹师傅是他采集"非非遗"以来，碰到的最有思想又最能坚守的一位。难怪吴总极力推荐这位老同学，说是他推荐的一定差不了。

那我们就开始记录了，从你父母辈谈起，从你小时候谈起，扯得越远越好，细节越多越好。你讲的时候，我们尽量不打搅，免得录音插话过多。不过你放心，录音只是我们的写作素材。最后成型的东西都会给你看的，尤其时间、地点、人名以及技术细节，我们做的是非虚构，非虚构的"非非遗"，堪称"三非"。

俩学生一个拿出一支录音笔，一个开启手机的录像模式。

三

曹铁匠道，录音可以，录像就免了。我对影像心生不安，怕讲不出话来的。山里的麂子胆小，见到食盆子都怕是陷阱。

小简同学只好将手机收起。

曹木根其实不是本地人，他父亲在饥荒年头跟随他姐夫也就是木根的姑父，一路做手艺来到了江南。凭借姐夫兼做的木工手艺，父亲在一旁帮衬，不至于像有些一道出来的身无长技的老乡，他们只能以要饭或做苦工为生。就在天福这一带做木工的那两三个月，老实能干的父亲被一户人家相中做上门女婿，那家缺男户家境其实也很一般，但比他们安徽老家那个历史上出了名的穷乡僻壤，还是能敷衍一日三餐。经姐夫书信与家人沟通，居然也就同意了。父亲后来做到了天福铁木器材厂的厂长，盖因那时的农具，常常是铁器和木器并举，按现在的说法，也算复合型人才。父亲就是一个既能拉风箱，烧炉火，打犁锄，又能挖榫头、做水车、制房梁的能工巧匠，还能搞通用的机修。

那时节的厂子与宿舍几乎连在一起，四五排裸露的红砖宿舍依着缓坡而建。谁家吃了荤腥，尤其做了红烧肉，那是关严了门窗也遮掩不住。那股诱人的香气，不仅很快会惹来饿得叫都不愿意放声的狗，还会招来左邻右舍的毛伢子，他们会端着比脑袋小不多少的饭碗，一边扒饭，一边两眼骨碌骨碌盯着欲盖弥彰的门窗。这时候，做了好吃的主人就再也不好意思遮掩，打开门出来，端出一个肉少汤多的菜碗，给门前的毛伢子一人舀一调羹肉汤。如果有幸得到一二片指甲盖大小的肉片，那他们会连滋味都来不及在齿颊间稍做停留，便连同米饭风卷残云一般吞咽下去了。

木根可以骄傲地说，他家常常扮演的不是做乞食状的毛伢子，而是落落大方的施主。原因就在于父亲有一门木工主打，兼及其他的手艺。父亲的受人尊重，亦由此生发。父亲跟他们三姐弟讲过不止一次，积财千万，不如薄技在身。我当年如果不是背着刨子、凿子、锯子跟你姑父一路做活出来，那可能早就在老家的泡桐树下做了沤肥。这话给了木根的人生很深的影响。铁木厂成了木根从小最喜欢玩的去处——现在忆起，那是一个多么寒碜的小厂啊！一栋外墙布满青苔的锯齿形厂房，只怕还是民国年间的存留。里面有车床、刨床，也有铁匠炉、锯木机……各种机器的轰鸣，震人耳鼓，需要大声对着对方的耳朵讲话才能听见。

父亲就是在这样的嘈杂环境里工作年头太长了，从一头乌发干到两鬓斑白，几乎成了半聋。平时在家里讲话也是一个高音喇叭，他自己却一点也不知晓。

平时放学之后，木根都要到铁木厂来耍闹，他喜欢看车床上的削铁如泥，一圈圈的铁刨花瞬间就是一大堆；也喜欢看木工在一根根木头上绷直后一弹的墨线，然后送到大锯下"盖"开——这里人都将锯板子，讲成盖板子。他和同学们在里面疯闹，大人一般也不管。要么躲在堆积如山的木刨花里捉迷藏，要么投掷铁刨花。如果闹得过分了，父亲也会装模作样地呵斥他们出去。这样的呵斥通常不能起作用，除非他们自己觉得玩累了，尽兴了。不然疾言厉色很难将一伙顽童赶出厂门。

木根最迷恋的，还属铁匠炉前，无论是父亲操钳，还是其他工人在掌锤，他都饶有兴致。你想想，任一根槽钢、扁钢，抑或圆钢、螺纹钢，原本锈迹斑斑，毫不起眼，只要用钳子夹着伸进炉膛里烧那么几分钟——那是一膛怎样的炉火呀，像一条小河里沸腾着翻滚着流淌着无数的红心鸭蛋，再红彤彤地倏然抽出，放在铁毡上锤击，方圆由人，厚薄由人，利钝由人。淬火，复烧，再锤打……或斧，或刀，或铲，或锄，总归是一件称手可心的铁器很快就完成了。

虽是薄技，却是可以终生引以为豪的。

铁木厂既以集体的材料加工为主，也接收乡镇的零散客户。

回头来想，父亲给人家做出了满意的活计，对方感激的眼神，给木根留下的印象无声而持久。那是一次一次的叠加，犹如河滩边架起来一只底朝天的木船刷桐油，一遍一遍刷上去，阴干之后现出厚重的日辉月光的质地。

他崇拜父亲，虽然一次也没当父亲的面说过。

干了这一行，干了大半辈子，木根到底还是受了父亲以及一个早已不存的铁木厂的影响。

后来曹铁匠的儿子和儿子的同学又重演了少儿时的一幕，从小在铁木厂厮混。有一次他们调皮弄坏了车床皮带，曹铁匠大怒，收缴他们的东西，包括儿子的一把木制小尖刀，一起折断，儿子哭得上气不接下气，几天都没理爸爸。一周之后，曹铁匠送给儿子一把精心打制的小尖刀，如琢如磨，挽回了儿子开心的笑容。

曹铁匠在叙述这个成长的过程时，吴天放总想插话，意欲补充或表白，哪一个场面他是参与者，可做旁证。他的补白通常更具有谐谑的意味，譬如那个讨厌他们的龚铁匠，仗着自己岳丈是食品站站长，任何人都不放在眼里，常常把他们的木制刀枪收缴，甚至塞进炉膛烧了。他们就趁龚铁匠出去拉屎拉尿的空隙，几个人一排轮流朝铁匠炉里撒尿。当然这只是无用功，除了留下一股子转瞬即逝的尿臊气，无损一膛炉火雄心勃勃地绽放。

孙老师为了录音的完整性，以便事后交付速记员整理，并不希望他人插话过多，他自己也很少发问。直到曹铁匠停下喝水，他才问，你父亲做过一些什么难做的活儿，给你留下过难忘的记忆？

曹铁匠说，太多了，太多了。他太全能了，每一件东西从他手里出来都不一样，都可以讲是孤品，既实用又漂亮。只有你讲不出来的，没有他做不出来的。当然，他也碰到过难题。曹铁匠想起，有个镇上小学的赵老师，遗失了一把祖传大铁锁，十有八九是毛伢子不懂事，偷出去兑换麦芽糖吃了。走街串巷的货郎担见多识广，油嘴滑舌，哪里肯认！可怜了这老师的婆婆心念祖物，茶饭不思，卧床不起。经过赵老师的比画，父亲很快知道了这是一把船型老式铁锁，工余费了一些功夫，给他重新打制了一把一样尺寸的铁锁，连锁芯都是簇新的。赵老师的婆婆见锁之后，猛地坐起，硬是叫孙子搀扶到了铁木厂当面叩谢曹厂长。

孙老师问，你打铁这么多年了，什么东西最容易做，什么东西最难做？怎样来定义铁匠？

曹铁匠答，从我的角度看，最简单的就是打土钉子了，难度大一点的就是打夹钢的东西，要融化为一个整体再打薄。其实没有什么难的，你送材料来，告诉我想做什么，接下来就是我的事情了。满不满意，出来活了你再见高下！铁匠有广义狭义之分，我老爹在世时，做的就是全能铁匠，譬如车床工、模具工和翻砂工，都要用到，不然他怎么能做一把铁锁呢？再讲白一点，给我一块钢铁，你要什么我给你做什么，这就是广义的铁匠。

孙老师追问，那么狭义的铁匠呢？

曹铁匠嘴角一抽道，打打钉子，刀子，铲子，锄头，斧头……差不多了哟。

孙老师朝炉子那边看一眼道，我小时候是看过木匠、铁匠、篾匠和箍桶匠干活的，年头太久印象都模糊了，我的学生则无论来自城市还是乡村，几乎都没有这方面的记忆。能否劳烦曹师傅打一件铁器给我们看看全过程？这也是我们田野调查，或者说"非非遗"调查的一个好机会。

四

下午没有动火，不过生起来也是很快的。曹铁匠说着起身朝炉子走去，俩学生都雀跃跟随，小简机敏地打开了手机录像模式。

曹铁匠从炉旁抽了一把禾草，信手一团，塞进炉膛，擦着一根火苗，同时启动炉子左侧靠墙的一只鼓风机。便听得轰然一声，宛如女子宫腔的炉膛瞬间燃得透亮，随着风力增大，里面的煤一块一块叠加而透明、透亮。

孙老师问，用的是烟煤还是无烟煤？

曹铁匠答，烟煤，要六千五以上大卡才好，七千大卡更好。

他回头问俩学生，你们想看我打一件什么东西？

俩学生都没经验，不知如何回答。

孙老师道，打一把镰刀吧？他们估计连镰刀都没见过呢！

曹铁匠摇头，打镰刀太简单了。

孙老师忽问，镰刀带齿吗？

曹铁匠从成品架上抽出一把镰刀问，你看看带不带齿？

孙老师用指甲刮刮刀刃道，哦，是带齿的。

曹铁匠道，南方割稻子的镰刀都带齿。我们这里种一季稻子，一季麦子，都用这种带齿的镰刀。北方就不好说了，好像他们割麦子用的镰刀不带齿的。

孙老师击掌道，你这个解决了我的一个疑难，我们大学同学群里，有几个还是农村考出来的，都在争执割稻子的镰刀带不带齿！年代久远，容易选择性失忆，伤疤也当玫瑰花！你看看我的手指头，小学三四年级学校组织去割稻子，将手指都割破了。

孙老师一边说，一边将左手无名指的指头出示跟众人看。他甚至有一些愤愤然道，我说了割稻子的镰刀是带齿的，可是那个农村来的老同学硬说不带齿，弄得我也不敢肯定了，我不会是老年痴呆初期吧？

他那唾沫四溅的激动，真恨不得老同学此刻就在面前，一雪此前无裁判难决胜负的憋屈。

吴天放上来道，有一个深圳画院的画家，也是我朋友，要收购大批镰刀，我原本还以为可以给老同学揽一件活儿，没想到画家要的是旧镰刀，即使打出新镰刀人家也要统统拿去做旧，弄得锈迹斑斑，讲是做行为艺术还是装置艺术。搞不得啊！我们曹家打的每一件家伙既是实用品，也是艺术品。你给再多钱也不能给你打，你可以到网上去买那种流水线上生产的镰刀嘛，况且你也给不了好多钱！

说话间，曹铁匠从一大堆铁件里，抽出一根20厘米左右的螺纹钢，眉头微蹙道，我来打一件东西吧。又指着吴天放说，到底是老同学，时时想着回家来访贫问苦。不仅让我的一亩三分地种上了你们深圳才享受得到的时尚水果，还不时介绍一些铁器活儿给我，今年年初，叫我打了两只铁碗，一只五千块。是你们深圳大梅沙游艇会的朋友要的。我跟天放讲，以后有这等好事多介绍一些来，我可以给你三七开。话兜回来，人家吴总在深圳、东莞，有工厂有豪宅有靓车，哪里看得起我给他的三，给他七也未必看得上哟！

孙老师愣了一下道，是吗，我看见……吴天放暗中捏了一下他的肩胛，随后拍了一下他的背道，以后孙老师也会给你介绍业务的，他的路子宽哦。

曹铁匠用火钳夹着螺纹钢送入炉膛，烧得通红取出两面锤打，复烧，复打，淬火之后，再打、削、磨……便见他的脑门上摔下了一粒一粒的汗珠。

吴天放贴近他的耳朵问，为何放着空气锤不用？

他答，就是想让你带来的老师和学生，看一看最本色的打铁方式。

一根生锈的螺纹钢，眼见得在曹铁匠的手中，在火红的炉膛里，在冰冷的铁毡上，在沁凉的水桶里……该扁的扁，该圆的圆，该尖的尖，最后出现的是一把比巴掌略长的小尖刀，上面还做了三个圆环把手。

这把闪耀着幽蓝色微光的小尖刀由曹铁匠传给天放，天放传给孙老师，又被欧阳同学和简同学手里把玩着。

孙老师啧啧道，这么短的时间，完全手工制作，你们看这把刀的两条刃，简直像拷贝出来的兄弟，觉不出有任何差别。这三个环也真是圆，如同圆规划出来的，左右两个小环又是一对孪生兄弟。这就是老铁匠的功夫，光是这把小尖刀的工艺，要我往死里学三个月，三年，恐怕也只能交白卷！

听到孙老师的夸赞，曹铁匠的一撮浓眉猛地一弹。他撩起洗不净的灰色T恤擦擦额头道，做什么事情，一是要喜欢，二是要做出年头来。熟能生巧罢了，只要做够年头，你们都行，没什么稀奇的。跟当老师年头久了，教书教得好，是一个道理。常将有日思无日，莫待无时思有时。

俩学生对这把钢蓝色的小尖刀也爱不释手。

欧阳握着刀做武士状。

小简拿过去道，挂在墙上做装饰也真是不错，可以避邪啊。

欧阳复夺回道，你们女生小时候喜欢芭比娃娃，现在喜欢蒙奇奇，怎么会想到将一把小尖刀挂在墙上呢！

小简不服气道，我看现在不少男生也在议论女足，追着看女足世界杯预选赛呢！谁讲女生就不能玩小尖刀了？

孙老师见曹铁匠两眼发直，若有所思，指间一截长长的烟灰忘了弹，无声地坍塌了。

吴天放也见出了老同学的失神，提议收拾一下，找个地方吃晚饭。

五

曹铁匠这才回过神来道，到哪里吃，都不如在我家吃得放心适意！蔬菜是自己地里种的，腊肉是自家柴火熏的，鸡鸭也是沟渠边放养的，从小吃的是蚯蚓和田螺。

孙老师连声叫好，说现在在深圳吃饭，最放心的地方并非大酒店，而是各单位自己的小食堂。那些小食堂也没法比曹师傅家的鼎罐土灶，尤其食材正宗，这才真叫从源头抓起。

曹铁匠听了夸赞，眉头舒展，笑容满面。便道，现在还有时间，带你们到我园子里去看看。

于是一行人走过当街的铁匠铺，进去一个大客厅，再穿过厨房，到了后院。后院紧邻曹家的菜园和果园，果园那边还有一口水塘。菜园里瓜棚豆架，南瓜、冬瓜、苦瓜、黄瓜、豇豆……应季菜蔬皆叶片绿、茎条肥。穿棚蛱蝶与蜜蜂，忙忙碌碌，嗡嗡嘤嘤。到了果园，李子、青枣、桃子、草莓以及火龙果……或青涩，或成熟，色彩诱人。

孙老师赞曰，真是一个百果园啊！

小简哇啦哇啦地叫着，赶紧打开手机美图秀秀，先是抿嘴挤眼，揽"机"自照，很快又交给欧阳，让他当摄影师。

曹铁匠介绍道，现在还不是水果集中下市的季节，譬如青枣，下果在年底年初那三个月，一棵树多的能摘好几百斤！扭头朝吴天放一送嘴道，还不都是我们吴总富贵还乡，不忘老同学的水深火热呗！这些青枣啊，火龙果啊，百香果啊……苗子都是他给的优良品种，接下来还要我试种莲雾、山竹呦。

孙老师道，那你还真要雇两个帮手才行，不然前门打铁，后院种果，还有养殖，哪里忙得过来！

曹铁匠说，是哦。菜园果园我老婆打理得多，年纪一大，也喊吃不消了，腰酸背痛。

孙老师问，曹师傅的孩子呢？你讲到过有个儿子，在外上学还是工作了？

吴天放想将话题岔开，终未来得及，只道，老曹女儿在县城上班，前两年出嫁了，长得好漂亮啊，都讲像林志玲。

曹铁匠补充道，儿子，走了，都三年了。

孙老师不解道，走了？

曹铁匠道，白血病，走的。

孙老师追问，去过北京、上海等大医院求医吗？现在的定义，癌症只是慢性病。

曹铁匠后悔道，去过上海，也想过做骨髓移植……最后不该放弃的，嗨。

三人回到后屋檐的高台上，这里搭了一个遮阳篷，棚子下支着桌椅。曹铁匠道，晚饭就在这里吃，既凉快，又可以欣赏田园风光。

说是上厨房盯一下饭菜，曹铁匠到厨房去了。

吴天放这才告诉孙老师，三年前，曹木根的儿子刚刚二十出头，从发现到去世，不到半年，也考虑过骨髓移植，因医生意见不一致，且要花一大笔钱，他就放弃了，以后却一直后悔，人都有些恍惚。那时节，我都在召集班上同学为他募捐了。我们班上在深圳、东莞的有好几个，都有实业。讲他要强也好，要面子也好，硬是不肯……嗨，儿子的夭亡对曹铁匠两口子打击很大。尤其是当爸爸的，常常看着儿子的照片和遗物默默落泪。他老婆说，老曹打铁的时候，有时把火钳或煤铲放进去烧，烧化了自己也不晓得。也不爱与人交流，老缩在一个角落里抽烟，一抽一地的烟蒂，自言自语痛恨自己没给儿子做骨髓移植，起码应该试一试。其实，当时大医院医生说，他儿子的白血病做骨髓移植效果不大好，况且，配型也不理想，无论是他的还是女儿的配型。老婆怀疑他得了抑郁症，很是担心……

孙老师哦了一声道，他好在还有一个女儿？抑郁症最需与外面接触，你没想办法带他出去？

吴天放道，曹木根原本不是一个内向的人，他前半生有三次出去的机会，都被他放弃了。一是八十年代他在镇里中学高中毕业，那时候我到县城读高中去了，以他的成绩，上个大学尤其师专之类，毫无问题，正逢他爸爸从铁木厂退休，他一犹豫，放弃高考，顶职进了铁木厂。二是九十年代，他结婚不久，妻舅在外面承包大小工程，需要帮手，也看中他的手艺，叫他出去搭把手，他不习惯妻舅的为人处世，说人家颐指气使，其实就是心气高傲，又没去。三是2000年之后，我在东莞、深圳一带打工，后来也算偷师学艺，自己出来办了一个电子元件厂，主要做压敏电阻，现在供应的大客户有三星、公牛，我诚邀他出山，以年龄论，这应该是他最后的机会了，他想了想，又放弃了。嗨，孙老师呃，我也不讲自己是不是成功人士，只能说终于改变了自己原先一穷二白的命运。你讲我比他聪明吗？差得远呢！是他一步不踩点，步步不跟趟。还是固执的性格阻止了一个聪明人走出来啊！刚才打铁的时候，讲到年初深圳大梅沙游艇会的人五千块钱买两只铁碗，人家只是讲讲而已，是我出钱买的，但不能给他讲透，他太要强了。

孙老师道，我就说好像在你办公室看到过两只铁碗呢。要强与要面子，常常互为表里，你还真是时时处处在帮助这个没有走出来的老同学呢！

吴天放双手一摊道，没走出来未必是坏事。乡镇里的人如果都跑出去了，哪个来种田？哪个来种树？就像我们今天回来，你哪里采访得到老铁匠？哪里能看得到这么漂亮的菜园和果园？我在深圳也常常想，我们出来就都对吗？他们不出来就都错吗？或者，出来也对，留下也对？

孙老师道，经你这么一分析，我还真不知道该劝他跟你出去，还是与你背道而驰，留守乡镇？

吴天放哈哈一乐道，只能讲都需要，该走的留不了，该留的走不脱。

六

正说笑间，曹铁匠提着一只红色塑料桶出来了，里面盛着洗净的碗筷。他后面的厨房袅袅地飘来腊肉的香气。两人帮曹铁匠将碗筷摆好，孙老师便招呼两个在园子里拍得尽兴的学生过来吃饭。曹铁匠的老婆提了两个大大的食盒上来：粉蒸排骨、梅菜扣肉、辣子鸡、豆豉腊肉、蒜蓉菜心、南瓜花、红薯叶……曹铁匠于是斟酒，也是自家酿的高度谷酒。曹铁匠道，是自家甑酿的谷酒，一滴一滴蒸馏出来的，铁定绿色，环保，卫生，健康。

俩学生过来，已是汗湿沾背，意犹未尽，一个手里托着李子，一个手里比画着小尖刀，说是用这柄小尖刀采摘的果子。

欧阳并未坐下，大啖一块肉，再饮一口酒后踮脚道，曹师傅，我和简同学都看中了这把小尖刀。你再给打一把呗，我们一起买了。

曹铁匠刚把酒杯端起，脸忽然一沉道，连连摆手道，不行，不行，什么都可以给你们打，就是这把小尖刀，不行。

简同学偏着头道，为什么？你怕我们拿出去犯事吗？

曹铁匠两眼空虚地望着远方，自言自语道，给你们打剪刀、菜刀、柴刀，都行，就是小尖刀，不行，一把都不能从这里带走……我这三年都没有给任何客户打过小尖刀了。

众人都有一些尴尬，吴天放赶紧把话题引开了。

饭后，夕阳西坠，漫天云霞。

孙老师与曹铁匠握别前，两人互加了微信。孙老师说，还有一些未完的采访，估计要借助电话或微信完成，当然也不排除再来。

曹铁匠客气道，河鱼跑到沟渠里来，欢迎哟。

上车后，俩学生在后座嘻嘻哈哈地翻看手机里的照片，一个说，我认为照得好的，你都不喜欢。一个说，我不喜欢的，肯定就是没照好。一个说，我想把你照成大妈，一不留神都照成了姑娘。一个说，我想把你照成小偷，一不小心都照成了君子。

迎着落日开车，吴天放戴上了墨镜，将刚抽了两口的烟随手掷出窗外。

孙老师道，你尽快找一张他儿子的照片给我，我采访过一个做铁板浮雕的郭师傅，他敲的铁板浮雕人物栩栩如生。我会叫他敲一幅曹铁匠儿子的肖像，儿子肖像一定要配一把铮亮的小尖刀。

吴天放道，好啊，发生的费用，都算在我天放头上……一语未了，哽住了。

原载《芙蓉》2019年第5期

温亚军

彼岸是岸

几天前，在微信上看有人写徐岳老师的文章里，提到我们公社的宋建福当年曾向他推荐过几个文学青年，其中有我的表哥江晓河。徐岳老师曾是另一个公社中学的语文老师，酷爱文学，业余时间全用在创作上，成就越来越大，先是从中学到县文化馆，再到省城。宋建福向他推荐文学青年时，他已是省里文学杂志的主编了。

宋建福当时是我们公社的书记，中等个头，身形微胖，大背头梳得一丝不苟，与他身份相称的是满脸严肃，见谁都一副公事公办的派头。他垂怜过文学青年，令人难以置信。我给徐岳老师发微信，不能直接质疑宋建福怎么会垂怜文学青年，只能问这个人现在状况如何。徐岳老师已年届八十，与我未曾谋面，可他还保持着当年为文学青年铺路架桥的热忱，用当下的话说，初心不改。他当即给我回复，他调到省里工作后，慢慢地与宋建福断了联系，但他可以马上托人打听宋建福的下落。我连忙制止，语气上已经失态。如果打听到宋建福本人，而他根本不知道有我这么个人，那多尴尬。

说起与宋建福的接触，仅限于开大会时，他在台上讲话，我站在学生堆里听的份。那时候大会特别多，为凑人数，经常拉学生来充数。会场在公社隔壁唱戏的院子。主席台当然在戏楼上，下面参加会议的成年人自带凳子，学生统一站着听会。因为我们大队的初中撤销，初中二年级我转到了公社中学，自然成了参会的成员。只是，会议的内容一直没搞清楚过，但对于台上讲话的人，心里发怵，都不敢正眼看一下。

转到公社中学后，我住在父亲那里。父亲当时在公社的一家企业当会计，有半间宿舍，十平方米的样子，给我加了张床，屋子显得更拥挤，我却感到幸福至极，比住学生宿舍的大通铺强百倍。更重要的是，不住在学校，不用上晚自习，而且，父亲偶尔还带我去公社二楼的小会议室看电视。整个公社驻地只有这一台电视机，看的人却不多，因为大多数人晚上都回家了，只剩下公社院子的几户人家。能住在公社院子的这些人家，毫无疑问都是公社的"高层"了，他们看电视名正言顺。我与父亲像是外来的闯入者，在那种氛围中显得多余，尤其是父亲，每次我提出去看电视，他先是沉默一会，似乎沉默是他积攒勇气的一个过程，等鼓足了勇气，才带我去一次。所以，我们父子不是经常去公社看电视的。仅有的几次，都能见到宋建福书记，他像开会那样坐在前排正中位置，表情依然严肃，不像是在看电视——甭管电视内容有多轻松愉悦，台词有多幽默好玩，大家都跟着笑出声来，也没见他和大家一起笑过。都晚上了，他还没卸下公社书记的面孔。大概一种身份久了，与之配套的神情也被确定和固定，不太容易发生变化了吧。在他身旁，坐着不同的人，有时是他老婆，也有公社的其他干部，经常坐在他身旁的是他的女儿宋嘉玲（好像是这个名字），她也上初中，不过她上驻地的国企子弟学校，教学质量与硬件设施，与我们公社中学有着天壤之别。

宋嘉玲长得一点都不像她父亲，身材苗条，面庞白净俊俏，尤其是一双大眼睛，会说话似的，从她的眼神里我能看到："凭什么你也来我们公社看电视！"父亲肯定也看到了。可能父亲比我更敏感一些，或者是他所领略的来自成年人间的内容更为曲折和尖锐。后来，父亲不愿带我一起去公社看电视了。

上到初三最后一学期，我对考高中不抱一丝希望，便提出退学。起初父亲不同意，他对我的未来大概还怀揣着明亮的期待，继续上学，才能够达到那份明亮。我比父亲想象的要执拗，我的坚持使父亲终于同意我辍学。不久，父亲给我找到一份临时工，是装卸工，虽是体力活，可比农活轻省多了，每天能挣一块四毛五分钱，对于十四岁的我来说，已经很知足了。只是，除了每天中午到父亲单位吃饭，晚上还得走十几里山路回家睡觉。我在父亲单位宿舍的那个床位，归了表哥江晓河。表哥像藏在父亲的门后面等着似的，我刚辍学，他就搬了进来。表哥在徐岳老师所在的那个中学读高中，已连续两年高考失利，学校不再让他复读，他只好来我们公社中学办的高考加灶班。这个班类似于现在的课外辅导班，当然没有现在课外班那么高昂的费用，老师也并不很卖力，不然依那时的生活条件，就算很多人有考大学的雄心壮志，肯一而再、再而三，有至死方休的劲头也是扛不住的。学校不提供吃住，备战高考又不能把整日的时间置于奔波的途中，表哥是我父亲的亲外甥，理直气壮地住进来，对此我没半句怨言，也不能有怨言。表哥两三岁便死了母亲，是我奶奶把他带到我家养到上小学的年龄，他才回自己家。不过，他经常逃学跑很远的路来我们家，好像是错了位，他的家不是他的家，我们家才是。他逃离的，是冷漠和束缚；奔向的，是亲情和温暖。打我懂事起就看到一个场景：奶奶拿根烧火棍颠着小脚，将表哥赶回去上学，奶奶半道返回后，坐在院子的石头上放声大哭，哭过还要发半天的呆，跟割舍了什么极其珍视的东西似的。奶奶的举动吓得我们后来看到表哥都远远地躲开。

  我与表哥谈不上有什么感情。但他对我辍学感到惋惜，只要说到这个话题，他的情绪便有些激动，与我父亲针锋相对，说话的声调一点都不像晚辈。那个拿着烧火棍的奶奶早已作古，逃学的表哥已成大人，他身形高大，足有一米八几，戴副近视镜，文质彬彬，除了在讨论是非对错的问题上对我父亲嗓门大之外，看上去就是个没出校门的羞涩学生。他对我极其友好，给我做好吃的，而且不吝啬钱，但他看上去不像是讨好我，也没有鸠占鹊巢的愧疚之意。慢慢地，趁父亲回家时，他邀我晚上不要回家，给我在电炉上做好吃的，其实就是些家常便饭。物质还匮乏的年代，以能吃饱肚子为准，稍再有些变化，都是可以列入"好吃的"种类。我的心思并不在吃上，而是被他的谈吐、具有远大抱负的言谈所吸引。他对我说，他一定能考上北大、清华，除非是这两所大学录取，别的考取了他也不会去上，省内的名校他连志愿都不填的。他激励我，不要满足于当眼前的装卸工，一定要出去闯荡一番。我已自断前程，无处去闯，就算内心偶尔会激起一丝关乎前程的希望的火苗,也是微弱不堪,我要在多么沉静的状态下才能有所感觉?在表哥的教导下,我也像父亲一样越来越沉默。表哥看出了我的无趣,便带我出去走走。也没什么地方可去,夜色那么凝重,不是繁华之地,做不到每几步就有路灯照耀,把夜色比淡下去。国企生活区原来倒是有个露天电影场,一到放电影时间,黑压压一片人,银幕上锣鼓喧天,银幕下欢声笑语。后来礼堂盖起来了,电影进了礼堂,本作为生活里有情调的一件事,变成了收费的。表哥语气豪迈,囊内羞涩,我虽然每月能挣三四十块钱,可都是父亲领取,我基本身无分文。看电影成了我们可望而不可即的事。返回到公社所在地,唯一的供销社大门比死人的嘴关得还严实,没一点光从黑暗中泄露出来。无处可去,又不愿回屋听表哥无休止地高谈阔论——他的言论让我陷入深深的茫然中,就好像要从河水中打捞东西,但你没有任何工具,甚至,你不知道茫茫水面上,那些漂浮物里哪个才是自己想要的。

突然想起,好久没去公社看电视了。

看电视不用花钱,却要看脸色。没有父亲的陪伴,我一个人是绝不敢进公社那个院子的,更别说进那个有电视的小会议室了。表哥显然比父亲要勇敢,他听了我的介绍,说了句"这么好的事为啥不早说",领着我进了公社的二楼。

表哥比我想象的还要厉害,他一点都不怯场,推开门就进,而且,他径直向前排最好的位置走去。我一看急了,赶紧去拉表哥,瘦小的我被表哥轻易甩脱,眼看他要坐在宋建福书记身边的空位子上了,我的心已跳到嗓子眼。这时,一个红色的身影从后面冲来,闪过我也超过表哥,抢先一步稳坐了宋书记身旁的位置。表哥刹不住脚,差点坐到那人身上,惊得宋书记跳起来,一把拦住表哥,才护住他的女儿。

宋书记并没恼火,望着人高马大的表哥,轻声说道:"这里有人坐,你到后边吧,那里有很多空位子。"

我冲过去趁机拉了表哥一把,我们回到后面坐下。那天晚上看的什么节目,一点都没记住,只记住了表哥一言不发,与其说,表哥死死地盯着电视屏幕,还不如说是盯着宋书记女儿宋嘉玲的后脑勺,发了两个多小时的呆。

直到电视节目结束散场，我才将半痴半呆的表哥拉离会议室。在回去的路上，黑得很彻底的夜色中，根本看不清表哥的神态，他却冷不丁问我，那个穿红衣服的女人是谁？我想都没想就回答他，当然是宋书记的女儿宋嘉玲了。

"她看我的眼神不对。"表哥在黑暗中说。

待走出公社院子，我才小声对表哥说："当然看咱眼神不对了，那是他们公社的电视。咱啥也不是。"我没说，连我父亲都有点发怵进到这里来看电视。

表哥说："老弟，你今年十四岁吧？你不懂。"

我的确不懂。我很敏感，十四岁正是敏感的年龄，对表哥的这句话，我认为是他对我的轻视，甚至蔑视。我都能凭双手挣钱，替父母分担生活的压力了，表哥比我大四五岁，个头也比我高许多，却依旧要姑父供养着，一年又一年地复读，无视以他的能力无法触及的现实，做着清华、北大的美梦，就这么眼高手低、一年又一年地落榜，一点长进都没有。

自那晚去公社看了回电视，表哥像换个人，不再是一副雄心勃勃的样子，做什么都心不在焉，别说补课学习，连对我都无心搭理，我怎么在他眼前晃荡，他也只是茫然的目光闪过去，再也听不到他亢奋、激动的阔论了。有一次，姑父骑辆破自行车，一头汗水地来给表哥送钱，表哥接过钱看都不看，随便往床铺下一塞，对姑父爱理不理。我看着心里不舒服，拉姑父坐下，给他倒了杯水。姑父双手捧着那杯水，没喝一口，泪水却默默地涌了出来，没坐一会儿，他借故有事，急匆匆地走了。

那一刻，我对表哥有了看法。可以看出，表哥对我也失去了热情。那些天，正赶上装卸队换了领导，对我干活没有异议，却对我的年龄产生了严重质疑。我报的是十八岁，与实际年龄相差有点大，当时也没有身份证户口本之类来证明，新领导有新观念，怕承担雇用童工的责任，要辞退我。我的情绪极其低落，哪有心思理会表哥。父亲去找了装卸队新领导，也无济于事。还是一个开车的司机动了恻隐之心，在国企的一个车间给我找了份临时工，工钱每天还是一块四毛五，活还比装卸工轻，是给钢管除锈，粉尘比较大，干久了容易呼吸道感染，好多人不愿意干。我没有选择的概念（也没有选择的权利），欣然前往，想着只要能有事做，能挣着钱，别的都不在乎。只是，这个车间远离生活区，十几里的路程，我没有自行车，中午再不能到父亲那里去吃饭，每天只能从家里带些饼子充当午饭。与表哥自然接触得少了，偶尔从父亲那里听到一两句表哥的情况，语气里能听出父亲对他这个外甥也是有看法的，一个快二十岁的大小伙，不自食其力，还让家里供养着，整天做不着边际的梦……我以为父亲说的表哥不着边际，是指非考取北大、清华不可。多年之后，我才明白父亲指的不是这个。

次年七月，表哥第三次参加了高考，结果早已料到，别说北大、清华，连地区师范的分数线都没达到。失利之后，表哥依然在我父亲那里住着，他不愿回家。表哥本来对姑父的感情就没那么深厚，要不然也不会从上小学就开始逃课往我家跑。前些年姑父再娶，还生了个女儿，表哥对那个家更心生怨恨，尤其不认继母，她做的饭坚决不吃，宁愿吃自己做的半生不熟的饭食，这也是他一心想要考取大学远走高飞的主要原因。但心高没用，表哥照样挤不过千军万马要过的那根独木桥。

表哥不再复读，姑父给送的生活费明显少了。我父亲把表哥推荐给我原来干过的那个装卸队。表哥的身高、年龄让队长无法挑剔，只是表哥干了不到一月，便自己辞了，说他不能把青春浪费在这种地方。我父亲很生气，说了他几句，他便卷起铺盖径自走了。除了我父亲那儿，表哥没地方可去，最后只得回那个他不喜欢的家。不知回到家里的表哥是怎么生活的，只听说他在家待不住，仗着读过高中，参加过三次高考，算是有文化的人，他崇尚知识，要依靠科学技术发家致富。表哥买了几本种植葡萄的书，钻研一个冬天，开春后将自家地里的麦苗铲掉，挖坑栽种葡萄树。买果树苗没有资金，表哥到处借钱，自然少不了跟我父亲借。有次，父亲与母亲吵架，我才听出父亲偷偷借了钱给表哥。这笔钱被母亲预测对了，果然打了水漂，表哥从书本里学的栽培技术，与现实一点都不相符，他的葡萄树苗死的多，仅活着的几株也叫虫吃光了叶子。像他的高考路没走通一样，表哥靠种植葡萄来致富的路照样走不通。

自从奶奶过世后，表哥很少来我们家，逢年过节也不见他来，给我家拜年的，倒是表哥的继母，我们也叫她姑，只是不觉得亲，每次姑父不一定来，她却不落一点礼节，与我父母相处得也很好。这个姑一点都不像人们常说的那种狠毒、自私的后妈,她善良、热情、通情达理,从没听她说过表哥的不是。我父母问到表哥,她只简单说几句,葡萄没种成,又把自己关进屋子,说要写啥书,门上贴着纸条,写着"闲人免进"。自家人,谁是闲人?我父亲恼了:"过些天,信不信我去给他撕了。"母亲赶紧制止,好像父亲正在冲上去准备撕那张纸条似的。姑脸上讪讪地,料不到这么件小事竟会引起父亲的恼怒,她肯定后悔说了这些。父亲当然没真的去撕表哥门上的"闲人免进",再怎么说,那也是表哥贴在自家门上。其实,内心里父亲还是比较偏袒这个从小就没娘的外甥的,有时无论多么不情愿,都会尽力满足外甥的一切需要,他总在说服自己相信这个外甥。

这是放任。以为自小没娘的孩子比别的孩子可怜,而对这种可怜的填补,就是投进去更多的满足,无论这种满足是否切合实际,是否有的放矢,是否真的利于他健康的成长。姑父也是这个心态,他怕自己作为父亲的形象会让人觉得严苛。这导致表哥随心所欲,看似率性成长,却浮躁不踏实,与乡村格格不入。

十七岁那年冬季,我报名参军。如果说,我的内心还有一点对未来的期待的话,那么选择当兵便是我对未来的一点努力。我没有表哥的雄心壮志,也没有他的好高骛远,只能把握着我能做出的选择。出了校门,从十四岁到十七岁,我已经学会了面对现实。

当兵临走前,我去表哥家,是为看望一下姑父。他已被生活压垮,头发白了,背驼了,身体一向不好,我担心当兵三年后回来,再见不到他。姑父家的大门开着,院子却空荡荡的,我一间间屋子找人。看到表哥门上的"闲人免进",犹豫了一下,不确定这个时候的自己在表哥眼里是不是"闲人"。我不能白来一趟,还是敲了门。表哥看到我有些惊讶,笑容满面地把我让进屋。看到我打量他的屋子,表哥语气仍是那样高亢地说,失望了吧,没想到我能收拾得这么利索,告诉你吧,我从来都不会沉沦,有朝一日,会让你们看到我出息光彩的时候。

姑父不在家,姑也不在,他们去地里干活了。我不想听表哥夸夸其谈,说自己要当兵走了,去的是新疆。他一点都不吃惊,拉我坐下说,怪不得呢,不然你怎么会来。我不知说什么好,没有解释。表哥第三次高考失利之后,我们再没见过面,我与他之间的距离,似乎并没有多少变化,依旧是半生半熟的疏离，热不起来，也冷不下去。这可能与我的性格有关，我总是没办法熟络地向一个人打开自己，像刺猬卸下利刺后的柔软。这次，表哥没像我想象的那样，高谈阔论一番，之前那个动不动就给我人生指导的表哥好像不在了，我俩竟然无话可说。傻坐了一阵觉得无趣，我起身告辞，表哥却挽留，说有话要对我说。我只好又坐下，心想他还是装不下去了，他终不肯放弃做我人生导师的机会。

表哥从桌子下面拉出个木头箱子，是那种装机器零件的木板箱，很粗糙，板与板之间的缝隙能塞进去一个手指头。他将箱子抱到炕沿，看了我一眼，目光很自信地说，你可能也听说了，这是我写的一本书。小说，草稿，誊抄好的已寄到北京的出版社去了。

看来真有这事，表哥的"闲人免进"还是很理直气壮的。只是对他而言，"闲人"应该是除他之外的所有人——包括像我这样的闯入者。不知出于什么心情，我伸手去掀箱盖，表哥拨开我的手说，打不开，我钉上了。这本书出版之前，谁也别想看。不过，我只告诉你一人，我写的这部小说里的爱情，远比《人生》里的高加林和刘巧珍的感情要浓烈，比他们更纯洁干净，你——等着瞧吧。

我不知道高加林和刘巧珍是谁，也没看过电影《人生》，自从没有了露天电影，我就再没看过电影，才不愿花钱去电影院看电影呢。至于《人生》这本书，也是到部队后才看到，当兵之前，我只看过一本书：《高玉宝》，还是缺损的，没有开头和结尾，高玉宝的经历没看完整，却让我难过了。

我两眼茫然地看着表哥，第一次期待着他高谈一番——爱情。这个年龄段，对爱情已经有了萌动之心，心里明明很感兴趣，很期待，却因为羞涩而不得不做些掩饰。表哥似乎看透了我的心思，他狡黠地看着我，冷笑道，别想从我嘴里得到想要的知识，以后看我的书吧。这样给你说吧，你记得那个宋嘉玲吗？

当然记得，公社书记的女儿，我们一起去看电视时碰到的。

表哥敲着白茬木箱，一脸认真地说，这里面写的就是我和她的故事。

啊……我惊愕地望着表哥。我很意外，公社书记的女儿，表哥居然会和她有故事。那又是怎样的一段故事呢？我的眼神充满了期待，很想知道这个故事的内容。

表哥却说，我会告诉你姑父，你当兵走前，来看望过他。我没有多余时间来陪你，你可以走了。

我这一走，竟然是四年。在这四年里，我给父母写过很多信，从来没在一封信里问起表哥的情况。人在他乡，更多是关切着自身的处境，与自己有关的人，而忽略更多的旁枝末节和无关紧要的人。父亲给我回信时，也没提到过表哥。就是说，我在新疆时，表哥并不在里我的任何一个记忆节点上。我对他一无所知。

四年后的秋天，我回家探亲。姑父还健在，自然得去看望一下。与四年前的那个冬天如出一辙：姑父不在家，姑去走亲戚。表哥一人在家，他对我的出现依然一点都不惊讶，像昨天刚见过面似的。他在前，我跟在后面，进了他的房间。我没大注意他的房门上是否还贴着那张"闲人免进"，经历四年时间的漂洗，我想即使那张纸条还在，也应该淡得几无痕迹了吧。我对四年后见到的表哥却有些讶异，他几乎没一点变化，岁月在他身上没产生丁点影响，头发黑长，牙齿雪白，四年的光阴在他身上如同一场短促的太阳雨，润湿过地皮之后在阳光下消逝得无影无踪。不像我，头发竟然白了不少，胡子凶狠地占据了整个下巴和腮帮子，我像是经历过千山万水，显得成熟和沧桑。

表哥并不问我这四年在外的情况，他对我的前途似乎也不感兴趣。显然，他也不打算告诉我有关他的情况，我俩四目相对，找不到话题，一时间尴尬起来。我想我好歹也是出过家门的人，虽说是边塞，却也是世面，见过世面的人不找话说，不显得没有世面了吗，随便说几句话，又不用摆多大的场，总不能刚进门一句话没说就走人吧。这样想着，我的嘴唇刚动了动，话还没出口，表哥却抢了话头，他笑着说，是不是他们要你来，劝我同意去相亲？

我说，你太自以为……武断了，没人让我来劝，我也没想着要问你这个。我其实对你的书出版没有，还算感兴趣。

哦。表哥明显轻松了，他竟然羞涩地笑着，从炕头的一堆书里翻出几页稿纸来，递给我说，那本书稿没出版，让我给烧了。给，这是我新写的，成熟了不少，你可以看看。

见我有些犹豫，表哥从稿纸里抽出一页，指给我看，你就看这一页好了。这一页的语言表达，肯定超过路遥《平凡的世界》。当然，这不是我说的，你知道××吗（他说了个名字，我当时没记住，不知是不是徐岳老师）？是他看后这么说的。

见我两眼茫然，表哥一下子找到了以前的感觉，他摘下眼镜，揉揉发胀的眼睛，认真地说道，以前我对路遥的作品理解是不够的，现在依然不够。我说的是表面化的，你能听明白吗？路遥对这个世界太理想化了，他的小说里全是肤浅的、不切实际的世界观，像孙少平这个人物，就有很大问题。你说说孙少平他一个农民的儿子，一样没上过大学，凭啥田晓霞爱得他死去活来？田晓霞是谁，她爸最先是县革委会副主任，到地委书记，后来还当了省委副书记，就是孙少平招工去了煤矿，也只是一个下井的煤矿工人，他比农民强不到哪里去，一个省委副书记的女儿，又是大学生，阳春白雪的，为啥非他不嫁？这都是路遥瞎编乱造的，一点都不贴合实际，他写这小说，骗其他人还行，骗不了我，我是有亲身经历的，别说省委、县委，就是公社……人家正眼都不会多看你一眼的。

表哥突然卡住，躲开我的眼光，声调低了不少。他接着说，反正，《平凡的世界》不是我们的世界，在现实中是站不住脚的。所谓爱情，真的是只有门当户对才会有的东西……真正了解农村实际现状的人，是不会被他蒙蔽的。对了，你看过《平凡的世界》吗？

我摇了摇头。我没告诉他，在我服役的南疆那个偏远小县城，是看不到这些书的。

表哥从我手里抽走他写的那页稿子，说，你没看过，就不要看了。我的这个也不用看，没有比较，看了也没啥用。

我以为表哥生我的气了，正好也没啥话可以跟他一起聊，我俩从一开始就没在一个频道，想借故离开。没想到表哥拉住我不让走，非要给我做午饭。时间尚早，我坚决要走，表哥死活不放，我只好跟他进厨房。他切菜和面，我帮他烧火，他舍得下食材，竟然给我做了顿臊子面，还别说，他擀的面，还有调的臊子汤很不错，我一连吃了三碗，撑得都走不动路了。临走时，表哥把我送出门，说了句："能留在新疆，就不要回来。回来就完蛋了。"说这句话时，表哥脸上神情淡淡的，好像某个路口我们相遇时他给我指了下路一样：喏，一直往前走，不要回头就到了。

那是我与表哥的最后一次见面。

回到新疆不久，父亲给我写的信中，竟然提到了表哥，说他失踪了。父亲让我在新疆打听一下，看能不能找到他。

要在新疆打听一个人，比大海捞针还难。我也相信，表哥绝不会来新疆。新疆不是他理想的归属地，这里也不会有孙少平那样的爱情。他的失踪会不会跟一个叫宋嘉玲的人有关？几次，我想提醒父亲，找到宋嘉玲，或者可能会找到表哥的踪迹，但我把这话压在了心底。表哥自己都说了，路遥营造出来的爱情是理想化的，那不是我们所处的现实世界里能拥有的东西。更何况，在没有确凿的证据前，空穴来风只能更加折腾我那可怜的姑父。据父亲说，表哥失踪后，姑父可怜极了，头发全白，背更驼了，逢人便哭，到处托人寻找儿子。一旦有丁点儿消息传来，不管真假，在姑父的哭啼声中，父亲兄弟几个责无旁贷，陪姑父去寻找，有几次都是跨省。父亲说，为了省钱，他们晚上就在火车站地下通道待着，春夏秋三季还好过点，有年冬天，那个冷啊……候车室到了晚上就不让进。

姑父在寻找儿子的这些年里，耗尽了精力，他像一块被风干的牛肉，只剩下枯干的脉络支撑着他最后的气息。临死的时候，姑父抓着我父亲的手不放，声息微弱地要我父亲答应他，一定要将他儿子找回来。姑父的遗愿成了父亲的一块心病。每次我回家说到此处，父亲都会哭出声来，他没有断过寻找表哥下落的心思，但他终没有像姑父那样无论冬寒夏暑、风雪雨晴，都毫不犹豫地奔着某个模糊不定的信息而去。毕竟，父亲有我们自己的家，有自己的血脉亲缘。

姑父去世五年后的秋天，有天父亲突然接到消息，邻省一个县的交警队让他去认领表哥。父亲他们兄弟几个喜出望外，连夜乘火车往邻省赶，第二天下午找到交警队，人家却把他们带到一家医院的太平间，看到一具面目全非的遗体，从身形上看，应该是表哥。父亲老兄弟几个为这样的结果失声痛哭，按照要求含泪将表哥的遗体送去火化，抱回来一个骨灰盒。表哥没有成家，不可能有子嗣。没有举行任何丧葬仪式，父亲他们将表哥葬在姑父的坟跟前，让他们依旧相互守着，了却姑父的一桩心愿。

一晃，十七八年的时光悄无声息地过去了。去年春节我回老家，除夕夜大家都在发微信或者打电话相互拜年。父亲的手机也一直在响，只是他每次都要把手机凑到眼前，一定要看清来电号码才肯接听，有他不想接听的，任铃声响个不停，他也不肯把手机调成静音，他耳朵不好，怕静音就会漏了其他人的电话。我觉得奇怪，怎么有那么多父亲不想接听的电话，便问他到底是谁，这大过年的还是接下吧。父亲瞅了我一眼，嚅动了一下嘴唇，没吭声。母亲抢先说，还能是谁？你姑父家的晓河！

表哥？我噌地站了起来。

啥表哥，他把谁当亲人看待了？母亲气愤地说，他当年一拍屁股走了，你姑父没黑没白地哭，你是没见，那么刚强个人，硬是叫儿子的出走打趴下了，到处打听去找，把家里值钱的东西卖光全充了路费，那可怜劲儿，一到冬天农闲，便与你父亲、叔叔去扒拉煤的货车，蹲火车站地道……

他不是已经……死了？我忍不住打断母亲的叙述，这些话我已听过无数遍，眼下最想知道的是表哥他明明被葬在了姑父的坟旁，父亲还曾说过，希望黄泉下表哥再不要与他的父亲整日以怨相对，不要让恨植成树，还长了根。他怎么现在又出现了？

父亲叹口气，说，他没死，十几年前领回埋在你姑父坟前的骨灰，根本不是他，那只是身材跟他很像的人，天知道怎么偏偏把一张脸给撞得没了痕迹，让我们当成晓河给安葬了。今年夏天他突然回来了，说是当年赌气出走，也受了不少罪，沿路乞讨，最后落脚在福建厦门的一个农场，还娶妻生子了。他回来说他儿子得了什么病，也不知道是真是假，他是回来寻求帮助的。悲伤似退去的潮水一般又涌了过来，父亲抹了把眼泪，又对我说道，你妈不让给你说，他与你没啥关系。他这个人，本来就不让人安心，你说十几年没有一点消息，他爸为了他受那么多罪，临死都不见他过问一下，可见这人心里是没啥情分的，现在我咋知道他变成啥人了。

那你……也得接下他的电话呀，大过年的。我一时不知该怎么说。

接啥呀？七荤八素的，鬼知道他哪句话是真的，就算是真的，我也解决不了他的问题。再说，你姑父坟堆旁边的那堆黄土，已经十七八年了，我也就当那个是你姑父的儿子了……

过后，我偷偷地从父亲手机里调出那个响了十七次的未接电话，是厦门的座机号，保存到我的手机里。过完年回来，我打通了那个座机号，接电话的是个女声，问我找谁。我报了表哥的姓名，对方说你打错了，挂断了电话。再打，对方不接了。

就这么搁下了。

昨天下班路上，有人打我手机，是个陌生号码，我以为又是推销房子或者卖保险的骚扰电话，便没有接。到家后，我收到一条短信，就是未接的陌生号码发来的。短信上说：请问你找我父亲有什么事？宋嘉玲。

原载《安徽文学》2019年第3期

李宏伟

沙鲸

　　够了，父亲。隔着马路，看见杨溢坐在靠窗的桌子旁。等候绿灯，等候向她走去时，我居然有点激动，说幸福可能都不为过。总算由着性子，不听从要求，违背了大人心意的孩童的幸福。我对自己说够了，我不再是孩童，你也早已不是我需要抬起头才能望见双眼的大人。够了，我决定的时候，就是这么对自己说的，就是又一次听到你这么对我说的。这邮件够了，这延宕够了。你对我说够了，也够了。父亲，从我写下第一个字、第一个段落、第一篇作品，你就在对我嚷嚷。我拿回第一本书，你说够了。我在颁奖会上神采飞扬，回到家小心翼翼递给你奖牌，这次你总该肯定一下我吧，总该认为，不按照你设计的路线，人生也能过得很好吧，但是你没有，你只是举起它，很多次冲我冲母亲举起拳头那样，举起它，砸在地上，在一地碎屑中，背过身去。我看到你一脸的轻蔑。那一刻，我认定，你其实对我没有什么设计，不管我走哪条路，你都会嚷嚷一声"够了"，用你全部的恶意，把我赶开。你，比我年长二十二岁的男人，唯一能做的唯一想做的，就是碾碎我。怎么和你斗呢？只要我的世界还有你，顺从或者叛逆，只要我还试图有所成就，都是中了你的圈套，都是活成你的影子。够了，父亲，够了，没有结束，没有道别，到此为止。你想不到吧，一个人可以自我放逐，你的儿子，他可以在任何时候自我放逐。切断和你的音讯，不被你知晓，就是我幸福的放逐。你以为，我不去当你口中的什么什么……不去干"实实在在的"工作，就会茫然无措，就会饿死成一堆臭气熏天的肉、骨头？够了。我知道够了的意思，属于我的意思。一座接纳我的村庄够了，两三亩薄地够了，几间破房子够了。我不要隐居，不要急流勇退，不要在写一部大作品。我不要不要。这样，你就听不到我的消息，我不要回去看到你的脸，不要从信纸上看到你的字，不要在听筒这端听到你的声音。我在某个你不知道的地方你不知道的时刻，倒在地上死去，你在某个我不知道的地方我不想知道的时刻，躺在床上死去——无论哪一种，都才勉强算够了。如果知道够了就够了，未免太顺心。父亲，你看，我又回来了。我正在走向这个女人，准备把我的作品，按她筹划的交给她，也许还要把新的小说交给她。在你忘掉我忘掉我的写作时，我又拿出来一部作品，写的还都是你。告诉我，你会惊喜还是恐惧？你觉得自己的一生，至少是作为父亲的一生，是成功还是失败？够了，父亲，我才不要和你纠缠这些。我是为我才写的它。如果一切按我的设计，绿灯亮起，我踏上斑马线，不管走到中途还是哪里，就会有个男人或者男孩冲出来，按照所写的，拿出刀子捅进我的身体。他可以捅一刀，也可以捅七刀，不管多少，他都会说一声够了。然后，对面的杨溢会睁大惊恐的眼睛，向这边跑来，我也会就势躺在地上，带着留在身体里的刀子的凉意。那个男人或者男孩，他可以是她的男朋友，也可以是普通读者，最好是她的男朋友兼我的狂热读者。反正，知道我居然同意把作品交出来重新出版，居然还有新的东西，他不能接受。他唯一能做的就是拔出刀子，他唯一想说的，就是够了。就像我对你说的，父亲。我在小说里对你说的。

　　沙子一如既往地落在这个世界。老桑铎找到那扇门，推开它，走进来的这个世界。纷纷扬扬，飘飘洒洒。如果只是远望，会以为是一场没完没了的雪，细小得分辨不出颜色的雪粒被一只巨大的手抛撒出来，充塞天地之间。老桑铎身在其中，自然知道并非如此。当这些小小的颗粒最终落在地上时，从来都不会融化，更不会消失，只会在他脚下累积，把他的视线填满。隔不多久，他就得伸出手来，从前往后，从中间向四周，将手指梳过头发，梳掉落在上面的沙子，再往脸上抹一把，在身上掸一掸，要不然，这些形状毫不规整的小颗粒迟早要将他埋掉，就像埋掉门里的这个世界。

老桑铎继续往前走，父亲告诉过他，不管推开哪扇门，进到哪个世界，都不能停下来。往前走，才可能找到塑造那个世界的方法。往前走，才可能在塑造成形后，找到出口，将那个世界放出来，注入其他人的世界。记住，我说的是可能。儿子，剩下的，也只是祝福。从他立志成为一名塑造师，跟着父亲学习塑造世界的那一天起，这几句话他听过三遍。一遍是他立志时，一遍是他懈怠时，还有一遍就是他离家时。作为一名失败的塑造师，父亲毕生推开了三十三道门，可是每一道门背后都空空荡荡的，他穷尽所有的精力，耗费所有的心神，都没有任何可以进行塑造的东西。更让他气馁的是，每当他以为这一次要做的就是塑造一个一无所有的世界时，那空空荡荡中就会出现一扇门，要求他离开，证明他的失败。而那扇新出现的门背后，仍旧空空荡荡的。我也不算一事无成，父亲总结时，并无苦涩，至少我能够判断，什么样的世界空无一物，无可塑造。

什么样的世界呢？父亲并没有说。那时的桑铎已明白，这需要他自己去领会。何况，那样的经验都是一次性的，只属于一位塑造师，别的人，任何人，都无法借鉴，更无法验证，即使是那个塑造师的儿子。往前走，对一个塑造师来说，这是唯一有效的劝告。在他先前已经推开的十一扇门背后，桑铎都是这样做的。哪怕是那扇当他进到里面，才知道门背后只有一个等身的世界，完全按照他的身形架构，没有任何多余的空间，没有任何可以使用的物质。他也只是在闪念间怀疑那就是父亲经历过的一无所有，然后就往前走了。是走，双腿无法实际迈出，至少在他的意识里，是一步一步踩在坚实土地上的。当他终于理解一种可能，将那个困身的世界塑造成一片羽毛，他所有的动作都是它在空中的飘荡时，一道光起，他顺着光离开那个世界。再一回首，那世界确实显形为一片小小的羽毛，倾泻进外在的世界，在其中飞扬、飘悠。

现在，少年桑铎成了老桑铎，他还是会在这个世界继续往前。依据他已然模糊的记忆，这是他在这个沙子世界里跋涉的第三十六个年头，超过此前他进入的每一个世界，也几乎快赶上他之前进入的所有世界。

我就躺了下去。是躺，不是摔，他最后一刀拔出，也抽走我的力气，血往外涌，骨头仿佛也涌出去。就那么软软地躺下，躺在地上看到人像树被风从四周吹拢，围过来，又被风吹开，再围上就没那么密了。哈，当然不，父亲。那个持刀的人当然没有出现，我怎么能允许自己这么虚构下去。怎么能这么轻易地模式化地含糊其词？虽然，躺下去也不错。虽然，躺下去也算打破这些年彼此的沉默，就便还想到几句话——打破沉默，总能领会征兆，你离开海洋，总能得到鱼骨。蓝色的矢车菊在泡沫里绽放，身上是车轮的印迹——但不能允许自己陷入词语的喷涌性谵妄。应该告诉你，我再次写起小说，是因为她，我得到绿灯允许，正经过斑马线，走向的她——杨溢。她仍安坐在桌旁，右手托腮，像是在发愣，像是在掩饰。不认识，但我判断得出是她。更别说一眼看过去，咖啡馆里没别人。至少靠窗的几张桌子旁边，只有她。和一个各方面相差悬殊的人头一次见面，犹如公开展示的位置总是首选，她也需要尽快认出我，站起来以示礼貌，这是基本判断。抛开这些，凭感觉也是她。没任何预兆，她写来一封封邮件，一写就是三年，持续、稳定，每周一封，不说其他事，就说对我作品的了解，就说新的出版计划。全是事务性的，干干巴巴的很正式，不谈论个人的阅读感受，只说明时至今日，它们与读者的关系，她打算如何做，如何让新的读者发现它们。语气平静，诉求表达得很淡，如果不是持续不懈地写来，会让人以为和其他人写来的一样，只是兴之所至，能不能成无所谓。按北方话说，有枣没枣打一竿子。可她就是写，不断地写。收了半年邮件，我一直没回，可真的开始考虑把那些东西拿出来了。她那些内容单调的邮件从不让我厌倦，甚至有点期待。也许我的自我放逐是把自己扔进一口枯井，现在有人不停地在井口喊我？无论如何，我对写邮件的人是个什么样子有了猜想，这猜想正可以落实到窗户里边的她。我并不坦诚，父亲，面对你，哪怕不在眼前，只是想象的你，那句话自然浮现——"够了"，还没出口就已说完，还没犯罪就已定刑。不，至少现在不了，这次写作拯救你也拯救我。哦，不管"拯救"是否夸张，忘了它。现在，我能坦然说出口。她的邮件不止约稿，这让我们的关系溢出普通的工作来往。没有暧昧与庸俗，也没有后续，只此一回。那些邮件很规律，每个周五下午三点，雷打不动，内容也固定，可如此的稳定本就是为例外预备的。两年前五月的一个周日夜里一点，她忽然发来一封邮件，当时我已经决定按照她的策划，把旧日小说整理出来。我打算整理好再和她联系。她在那封例外的邮件里回忆了一桩往事，十五岁时，偶然在隔壁镇上见到她父亲参与一场斗殴，原因不详，至少不是为保护家庭和家人。她父亲拿着一把锋利的匕首，和她完全不认识的七八个人打作一团，场面混乱，以致她完全分不清楚那些拿着武器的人分作几伙，谁又和谁是一伙。那次群殴如何结束，是否有人死亡或者受伤，她都不知道。她记得的是，她父亲向一个人冲过去，那个人畏缩地躲闪。望见父亲的脸，她逃开了。她还记得，过几天，父亲回到家里，又恢复平常亲切、慈爱的模样，仿佛什么都没发生——这至少证明，他没怎么因为那场斗殴受到惩罚。"他冲向那个人，脸上的怒气、狠劲，仿佛要把那人捅成一块破布，这让他完全变成一头野兽。"她在邮件里这么说。就是这么说的，父亲，仅仅描述记忆中的场景，除了"野兽"，没有任何评述，更不分析当时的心理，事后的阴影。此前此后，她的父亲都是正常的，和其他父亲一样正常。只此一回，后来再也没发过类似邮件，也从未提到那封邮件，大概她忘了吧，她说出"野兽"也一定就此忘了那次目睹的斗殴。那封邮件推了我一把，让我看清整理旧稿时心里跳动的火苗是什么。我决定放下旧稿，写一部新的小说。写你。

快三十六年了，桑铎一直在这个沙子世界里行进，始终没有找到能够说服自己，可以着手塑造的起点。此前的塑造师生涯已让他明白，推开一扇门，进入一个陌生的需要塑造的世界，首要之事，不是从整体上把握它，而是从局部理解它。无法从局部理解一个需要塑造的世界，意味着在其中生存将变得复杂，所有的日常之事都将充满变数，乃至凶险。是的，塑造师在独属于他的等待他完成的世界里，依旧要解决生存问题，这是桑铎推开第三道门后明白的。他甚至想，父亲之所以推开三十三道门都一事无成，也许与他在门后的世界一刻不停地前行有关？

每当产生这样的疑问，桑铎都会摇摇头，不是这样。毕竟，他推开前两道门，进入那两个等待他塑造的世界后，依循的都是父亲的经验，最终也据此完成塑造，成功地将那个世界引入外在的他人的世界，自己也得以离开，有机会推开新的门。可明白塑造师在其世界中也面临生存问题，确实让桑铎更加懂得塑造的意义。在前两个世界，他像父亲说的那样，"一刻不停地前进"，别的一切都不重要，不值得停下脚步。吃喝拉撒是纯粹衍生的问题，感觉被触发时，他可以凭借意念让其在虚拟中完成，让身体获得完成的实在感。休息与睡眠更是无足轻重，他只需要协调好身体，让它的各个部分有序地轮休，在轮休中磨合出更高的效率。第三道门后，徒手沿着一道峭壁攀爬至第五天，桑铎忽然被旁边岩壁里的一株草莓吸引，它的茎叶瘦小，举着的唯一一颗果实也只有拇指大小。那果实的颜色已经发暗，可桑铎仍旧被它吸引，忍不住绕了近十步远的道，将它摘下，放入嘴里。

　　草莓入口之前，饥饿与饱餍生于感觉，止于意念。草莓入口之后，桑铎再也摆脱不了它的汁液带给口腔、喉部，以至于肠胃与整个身体的填充、振奋的感觉。由此，他开始有意识地寻觅更多的草莓，更多别的食物，再也不排斥其他身体官能的诉求，再也不担心这会延阻他的前进，耽误他对世界的塑造。说到底，即使他是个塑造师，有一整个世界等待他来完成，等待他将其引入外在的世界，这一切也仍然没有那么急迫。到后来，官能的诉求与所在世界的条件完全融合，桑铎再也回不到以意念解决一切的时候，他也从没想过回去。尽管，他隐隐知道，即使再次不眠不休不饮不食，他也绝不会死于有待塑造的世界——塑造师必须也只能死在和他人共有的世界。

　　所以，这三十多年来，桑铎从没放松过对生存的警惕。前进途中，他时刻关注着食物、饮水，也随时留意着身体的感受，以便有需要时，能够找到适当的地方，停下来休息。这沙子的世界，食物、饮水隐匿的方式，能够被发现的途径，和他知道的沙漠的运转并无二致。自然而然地，桑铎会认为这个世界就是一座沙漠，至少也是一座巨大的沙丘，特殊之处仅仅在于，有风无休止地刮着，卷起地上的沙子，扬在空中。换句话说，这是一个完整循环的世界，沙子不增不减，只是落下、扬起、扬起、落下。这个设想面临的最大问题，是沙子飘扬的方向、力道无法证明风的存在。沙子下落的路线固然有所倾斜，显示不止有重力作用其上，可这倾斜并不朝向一个方向，哪怕就桑铎站立的范围而言。无论他站在哪里，周围的沙子都沿着他的身体，呈流线型，如同大雨浇下。总不能说，风是从上面往下刮的吧？当然，也证明不了风不存在，尤其是，假设这风并非起于一处。有没有可能，同样力度的风从不同方向，从不同地点刮起来？有没有可能，他所有的无法理解，都是因为对沙漠尺度的把握无力？他之前的世界都是精致的，边界清楚的，完全可以从字面上当成"他的"世界，而沙漠超越个人的尺度。

怀着这一谦卑的理解，桑铎足足在沙子的世界里行进了快三十六年，总算搞明白它的基本准则：没有风从任何地方刮起，也没有一粒沙子是从地上起来，再落下。沙子就像单行道上的汽车，只是从上往下。也就是说，沙子的世界并非沙漠，至少不是已知的那种沙漠。

父亲，是你吗？是你的脸吗？狭长的强悍无比的，浓黑的眉毛让各部分更见分明的，你的脸。直到现在，它也没有丝毫映现在我身上，我有的是母亲那圆圆的娃娃脸，可天晓得，有多少次照镜子时，我都会恍惚一下，想象着你的脸出现在里面。父亲，是你吗？我有记忆起，就是你，以这张脸对着我，以它的冷漠，甚至冷酷，向我证明人世间的不易，要求我必须以更强硬的表情做出回应。我摔倒，你看，我又一次倒在地上，厂子里的人赶过来，要扶起我，被你喝住。你让我自己起来，我起来。我起来，眼泪不争气地流下，你上前给我一个耳光。哭就滚开哭，你说。父亲，我不敢哭了。那时候，我多盼望你什么时候也摔倒在地，就在我面前。你哭得像个比我还小的孩子，我不拉你，我给你两个耳光。我想过，两个耳光不够，应该再踢一脚，就踢在你脸上。可是我害怕，你随便瞪一眼，就让我为自己那么想过而害怕。那时候你真是一头野兽，只是我不知道。我不知道你是一头野兽，我不知道我的害怕是面临被野兽吞噬的恐惧。你始终是头野兽，它扑向我的人生，扑向我成长的每个节点，扑向我想要做出的每个决定，将它们撕碎。它丢出一句话，就足以撕碎我的小说。不敢与野兽斗，我就逃离。逃得时间、空间都足够远，我才能设想一下，总有一天你会衰老，你会死去，野兽也终究会成为被人们炖汤吃肉的食物。闲置自己二十多年，我是不是感到了你的衰亡才重新写的？我不知道。我知道的是，它是小说，可它更是你的传记，你灵魂的传记，一头野兽的传记。小说里那个带领众人开荒拓土，建起一座村庄，将村庄建成一座城市的人，不就是你？你从来不自诩，但你拯救了整个厂子，是厂子里三千多号人的头领，是他们的父亲，这是从小到大，他们用一句句话敲进我脑子里的。接下来呢？我接到母亲的电话。对，我还和母亲保持着联系，这么多年我对你不闻不问，从不回家，可和我她保持着联系。她从不怪我，也从不要求我回去，更不要求我理解你。有时候，我以为她挨了你那多的拳头，被你奴役那么多年，自己无能为力，就把我的远离当成对你的惩罚，她通过我表达对你的恨。她那个电话让我知道自己错了。我才明白，我之前那样想就是你的思维烙印，就是野兽撕碎猎物的念头。进而，我欣慰这么多年的逃离，欣慰以沉默以无所事事自我闲置。归根到底，那不是害怕被野兽吞噬的恐惧，是害怕自己也变成野兽的恐惧。父亲，你知道吗？那个曾经在你拳头下哀哀饮泣的女人，个子小小、脸庞圆圆的女人，她在电话里说，你老得不像样子。她告诉我，你是怎样被人合谋，从你以为自己天然就该终身占据的位置上被人赶下来。这不是最大的打击，那些络绎赶来看望你，宽慰你，为你流下眼泪，为你愤愤不平的人，他们转身离开，继续工作，开始歌颂厂里新的头领时，你才受到真正的打击。过了两年——她听从你对命运的观察，忍了两年才在电话里说起这事——过了两年，你发现厂子居然比你执掌时效益更好，局面更开阔时，你彻底垮了。离开你，世界不仅正常运转，还运转得更见风生水起。她只是说了这些事，"老得不像样子"，没有再说其他，没有提出任何要求。你是儿子，原谅他，看望他。她没说。你总该回来，不要再赌气。她没说。她也许不知道我这些年的状况，她也许太知道我这些年的状况。她也许没话可说，她也许有太多话想说。是呀，那群悍匪闯进来，占据城市，统治市民也统治他时，他和他的妻子不也什么都没说？她不知道，她的电话提示了小说的变化。就像杨溢不知道，她的邮件促使这篇小说发芽。母亲和杨溢，说的都是一件事，理解一头野兽。不要在它死掉后，对着它的尸体去理解，那只是一堆肉。理解一头野兽，至少在它风烛残年时。她不就是在你彻底老掉后，连对她挥舞拳头的力量和兴趣都没有之后，连呵斥她到中途都自觉没趣的时候，理解你的？她不就是在写下"野兽"的那一刻，理解属于她的那头野兽？够了，父亲，我知道怎么理解你，怎么理解你的脸了。你自然不屈服，你带领市民继续和悍匪周旋，可惜此处没有英雄，每一次你都被打败，跟随你的人都被打垮。十多次的遍体鳞伤，十多次的伤口愈合，卷土重来，没用多久就没有人再跟从你，他们发现在悍匪统治下也能存活。你孤身一人，继续挑战，没法造成大的麻烦，只图让他们心烦。他们果然心烦了，发了狠，要求你要么加入他们，能捞点油水，能报复那些离你而去的人，要么就蜷缩在房子里，再也不要出来，只要你到房子外面，被阳光照晒，见了天光，就从你身上剁下一个零件。高潮来了，父亲。化身在小说里的你，困在屋子里三天三夜，抽了无数支烟，双眼熬得通红，正是要搏命的野兽。化身在小说里的你的儿子的我，同样在房间里待了三天三夜，但我没有抽烟，我在磨那把你作为生日礼物给我的匕首，把它磨成一颗坚忍的心。你推开门，我跟随你。我知道，你不是再去挑战，你是去屈服、去加入。你没有机会，你来到悍匪啸聚的酒馆门前，踏上门前的阶梯，我就会赶上两步，将匕首捅进你的身体。父亲，冰凉的匕首进入你温热的身体里时，我会告诉你，够了。在那一刻，小说里的我会理解小说里的你。过了马路的我，会理解老得不成样子的你。甚至，原谅你。现在，我将走进咖啡馆，走到杨溢面前，不和她谈出版，就谈谈我们各自的野兽。

沙子从天而降，从无休止。确定这一点，接着的问题自然而然：地上并没有日积月累，眼见得增高，为什么？老桑铎意识到问题的解答将是他塑造沙子世界的起点，这让他不禁一阵激动。确实老了，伴随激动而来的还有眩晕，需要原地站立，静待眩晕过去。就是因为我不停地行进吗？他忽然想。如同漫天飞雪中，一个人不停地走，他才总是踩在新鲜落下的雪花表面，而没有被覆盖。可也有休息啊，就算他形成了无意识的条件反射，休息时也能不断地掸去落在身上的沙子，至少周边一只手之外的地方，总该积起来吧？但并非如此。为防止沙子在他入睡后落入眼耳鼻中，或者落进偶尔张开的嘴里，老桑铎已经练就打坐一般的休息方式，每次他睁开眼睛，盘着的双腿周围的沙子也并不比其他地方高出多少。莫非和不断落沙的天空一样，落下的沙子积聚的地面也是流动的？以超出人能够察觉的方式与速度，沙子保持着它们内部的均衡？

问题接踵而至，没有一个有现成的答案。这也正常，这些问题互相关联，环环相扣，只要解答一个，其他的不说迎刃而解，至少也离答案不远。不管怎么说，老桑铎决定，都可以抛开父亲的建议，停下来，不是为休息，而是为观察这个世界的另一种可能。想到就做，老桑铎没有再挑选地点，因为过去几十年的行进让他对这个世界有一个无法证实的猜想，它是无边无际的，可它又是有中心的，它的每一处都可以作为中心，只要你认为它是——这绝不是比喻，而是这个世界众多奇异的地方之一。因此，老桑铎就地坐下来，他相信，这一次将决定对这个世界的塑造。他要求自己，必须静下来。像一粒落在地上的沙子那样静，那样与这个世界融为一体。

这并不容易做到。第一次不是为休息，更不是为睡觉坐下来，他很长一段时间都无法解除行进的幻觉。因为人的行动，沙子落在衣服上的地方不同，力度也有区别，因而那唰唰声既有时间差又有力度差，坐下之后，这两样差别也有，可都已细微到超出他的听觉范围。现在不是，他坐着仍觉得自己在行进，注意力仍是开放的兴奋，总会给落在身上的沙子叠加想象性的时间与力度的差别。如果一直是这样，也就算了。问题在于，他的心底总有提醒浮现：你现在听到的感知到的，都是幻觉。这两者的交缠让老桑铎额外疲累，坐下没多久，他的额头、脖颈与前胸、后背，都渗出一层汗来。又过一会儿，汗水开始冷却，他开始困惑，究竟哪一样才是真实的，哪一样才是幻觉。

老桑铎心知不对，他要求自己，把这些都放在一边，连自己和一粒沙子融合的事都不想，沙子落下就落下，落在身上就落在身上，落在周围就落在周围。那感觉总算不再无休止地追赶时间与力度的差别，慢慢地，它们对他无足轻重，开始后退、消隐。这样又过了一段时间，老桑铎闭上眼睛。就像泥沙捏合的人偶，被扔进水中，水的浸泡让人偶崩散，让它漾出一缕缕泥水的线，弹射开一条条沙子的路，泥沙掺和，水变得浑浊，但这只是暂时的，泥与沙终究都比水沉得多，随着它们下降、落在水底，水慢慢地再次澄清、透明。老桑铎的心就如这水，各种思绪杂乱、纷沓，几十年来行走在沙子世界中的脚步声在吵嚷中回归，目之所见的一片昏黄的层次不辨的光也总在眼前萦绕不散，随着他坐下，闭上眼睛，它们渐次降落，伏在意识最低处，不是单纯地澄清、隐没，而是得以化解、消融，最后消失。

随后，一片清泠中，一个声音浮现。不是声音，不是单纯传入耳中的音响，是可以扰动身心，将他整个人纳入其中的一种节奏，舒缓的，稳定的，甚至湿润的，让人彻底松弛的节奏，如同呼吸，如同吞吐。老桑铎没有睁开眼睛，但是他看见了，他看见整个沙子世界显现出生命，鲜活的永远无法让其死寂的生命。这生命将他包裹，将他放置在其温暖的内部，如无处不在的空气，如空气中的水分。这生命又在他体内穿梭、来往，将他当成自己的宇宙，汲取全部的滋养，获得完整的空间。这沙子世界，同时在老桑铎的身外与体内，同时在塑造他又被他赋形。沙子世界和老桑铎，在他于清泠中有所知觉，在他无需睁眼而目睹亲炙时，与他成为一体又各是其是。

到这里，老桑铎得以睁开真实的眼睛，他确定眼前纷纷扬扬、飘飘洒洒，如同被一只不止歇的手抛撒下来而成的沙子世界，可以有生命。作为塑造师，他不会幼稚到直接把它当成某个动物的幻影，或者是某个他把握不住整体样貌之物的嬉戏。不，这世界是那有生命之物亘古以来无休无止活动的结果，但这并不意味着要给眼见之物添加额外的色彩，更不意味着直接将它交付给神秘之物、不可解的因素。就算它可以用那种方式解释，他作为塑造师，也正是要在此刻斥退那种解释，而以具体的形象，将它带到眼前，带至倾泻的出口前，把它引入外在的其他人的世界。

桑铎收敛起不久前被放逐的心神，激活被他置于枯寂状态的感官，他让它们活跃起来，去感知那隐藏在沙子世界内部的生命，去触摸它在这渺茫无边的浩瀚无匹的世界中无始无终存在的荒凉与生意，去体贴它在一张一弛的节奏中生成一个世界的冷漠、坚定，以及爝火一般若隐若现却绝不会被扑灭的暖煦意念。

然后，桑铎以他衰朽得只剩下感官的身体听到布满沙子世界的歌声，低沉的单调的，由几个音拉长、压缩，却纯然优美的歌声，犹如电流的手指无一丝紊乱地无一个遗漏地，编排有序地拨弄着每一粒降落在地的沙子，每一粒犹在空中的沙子，所组合而成的歌声。

游弋在沙子中，喷吐着沙粒，构成沙子世界的，鲸的歌声。

该倒带了。刀子捅进去，带子倒起来。喀啦啦，喀啦啦，寂静中声音响起，喀啦啦，磁头飞速旋转，磁带卷成一圈一圈，内容依旧，时间的容量没有变化，顺序倒过来。喀啦啦喀啦啦，喀，卡住的话，伸手一拍，继续转起来。喀，断掉的话，拿出来，用透明胶带粘牢，会抹除一点点声音，别有意味，谁能保证不会意外夹入一小片空白。空白如果全部落在事先的留白里，谁还持续不倦地给予意义？再倒，倒带，快进，快退，快进。父亲，是你的脸。我听出来了。刀子在我脸上修饰你的脸。剃掉我的眉，刻出你的眉。嘿，这长长的一根根血之眉，排列起来绕什么东西一圈。什么呢？杨溢站起来。固定地立在原地，自己不必旋转，只等别物前来。试问任何有限之物，予以无限次分割，必然等同于无限序列本身，就此断定前者多于后者，无限A多于无限B，可以吗？她认出我，开始调配表情。刀子无限制游走，一张脸将被刮得无限薄。皮肤再薄也包得住一群肌肉组织，一洼随时可以如注而下的血。游走必然受到限制。到此为止，嗯，就这么停在眉弓上。空空如也的眉弓，挑起一部分尘埃，一部分汗水，余下的轻蔑，就让它顺势流淌。轻蔑，你挑起眉毛，眼神挂不住这世上最轻量级的砝码。调配完毕。她笑，共谋的笑。如果你能做成一件实际的事，我把眉毛剃下来请你喝酒。眉毛，喀啦啦，眉毛被倒带的声音剃掉，剃刀就能转上一圈。镜头转动一下，给我背影，呵斥的是你，挨骂的是你。磁带扔掉，光盘可以，再往回倒一点。在假设的时空里，你有修好的意愿，你看，你看嘛。这难道不是你的姓？你尚在人世，我要这个姓做什么？还不是你的，还不是跟从你。你看，月亮从窗户外升起来，玉般温润，悬挂，俯瞰，一只兔子蹦蹦跳跳，别无去处。不，甜蜜的笑，爱人的笑。酒呀，父亲喝，儿子喝。父亲，磁带倒至尽头，万事重新来过，我们坐下来，喝一杯如何？你得到修正，我也得到修正。本来就是以你的修正修正我。她偏过头，目光从我脸上移开。我居然忘了，你说过，老家门前那棵桂花树是我出生那天，你打电话让爷爷种下的。温情呀，你不是生就的冷血，是什么磨炼了你？桂花枝头挂得住一个月亮。月亮映照，满室生辉。就坐下来，一起喝吧。书递给你，这个是你。指一处，喝一杯。喀啦啦，继续倒着放，没多少内容了，定一个时，准点从头放，选定模式，这一次放完，它自动从头开始。先进了很多，一辈子还不是先进了很多。喀啦啦，喀啦啦，哦，换成这样的形式，也好。理顺幻灯片的顺序是个困难活，一帧帧看下来要花多少时间。守着嘛，守着它出现，淡入淡出，左边进右边出。右前方，男人哦男孩出现，三枚耳钉闪亮。她转向他，怎样？我守着你，说到做到。如果你争点气，如果我争点气，一起来嘛。放进去，终是一场置换。无所谓拒绝，谈不上主动权，但也无需商量。它修饰成你的脸。修整出你的时间。刀子离开眉毛,竖起来,沿着脸颊往下如何?犁沟两道槽如何?脸皮是薄的,再厚也禁不住折腾,疤痕是新生,新的宣言的力量。再验证又如何?我就睁大眼睛,瞪着,你松开手吧,松开,时间和沙子都漏下来。不会眨眼,我不会眨眼的。最后一杯之前,我不会眨眼。告诉你。喀啦啦,沙子落在磁带上。嗯,沙子落在每一张幻灯片上。哦哦,等等。拥抱,她紧紧地抱住他,脸贴在他脸上。没有亲吻,但亲昵显然。和嫉妒无关,只有困惑。她是杨溢,我确定。约一个人的同时约另一个人,更正,为保险为安全,带着一个人约见另一个人。不谈野兽,只谈出版。这是根本要求。哦哦,等等,我领会了。这是那个设想中将会捅我,或者我刚才过马路时,在斑马线上已经捅了我的男孩。按照约定,我应该推开门。走到他面前,握住他的手。听他对我说,同时我又对你说。够了。

沙鲸。老桑铎激动地站起来,在落沙中向前疾行几百米,才冷静下来,放慢脚步。没错,这沙子的世界正是沙鲸的产物,他看到了塑造的框架,完备的形象也呼之欲出。往回退一点,不能说沙鲸的产物,这世界不是沙鲸的产物,这世界就是沙鲸。再退一点,退得足够远,这世界确实无边无际,可它确实有中心,沙鲸就是它的中心,游动的时刻推进时刻固定的中心。

中心不重要,老桑铎冷静如冰。现在必须理解沙鲸,塑造沙鲸,只有沙鲸具体了,这个世界的塑造才算完成。最初的疑问已得到解决,这从无停歇的沙子确实是从天而降,它们就像鲸喷出的水柱一样,喷向空中,再纷纷扬扬落下。等一下,这里卡住了,老桑铎一番检验,还好,不是根本性错误,只是细枝末节的不严谨,稍加修正即可。沙鲸并不等同海里的鲸,它生存于沙子世界,也可以说沙海之中,必然有它特殊的地方。不像海里的鲸那样,喷出空气,由空气带动水形成喷泉——或者空气里的水汽,算了,不必那么严谨——沙鲸实实在在喷出沙子。它游弋于沙海,喷出沙子,一种自产自销,自销自受的循环。

桑铎停下,聆听沙子世界的响动——没有任何变化。自然,没有这么简单。他继续走起来,往下塑造。一头沙鲸确实保证不了沙子毫不停歇地降落,数量必须往上增加。两头,这依循的法则过于简单。三头,这是完备的足以无穷尽的数量。三头沙鲸，它们游弋于沙海，吞入迎面而来的沙子，再将它们喷洒在空中，落在地面。这样互相也有替换，毫无间断。他在这个世界里的近三十六年时间也有完美的解释。这一关联不禁让他神清志明，瞬间算清楚，自己推开那扇千年古松根部的大门进入这沙子的世界，已经三十五年三百六十四天二十三小时零五十分。再有十分钟，他就在这里待满三十六年了。如果这十分钟内他不能塑造完成，也许会再待三十六年。

　　但不必了。三头沙鲸，它们共同成为这个世界，这一次不会有错。老桑铎信心满满，再次停下来。这一次……这一次仍旧没有响动。哦，怎么能犯如此低级的错误？他嘲笑自己。如果是三头，它们各自摆动身体，巡游各自的领地，那么沙子的降落一定有倾斜，互相会有重叠，重叠早就会被沙子降落的不均匀证实。根据他的行进与观察，不均匀的猜想显然不吻合实际。老桑铎拍拍脑袋，做出修正。确实是三头沙鲸，但它们拥有一具身体。三头沙鲸在一具身体里互相依存，轮番休息，互相补给，又相互修正，这才保证沙子下降的速度与密度，如此的均匀恒一。

　　修正刚刚给出，老桑铎就感到脚下的颤动，沙子被翻炒似的流动、翻滚起来，双手无需张在耳畔，都能听到那明确的歌声，不同于之前的感知，现在是如此的清晰清澈，如在眼前。老桑铎稳住身形，准备见证沙鲸从沙海中浮现，也许它们还会张开唯一的嘴巴，让他把手伸进去，摸到那粗糙的舌头，舌头的边缘。可是没有，沙子流动一下又停住，响声传到他耳里又消失。这是什么情况？老桑铎从没遇到。有就是有，没有就是没有，给出绳子必然能从后面牵出牛来。而现在，绳子悬在空中，被拉到眼前，绳子后面的牛却凭空消失了。

　　只有五分钟。老桑铎没有时间去着急，更没有时间发脾气，他收敛心神，把全部的心力都放在这又是三又是一的沙鲸身上，以免一不留神，它们游走，消失。对，没有解决的问题是，沙鲸为什么要在这里。仅仅是为了吞吐沙子的游戏吗？游戏不是不可以，但这个量级不能如此低级。沙鲸是有目的的，可以说它们就是为了等待被他塑造成形，可这并不是最终目的，他的塑造也仅仅是手段，被借用而已。

　　对了，老桑铎彻底明白。想到这里，他大喘一口气，想停下来，可是已经由不得自己。是沙鲸没错，这沙子的世界是沙鲸游弋的世界，是它喷射、嬉戏的玩具，可它也是它的身体。沙鲸在这沙子的世界入乎其内，出乎其外，可以说它和它的沙海是同一。但它在老桑铎动了意念，为塑造做准备的那一刻，就开始在外面的世界游弋。它吞吐迎面而来的一切，它把整个世界，完整的宇宙都纳入自己的体内，同时又放置面前。它吞入迎面而来的一切，将它们消化成沙子。终有一刻，在它身体里面又在他眼前的世界会被完整消化。那时候，老桑铎熟悉的能够知道的时间和空间，都将只剩下均匀的不断落下的沙子。唯一的活物，只有彻底把游戏当成目的的沙鲸。

到这里，老桑铎总算明白，以前自己和父亲一样，认为他推开三十三道门，门背后都空无一物，那是一个塑造师人生最大的失败，实际上，那是最大的幸福。

但这已经是老桑铎多余的念头，因为塑造完成的沙鲸，正向他游来。

杨溢回到租住的房屋时，曙光已从东方扩散开来，拉得密实的窗帘都遮挡不住。"你太累了，回去歇歇，我照顾你爸就够了。"母亲说。她确实太累，从三天前父亲手术到刚才，一直拘在医院，忙前忙后，日夜照顾。偶尔能趴在父亲的床边打个盹，可就算打盹，她也保持着随时可以睁开眼睛的警醒。

现在又怎么睡得着？杨溢在床边坐下，一帧帧过往的和父亲有关的画面在脑子里走马灯，它们并不匀速，清晰度并不相同，可它们也并不随她的意志而停留而放大。画面的流动中，这几日因忙碌而延阻的担忧猛地在她身上发作，她才真正意识到，过去这段时间，她随时都可能失去父亲，尤其是他手术那几个小时。也是这时候，她才感受到时间之痛：来北京已经五年，已经五年没怎么和父母有过交流，连好好坐在一起吃顿饭都很少，而她五岁时骑在父亲脖子上看花灯的情景，仍清晰如昨。

不管怎么说，父亲算是挺过来了，她也挺过来了。"爸，你可要好起来。"杨溢出了声，仿佛父亲就在房间里，就在她对面。现在，她确实需要睡一觉，歇不了母亲以为的那么长的时间，至少也得恢复精力，够她去社里处理堆在手边的工作。这时手机响了，是她从网上找来的座头鲸寻求朋友的声音，专门用来提醒她有工作邮件。

一封定时发送的邮件。"杨溢，你收到时，我已经推开第十三道门。"主题就这么一句话，附件是一个word文件，发件人桑铎。杨溢并不喜欢桑铎，可她确实喜欢他的作品，三年前偶然读到，她断定，他的作品很适合现在的读者。又听社里前辈讲，桑铎二十几年前很受关注，可惜很快销声匿迹，据说完全停止写作，过起了隐居生活，她知道，这可以操作出当下需要的噱头。只辗转找到桑铎的邮箱地址，杨溢发去问候，并提出将他以前的作品重新出版——她没问对方是否还在写作这不友善的话。况且，真在写着，也未必能比以前的好。桑铎没回邮件，可至少那封邮件没被退回。杨溢鼓着劲儿，写去第二封第三封，后来干脆把它变成每周的例行工作。核心意思还是那么点儿，有时候会稍微扩展开来。但桑铎从未回话，就像一堵只负责吸纳的墙。有时候，她对他的沉默感到愤怒；有时候，她又把他的沉默当成信任的表示。但她从没有写去超过工作范围，超过他的作品她的选题的内容。

现在，他忽然回这封邮件是什么意思？没有必要揣想，杨溢下载了附件，要打开，手机提示：文件设定为直接打印，请确认。杨溢点了确认。永远候着的打印机的蓝牙闪烁一阵，发出声响，开始打印。那是桑铎的小说，题目是"沙鲸"两个字，又划一道线，表示删除。桑铎此前并无这个题目的作品，再扫几行，能认定，他之前也没写过这个内容。新作品，刚刚完成的？杨溢迅速看起来。小说双线交织，一条线以第一人称意识流动的方式，讲述一个男人和他父亲的纠葛，另一条线则是一个带有奇幻意味的故事，一个男人在沙子的世界行走，一切也似乎和他父亲有关。小说笔触晦涩，有的地方过于紧实，有的地方又留白过多，让杨溢一时间判断不清楚，这是正文定稿，还是草就的初稿。

不等她进一步判断，打印出来的第四页就出现问题。前面七行还是正常的仿宋体五号字，接下来就是一片黑。也不是一片，就像正常的文字一样，只占据版心的面积，也有分行，每一段也前空两字，每一段首尾也都清晰。只是在应该显示文字、标点符号的地方，是一行行的黑墨，就像有人选中文本，再做了"突出显示"的处理，只不过颜色选择为黑。

杨溢愣了愣，手机出了问题？她伸手去拿，却发现离手机越来越远。不对，是手机在向后退。不对，是她和手机在相互远离。杨溢吓了一跳，站起来。站立的一瞬间，没有砰的一声，却有那样的时刻，她的房间猛地扩张开来，像是突然被大力吹胀的气球。房间的六面都往各自的方向加速退去，整个空间急速膨大。杨溢还能保持站立的姿势，却也相对或绝对地向下坠落，而房间里的一切早已在她周围飘浮。打印机还在工作，不过也受到影响或者得到改造般，打印的速度加快，每打好一张就弹出来。

打印的稿子就这样飘飘扬扬地弹出，遮挡着杨溢房间里的上方，填充着越来越大的空间。除了下坠，也没有别的事情可干，杨溢干脆摒除其他念头，抓住能抓住的打印纸，继续看起来。大部分页面上仍旧"写满"黑色色块，但它们并不一样，那黑色的地方深浅不一，有的地方甚至是浅浅的灰，也许不到黑色的百分之十，但仍旧没有字。不同程度的黑色一行行一段段一页页分散开来，就算原本有什么规律，也因为飘散而打乱了。也有少数几页文字，还在继续开头的两条线索，不过推进缓慢：一方还在与想象的、认定的父亲纠缠，一方还在无边无际的沙子世界行进，猜想、追逐着一头沙鲸。

打印机发疯一般，拼命地向外弹射打印好的稿纸，每一张的力度和角度都不同，就算在持续扩充的房间里，也分布得越来越密。杨溢随抓随看，看到后来，她冷静下来，她想知道，这个小说究竟如何结束，这件事又会如何结束。然后，她停止抓取身边的小说稿，凝聚心神于一处。又过了一刻钟左右，没有任何提示，打印机的声音就消失了。

杨溢不知道是没有纸张还是已打印完毕，也不需要等待多久，就在她抬头望向打印机时，一张纸穿过如雪花飞扬的其他纸张，来到面前，那缓慢而坚定的身姿，一望可知，正是最后一页。杨溢双手持定，看见半页纸仍旧布满黑色的条块，看颜色像是百分之百。就这样结束了？杨溢满怀失望，桑铎未免太弄玄虚。她的整个身体也开始失去平衡，向下坠落。

且慢。下坠中，杨溢再看看手中那张纸，最后一行黑色条块下面还有内容，那是一个汉字，整个页面上唯一的汉字。五号的，并无加粗的黑体字，它另起一行，前空两字，兀自站在那里，像是从前面几百页纸里逃脱出来的，又像是带领那几百页纸里的文字终于抵达显形之地，让杨溢禁不住念出声来。

"是！"

出声的一刹那，整个空间静了静，停止膨胀，杨溢的双脚也落在实处。顾不上确认是否落脚在原来的地板上，杨溢又对着那张纸，刻意地大声地念出来——"是！"这次是真实的砰的一声，A4纸在她手里散成一团流沙，崩散开来。砰砰声四起，她抬头四顾，之前飘散的每一张纸，都变成了沙子，纷扬散落。

没有来由，杨溢认定自己变成了一头沙鲸，吞吐起这个房间里的一切。

原载《小说界》2019年第4期

邵丽

天台上的父亲

一

也许是离开那个城市后我改变了信仰。其实也无所谓改不改变，一直以来我就没有坚定的信仰。妹妹一直说我迷信，我迷信了几十年，是从母亲那里传过来的。她是一个泛神论者，神灵附着在任何一个老旧的事物上。尤其是我父亲刚死的那段时间，她更加疑神疑鬼，即使是一根绳子，她都会端详半天，好像那上面写着神的启示似的。

我喜欢这个新建的城市的新区，它好像凭空多出来这么一部分，虽然与老城区仅仅隔了一条快速通道，便是另外一个世界了。它的空气像是刚刚过滤过，有真正的青草、河滩和森林的气味。我喜欢在夜晚独自穿过由石条铺成的曲曲弯弯的人行步道，像踩过一排排钢琴键。在道路的尽头，有一家小食店，卖一种当地的小吃，生意相当好。有一次，我饿了，进去要了一碗面，竟然排了半天队。

小食店的老板娘是个厉害角色。那天跟在我后面进去的是个小姑娘，那姑娘抱着她的狗，一只咖啡色的泰迪。她刚刚进门，女老板尖厉的声音就叫了起来，让狗马上出去。女孩愣了一下，面色变得通红，抱着狗羞惭而去。

面吃到一半，我越想越不对头，竟然一点胃口都没了，推开碗走了出去。我自己也觉得奇怪，莫名其妙地生了气，也许是生那个女老板的气，也许是生那个抱狗的女孩的，也许是生自己的。反正是气鼓鼓地走了。

父亲不在后，我的情绪在慢慢平复，已经不再那么焦躁、暴戾和善变。想起父亲在的时候，这个点他已经睡觉了。他就像一座时钟，到点该干什么就必须干什么，典型的强迫症。有一天傍晚，他看了一下表，到喝粥时间了。我母亲因为老家来了客人，耽误了一点时间。他气恼得把水杯都 碎了，弄得客人脸上红一阵白一阵的。

"过去他不这样啊！不是这样子啊！"我母亲老是跟我这样抱怨。过去他确实不这样，没退休之前，他是多么细心周全的一个人啊！每次下班进家门之前，老是听到他跟周围邻居打招呼的声音。虽然那声音低调、谦和得像讨好似的，但有一股感染人的韧劲儿，把我们的日子铺垫得绵密厚实。所谓岁月静好，就是那副模样吧。

某一天，一切都忽然起了变化。哦，对，开始时不是一切，只是有一些东西在起变化。退休之后，他的生活在慢慢缩小，像一个剩馒头，在变干，在缩水。他很少再走出屋外，即使晒太阳，也缩在阳台的藤沙发上。他频繁地看表，每小时必须听一次天气预报，新闻联播前五分钟，准时坐到客厅沙发上打开电视。

他为自己的一切都做上标记，好像怎样生活，还得看看他插的路标。

那家小食店今天好像客人并不多。一个年轻的姑娘坐在靠门的地方，一边看手机，一边吃着碗里的烩菜。那是一种掺杂着羊肉、白菜，炸豆腐丝和粉条的地方小吃，名字叫豆腐菜，这家店也是因为这个菜而出名。但我不大喜欢吃这个，我喜欢吃他们的羊肉汤面。

父亲过去爱吃羊肉，也爱吃豆腐。但他喜欢分开吃，不喜欢烩一起。他吃羊肉就是清水煮一下，然后捞出来，切成片，再用原汤冲成羊肉汤，里面什么调料都不放，原汁原味。豆腐也是，在水里煮一下，或者蒸一下，在小碟子里调一点料，就那样蘸着吃。

他退休后的第一个国庆节，我们带他去郊区的农场玩儿，那里有个养殖场。他兴致勃勃地定了四只羊，说等春节的时候杀了吃。结果等到春节，我们带着他过去，他看到一群小羊羔追着母羊咩咩地跑，就心软了，不忍心让人家杀。

父亲死后,有一次我和妹妹趁假期带着孩子们到农场玩儿,路过养殖场,当她看到一群羊的时候,突然捂着嘴蹲在路边失声痛哭。我知道她想起了父亲,但我不知道该怎么安慰她。其实,很久以来,我们都无法安慰自己。刚刚过去的事情既像一个伤口,更像是到处游走的内伤,无从安抚。

二

我跟妹妹一起的时候,她几次都想努力回忆父亲跳楼的那个下午的一些细节,但不是很成功。不过,与其说是她忘记了,倒还不如说她宁愿自己忘记了。

在那之前,因为妹妹,也因为我,我已经从父母所在的城市搬迁到她生活的这个城市,两个城市相距一百四十三公里。这样一来可以在她去照顾父亲的时候,我照顾她的孩子;二来也是想逃脱那个逼仄的环境,出来透透气。守了父亲一年多时间,我几乎抑郁了。夜里莫名其妙地惊坐起,就再也睡不着了,整夜整夜地大睁着眼,大把大把地掉头发。开始我每天吃普通的安定,后来效果不好,就改用级别更高的,一直服用超过普通安定好多倍剂量的药,据说那是正常人所能承受的极限。开药的医生反复对我说,你服药的时候一定要坐在床边,不然的话,可能吃完走不到床前就睡着了。但是这药对我没用,几乎没一点用,还是彻夜失眠。即使浅睡片刻,稍微有一点声音,我便一身大汗,惊厥得心脏好像要跳出来。

刚好闺蜜给我打电话,让我帮她运作一个项目。也刚好,她在妹妹所在的这个城市。我毫不迟疑,立刻便答应了。我觉得那是生活对我关闭所有大门、在我走投无路之际,上帝给我打开的另一扇窗口。我必须猱身而上。

可是,当我面对妹妹,当她一遍又一遍地回忆那些细节的时候,我觉得,我就像赤脚踏在一团棉花上,或者是一团云。我们一直漫无目的地往前走,根本看不清楚眼前脚下的一切。

那个下午,那个燠热难耐的下午,到底发生了什么?按照妹妹的叙述,我仔细拼贴并努力还原那天发生的事情。妹妹说,那天本来该哥哥过来替换她看守父亲。母亲一早就买好了荠菜,给哥哥包他喜欢吃的荠菜馅饺子。包好饺子,十一点多了,又等了一会儿哥哥才来。他过来刚刚坐下不久,电话就追了过来,是嫂子的电话。两个人乒乒乓乓在电话里吵了起来,母亲的笑脸不见了,一会儿愁得眼看要拧出水来。妹妹朝哥哥打个手势,意思是让他小声一点。哥哥气得摆了摆手,说,不吃了!甩上门就走了。

她再打他电话,要么占线,要么无人接听。

妹妹和父母亲按时吃午饭。吃过午饭,按照惯例,看守父亲的人中午都要小憩一会儿。母亲中午不习惯午睡,由她来照看父亲。

本来妹妹已经回房间休息了,但是她好像听到了异常的响动,像是父亲窸窸窣窣的脚步声。她不放心,起身来到父亲的房间,看到父亲和衣躺在床上,面朝里,好像睡得很熟的样子。于是她便回到自己的房间睡下了。她睡了不到半个小时就起来了,觉得屋子里静得怕人,她先走到母亲的房间。母亲像往常一样,安静地坐在那里,在翻看一本旧书。她问,我爸呢?母亲愣了一下,用手指了指父亲的房间。

妹妹走到父亲的房间,看到房间里空空如也。父亲不在房间。她觉得事情不妙,还没等她回过神来,家里的座机铃声大作。有人打电话报信说,父亲从我们小区西面人民会堂的天台上跳下来了——我父亲的一个下属在人民会堂前的广场散步,抬头看见楼顶上站着个人,像是我父亲。他心里嘀咕着,他爬那么老高是干吗呢?正在犹豫着要不要给我父亲招手打个招呼,就看见他往前一倾,好像有人从后面踹了他一脚,随后便如一只笨鸟般从上面飞了下来。

三

父亲跳楼那天,我正在外面参加一个开业剪彩。剪完彩,又参加午宴。等整个活动结束,我看到几十个未接来电,主要是我哥哥和妹妹打来的。我心头一紧,想着家里肯定出了什么事儿,就赶紧给我妹妹打过去。妹妹说,你赶紧回来,父亲跳楼了!

当时我好像被什么撞击了一下，脑子里一片空白，真说不清楚自己是什么心情，说是震惊或者悲伤吧，还真不是。说是轻松？也不完全是，反正就像是跑完马拉松，那种既松懈又虚脱的感觉。

莫名其妙地，想起周作人写的一件事，当他听到自己心心念念的初恋杨三姑娘患霍乱死了之后，"似乎很是安静，仿佛心里有一块大石头已经放下了"。

对，仿佛就是这种感觉。

在此之前，很久很久，我把自己沉到繁琐的事务中，我必须把自己变成另外一个人，才能保持自己。这话听着拗口，其实就是那么回事儿。

刚好上面说到的我的一个闺蜜，她老公是搞房地产开发的，在郊外开发了一爿楼盘，专门给她辟出一栋楼，让她按照自己的喜爱随便折腾。她不知怎么迷上了城市生活空间美学，决计玩儿这个。不过这玩意儿是什么东西，我们都说不清楚，可能就是因为说不清楚，大家都很兴奋。马不停蹄地跑到北上广深，还有成都，去看人家怎么做的。还天天到网上收集资料，一副煞有介事的样子。那些新鲜的、好像从生活中刚刚长出来的话语天天挂在嘴边，什么场景式空间呈现及场景革命营销手段，什么长期积淀所产生的生活方式，什么家具、艺术品和主人的关系。其实说穿了，在这些富丽堂皇的话语下面，不过还是卖家具，卖茶，只是把庸俗的赚钱套上华丽的美学空间外衣而已。

管他呢，我需要的，无非就是忙活，别停下来就行。

我的这个朋友，人家就是活得明白，按她的话说，什么时候活糊涂了，也就活明白了。她就是一个糊涂得说不清楚的人，说不清楚她天天在干什么，也说不清楚她喜欢什么。一会儿在东区学古筝，一会儿又在茶城听茶艺课，又有一会儿，跟着人家给流浪狗搞慈善。

不管怎么说，在一个新的地方，我需要一份工作，刚好也有工作需要我。我要把自己深深地埋在工作里，找不到自己。我必须逃离某些东西，达到某种新的平衡，可以让我自由自在地呼吸、欢笑或者静思，这才能让我们所有人都轻松，包括我周围的朋友，包括我的家人。这样子看起来，生活并没有变化，还保留着完整的样子，我不欠任何人，任何人也不亏欠我。

但是那天下午妹妹的那个电话，让这一切戛然而止。我匆匆结束了活动,没有参加他们的茶聚,同时也推掉了一系列类似的活动。一直到我坐在回去的车上,我才感觉到我与父亲的各种联系,不是因为他的死而中断了,而是相反,像突然通了电似的,那些生动的场景,杂沓的细节,纷纷扰扰地来到我面前。但我明白,那已经于事无补,就像我们曾经被父亲遗忘的那些岁月,疼痛,寂寞,空虚,还有恐惧。但所有这些事情,在它过去多年之后,就只剩下被一片碎玻璃扎痛般的感觉了。

四

父亲死后,有很长一段时间我跟妹妹探讨我们和父亲在一起的细节。我觉得那时候她还小,不会记得那些事情。哥哥记得,他又不参与我们的讨论。

在我们很小的时候,那时候我八岁,我妹妹只有三岁多一点。父亲在县委武装部工作,后来因为什么问题,他被下放到一个偏远的部队外营地,后来,母亲也跟着过去了。他们就把我们兄妹三个寄养在乡下,我外公外婆那里。

那时候哥哥十一岁,比我大三岁,我们都没有独立生活的能力。外公外婆有好几个孩子,他们的好几个孩子又各自有好几个孩子,都丢给外公外婆照看。这些孩子年龄也跟我们差不多。那时候正是经济困难时期,生活条件极差。吃饭的时候我们不会抢,只有等着他们吃完,才能轮到我们。饭要么不够吃,要么已经凉了。外婆每天睁开眼睛就忙,但还是照顾不过来,等想到我们的时候,她已经累得话都说不出来了。有时候,她会把我妹妹揽在怀里,还没等她说话,妹妹已经睡着了,有时候是饿睡着的。

外公为了贴补家用,有时候出去打鱼,有时候出去干个手工活,每天都是很晚才回到家里。他回来的时候,一般我们都睡了。有一次他回来早了,就坐在门口抽烟。等到很晚很晚,其他的孩子都走了,他从怀里拿出三块烤红薯,给我们三个每人一块,那红薯还带着他的体温。我们三个狼吞虎咽,还没品出来味道就没有了。

其间母亲来过几次。她骑着自行车,从几十里外赶回来,浑身冒着热气。每次她都陪我们吃完晚饭，待我们都睡着了才走。父亲一次都没来过，母亲没说过他，我们也不敢问。有关他的消息，我们一点也不知道。

我们是有父亲的孩子，这一点在当时、当地非常重要。可是，我们的父亲呢？有一次哥哥跟我说，他觉得爸爸肯定是被抓走了，不然的话，不可能从不回来看我们，也不让妈妈告诉我们他的消息。我吓得立马哭了起来。哥哥不知道怎么结束那个场面，自己也吓得哭起来。但是没人问我们一句为什么，可能大人都有各自的烦恼，那烦恼比我们更甚。

那是寒冷的冬天，晚上姥姥也许看到我脸上已经风干的泪痕，泪水流淌过的地方，是皲裂的。她用粗糙的拇指，给我抹了半天。

其实这些东西，现在看来可能并没什么——事实上也没有什么。过去我也曾和哥哥说起过。说起这些事情，哥哥总是一副茫然的表情，要么沉默，要么就是深深地叹气，牙疼似的。跟我一样，他也不会跟父亲交流。或者怎么说呢，经历过那样的童年，我们都学会了沉默，很多埋在心里的东西，都不愿意拿出来，好像这是我们在那次磨难里，得到的唯一一样值得珍惜的东西。

其实仔细想想，在那样的时代，又是那样的环境，我们是父亲为数不多可以忽略的人吧。除了自己的亲人，父亲必须对所有人、所有事情小心翼翼。而作为他的孩子，即使被忽略，也真的没什么，那些小小的伤害，绝对不是让我们与父亲隔阂的唯一原因。它也许就像挂在我脸上被风皲裂的泪痕一样，用手指轻轻一抹，就平展了。

很多年里，父亲没有跟我们谈论过曾经发生的那段历史，也从没跟我们解释过什么，一次都没有。我们也从来没有主动问起过，更不可能给他说起我们当时的感受。好像我们没有共同的历史。还有一种可能是，我们都刻意回避着那段历史。也许在父亲看来，如果他说起这些，我们会把已经忘记的东西再一点一点捡回来。然后，怎么说呢，对他会有一次结算，那是他作为一家之尊所不能接受的。而对于我们来说，更害怕提起这样的事情时，被父亲淡淡地打发，让我们受第二次伤害。

再后来，到他退下来之后，是不是还想说这些已不得而知，但即使想说也已经晚了。我觉得，已经晚了的意思是，他没必要说，我们也没必要听了。我们空旷、寂寞，曾经被浓烈的遗弃感伤害的心灵，已经被许多新的东西填满了。生活就是这样,从心灵到房子,都会逐一被各种各样的物事填满,直到有一天,需要重新清理为止——在清理父亲房间的时候,这样的想法一次一次拍打着我。

也许,作为一个父亲,他生养了我们,本来就不该追问对得起还是对不起的问题。但这不是全部,好像缺了什么,有什么被某种东西隔膜着,就像隔着一层脏玻璃。只是我们和父亲之间,这种隔膜,再也不可能擦干净了。

五

妹妹曾经不止一次地说,想不到父亲会自杀,他没有任何自杀的理由啊!是啊,确实没有理由。他这一辈子,不管怎么对母亲,母亲对他始终忠心耿耿,一直到他死,一直到他死后,她做到了一个妻子该做的一切;我们兄妹几个,虽然各自生活都有不如意的地方,但算总账,还是过得去的,至少没有人成为他的负累。唯一可以解释的理由是,不是跟我们的隔阂,而是他跟这个时代和解不了,他跟自己和解不了。曾几何时,他是那样风光。但他的风光是附着在他的工作上,脱离开工作,怎么说呢,他就像一只脱毛的鸡。他像从习惯的生命链条上突然滑落了,找不到自己,也找不到可以依赖的别人。除了死,他没有更好的解决办法。

并不是妹妹最早发现父亲想自杀,而是母亲发现的。妹妹生性敏感,按她自己的话说,直觉大于理性。医学院毕业后,她分到一家医院的后勤部门,后来不甘寂寞,跳槽到一家咨询公司做人力资源管理。实际上两个单位的活儿差不多,但是她觉得在后来这个部门自在,自主性大,有成就感。

有次她跟妹夫一起回来看父亲。过去看见他们回来,父亲都高高兴兴地去买菜,饭前总要把酒打开,先和女婿喝一阵子。可是那天父亲沉默寡言,一直到吃饭都没怎么说话。

那天回去的路上,妹夫闷闷不乐。妹妹说,父亲今天的情绪不是因为我们,而是因为他自己,肯定是他自己出了问题。后来妹妹为此多次回来,她发现父亲情绪低落,而且有一种死亡的气息覆盖着他。莫非他想自杀吗?

她把她的看法跟母亲说了。还没说完，母亲就捂着脸哭了起来，母亲说，她早就知道这事儿，是因为她时时处处看得紧，父亲才没机会得手。

"那你怎么不告诉姐姐？"妹妹伤心地问。

母亲说，你姐姐离婚之后，就没看见她有过笑脸。她自己带一个孩子已经够难的了，现在那孩子又非常叛逆，就不让提她爸爸的事儿，只要一说起，就发飙，把你姐姐也快逼疯了！

说起来真有点悲哀，是父亲想自杀这事儿，让我们一家人又重新聚集起来——我们分散在三个城市，几乎很少团圆。我们都结婚成家后，每年也就交叉着见那么几次，春节或者中秋节，或者其他什么事由，反正很少有为了见面而见面的。为了见面而见面，我印象中好像只有一次，就是父亲过六十大寿那一次。

六十大寿，六十岁。对于我父亲来说，真的算是大寿了。他死那一年，还未满六十四。给他过寿那一天，母亲私下里说，有人给你爸看相，说他活不过六十三。如果按阴历算，可不就是嘛！可是母亲说的时候，我们都笑。那时父亲是多么沉稳、健康啊。可能他还没意识到退休对他意味着什么，我们也盼望着他早早退下来颐养天年，可以轮流到每个孩子那里小住。

当时我们只能被迫轮流陪他了。按照母亲的安排，我、小妹还有哥哥，要轮流看守父亲，防止他自杀。也就是说，父亲想自杀这事儿，已经不是什么秘密了。

我还好说，自从离婚后，虽然没跟父母住在一起，但基本天天回家吃饭，而且我还算是个自由职业者，时间可以自己掌握。原来我想着我一个人看着父亲就行，但是几天跟下来，我就支撑不住了，一个人要想严防死守另外一个人，实在是太难了。有一次我去洗手间久了一点，他已经开开门走了出去。母亲在厨房做饭没发现。我头皮都是紧的，赶紧出门往楼上追。好险！好在我们提前把通往楼顶的小门锁住了，他正站在那里发呆。我拉着他的手往回走，我相信他能感觉出来我的手心像水洗的一样。

而母亲这样的决定，苦了我的哥哥和妹妹。他们都在别的城市住，虽然开车都不超过两个小时，但毕竟是各自一家人，家家都有本难念的经。哥哥的婚姻也朝不保夕，跟嫂子已经分居好几年了。两个人同在一个屋檐下，却形同陌路，很难说上一句话。只要一说话，双方就火力全开，闹得天昏地暗。

妹妹的小家庭还不错，妹夫在一家上市公司当财务总监，虽然忙一点，收入很可观。只是妹妹的孩子刚刚上小学，离不开她。自从她回来值班看守父亲，孩子的学习成绩就每况愈下。有一次她接完老师的电话，半天没说话。在我的反复追问下，她才告诉我，孩子在学校打了别的孩子。老师让他喊妈妈到学校去，他告诉老师，妈妈出车祸了。老师问，你爸爸呢？他说，他们一起出的车祸！

"这么恶毒的话，他是怎么编排出来的啊？"妹妹泣不成声。

有一次，父亲当局长时候的办公室主任来看他。他带了几个凉拌菜，还带了一瓶老酒。过去父亲爱喝两口儿，可是那天俩人坐在屋子里抽了一下午的烟，父亲没动一下筷子，也没喝酒。

办公室主任走的时候，我去送他。我们是上下届同学，他跟我哥哥是好友，我跟他妹妹是好友。我们在一起情同手足，无话不谈。那天我把他一直送到小区后面的河堤上，临分手的时候，他站定下来看着我说："你们打算怎么办？"

我扭脸看着远处，长叹了一口气，无话可说。没人知道该怎么办。

"这样子拖下去，谁都受不了，也终究不是解决问题的办法，最终会把一家人都拖垮。"他的眼里突然涌出泪水来。他跟了我父亲十几年，两人有父子般的感情，"你想想有用吗？你帮一个想活的人，可能还真有不少办法；但是，一个人如果想死，你没办法，一点办法都没有！"

六

父亲葬礼前我们家来了不少人——我觉得比葬礼那天来的人还多。他们是我父亲曾经的领导、同事、同学、同乡、下属……还有我们家多得数不过来的远亲近邻。在他们的惋惜、褒扬和悲伤里，我觉得父亲不是越来越清晰，而是越来越模糊。我真实的父亲，到底是什么样子？

父亲还上班的时候，有一次办公室主任跟我开玩笑，说与其说他是你父亲，还不如说是我父亲；我跟他在一起的时间肯定比你跟他的多。

这不是玩笑。这话说得一点都没错。我小的时候，父亲大部分时间在乡下，一年也见不了几次面。等他回城，我上大学去了。我大学毕业参加工作后，他基本上整天待在单位，真是以单位为家。市里干部们说，他是一个最爱开会的人。有人取笑他，说市政府一个灭鼠文件，他也得召开会议层层传达，并且让参加会议的人都表态，并记录在案。

　　最经典的一个例子是，有一次他开会传达上级的表彰文件。开到夜里一点多，有人实在坚持不住，他终于发了善心，说实在困得很的同志，可以趴会议桌上睡一会儿。

　　的确如此，他退休的时候从他办公室拉回来整整一卡车笔记本和各种文件。几乎他每天的工作、生活甚至是思想，都记录在笔记本上。有一次市政府安排的一项重点工作出了纰漏，分管的副市长带着工作组到他们单位开会，说是要追查责任。他翻出两年前的笔记本，念给工作组听：当时是谁主持开的会，谁谁谁在哪里坐，几点几分都是谁发的言，都说了什么，一清二楚。笔记本证明那项工作完全是按照副市长的安排进行的。副市长当时弄得很下不来台，说，老张，今后我们都不敢跟你打交道了，什么你都有记录啊？

　　是的，什么他都有记录。记录挽救了父亲，那件事情最后不了了之。

　　他去世后，我们收拾他的遗物。我在他的笔记本上赫然发现，他有一次跟我母亲一起去我外婆家，竟然详细记录着那天发生的所有事情。"今天陪月娥（我母亲）回家看她父母。十点零七分到家。父母在，二弟三弟在。大弟去西安。饭后，两点四十五分，三弟说了两件事情，第一……"

　　我拿着他的笔记本给母亲看。哪知母亲只淡淡地笑笑，说，这事儿她一直都知道。

　　"你爷爷就是因为爱多说话被整死的；年轻的时候，你爸也因为乱放炮被整下乡，吃了半辈子苦头儿。他也得学会保护自己嘛！"

七

　　哥哥总觉得父亲的死跟他有关。每次他说起这个事情，总是絮絮叨叨地说个没完：要是那天家里没生气，要是他不急着赶回去，要是……妹妹跟我说，哥哥本来就神经质，千万别跟他讨论这些问题了，否则他会抑郁。

其实妹妹不用提醒我也明白，每次跟哥哥在一起，我都刻意回避这个问题。他和父亲之间的感情，远远比我们复杂，但又是一笔糊涂账。我也知道他这么多年是怎么挣扎着走过来的。他的婚姻是父亲指定的，嫂子的父亲跟我父亲是抗美援朝时期的战友，转业之后分到了同一个地方。她父亲也够惨的，在冰天雪地的朝鲜战场上喝了一个多月生水，回国后一直肚子疼。到医院一检查，说是直肠癌。把肠子切了之后化验，发现切错了，只是一般的炎症。好不容易身体恢复了，几年之后又发现患了胃癌，年纪轻轻就离开了人世。父亲和他的那些战友们，就把抚养孤儿寡母当成自己的责任，那个时候他就决定，让大我哥哥三岁的战友的女儿将来做他的儿媳。

从结婚第一天起，俩人就吵架。据说结婚当天晚上，俩人闹得把结婚证都撕了。

在婚姻这件事上，尽管哥哥从来没有原谅过父亲，但也从来没有抱怨过他。像所有事情一样，因为是父亲做的，这事儿便没有了对错。

父亲死后，哥哥每次回家都坐在他的房间里，半天也不出来。他总是望着我们俩和父亲的一张合照出神。拍这张照片的时候，哥哥上大三，我刚刚接到大学录取通知书。我们爷儿仁就站在院子里的一棵枣树前拍了一张照片。父亲说，爷爷心心念念的，就是耕读传家。现在无地可耕，但是家里出了两个大学生，也算是给了爷爷一个交代。

照片上，父亲的身体明显向哥哥那边倾斜。一九五二年，他们的部队在朝鲜战场上中了一发炮弹，他的大腿骨粉碎性骨折，手术后一直没有恢复，里面还打着一个钢钉。另外，还有一个弹片离心脏只差不到两厘米，没有让他的骨灰撒在三千里锦绣江山。后来他作为伤残军人荣归故里，在县委当了武装部长。

照相的人本来想让父亲坐在那里，但被他严词拒绝了。即使倾斜着身子，他也要稳稳地站着。

安葬了父亲之后，哥哥专门去重新洗印放大了这张照片，并郑重地放在父亲生前用的书桌上。那天他看着这张照片跟我说："爸再也不用走路了！"

我默然无言。妹妹说得好，只要哥哥说起父亲的事儿，我们一律不接茬，他说上一阵子就过去了。

可是有一次，他把自己灌醉了，把我和妹妹堵在屋子里发酒疯。他先指责我，说我离开这个家到妹妹那个城市去，完全是因为想逃避，不想承担责任。然后他又指责妹妹，说她是老公的家奴，天天把孩子圈在自己身边，完全被自己的小家给绑架了。

"你们一个比一个自私！"

说完之后，他突然抱着头，蹲在门口失声痛哭，说："是我杀死了父亲！是我们联手杀死了父亲！刚开始的时候我们爱父亲，心疼父亲，害怕他死。可是时间长了，我们还有耐心吗？我们每个人，都关心自己，可是，父亲呢？谁管？谁管？"

我坐着没动，我觉得他是借酒发疯。他说的不是醉话。可是妹妹受不了这些话，妹妹过去拍他的头，他把妹妹推开了。

他哭得像一个摔痛的小孩子。

"我们每个人都觉得自己的事儿比父亲自杀这件事儿大。有一次跟你嫂子生气，我就想赶在父亲之前自杀！那个时候我恨死父亲了，我就想，你怎么还不死啊！"

"哥！你太过分了！"我怒不可遏。

他低头痛哭，一句话都没再说。

哥哥的精神已经崩溃了。

回头想想，哥哥说的不是没有一点道理。我离开此地的目的，虽然未必完全是为了自己，但自己的因素占了大半。后来在陪伴父亲的过程中，我的情绪也已经失控了。有时候会低落到极点，自己关在屋子里一天不出门，不吃也不喝；有时候电话铃声就会让我心惊肉跳；有时候又暴躁欲狂，动不动就想发脾气，弄得我母亲都是小心翼翼地看着我的脸色说话。

父亲也一样，他也关在自己屋子里，只是让门留个缝儿。那个房间虽然比我的大一些，但是窗户被防盗窗护得严严实实的。屋子里一切可以伤害身体的东西都被清理得干干净净。

他与我们，自己的老婆孩子，变成了一种敌对关系。我们防备着他，他也防备着我们。我们进行着势不两立的攻防战，真说不清楚是爱还是恨。

不久前，我的一个朋友过来，说起她的父亲。说起她父亲死后，她收拾父亲的遗物，父亲完整地保存着她成长过程中的一切，突然失声痛哭。我坐在她面前，不知道该怎么安慰她。我对那样的父女感情很陌生。但是不久，我也哭了起来，想起父亲纵身一跃的那一刻，那么寒冷，那么坚定，又是那么绝望。于是，我真的哭了起来，比她哭得还伤心。

莫非，真的是我们杀死了父亲？

这句话，不过是借哥哥的口说出来罢了。我记得在父亲的葬礼上，我们互相回避着，不敢看对方的眼睛。

八

母亲这一辈子，至少在儿女们看来，从来都是对父亲唯命是从，她努力放低身段来成全父亲。其实母亲也算一个知识女性，她是当时县女中的高才生。自从嫁给父亲，尤其是有了我们几个之后，她就把自己深深地埋在家庭生活里，而且乐此不疲。她放弃了很多进步和晋升的机会，安心做一个家庭妇女，父亲到哪里她就跟到哪里，无怨无悔。

但是我们觉得，父亲对母亲虽然说不上不好，但也说不上好。工作上的事情、他遭受的委屈、和同事的关系……他从来不说与母亲听。开始的时候，母亲还问，还打听。父亲总是像没听到一样，沉默以对。后来母亲就不再问了。

在家里，他们也像同事关系，说话客客气气的，但是缺乏烟火气。他们一辈子都没吵过嘴，我也从没有看到过他们闹什么别扭。作为后人，怎么用现代眼光去理解他们的关系呢？可能这根本就不叫爱情，也许还可以说，这就是最好的爱情。毕竟他们相互陪伴着，走了一辈子。

还有父亲的笔记本，我觉得那是他人生的备份，虽然我只简单地翻了翻，看了没几页。如果认真地翻下去，我相信他和我母亲的一切，都会记录在笔记本上。也就是说，他们的婚姻生活会有记录，一旦发生变故，他就能向组织上交代清楚。想想这些，真让人有说不出的难受。他与母亲谈心、交合、探亲……我无法想象，一个人既活在现实中，还要活在发黄的纸上。

只是在父亲想自杀的事情发生之后，母亲对父亲的态度逐渐有了变化。在夫妻和家庭关系中，她慢慢找到了自己，就像一张洗印的照片，她在其中慢慢地显影。

她悄悄地掌握了主动权，对于母亲来说，这无异于一场革命，或者是政变。

有一段时间，父亲患了支气管炎，我和母亲每天陪他去医院输液。有天下午，天气晴好，输完液之后，我没有按惯例走大路回家，而是开车绕到河堤上。从那里回我家虽然绕远了一点儿，但是人少，环境也好。

刚到河堤上的时候，父亲像往常一样表情平淡，木然地看着车窗外。走到河堤中间的广场边，他突然咦了一声，用手指点着窗外。母亲说，把车停下吧。原来他是看到了自己的一个老战友，正在广场上散步。等我们把车子停好，走到广场的时候，父亲的那个战友已经走到树丛后面看不到了。但我们没有停下，也没有折转头往回走，而是沿着河堤一直向前，这也是母亲的意见。父亲一声不吭地夹在我和母亲之间，走了很久很久，直到他开始大口喘气，我们才在路边站了下来。

父亲又喘了一阵才慢慢平息下来。他跟我母亲说，让她跟老周——就是刚才跑步的那个人，他也来我家看过几次父亲——联系一下，他想和老周一起，去北方看看几个战友。

"好啊，"母亲热情地鼓励道，"我跟你一起去。"

"我想自己去！"父亲眼里突然现出热切的目光，那目光到现在我还记得，是一种强烈的生的光芒，像电弧光。

"让我自己去吧！"父亲的声音几乎是在乞求了。

"不！"母亲坚决地摇摇头。

父亲把目光转向我，我也坚定地摇了摇头。

那种光，突然像断电了一样，在父亲的眼里熄灭了。

九

这一年的中秋节，天气非常好。父亲去世三周年，我们兄妹三个约好跟母亲聚在一起过节。下午母亲安排我说，去买点东西，晚上到阳台上赏月。难得母亲有这样的兴致,本来我想拉着他们一起去,但哥哥闷头坐在父亲房间里,说他不想出去。我只好带着母亲和妹妹去了。在月饼柜台上,母亲坚持要买一块老式月饼。我知道她是给父亲买的,父亲爱这一口儿。

晚上,月亮东升的时候,我们和母亲来到阳台上。

"给你爸掰一块月饼,"母亲点着给父亲留的空椅子说,"昨天我梦见他了,他说过得还不错,就是晚上门口不安静。这几天你们去买点东西烧烧。"

我一边答应着,一边把老月饼切成四块,放在留给父亲的那把空椅子前。

哥哥低着头不说话。最近一个时期他情绪反复无常,尤其是跟嫂子离婚之后,他轻松了没几天,就重新陷在抑郁的情绪里了。

"欢子,"母亲喊着我哥的乳名,"你从来没有梦见过你爸吗?"

哥哥摇摇头,又点点头,但是没抬头。

"你爸什么都没跟你说过?"母亲问,"我怎么不相信呐!"

哥哥一脸迷茫地抬起头看着母亲,然后又低了下去。

"你也别想不开。其实你爸自杀那一天,我什么都知道。你们想想,我怎么可能不知道呢?"

我打了一个激灵,起了一身鸡皮疙瘩,感觉父亲回来了,正坐在我们中间。哥哥也诧异地抬起头来,我和他对视了一眼,看到了他眼睛里闪着的某种光亮,让我突然想起我们被寄养在外婆家,他说父亲被抓时的情景。不过只是在心里一闪而过,冰凉而疼痛。

一时间我们都沉默了,谁都不知道该怎么接母亲的话,只是看着留给父亲的那把空椅子发呆。月上中天,突然感觉天气有点凉了,也许是气氛有点凉,我站起来给母亲披上一件衣服。

母亲对我说:"你把阳台上的灯打开。"

我开了灯,回头看见母亲拿出一个小布包摆在桌子上,示意哥哥打开它。哥哥把它展开,里面是一个弹片,磨得明晃晃的,铜已经变成了暗红色。

"这个东西,卡在离你爸心脏一指多远的地方,再往里挪一点他就没命了。"母亲用手指头在心脏处比画着，然后把弹片对着灯光看了半天，好像它透明似的。过了一会儿，她把哥哥的手拉过来，把弹片放在哥哥的手里，"过去咱们家最难的时候，每当我想不开，你爸就把它拿出来搁在我手里，说，看看这个，还有什么想不开的？虽然最后他还是没想开，但是他让我想开了。要不是这个，我真活不过来，哪还能把你们几个养大？"

哥哥拿着弹片，也朝着灯光照了照，脸上现出很复杂的神情。

"他去死，我怎么会不知道呢？"母亲又把话头转了回来，"他出去的时候，我看到了，想站起来。他就站那里狠狠地瞪着我，严厉地制止我。他知道我这一辈子都不敢违抗他。不过，那时我也横下一条心，心想，只管让他走吧，看到底能会怎样！"

一片静寂。我们的心都提到了嗓子眼儿。

"结果，他真死了。"母亲好像沉迷其中，脸上平静得像说别人的一桩旧事，"死了就死了吧，谁不死呢？所以我觉得我对得起他。这也是我最后一次成全他，最后一次按他的意见办。"

我努力克制着自己，直到一波又一波强烈的情绪过去。我知道，今天即使母亲这样说，我们也不会这样去想，至少我不会。我们知道母亲对父亲的忠诚和爱，而且，我宁愿相信她这样说只是为了安慰哥哥，她不想让我们家的最后一个男人，再爬上天台。

事情只有这样想，对生者和死者，才是最好的安慰。

的确如此。也不过如此。

原载《收获》2019年第3期

弋舟

核桃树下金银花

如今送快递的电动三轮车已经成了路面上的交通灾难，行驶中我也受到过它们的妨碍。但我很难去谴责它们，因为在情感上，我觉得自己可能算得上是这个行当最早的从业者之一。我经常会把自己想象成快递小哥们的先驱。

那年我十七岁出头，差不多算是抢了一匹这样的铁马，一路风驰电掣地穿行在玉林街。本来也没什么目标，非要说有的话，我心里最初的方向纯然只是一个念头。那个念头的心理地名叫"透口气儿"或者"撒个欢儿"，就是诸如此类的情绪而已。临近高考，你能明白我干吗会想这么干。

结果是电动三轮车上载着的包裹驱使我将纯然的心理地标换成了玉林街。没错，那儿正是这件包裹需要派送的地址。

你看，这没什么好说的，既然你跨上了一辆送快递的电动三轮车，你就得把车上的货给送了。

那件货挺大，用绳子捆在三轮车货箱的顶上。如果它是塞在车厢里，没准我就不会奔赴玉林街了。可正是它如此拉风和招摇，摆明了你不重视它，你就是犯下了天大的罪过。有些事态一旦摆在眼前，就会成为态势，你必须对它做出反应，好比一只沙袋吊在眼前，你只能硬着头皮迎上去，忍着疼，挥拳狠狠地揍那么几下。我把这种事态称为"规定性事态"。

那时，一件"规定性事态"的包裹捆在车顶，我必定会被唤起某种给定的身份归属感，它让整部电动三轮车有种满载了一番道义的属性，甚而，我还会因之升起一种自己也不大确定的荣誉感。你知道，顶着它，电动三轮车偶有颠簸，车身会发出不稳定的摇摆，于是好了，在这种不稳定的摇摆中，骑手的荣誉感却油然升起。

这匹铁马是我从张桓那儿抢来的。彼时恰在午后，张桓将他的坐骑停在了学校门口。"坐骑"这词儿，是张桓自己的命名，想必给了他有效的心理暗示，让他在蓉城走街串巷时豪情陡生。他需要这个，否则无法面对我们这帮朋友——大家初中毕业后分道扬镳，有人接着读高中，有人跨着坐骑送快递去了。读高中的实则羡慕跨坐骑的。快递员在那时还是个新兴职业，而所有新兴的东西，在我们的时代都天然地具有正确性与优越感。当时，一群人围着电动三轮车，可不真的就像是在瞻仰赤兔马？它还真是有点威风八面，黑色的车体，白色的大LOGO，在一帮高中生眼里，有股身份确凿者才有的派头。

我得骑着它走一遭。这念头不由分说，就是一只沙袋吊在你眼前于是你便只能攥紧了拳头迎上去的状况。

我问："跟骑摩托差不多吧？"

这么问，是因为我会骑摩托。

"一样的。不过货拉得多就得当心点儿，搞不好会侧翻。"张桓说。

他可能嗅到了不祥的气味，于是企图吓唬我。

我说："我这身板儿问题不大，镇得住。"

张桓单薄得像张纸片儿，不言而喻，所谓侧翻，对他也许才是成立的。而那时候，我处在人生吨位最重的好年华。足足一百九十三斤，我比身边所有的人都大了不止一圈，自我判定为一个失败的胖子。但这个失败的胖子，在这件事儿上难得地摊上了优势，我完全称得上是一块可靠的压舱石，能够稳住一切妄图侧翻的坐骑。想把我掀翻，那可真不是件容易的事儿。

然而张桓还是不肯轻易让出他的权力。他以掌权者才有的口吻宣布说：

"不开玩笑，公司有明文规定，货车严禁交给他人。"

此话蹊跷,对于那时的我们,完全是另外一套话语路数。"严格""明文""他人",至少,这些话当时在一个失败的胖子听来,只能加深这个胖子的失败感。除了不祥,张桓肯定又嗅到了另外的气味,混杂着沮丧的酸味儿和悲愤的硫黄味儿。他絮絮叨叨地说他送了一早上的货,送货是有时效的,他必须赶在下午三点之前干完这一趟的活儿。

我问他:"那你还跑这儿嘚瑟什么?"

他说:"歇口气儿呗,看看你们呗……"

好了,"歇口气儿"直接诱发了我"透口气儿"的联想。我们都受制于一口气儿,这就好办了,既然这是大家共同的困境。我冲他笑笑,手已经搭在了他肩膀上。我在使劲儿,尽管还没有形成暴力,但向他传递的意思明白无误:走开,否则我帮你走开。

"真不行啊,哥们儿,"张桓下意识地夹紧了腿,像是夹紧了他的马背,"这车是交了押金的,有个闪失我的饭碗就没了。"

我在跟他对话,但用的是手语。最后他还是听懂了。

他说:"那你骑一圈吧,试试就好啊,其实没啥好玩儿的。"

彼此换位,跨上去,我觉得车身被我压得向下一矬,那感觉就像是真的跨上了一匹马,它极富灵性地微微下沉,缓冲掉瞬间的重荷之后,又柔韧地挺起了腰背。顿挫之间,简直就是一个活物。

张桓讪讪地问:"怎样?是不是没啥特别的?"

"挺好。"

我由衷地说,手里尝试着打火。

那家伙被驱动了,向着街对面歪歪扭扭而去。这一段我是在逆行,三轮车走着不规则的曲线。扶上马,送一程,张桓跟在后面慢跑,像个跟在大统领座驾边儿慢跑着的保镖。其他人在起哄。随后我在路面上掉了头,迎着张桓马力十足地开过去。他望着我笑,继而笑容凝住。当他的坐骑有如马儿嘶鸣一般从他身边轰的一声吼着驰过时,他只来得及在我身后丢下这么一句话:

"货得送到玉林街啊。"

这句话他说得上气不接下气,听上去像一声力不从心的叹息。

电动三轮车很好骑,我的确镇得住它。它在路面上畅行无阻,那些耀武扬威的大家伙不得不挤作一团蠕动的时候,恰是它灵动流畅的时刻。这感觉对一个失败的胖子而言,真的是美妙极了。囿于肉体的庞大,生活中我已经习惯了笨拙和艰难,而此刻世界变得像丝绸一样光滑,于是行动本身不断自发地推远着目标。最初,我不过是想要跑一小圈儿,我的那口气经年累月,堪称一口浑浊厚重的恶气,浑浊厚重到都已经让我不大敢使劲儿吞吐的地步,至多吹气如兰地呼一呼。可在车流中穿梭了几下后,我就有了吞吐大荒的气魄。三轮车的轻盈成了我的轻盈,它黑色的车身和白色的大LOGO,显豁地重新命名了我,让那顶失败者的帽子从我的胖脑壳上随风吹落。我生活在黑色的六月久矣!即便是冬天,也被那个可怕的月份所折磨。现在,我才意识到原来成都四月份的天气这么巴适。我觉得我是逆行在时光的隧道里,从四月回到三月,二月,一月,总之,与那个不由分说、只能蛮横逼近的高考时刻背道而驰。

  我的确有可能真的害死张桓了。"严格""明文""他人"这些词儿,将会因为我的行径而去围剿他,"押金""饭碗"这些狠词儿,将会不由分说地揍翻他。他现在唯一能做的大概就是:走进校门,认领命运,逐渐膨胀,直到坐在我那张课桌前,成功地蜕变为一枚失败的胖子。而我,渐渐地成为一张美妙的纸片儿,跻身于快递行业最早一批从业者的行列。此刻发生着的一切,对我终归只是一个故事,但对张桓,就是一个不折不扣的事故。他此刻该有多崩溃,我是完全能够想象的,纸片儿一般的他跨着坐骑乘兴而来,却不料被敲掉了饭碗。但我没法不混蛋这么一次,就像谁都不应该在四月却过着六月的日子,就像没谁可以剥夺成都四月份巴适的好天气。为此,你被授权可以嚣张地去冒险,去慷慨地犯浑。

  铁马在不自觉地往玉林街方向跑。这点起初我是没有意识的,我只是被莫名的力量所驱使。回头想想,这事儿其实好懂:老马识途,一旦你跨上了一辆送快递的电动三轮车,你的路线与目标便已经被圈定。

  这是我第一次驾驶电动三轮车,但我熟练得就像是驾驶过它一辈子,我觉得我完全就是在做着一件压根不需要学习的事情;做一个快递员,我压根不需要被教育,它就是我生而为人的本能。

  我加大马力,并不知道自己是往玉林街跑。我还以为我是冲着烤兔跑呢,这对一个失败的胖子而言,简直就是天经地义的方向。华西医院对面有我钟爱的烤兔——华西医院在玉林街方向,这个逻辑的链条,是一个失败的胖子内心朴素无华的真理。循着真理的轨迹,我在华西医院对面成功地吃到了烤兔。坐在店里享用,优哉游哉地隔着玻璃瞅向停在路边的电动三轮车,我将此刻的美食当做了辛劳工作间歇的一顿犒赏。

重新上马,被满足了的胃便不再为我引路了,偶尔颠簸的三轮车,终于开始提醒我身负着某种使命。我在路边停下,研究那件车顶上的包裹。它贴着的包裹单上确乎有个写着玉林街的地名:

玉林街　民航成都飞机工程公司职工宿舍

我想这并不难找,因为这个地址看上去就不像是个犄角旮旯。我踅进巷子里,信马由缰,开始蛮有派头地逡巡。打麻将的妇女被惊动,目光警惕地尾随我。我经过了坐在板凳上嘬荷叶菊花的闲汉、当街开张的剃头匠,沿着一条乌黑的排污沟前进。而后兜转一圈,恍然又是打麻将的妇女、坐在板凳上嘬荷叶菊花的闲汉、当街开张的剃头匠。显而易见,我迷失在四月的时光里了。玉林街就是一座不折不扣的迷宫啊。不过我才不在乎呢,我并不在乎被绕晕,不在乎妇女、闲汉、剃头匠次第在我眼前打转,不在乎骑着赤兔马却走了麦城。作为一个失败的胖子,我从来不在乎铩羽而归。

可事态一旦成为态势,便自有其意志。几圈之后,我看到一家杂货店门口蹲着个跟我一样胖的女孩,她穿了件阔大的老头衫,却长发披肩。三轮车在她面前停稳,我下来了,看清原来她也是坐在一张板凳上的,不过板凳比起她来,小到可以忽略不计,让她看上去咄咄逼人的像是蹲着。

"我找民航成都飞机公司,"我说,意识到并没说准,定定神,又说一遍,"我找民航成都飞机工程公司,嗯,职工宿舍。"

"找去呗。"

她一出声,我就知道我遇见了一个同伙。她的那种腔调,冷漠,无理,有点儿幸灾乐祸和缺心眼儿,诚然就是一个失败者的腔调。你也看出来了,这女孩就是我的翻版,不过比我多了一头披肩发而已。

她盯着我身后的三轮车问:

"你是送煤气罐的嗦？"

我知道，她的眼睛要绕过我看到我身后的风景该有多难，我常常自诩为是一堵墙。我善意地错开一点儿，以便让她看得分明。这对我而言，绝对称得上是善举。你要知道，仗着一副庞然的身板儿，我可没少跟世界作对：故意扩张，为的是挡住后排家伙求知若渴地望向黑板的目光；故意扩张，为的是塞住门框，阻挡尿急者错乱的脚步。而且我也相信，所有失败的胖子多多少少都会和我一样，对这个世界抱有不大不小的寒碜的敌意。

"不对，我是个送快递的。"我几乎是温柔地向她解释，"和邮递员差不多，但是比那帮家伙更高更快更强。"

"你不是飞机公司的吗？"她说，"没有比飞机更高更快更强的了吧？"

一刹那，我觉得我是被她戏弄了，她这个失败的胖子，在智力上至少比我成功。但我很快不这么想了，因为我从来笃信，没有一个胖子的智力会高过我。还有就是，尽管这世上失败的胖子不少，但让他们狭路相逢，却一定是个小概率的事件，至少在我的经验里，从未遇到过像眼前这个女孩一般与我旗鼓相当的。怎么说呢，嗯，金风玉露，对她我竟有股惺惺相惜的爱惜。

"别逗了，不是那么回事儿。帮我想想，民航成都飞机工程公司，嗯，职工宿舍在哪？"

我说得诚恳。

她威武地站起来了，动静令我都不由得想退避一步，更加让我确认自己是找到了一个同伙。

"胖子，这里压根就不可能有飞机场。"她用一根一点儿也不亚于我的胖指头环指一圈，"全是楼，全是楼啊。"

我也冲她伸出一根粗壮的食指，勾一勾，示意她过来，瞅瞅车顶上的那只包裹。

她倒是大方，凑过来看。

"玉林街，民航成都飞机工程公司，嗯，职工宿舍。"

我吁了口气，幸好，是个识字儿的。

她拍拍我的肩膀，那真是砰砰有声。

"你完了，胖子。"

她的声音像我一样温柔。

"啥意思?"我说。

"玉林街。"她重复一遍。

"是咯,难道这儿不是玉林街吗?"

我错开一步,看她身后的门牌号。没错啊,玉林十巷七号。旋即,我便知道我是真的完了。可不是吗,以"玉林"之名,至少有十条巷子之多,而这个包裹的单子上只大而化之地写着"玉林街",就好像玉林街如同中南海一般独一无二。

"你得帮帮我。"我温柔地说。

"这个可不好帮,"她耸肩做了个很够劲儿的动作,"不光不知道是几巷,你还不知道东西南北。"

"东西南北我还是知道的咯。"

我顿了顿,整理了一下方向感,觉得把握尚存。

"玉林分玉林东路、玉林西路、玉林南路、玉林北路。"

她当然是笑起来了。一般情况下,只要有人冲着我笑,甚至我自己对着镜子冲自己笑,我都是不惮以恶意来揣测的,但此刻我不觉得她带有讥讽。

是啊,这是很崩溃,我所面临的困难不亚于课桌上堆积如山的习题。然而我一点儿都不焦灼。我想,是对面这个女版的自己安抚了我。她把握十足地站在我面前,加重了我们失败胖子阵营的砝码,我们无所畏惧,大不了彼此依赖,共同失败,共同胖下去。

果不其然,她又一次拍打我的肩膀,说道:

"没事儿,就一起找找呗。"

我重新跨上坐骑,一瞬间,甚至想象着将她也一把拽上来,从此扬鞭策马,红尘潇洒。她自岿然不动,嘴角挂着平静的笑意。我立刻感到了羞愧,为我的幼稚和盲目。现实从来残酷,我却心怀叵测地梦想——这辆电动三轮车,承载了我,已经是它的极限了。

重新下马,我推着那家伙走。这是眼下行走在玉林街唯一正确的姿势。我当然可以还骑着它,跑慢点儿,但我没法想象一个胖女孩像个跟在大统领座驾边儿慢跑的保镖那样地尾随着我。谁能想到呢,我从张桓那里抢来一匹快马，原来却终究是要推着走的。如果知道是这样的局面，张桓他也是会宽恕我的吧。

我们走在四月的玉林十巷里。不必说，路面完全被我们堵塞了。这却给予我们一种满盈的豪情。我们最大限度地充斥了虚无的时光，拥有了结结实实的肉身者的尊严。迫于无形的压力，路人一定是要给我们让道的，贴着墙根，让我们簇拥着一辆电动三轮车先行，款款而过，我们就是这样被世界礼遇，连风都得绕着我们走。

想必她的心情也与我仿佛。证据是，走了大约十分钟后，她开始显得有了些闲情逸致。

"核桃树开花了嗦。"

她指着排污沟边浓荫蔽日的树木说。

对于树木，我是一窍不通的。顺着她的胖指头瞧，我有生以来第一次认识了一种树。这树，大约有二十多米高，树皮灰白，纵向排列着浅纹，花苞完全颠覆我对花朵固有的认知，差不多就是我眼里认定的果实，只在顶部有那么一点儿花的意思。

"我家地里种了好多核桃树。"她说。

我不觉得她这是在卖弄，因为种核桃树这类事儿，在那时候就不是什么值得卖弄的事儿了。很久以来，人们卖弄着的，早已经是种摇钱树之类的把戏了。可我还是感到了羡慕。让我羡慕的，除了种核桃树这事，还有她大大方方说出此事的从容和磊落。我想我是做不到的，我也是个只配跟人吹嘘栽种了摇钱树的家伙。所以，尽管我们同样是个胖子，也许还在很大程度上同样是一个失败的胖子，但至少，她在种核桃树这类事儿上，境界遥遥地领先了我。

"真不错。"我赞叹道。

她话头一转，说：

"还有金银花，我妈在核桃树下还种满了金银花。"

我一时有些转不过弯儿，仰着的脑壳不由自主地低下来，好像生怕一不小心践踏了那核桃树下的金银花。没错，我出现幻觉了，感觉不是行进在玉林街的某一巷里，而是如沐春风，徜徉在一派田园风光中。

"知道啥是金银花不？"

"不知道，"我说，"噢不，我知道，冲凉茶的咯。"

我不想在她面前暴露我的无知，不是好强，竟只是温柔的不再与世界拧巴的心情。

"没错，可是你肯定不知道它还叫别的啥名字。"

她和我对视了一眼。

"它还叫忍冬花。"她说，"因为开出来的花先是银白色的，再变成金黄色，才被叫成了金银花。"

"还是叫金银花好听，又是金又是银的。"

我依然是个只晓得摇钱树的浅薄蠢货。

"其实没那么富贵，金银花一点儿也不娇气，种上能有三十年的收成呢。"她停了话头，发出一声缥缈的叹息，"马上五月了，田里的金银花就要采摘了。"

说完这话，她便离我而去，仿佛直接去往田野里摘金银花去了。

我当然是回不过神儿，换了谁都会一下子回不过神儿。何况我还推着辆电动三轮车，于是只能傻站在那儿不动。只要想象一下当你从某个动人的、关键还是与某个人共享着的蓝图里突然被遗弃，你就会明白我当时的滋味。有那么一会儿，我觉得我可能是中暑了。推着辆电动三轮车，即便是在巴适的四月里，一个胖子也会汗流浃背，更可怕的是，这个胖子方才还因为有了另一个胖子的加盟而变得怀有了温情和善意，变得不再觉得自己纯然就是一个失败的胖子，变得鄙视自己的摇钱树思想，变得对植物学发生了轻微的兴趣，变得萌生了一丝去见识田园风光那种自己经验之外景致的愿望——变得就像他自己的一身肥肉那样的柔软。

不是说好了吗，"没事儿，就一起找找呗。"

我不能不做出判断：嗨，死胖子，你今天撞鬼了。哪儿有什么电动三轮车，什么烤兔，什么玉林街，什么飞机场，全是楼，全是楼啊。但做出此种判断的同时，我的脑子里依然充斥着一派自己未曾见识过的风光。

当年，在四月的玉林街上，你可曾看到过一个被雷蒙的、茫然无措的失败的胖子？那天我骑着一辆抢来的电动三轮车，不达目的誓不罢休地穿行在玉林街上。我不甘心，我在拼命地找，拼命地找。我找的既是玉林街民航成都飞机工程公司职工宿舍，也不是玉林街民航成都飞机工程公司职工宿舍，要"找到点儿什么"这个念头本身，也许才是左右着我的真正的动力。

当暮色四合，我将三轮车开回到学校门口时，好几个张桓一起向我扑来。

那是张桓，张恒的哥哥，张桓的爸爸，以及张桓的亲戚们。他们是一个纸片儿的家族，在我眼里，就是好几个张桓。还没下马，我的后脑壳就挨了一巴掌。那也不过是纸片儿般的一巴掌，但却在我的眼前打出了华丽的金星。

知道吗，我看到了硕果累累的核桃树，我看到了一望无尽的金银花。

许多年过去，如今快递小哥没啥神气的了，新事物成为旧事物，都是这样的结局。

刚刚我还爬在家里的露台上，看小区保安扭着一个快递小哥往外赶。这位小哥端的像张纸片儿，不能不让我将其想象成我的同学张桓。如若真的是张桓，那么他就是一个持之以恒的快递楷模。可这显然没有可能，我为自己滑稽的想象而沮丧。多么无聊啊，或者多么伤怀，一转眼，你就是一个无所事事、胡思乱想的中年胖子了。

我回身进到客厅，倒在沙发上，安静地聆听楼下的吵闹，从呵斥与争执，到辱骂与咆哮。

我一直在周而复始地减肥，这差不多成了我毕生的志业。效果最好的时候，我减到了一百四十五斤——那可真是个像模像样的公子哥儿。但我最初并不知道，上帝赋予我沉重的皮囊，本来是要平衡我灵魂中根深蒂固的轻浮的。这是上帝和我之间一桩很严肃的密约。我就是我自己灵魂的秤砣，是我自己船身的压舱石，我轻了，灵魂便四方飘散；我轻了，就得翻船。大学毕业两年后，在二十四岁的时候，一百四十五斤的我搞砸了家里原本非常兴旺的企业，一夜之间，连居住的房子都得抵押给银行还债。那是我老爸一生的心血。一个公子哥儿倒下了，他在半年之内，体重重新攀升到一百九十斤以上。

我跟着爸妈离开了成都，就像是一个拖累着双亲的巨型婴儿。我们一家人在西安开了爿只有两张桌子的串串店，每天呼吸着充满牛油与花椒味的空气，至少还可以让我们不觉得已然背井离乡。

有那么一个深夜,我在浓厚的川味儿中失声痛哭,老爸不得不连哄带吓地把我拖到街边儿去,以免我惊走店里本就稀缺的客人。他手足无措地站在我身边,而我干脆一屁股坐在了马路牙子上。我这个失败的胖子无法完成蹲姿,要么站着,要么只能坐着,上帝没收了我身体折中的姿势。老爸系着脏兮兮的围裙,神情木然,只能说一些"重头再来"之类的废话。后来我哭累了,抬头发现,自己原来是坐在一棵核桃树下的,黑暗中密实的树叶混为一个整体,从而在夜风中神圣摇曳着的就是整个树冠。那是我唯一认得的树木。

我知道我得振作起来。这并不说明我天生有自强不息的品质,我只是在十七岁时被上帝调教过。可我一旦振作,体重便开始下降,就像是一个悖论。我惧怕自己重新变得轻浮,于是振作一段时间后便重回消极气馁,在某个深夜坐在核桃树下恸哭一场,继而,再度振作。朝三暮四,我活在时重时轻的轮回里。

说来也很神奇,最重的时候,我没突破过一百九十三斤,最轻的时候,也再未跌至一百七十三斤以下。从一百九十三斤到一百七十三斤,这个区间,俨然是我开展生命运动唯一可行的活动半径,我的跑道并不长,只能折返在这样的一个摆幅里;我所有的悲伤与欢乐,见诸肉身,不过起伏在这样一截微不足道的波段里。不过区区二十斤——等我有一天终于勘破了这个秘密,我就突然得到了解放。因为我看到了本质,看到了生命的限度。

那一年冬天,我在将鸭肠和豆皮串成一把把串串之余,开启了在网络上写穿越小说的生涯。我的网名叫做"不过区区二十斤"。这个网名决定了我直抵某种神秘本质的书写能力,我觉得我多少摸准了自己命运的脉搏。事实也证明,这回我算是弄对了。

差不多用了五六年的时间,我向爸妈宣布他们可以搬回成都去了,我已经有能力为他们在成都买下最体面的房子。但他们异口同声地向我表示:此地乐,不思蜀。串串店当然是不用再开下去了,而且其后很长一段时间,我们一家三口都心照不宣地拒绝吃一切与牛油和花椒有染的食物。我的确赚到了不少钱,但我未曾松懈过。网络作家的生活非常适合我,后来,我在一些活动中与同行碰面,发现十有八九,大家个个都是一副失败初秋的成都依然很热，当然变得让我几乎无法与离开时的记忆对应起来。但我并不觉得陌生，就像我已经不记得对于它的熟悉。飞机没落地前，我产生过奇思异想：我是不是可以找辆电动三轮车骑到玉林街去呢？好在这念头只是一闪而过，如今我实在没有了将生活戏剧化的兴头。我叫了辆车，先去了华西医院。那家烤兔店没了。这没什么好奇怪的，它要是还在，可能才算奇怪。我信步到了锦江河边，在耍都吃了几把串串。吃完我意识到，这是自从我们关了串串店之后，我第一次重新把竹签捏在手里。我特意感受了一下自己的心情，让我欣慰的是，很好，我的确非常之平静。我的内心没什么波澜。然而有些重大的缝隙已经被时光抹平。

玉林街当然也不是当年的玉林街了。至少，排污沟看不到了，它被齐整的石板覆盖掉，街道俨然有了花园的意思。我从路边墙壁上的宣传栏得知，现在，我所在的地方叫芳草翠园，它是一个模范街区。但当年的楼群还在，并且，全是楼，全是楼啊。打麻将的妇女、坐在板凳上喘荷叶菊花的闲汉、当街开张的剃头匠，他们都还在。

走向玉林十巷七号，远远地，我一度真的确信，她也还在，穿着老头衫，像是蹲着一样地坐在一张板凳上，等着一个在她眼里貌似送煤气罐的家伙到来。

然而那家杂货店不在了，门脸儿被封死了，依然保留着曾经是个门脸儿的轮廓而已。

我感到了热，后背的汗水已经濡湿了T恤。一桌打麻将的妇女围坐在墙根，我走过去席地坐下看她们鏖战。能被我看到牌面的那个妇女警惕地回头看我一下，可能她是被我的身量吓到了吧，不由自主把身子向牌桌倾斜了一下。一个庞然大物出现在身后，谁都会感到不适的。但我马上意识到，不是这么回事，现在的我只有一百七十三斤，算不得渺小，可也够不上庞大。是什么令这娘们紧张？那不过是因为她被人看清了自己的牌面而已，就仿佛，暴露了她内心深处的幺鸡与白板。

她不时回头看我一眼。我只能抱歉地对她笑笑。几把过后，她输了钱，不免迁怒于我。

"讨嫌喽。"

她侧着脸用眼睛的余光扫视我，心里阴影的面积跟我的体积一样大。

我觉得是该进入主题了。

"大姐,跟你打听个事儿。"

我尽量让自己的语气显得谦恭。

"啥事呀?"

一旦交流起来,她好像反而轻松了。

"这儿有个胖女娃,你认得不?"

"胖女娃?"她扭脸从头到脚看我一遍,回头继续码牌,"有多胖嗦?"

"嗯,差不多比我能胖上一圈。"

我思索了一下才说,因为我差点儿说出"和我一样胖"。

"比你还胖一圈?"

她不能不又回头看我了。

"是,比我还胖一圈。"

我直直腰,以便给她提供一个准确的参照。

"不认得。"她说。

我认为她不是在敷衍我,"比我还胖一圈的女娃"这个条件,耀眼得就像地上掉着的一百块钱一样不容人敷衍。

我并不甘心,继续给她提供线索:

"年龄吗,和我差不多。"

她又回头看我,扑哧笑了,说:

"和你年龄差不多?那还是啥子女娃嘛,胖婆娘嘛。"

我竟有些害羞,老实地点点头说:

"对头,她十几年前住在这儿,那时候,这儿有家杂货店。"

"不就是那家乡下人的胖女娃嘛!"

对面的妇女开口了,她的年龄明显是这堆人中最老的。

没错,就是她。我知道对上号了。当年,女孩对我说她们家的地里种着核桃树和金银花,只是当时我并没意识到,那只能是一种乡间的生活。

"走咯。"

"想起来咯,那家人去汶川咯。"

"去汶川咯?"

"可不是嘛,说是大地震全埋在楼板下头咯。"

· 228 ·

"哎哟哎哟。"

妇女们七嘴八舌地说开了。

我站起来,发现她们全闭了嘴,齐刷刷地抬头看我。我身前的那个妇女手里举着一张红中,像是正在盘算要不要当成防身的武器。

我说:"你们耍我嗦?"

"耍你做啥?"对面的老妇女接话道,"我跟她家邻居,她家是租房住下做点小生意的,还有老乡也在附近做买卖……"

我向前两步,把整个身子俯下来,两只手撑在牌桌上。有那么一瞬间,我的心是静止的,因为时间静止了。我应该是想了一想,最后还是决定把这张牌桌掀翻算了,好像掀翻了牌桌,人生便可以重新开局了。但我并没有马上行动。

"她活着。"

我试图和她们商量。

"死咯。"

她们跟我对着干。

"她活着。"

"就是死了嘛。"

妇女们就是这般惊人地倔强。

"她家地里的金银花可以摘三十年,你说,现在才过去多少年?"我继续说。

我觉得我是说出了一个完全无法被推翻的事实,这事实,经得起上帝的检阅。但是说完之后,我就把那张牌桌掀翻了。

妇女们在我身后尖叫。我一边回头走,一边用手揩眼泪。我等着有人在我身后袭击我,用巴掌,或者干脆用红中也罢棒子也罢的什么把我打翻在地。那样的话,我就会在眼冒金星中看到一片无垠的金银花在风中摇曳。胖女孩将我遗弃在玉林街上,不就是走向了那片田野吗。她足足有一百九十斤以上,什么样的楼板都压不垮她,我们并肩走在玉林街,路面完全被我们堵塞,我们因而有了一种满盈的豪情,我们最大限度地充斥了虚无的时光,拥有了结结实实的肉身者的尊严,我们被整个世界礼遇,连风都得绕着我们走。

是她令我在那个下午与世界达成了片刻的和解,我没法不去这么想。

回到酒店,我习惯性地打开随身带着的笔记本电脑,准备按部就班地更新自己的作品。自从开始在网络上码字,我就没有一天中断过,这已经是我获得成功的首要条件。可是我知道,今天这活儿我干不下去了。有一个人,因为我今天的归来而死去,我还他妈的能去虚构那么多压根就没在这世上活过的家伙吗?如果今天我没有回到玉林街,那么她就永远在核桃树下的金银花丛中劳作与收获,永远活在我十七岁的一次冒险中,健壮,雄阔,矜持而有威仪。

十七岁的那个下午,我载着一件地址不详的包裹,风驰电掣地穿行在玉林街。它没有收件人的名字,自然也就没有收件人的电话。它就是上帝因材施教给我的一个三无考验,想要我见识的真理不外乎是:既然你跨上了一辆送快递的电动三轮车,你就得把车上的货给送了。上帝知道我有多潦草,对这个世界有多不耐烦,于是差遣了一个胖天使蹲在路边,让她陪我走上一程,软化我,给我这个失败的胖子加添了肉身的尊严,她给我指认了此生的第一棵树,启发我对原野展开想象。事实证明,这一切多么有效。当她完成了使命离我而去,我始终身在一种对于非凡风景的憧憬中,不达目的誓不罢休地穿行在玉林街上。我不甘心,我在拼命地找,拼命地找。要"找到点儿什么"的这个念头本身,充斥在我全部的一百九十三斤的灵肉里。

而这个"找到点儿什么",不过就是一个肥胖少年应当早一点比别人学会的对于"规定性事态"的服从。你可以说那是提前学会认怂,但你也得承认,那里面,于劳作中蕴含着责任与义务自重的美德。

我找到了,它在玉林六巷一号。我完全相信,今天你若是按图索骥,依然会在此看到民航成都飞机工程公司职工宿舍——今天看一定显得寒酸,因为当年此地就不是什么堂皇的所在,然而最初入住的扎根者,肯定也壮志凌云,对未来抱有无端的信心与可被理解的妄想。

那天黄昏,我将上帝的三无包裹准确地投放在了它应当抵达的终点。门房签收了它,无师自通,我还郑重地让门房在包裹的底单上签下了名字。

那是迄今为止我所做过的唯一一件有头有脸的事儿。

我不止一次想过，那件包裹总归是会有一个收件人的，或者那就是上帝本人，当他用裁纸刀割开胶带，看到满满一箱的核桃与金银花时，会不会想到，有一个少年快递员风驰电掣地开着一辆电动三轮车，向着他永远的翻版与镜像，向着一个胖天使，一头冲进漫天遍野的壮观的花海里。

原载《青年文学》2019年第10期

李一清

大民还乡

多年前的一天早晨,还不是家庭户主的大民代他爹开会,村民会;同在那天早晨,他几天前刚相过亲的对象,一位穿红裙的姑娘,将由媒人引领,陪父母上他家相境况,俗称的"看人户",他得去村道口迎接。村道口临一方晒场,也是村里的露天会场,替他爹开会,一举两得了。

马上要见到穿红裙的姑娘了,刚洗过澡又换了身崭新行头的大民,去村道口的路上身子摇荡,脚底轻飘,整个心就是一只蜜罐。头顶的天蓝得不能再蓝,太阳的光就亮得不能再亮。风很轻柔,绸缎般擦拭着他的脸。炊烟到处袅袅,空气中就多了煮早饭熬新麦粥的甜丝丝的气味。还有人家在炒刚晒干的胡豆,声音在锅里"给刮给刮"的,在大民听来,也直如画眉的歌唱了。

那时在乡间,很少有姑娘穿裙子,更别说红裙!大民只在县城上高中时见过。女孩穿裙子,咋就那么好看呢?裙摆施施,脚下款款,简直就是仙女下凡!大民当时就暗下决心,今后找婆娘,一定要首选穿裙子的,当然前提得自己考上大学,工作在城里——毕竟裙子,从某种意义上讲,它更多代表城市女性!可惜大民高考名落孙山,想要复读,老爹死活不肯,不得已他只好去学石匠,慢慢又及木工。本以为今世裙缘断了,哪晓得头回相亲,竟让他这般喜出望外!这得感谢包产到户,吃饱穿暖了的农家女，也学起城里姑娘们的着装打扮了。他上过高中，又会两门手艺活，在乡下好歹算个能干的小伙子，媒人给介绍的对象，档次就相对高些。

这样兴冲冲地来到村道口，没等来红裙姑娘一行，等到的是先开会了。原来是村里要修一口塘，在老五叔的新屋前。老五叔是村头儿，他在台上做动员，要大家投工投劳，台下有村民交头接耳。大民要是没听，就不会有接下来的事发生！可他就听了，还听得差不多一字不漏。议论的老五叔暗地里找人看过风水，他家新修的房按阴阳五行，左青龙右北虎后玄武都具备，唯独就差啥前"朱雀"，挖一口塘在门前，就凑齐了！齐了，后人想要不发达都不能够！之前老五叔已放出口风，试探过村民对挖塘的反映，碍于他在村里的绝对权威，又是梁姓一村人的总老辈子，人们也只敢在背后嘀咕。大民因在外忙着做石木两门手艺，今天才第一次听说。

大民的石匠师傅不但手艺精道，还是个民间高人，他除了教会大民石工活，还教会他如何辨地理、察石纹、选石窠、取石材。这涉及地质知识。从此大民的石工活做到哪儿，他就把"地质"看到哪儿。本村的早烂熟于心。老五叔门前那一带的地质，打个比方，就像一口皲了的砂罐，修塘关不住水。大民就忍不住发言，说了那地方不宜修塘，种种。老五叔很不高兴，讥笑他有没有长天眼，你说那地方像皲了的砂罐就是皲了的砂罐？少信口开河！他当然没长天眼，这话等于在否定他作为石匠看地质的水平，一窘一急，更因了红裙起大早就带来的无比亢奋，他想也没想便冲口而出道：

"就算适宜，塘也不能修在你家门前！很多人闲话了。"

"啥闲话？"老五叔一愣。

话出口他就后悔了！但正如泼出去的水，要收收不回，只好继续，无非刚才听到的那些闲话。老五叔从台上下来，要他指给他看说这种话的都有谁。大民才稍一犹豫，老五叔就抬手给了他两耳光：

"老子修塘是给自家添风水？梁上坪就你嘴尖得像炒胡豆？给刮，给刮！"

巧到不能再巧，晒场边、村道口，红裙闪现……

粥熬沸了，他开始炒胡豆。

他在乡下就好吃盐渍胡豆，后来进城务工，也把好吃的这一口带进了城。做盐渍胡豆有讲究,先文火将豆子炒到微黄焦香,再猛火爆炒到像在铁锅里放鞭炮,掺进事先准备好的泡菜坛的盐水,冷热相激,青烟腾起,然后煮到软硬相当,捞出沥干,姜葱蒜、花椒胡椒、油辣子……味道巴适得很。只是炒胡豆的声音很尖利,平常总要有所顾忌的,但这个清晨,他满不在乎。

原来就在昨天,他住进了买下的这套二手房,进城打拼多年,总算安了个自己的窝。房子隶属于文化院,原主人是个画画儿的。同样在昨天,他大学毕业的儿子来电话,他在省城已有了一份不错的职业。心情好上加好,一忘乎所以,就顾不到别人的感受了。

现在胡豆的炒,进入猛火阶段,锅里灼浪滚滚,他手中的铁勺翻得更快,"给刮给刮——给给刮,给刮给刮给给刮!"不快,豆会焦煳,外熟里生,做出来的盐渍胡豆既不好吃,一颗颗看上去还像风干了的羊粪疙瘩。

正给刮得欢畅无比,隐约听到拍门声,嘭嘭嘭!嘭嘭嘭!他诧异昨天才搬家,会有谁知晓自己住这儿?又这大清早的,寻上门来干哪样?开门见是一中年男,着睡衣,不认识。

"给刮给刮,你还让不让人睡觉了?"中年男狂躁地叫喊,手指着他鼻尖,样子忍无可忍又生不如死。

他心里咯噔了一下,迷茫地望着对方:"你、你说的我吗?"

"不是你还有哪个!鬼老二呀?"

大清早的,他最忌讳人说鬼,担心招来一整天晦气。不由挥了挥手,好像这样就能把中年男口中提到的鬼老二赶走似的。谁知他这个不经意的动作竟把对方吓得不轻,中年男眼露惊恐,急往后退,直倒进自家敞开的门,砰!关门声令整座楼都为之一震。

原来是对门的邻居!

他看看手中,居然还握着炒胡豆的勺!明白中年男是误会了。

耳光响亮。

大民给打懵了。

正经过晒场外村道口的红裙和她的爹娘一行都听见了,眼光看过来。他捂着脸,当然还要脸带笑,迎过去。谁知那一行人表现得比他还要尴尬，尤其红裙的爹娘，他们强拉着女儿，也不"看人户"了，转身就走，脚步风快。

红裙就这样给老五叔打飞了！他只能眼睁睁地看着她飞了，欲哭无泪。

红裙的爹妈托媒婆捎话，他们家的女娃，丢不起那人！

他也丢不起那人！恰逢刚允许农民外出务工，大民先响应了。于是就认识了现在的女人，也像他一样在城里务工。刚认识时女人穿长裤，有一天她忽然想穿裙子，嚷着要买，他不许；女人一定要，他就放狠话：穿裙子，各走各！女人不想各走各，理解成这是爱她，爱到极端自私，不想让别的男人看到她露小腿，嘴里不情愿，心里偷着乐。

对门邻居姓刘，诗人，专业写诗。其实也就是一种职业，像他凭着当年在乡下学的木工手艺，进城后替人搞装修一样。不同在于写诗是脑力劳动，在纸上笔上；他干的是体力活儿，在墙上地板上。

自那场误会之后，这天他俩不巧在楼道碰面，他歉疚地对刘诗人点头，对方也回了他一个点头。他不好意思地对刘诗人嘿嘿笑，刘诗人不回他嘿嘿笑了，神情有些懵。有次刘诗人同文友喝酒，醉到脚打偏偏，被他路遇，扶归家去。真正成为挚邻，是最近一次刘诗人把钥匙丢家门口了，他怕刘诗人着急，拿着捡到的钥匙，工也不上，直等到他慌慌忙忙上楼，才想起家中炖蹄髈忘了关火！险些酿成大祸。此后，大民尊称他刘诗人，诗人喊他梁师傅，有时也叫他老梁。

做了挚邻才得知，那个早晨刘诗人冲他发火，在他熬夜写诗后刚睡着，就拿给他炒胡豆"给刮"醒了。那以后，他再要吃盐渍胡豆，就改在晚上歇工后，那时家家电视机放音量，他弄出的"给刮"声总要被掩盖了。

在文化大院住了一段时间，他发现这里的人多衣冠整洁，多气度悠闲，多谈吐机趣，多文质彬彬。这些年他租住过的那些院落，无一处不闹嚷嚷，无一处不乱糟糟，至少他天不亮炒胡豆，就从未有谁上门干涉。他庆幸这套二手房买对了地方，与很多文化人住在一起，简直就是一只土鸭子掉进了天鹅湖。他也不免自惭形秽，感觉到某种压力。

他开始严格约束自己，不再随地吐痰，不再乱扔烟头果皮，不再说话大声武气……也这样要求他的女人。一句话，跟斯文人学斯文，莫让斯文人瞧不起！

大民改掉从前养成的很多坏毛病后，感觉正在被文化院的人逐渐接纳，不再有刚住进来时那么大的压力了。尤其和刘诗人越走越近，有时想看书了就上他家借，刘诗人有很多书；刘诗人好喝酒，他时不时就弄两个菜，招邀来家共饮。不曾想刘诗人也好吃他做的盐渍胡豆呢，边吃还边大呼好嚼头，痛快痛快！过瘾过瘾！

塘挖在老五叔新房门前了。

果然关不住水，还硬得像一口锻了的砂罐！才见发山洪时周围的水汇聚得满满一塘，可几个晴日，水还浑着，竟又塘底朝天！

劳民伤财！人们也只敢在背地里说说。

有人想起大民了，但说来说去，最后都集中在他如何被老五叔打了耳光，又如何耳光一响，跑了婆娘。事情咋会那么巧呢？穿红裙的姑娘早不现身晚不现身，大民迟不发言早不发言！巧到不能再巧，这事只能是"豌豆滚进屁眼儿——遇圆！"

门前的塘蓄不起水，传言中老五叔要的这"朱雀"自是不灵，何况风水本不足信！总之于公于私，那口塘都白挖了。老五叔有一天不当村干部了，他儿子小五叔接着当。小五叔有个儿，人都戏称他小小五叔。这年小小五叔考上大学时，他爹小五叔给查出贪污种粮直补和冒领贫困户救助金坐了牢……老五叔禁不住这一悲一喜、大悲大喜，最终大病一场，撒手去了荒草之乡。

临走的前一天，有人看见小小五叔从学校赶回来，爷孙俩手拉手说话，说了很多话……

文化院召开业主会，讨论安装电梯。

这院建于20世纪末，有楼三幢，各高八层，每层二户。那时修宿舍还没有安电梯一说，如今政府鼓励，每装一部补贴二十万元，不足部分由住户们分摊了。

自从进城打工，他就不曾参加过哪样会，原因很简单，这座城市实在没有什么需要用"会"的形式，与他一个外来打工者商量！刘诗人敲门邀约他去开会时，他怀疑自己听错了，在得到肯定的答复后，他忙摆手说，开啥子会哟，我农棒一个！刘诗人说，开的业主会。你买了这院的房，再农棒也是这院的业主！不去，岂不放弃你本该有的权利了？

就去开会了。不是因为业主的头衔，更不是觉得权利于他有多么重要，而是他突然意识到去参加一群文化人的会，再看一群文化人如何开会，应该是一件很有趣的事情。

的确有趣。有关电梯的安装，意见并不统一，分歧在除了政府的补贴外，该住户出资的部分怎样按楼层分摊，还有几家住一二楼的，对安装电梯心存抵触。这就很难办了！因为一幢楼安不安装电梯，必须要所有住户同意，一户不签字，事情搞不成。于是，有人主张住一楼的就免除分摊了，二三楼、四五楼各一个档次，六楼以上到八楼笼统又一个档次。就有人强烈反对，说每层楼应该有每层楼的不同算法，如此归类缺乏科学依据……争论不休。他见证了这群文化人的嘴功，说话含沙射影、弯来绕去，又好斤斤计较，尖酸刻薄。

之后又开了一次会，依然没达成共识。虽然两次会他都只当看客，但会后却没少琢磨这些分歧该如何化解。这样，到第三次开会时，他终于忍不住有话要说了。刚举手要求发言呢，刘诗人马上鼓掌，鼓掌完又把他隆重介绍给大家，说，我对门好邻居，老梁，梁师傅。事既如此，他要退缩也不能够，只得硬着头皮说了，该住户分摊的电梯安装费，最好从三楼起算，二楼自愿，到底是低楼层；三楼以上，最好各按楼层分摊，楼高一层，价高一等。至于一楼，我看不仅不应分摊费用，反该予以补偿……

满屋的文化人都"哦——"了一声，目光齐刷刷投射到他脸上。他讲理由：安装一部电梯政府补助二十万，等于是国家发给我们的福利，一楼不乘坐，就享受不到了；安装电梯后高楼层升值，一楼非但不升，因电梯在此停靠与起落，多少还要贬值。两下受损，搁哪个心里都不平衡。至于怎样补偿，大家商量。

一二楼的住户带头鼓掌，其他住户跟着鼓掌，结果大家鼓掌。

接下来一段时间，文化院业主委员会的几个委员，分头去和各幢楼及每层楼的住户们开展协商。又过了些日子，协商有了结果，多是在他那次建议的基础上，修补完善。安装的过程，从招标选择哪家公司，到确定技术人员进入，再到电梯的品牌、质量安保等等，文化院的人都共同商议，人人参与。他更舍得出力，这除了文化院就他一个人最懂装修外，更多的还是自己的建议被重视后所迸发的高度热情。每次参与，他都会有一种庄严神圣的感觉，好像自己还真是刘诗人说的这院的啥业主，有多少了不得的不该放弃的权利了！为此他牺牲了很多时间，弄丢了两笔业务，整天和安装电梯的工人在一起。

很快电梯运行，眼见得人们、特别是那些腿脚不灵和上了年纪的老人为出行的方便快捷而笑逐颜开，他竟油然而生成就感，尤其这成就感面对的是一群自命不凡的文化人！

文化院里的文化人都记住了他。以后但有见面，都对他微笑点头，客气地叫他老梁，也有叫梁师傅的，甚至有人对他竖大拇指。这样愈受到尊重，他愈要被一段梦魇缠绕，有时缠得紧了，入夜难眠，心便锐痛！这天晚上给锐痛醒了，他将女人摇醒，问她：

"呃，问你，我在这文化院，到底有多受人尊重？"

从不被男人允许穿裙子的女人，被摇醒后长长地打个哈欠，懒洋洋道："尊重大啦，快赶上国家领导人啦！"

他说："作古正经的！莫开玩笑。"

女人说："是真的嘛！哪个跟你开玩笑了？"

他就叹了口气，说："唉，可惜老家的人不知晓……"

女人诧异道："老家人知不知晓，你就那么在乎？"

他认真地点头，说："在乎！要不，为啥古往今来，那么多的人好闹个衣锦还乡？"

女人不屑道："显摆嘛。"

"不全是！"他煞有介事的样子，"与其在远方受人喝彩，倒不如在家门前得到掌声！"

话出口连他自己都大吃一惊，这是在作诗啊！莫非和刘诗人接触多了，不知不觉受到他影响？女人嫁给他虽没穿过一回裙子，但并不妨碍她懂得欣赏这句话，这就小嘴噘起，去男人脸上打个啵啵。

他心更锐痛。掏出手机，打老爹电话。

老五叔临终前同他孙儿都说了哪些话，那时颇为神秘，直到小小五叔大学毕业，有一天突然莫名其妙地回来当村干部了，面对一村人的疑虑，他做解释，大家才知晓。

老五叔对小小五叔讲了他自己，最初当村干部，也曾发誓要干出个样儿，让全村百姓过上好日子，结果事与愿违；交班给儿子小五叔，指望他能实现自己未竟的心愿，谁知他连自己还不如，不仅没能带领村民们致富，反倒因各种贪污冒领，蹲了大牢。以权谋私害人哪！爷爷当年也有过。老五叔这样说时，就指给孙儿小小五叔，看家门前那口塘……最后他交代孙儿，他父子两代欠乡亲们的，都指望他有一天能还上了！

如此，小小五叔的回乡当村干部，就一点也不足为奇了！现在村民们都睁大眼睛，看他如何去还上。

老爹被电话铃声惊醒，直道，这深更半夜的，怪吓人哩！又问他，你莫非在城里出啥事了？他说，没事。我只是睡不着，想和你摆摆龙门阵。老爹在那头松口气，说噢！是想摆龙门阵呀？就摆开了。什么村里刚死了谁，又谁抱上了孙；某某的儿完婚了，某某的女出嫁了。然后再拿他们办的红白宴做比较，哪家的最旺实，哪家的有点不像话，粉蒸肉薄到能吹上天了。他听得哈哈笑，说爹哎！都啥子年代了，你还差那口吃食？老爹也哈哈笑，说，老子差的不是那口吃食，我争的是他们待客有没有诚意，没诚意，你就没有尊严！

原来老爹争的才是尊严！

不由想起老爹之前在电话里告诉他的，那个啥小小五叔回乡当村干部的事，当时并不在意，此刻鬼使神差地要问起，老五叔的那个鳖孙子，村干部当得怎么样。老爹责备他说：

"你骂人家哪样？他孙儿对我，可是尊重得很哪！"像突然想起似的，又说，"哦，他曾几次向我打听你啥时回来呢，像有什么话要对你当面讲。"

接着便告诉他，小小五叔上的是农业大学，他决定利用所学知识和梁上坪村的啥日照、光线、温差、土壤等等，大面积栽种优质水果，困难在山高缺水，目前计划先挖一口塘……

他突然打断，忍不住爆了粗口，说："先人板板的！他家三代人折腾梁上坪，闹来闹去，又是挖塘呵！"

老爹口气严肃，说："人家这次挖塘，跟他爷爷不同！"

想想也是这样！老五叔当年挖塘，如果真是为了在自家门前添风水，那么小小五叔如今再次挖塘,则是真心要带领全村人致富!只是那口塘挖在哪里?当年他也是要说的,还没来得及,就被老五叔两耳光打飞了,连同红裙。一时百感交集,冲动起来,要老爹转告小小五叔,明天给他来个电话。

小小五叔带着水利局的人在七道沟搞勘探,身后跟着一群帮忙扛机器和看热闹的村民。已进行两天了,这是第三日,天将向晚。

七道沟是被山洪冲刷出的七条沟壑,在山的最高一级台地汇聚,形成一个窄而深的椭圆形凹槽,然后是山向下的几级台地,直到山脚。如果在椭圆形凹槽的窄处筑坝,拦洪蓄水,既省事省力,浇灌时又居高临下,怎么也是一口不错的塘了。这一类塘,当地人管它叫"山坪塘"。倘若运气好再挖通了泉眼,那梁上坪村栽种优质水果,水源更有了保障。

小小五叔虽然在梁上坪长大,上七道沟还是第一次,他从前活动的范围,只在家与学校。他觉得从七道沟的地形看,还真适合挖塘,只不知地质构造如何,还要等最后勘探的结果。这时就听众声喧哗,人都轰地散开,又轰地聚拢,原来是勘探到了泉眼,泉水突然迸射到人们的脸上。负责勘探的工程师也过来告诉小小五叔,在七道沟挖塘,是再好不过的选择。

小小五叔震惊得张口结舌,只在心头反复叨念:奇,神奇!那个梁大民,我的大民哥,他当真开了天眼?

原来,那天他按大民爹提供的号码,拨通了梁大民的电话。他电话里给大民哥道歉,对方一愣,说,我离开梁上坪时你还小得很,咋会得罪我了?他说,不是我,是我爷爷!当年挖塘……大民赶紧制止,说你爷爷都走了好几年啦,不谈这个了!便问他也要挖塘的事。说,我要你打电话给我,为的是亲口告诉你,那口塘要挖就挖在七道沟!就讲了原因,为何为何,怎样怎样。

他听了仍将信将疑。也是尊重科学,这才请了县水利局的专家前来勘探。果然应验,包括钻通了的那眼山泉!震惊之余,他给大民拨过去电话……

晚饭后,刘诗人酝酿写诗:一个麻木的或是心冷却了的人,突然有一天灵魂或者是精神深处,被某种光荣或耻辱感意外激活……思路打断,有人敲门。

原来是挚邻老梁、梁师傅,来向他辞行,他明天一早回老家!刘诗人很奇怪，感觉老梁的辞行，忒郑重其事了。就一把拉他进屋，说，既如此，我给你钱行，喝两杯。

边喝边聊。这才得知：老梁明天要回老家参与挖塘，挖一口他听都没听说过的啥山坪塘；老梁没离开乡下时当过石匠，挖山坪塘他最能派上用场。更重要的是，几天前村里快递给他一份征求意见的文书，内容除了挖塘，还有梁上坪村的一系列发展规划纲要，其中包括水果种植，同意还是反对，都得签字了快递回去。他认真看过，签字同意，没想这一签竟有了心之重，非得要回家参与，否则不能释怀了！

刘诗人问："非得要回去？"

老梁点点头，说："我签字不只是履行书面形式，实则是一种表达自己意志的行为。你同意了的事情，你就得去参与、去遵守、去监督、去执行，对吧？"

刘诗人瞪大眼睛，他没想到老梁竟有如此觉悟！忙敬了他一杯酒。老梁喝下后又说：

"其实我也可以出钱请人代劳，但总觉得这有哪点儿不妥当……"

刘诗人说："确实不妥当！花钱请人代劳，无异于转让和出卖自己的权利，性质变了！"

话才说完，就见老梁一巴掌猛拍在桌上，道声对头！说："这正如哪天中国遭到侵略，该你去保家卫国的，你出钱请个人帮你当兵，肯定不行！"

刘诗人再敬老梁一杯，击节赞叹道："如此，明天你大民还乡，更是重要在精神层面了！"

老梁不懂得啥精神层面。刘诗人却突然爆发了灵感，这就结束了喝酒，去写他刚才酝酿的那首诗。

他在寻找，只为多年前的一次冒失，或者冒犯，弄丢了某样东西。那东西有形，也无形，它闪烁不定，有金子的光，却要比金子宝贵。它近在咫尺，又远在深处；似抓在掌心了，又两手空空！张皇、窘急、猛蹬腿，才发现自己躺在床上……

女人已弄好了早饭，见他醒来，最后一次问："你真要回去？"

他说："嗯。你守城！"似乎意识到梦中要寻找的是什么东西了，口气更加决绝，不容商量。

女人情知无可挽回，自从那个叫啥小小五叔的在电话里夸过了她男人为挖个哪样塘所作的贡献，接电话的男人就兴奋得好像他盼了多少年，这次终于听到了来自家门前的掌声了！回去无非想再听听呢，也就不再劝阻。女人听说过"留守"，专指农村老人、妇女、儿童，现在男人叫她一个农妇守城，这般颠倒，如果多了，那农村还不兴旺得翻了天了！

"天热啦，"男人忽然怪眉怪眼地看着她，"你可以去买条裙子！"

女人不相信自己的耳朵，正要问，男人又说，一字一顿：

"从现在起，你可以穿裙子了！但不可以穿红裙。"

女人激动地反问："你看我是穿红裙的年龄吗？"

这样吃过早饭，他身背行囊，赶了趟回乡的快车。日上三竿时，已出现在他很少回去的梁上坪了。他曾经为自己是文化院的业主深感自豪，现在站在家乡的原野，才强烈地意识到他同时更是这片土地的业主，虽只是其中之一，但赓续有代，其来有始！为文化院你尽了一个业主的义务，比如安装电梯，那么为这片土地，你就更应该责无旁贷，没有理由不为它做点什么了！家门前的掌声也不是那么好得到的，有关挖塘你得到了一次，接下来呢？

他激动着，眼里不知何时蓄满了泪。

原载《当代》2019年第5期

周瑄璞

星期天的下午餐

半条白胖的鱼，卧在盘子里；糖醋里脊，失去了灵动光泽；梅菜扣肉，基本没动；排骨汤已经冷却，骨头和冬瓜露出头来，表面凝了一层白釀，像冬天里的一场薄雪。几十分钟前这些自以为要大展宏图的菜肴，热气腾腾地排着队来到桌上，盘盘盏盏，荤荤素素，美哉壮哉，不想却没有完全发挥作用，人们更多的是说话敬酒，它们渐渐冷了心，丧眉耷眼地卧在那里。杯盘狼藉，一桌又一桌。人们纷纷撤退，似乎想早点摆脱这个场景。有一个人，默默地凝视着桌面。

十三岁少年，躺在自家门背后起伏不平的土地上，似睡非睡，肚子里翻搅着一阵阵微痛。弟弟妹妹们出入跑跳，不时踢到他。小虎可能是故意，用大脚指头踩了一下他的胳膊。他问小虎，几点了？十一岁的小虎说，自己看。他没有力气扭头和睁眼，要是有力气，他就跳起来揍小虎一顿，他只好问妹妹，几点了？小燕说，短针快要指到6了，妈妈快回来了。妈总是六点多到家，她要赶回来做饭，因为爸爸七点前到家。要是爸爸进家门过一会儿饭还没有做好，他就找碴儿打人，除了小燕外，薅住谁打谁，谁在跟前谁倒霉，就连正在灶前做饭的妈，也可能被揪住头发，猛捶几下，再推回到灶前，因为灶里的火快要灭了，得赶快添柴火。爸爸打人没有前奏和余音，也不拖泥带水，直奔主题，简洁明了。妈接着做饭，一声不吭,手下更快,挨打这件事对她的情绪并没有什么影响,差不多就像没有发生一样,所以他们几个男孩子常常在妈妈回家后,吃点妈带回来的东西,在爸爸进门前溜出去,直到确切地看到晚饭端在爸爸手里,才进家门。

小龙躺在地上,薄薄的肚皮像一张柔软的纸,随着呼吸一起一伏,手摸一摸,是个大坑。外面太阳西悬,天还很热,屋里稍微凉快一些,地面上有一丝凉气。小燕已经能帮妈妈干家务了,每天上午给地面洒点水,过一会儿扫净。他们哥儿几个就光膀子躺地上玩,小龙今天躺在饥饿中睡着了。迎春糕、芙蓉切、桃酥、天鹅蛋……百货公司食品柜台里的点心梦了个遍,抓着往嘴里填,没水喝噎得够呛,又被饥饿唤醒,没劲起来。早上吃了一块苞谷面发糕,中午喝了一碗稀面条。面条是他擀的,把袋子里的面抖来抖去倒完,小燕烧火,下了一锅汤面条,切了点葱花,挖了半勺炼的大油,撒一勺盐。按从大到小盛了五碗,他们一人喝一碗,小燕还将自己的倒了一点给他。

妈妈如果一会儿不带回面粉,他们明天就没啥吃的了。

爸爸在工厂开车床,中午带饭,铝饭盒每天夹在自行车后面。早上妈要将那个大号饭盒装满,至于他们在家吃什么,爸爸管不了那么多。他一个月挣二级工工资三十六元,粮票三十二斤,全部交给妈妈管,填这么多张嘴,全要妈妈负责。妈从乡下嫁到城里来,没工作,没户口,又要生这么多没有城市户口的孩子,怪谁呢?爸爸打骂妈,妈打骂他们,似乎也顺理成章。

万素花在一个国营厂招待所干临时工,打扫卫生洗床单,管两顿饭,早六点到下午四点上班。下班后,她再到另一个国营单位的大食堂择菜帮厨,没有工资,管一顿饭,偷拿一点吃食,再提回她的小铁皮桶,里面是中午职工们倒掉的剩饭菜,她托一个大姐留给她,给人家说提回家喂鸡。家里确实养了几只鸡,但那些剩饭菜,只有一少半倒在鸡食盆里。

饥饿是经常性的,小龙那天感觉尤甚。他们一天天长大,身体里有一个日夜转动的机器,快速耗掉吃下去的东西。时不时地,舅舅骑自行车从三十多里外的乡下带来一袋面粉,有时是一袋下面,也就是麸皮粉。麸皮粉蒸出来的馍黑乎乎的,拉嗓子眼,难以下咽。妈妈分给他们,小龙小虎每天报销一个,小燕和两个弟弟每天半个,完成任务才能吃别的。小虎耍滑头,藏来藏去,想办法推迟,叫爸爸将黑馍找出来,把他狠揍一顿,明天两个黑馒头,不给吃别的饭。就这样的麸皮面粉也不能保证一直都有,舅舅接济他们一次,也挺不容易的。

终于有一天,万素花拿一个搪瓷碗,将小龙小虎带到那个大食堂门口,推他们进去。已经长成英俊少年的小龙,意识到这是妈让他们来要饭,他拒绝了。旧社会的人才要饭,电影上这么演的,而现在是一九七九年的夏天。妈说,不愿意,你们就饿着吧,累死我也养活不了你们了。妈转身走了,她不能让食堂的人知道这是她的孩子。

二人站在食堂门口,四处看看,妈真的头也不回地走了,快七点了,她要回家给爸爸做饭。小虎看着哥哥。大食堂里乱哄哄的,职工们出出进进,边吃饭边聊天,好像吃饭无所谓,聊天才重要。晚餐快要进入尾声,透过打饭的窗口,他们已经看到大师傅将盛菜的盆斜端起来,在盆底舀菜。小龙带头往里走,小虎勇敢地跟在哥哥身后,二人分散开来,走向那些就餐的人。

小龙站在桌角边,咬住嘴唇,定定地看着正在吃饭的人。他不说话,他不知道该说什么,可饥饿总会让人失去尊严,说不说话,已经是要饭了。那人手里拿着一个富强粉馒头,他们叫作罐罐馍。富强粉是今年才出现的新名词,因为面粉极白,磨了三四遍的,一百斤小麦只能出八十五斤面粉,舅舅说在乡下叫八五面。这样高贵的面粉,当然不能蒸成一般低矮的馒头样,而是瓷实、高耸,像个罐子一样挺立的馒头,俗称罐罐馍,全称富强粉罐罐馍。那个被盯着看的大人嘴里含着世上最细的白面粉,吃惊地看着他,先是不知道这孩子要干什么,突然明白过来了,于是将正在吃的罐罐馍,掰掉自己的嘴把儿,将剩下的半个递给他。那边桌上另一个人,将饭盒里的米饭和菜,扒进小虎的搪瓷碗里。也有不理他们的,装作没看见,几口吃完,起身走人。食堂的头儿从窗口里发现了他俩,走出来,轰他们出去。他们也都有了收获,乖乖地出来。白面团在小龙小虎的嘴里嚼着,细腻而芳香。小龙明白了,他们吃的黑馒头,是麦子的另一部分,应该被剔除的百分之十五。小龙上学期刚学了分数。

第二天再来,刚进门,还没要到东西就被食堂的头儿往外赶,他们心有不甘，站在门外，看到头儿进了里面操作间，又钻进去。头儿从操作间跑出来，手里挥舞着大勺子，几滴菜水滴到水泥地上。小虎刺溜一下跑出去，小龙站着不动，直盯着他。头儿张开油光光的嘴骂他，咋？还牛得不行，闹清楚，这是国营大厂食堂，不是街道上饭馆，去去去！他手里的大勺子举起来，作势要打小龙，一滴油汪汪的菜汤滴到小龙脸上，小龙闻到芹菜炒肉的香味。旁边座位上一个女人站起来，拦住了头儿。

女人对小龙说，你出去，到外面等着我。

一会儿，那女人从食堂出来，提一个蓝花布包，身边跟着一个瘦弱的男孩。母子二人看到两个男孩并肩站在那里，瞪着黑黑的眼睛。能看出来，他们不是城市流浪儿，也不是农村盲流，因为大点的孩子用普通话说，阿姨好。她问，你们家在哪儿？小龙往那边指了一下。女人说，走，带我去看看，把馍给你们放家里，我要拿走我的布袋。她给自己儿子说，壮壮你先回家写作业吧。

万素花由屋里出来，从那女人手中接过布袋，将发糕倒出来，把布袋还给她，说了感谢的话。小龙爸爸和三个小孩子在屋里吃饭，他站起身，跛着脚走了两步，伸头看外面黑暗中的女人。他因为年轻时在车间里干活，不小心铁块掉脚面，砸坏了脚，成了瘸子，才找了乡下姑娘结婚。万素花将那女人送到大杂院出口，两个女人站在路灯下聊了一会儿。明知道娶农村女人后患无穷却娶了，明知道养不了这么多孩子却生了，这真是难为情。万素花结婚后十年里生了六个小孩，夭折一个，现在五个，最小的六岁。娘儿六个没有城市户口，没有粮本没有粮票，吃的高价粮，上学要交借读费，她每天从早到晚劳作，顾不住几个娃的嘴。

过了几天的下午，那女人又来了，小布袋里装了五个罐罐馍，还提了一点长安出产的桂花球大米，说是拿粮票换的，约有十斤的样子，多了提不动。她跟小龙说，今后每个礼拜天下午四点，让你妈妈带着你们到我家吃一顿饭，好吗？她交给小龙一张纸条，上面用圆珠笔写着一个地址，是两站路外大军工企业的家属院。临走她一再叮嘱小龙，一定来啊，我等你们。

星期天午饭后，万素花烧了一大锅温水，让孩子挨个儿在大盆里洗了澡，穿上干净衣服，带他们步行去往写在纸上的那个地方。

一片灰色苏联式三层楼房，九号楼带拐弯，三单元位于拐弯处。上到二楼，万素花只敲了一下，单元门就打开了，女人无声地招手让他们进来。她的轻手轻脚影响了这一群来人，他们也都压低声音，鱼贯进入走廊最里面开着的一扇门。大约十七八平方米的房子，一张大床一张单人床一个大立柜一个半截柜一个写字台，还有一只折起来塞在床和柜子之间的小茶几。露出来的一点水泥地面，被拖把天长日久拖得黑亮黑亮。写字台上一个电饭锅正插着电，冒出大米稀饭的芳香。单元里住着三户人家，她家在最里面，公用厨房的对面，去往厨房要路过两间厕所门口。整个单元里飘荡着炖肉的香味。屋里一下子进来六个人，将房间占满了。家里只有两把椅子三只小凳，可孩子们不敢贸然坐在床上，床上的单子铺得平展的，大床的外沿铺了一窄溜小单子，它们一律没有一丝褶皱。那女人招呼一声，到厨房搅锅去了，万素花跟进去帮忙。女人搅完锅回来，见五个孩子像一把扎起来的葱，站在屋里。她再次请他们坐下，随便坐吧。

　　万素花抱歉地说，头一回来，啥也没给你拿，我给你洗衣服洗床单吧。那女人说，什么也不用拿，也不用给我洗。今后，每个星期天这个时间，你带着孩子们来就行。她摸了摸小燕的脸蛋，说，孩子们，今后就叫我程阿姨，叫程老师也行，我是这个厂里子弟学校的老师。她抽出小茶几打开来，将盖着笼布的一个小筐放上，拿出六双筷子。万素花说她不吃她不饿。程阿姨说别客气，吃吧。万素花到厨房，跟她一起端饭。两人每人手里端着一盘红烧肉炖土豆块胡萝卜豆腐干，让孩子们一人拿一个罐罐馍，就着吃。几个孩子眼珠子转着，心里伸出无数个争夺的小手，但不敢抢，倒像在比赛斯文。程阿姨笑了，说，放开吃吧，像在自己家一样。万素花发现，碗筷都是新的。她经不住劝，也羞涩地加入吃饭的行列，掰了半个馍，分给小燕一半，吃了几片豆腐干，想把肉留给孩子们吃。程阿姨从电饭锅里盛了三碗稀饭，说没有那么多碗了，还没有来得及买，两人用一个碗吧。万素花说，不用买了，下次我们带几个。

　　程阿姨对万素花说，之所以让你们这个时间来，是因为厨房别人都不用了，才好放开做这么多人的饭。万素花问，你家里人呢？小孩和他爸爸哪儿去了？你几个小孩？程阿姨说，只有一个儿子，到同学家玩去了，孩子爸爸在湖北工作，是个军工企业里的军代表，他们长年分居，调不到一起。吃完饭，万素花用炉子上的热水将所有锅碗洗净后，揭去枕巾和大床边的细溜单子说，那我拿回家给你洗净，下次带来。程阿姨没有反对，也没有挽留他们。半截柜上的钟表指向五点，万素花领着孩子们离开了。

下得楼来，孩子们像是去了锁链的猴子，蹦跳起来。一顿美餐让他们长了精神，在万素花的训斥声中，你抓我一把，我挠你一下，他爸爸嘴里常说的，欠打的样子，一路奔跑笑闹着回家去了。

下个星期天，万素花带来了洗净的小单子和枕巾。程阿姨的儿子在家，十三岁的壮壮细细瘦瘦，一副营养不良的样子，倒像是他而不是这五个突然闯入的孩子常饿肚子。程阿姨让壮壮带他们下楼玩一会儿，壮壮不太情愿，说他要在家包饺子。于是万素花叫小龙带着弟弟妹妹下楼，不要跑远。程阿姨已经调好了一盆猪肉豇豆角饺子馅，和好了面，将案板放在写字台上。万素花站在写字台前擀皮，程阿姨和壮壮坐在小茶几旁边包。壮壮的手指白皙而纤细，不知是生来话不多，还是见了生人没话，只是低着头包饺子，饺子皮放在手上，快焐弄熟了，才捏巴好扁扁的一个。程老师教儿子怎样填馅，怎样捏皮，怎样让饺子立起来。成效并不大，儿子微微含着些抵触，好像不支持妈妈将生人引进家门，但也没有彻底反对，两人为此事可能还没有达成一致，需要妈妈再做一些思想工作，他就像他包的饺子，心灰意懒地趴着，爱答不理的样子。程阿姨的饺子饱饱的、鼓鼓的，像斗志昂扬的小战士，队列整齐地站成一排排。

包好饺子，程阿姨让壮壮下楼叫他们回来。壮壮说，叫完他就不上来了，去同学家玩。家里只剩两个女人，程阿姨告诉万素花，她丈夫一直想调到西安，但找不到人对调，他的对调启事贴遍东郊这一片的电线杆，也没人接招。再争取两年，如果调不来，她和孩子就调过去。现在还有点不甘，毕竟西安是大城市。

两大板饺子包好，锅里的水也开了，程阿姨在厨房下饺子，万素花和孩子们躲在屋里，看到走廊上另一家人出来进了厕所，对着家里这一堆人，惊异地看了一眼。屋里这些人不敢发出声音，程阿姨在厨房的动作也放轻了，大家好像心有灵犀一般。那人从厕所出来，又看了厨房一眼，回到自己家里，咔嗒一声，将门锁上。几家合住一个单元很微妙，哪怕你进了某一个家里，另两家的人似乎也有权过问一下，当然不是用嘴问，而是用目光。程阿姨对万素花说，今后，要是单元里的人问你们，就说是亲戚，你是我表妹。

下一周做的卤面，肉虽不多，很是见肥，配了莲花白、芹菜、豆腐干，油水全都浸到面条里。程阿姨对做饭乐在其中，当锅盖揭开，热气蹿起，卤面小山颤颤巍巍，她脸上荡漾出喜悦，有人能在她的操持下美餐一顿，对她来说是一件开心的事。万素花想说，今后等我来做吧，不要辛苦你了。她没有说出口，只把菜买回来，把米面备好。

学校开学，白露已过，天转凉，这天下雨。万素花犹豫一下，下着雨也去，是不是太丧眼了？可再一想，人家要是准备好了，咱不去也不对。她说服了自己，和孩子们挤在两张破伞下出门了。公用厨房的砂锅里，炖好了一锅大骨头汤，程阿姨在案板上搓麻食，万素花洗了手，也加入进来。土豆、芹菜、冬瓜、黄花、木耳等切好丁，在一只大搪瓷碗里垒尖放着。炉子里也刚换了新煤，火上来了，程阿姨拉开换气扇，开始在一只大铁锅里炒菜。菜铲出来，骨头汤倒进铁锅里，又加一半自来水。过一会儿锅滚了，麻食扑噜噜下到滚水锅里，再将面板上的面扫到一起，撒进锅里。点了一次水，又开起来后，那些小面疙瘩拥挤在一处，鼓胀得快要与锅沿齐了。程阿姨将炒好的菜倒进去，由锅心往下沉，外面的一圈白胖麻食马上要漫溢了。程阿姨拿起搪瓷碗，舀出半碗来，锅里才有搅动的空间。窗外下着冷雨，换气扇黏滞地转动，一锅麻食咕嘟得稠乎乎的，冒起许多小泡泡。菜叶下进去，葱花放进去，炉子下面封火。盖上锅盖焐一会儿才好吃，面疙瘩不会太硬。

屋子里几个孩子已经摩拳擦掌，咽着唾沫。程阿姨拿起案板上的半大碗，盛出两碗后，将搪瓷碗里刚才舀出来的倒回锅继续搅匀，再接着盛第三碗。两个女人站在厨房炉边，五个孩子在屋子里，仍然聚成一把葱的形状，激动得小脸通红，脖子上的筋暴起。万素花教导他们，千万不能坐床，哪怕没有凳子坐，蹲在地上坐在地板上，也不能乱动人家东西，要是程阿姨发现你们是没家教的孩子，手脚不干净，就再也不让你们去吃饭。孩子们当然知道事情的严重性，长大之后的小龙认为，那每周一次的饱餐不仅仅是物质的，还涉及精神层面。有教养的孩子是什么样呢？起先不知道，没见过，现在明白了，就是壮壮的样子——干净，文明，话少，对吃饭也很不在意，好像吃不吃都行。他们可不一样，但他们现在也要努力装作吃不吃都行。小虎向厨房那里伸一次头，被小龙打一拳，暂时不敢还击，只是翻眼珠子。他们一进到这间屋子，甚至一走近九号楼，进入三单元，就觉得自己已经变了，再不是没有城市户口、住在大杂院自行搭建房、需要交借读费才能在街道学校上学的孩子，他们那种学校被壮壮这种在子弟学校读书的孩子称为"社会上的"，他们也来自"社会上"，而不是属于某一个大单位。他们的爸爸倒是在一个国营单位上班，但那个国营单位还不够大，建不起自己的子弟学校。爸爸在单位那里本有半间单身宿舍，可为了他们这一大家子，他放弃了那半间房，在唐山地震后大家搭防震棚时，抢占一片地方，自己盖了两间房子，外加一个只有顶没有墙的小厨房。

　　来之前洗得干干净净，穿上最好的衣服，只为了美美地吃一顿。现在，排骨汤麻食的香气已经从厨房飘出，他们只用目光里的火星子交流，压低声哧哧地笑，五个人站成一堆，握紧拳头，等待着一场饕餮。

　　饭后万素花洗完锅碗，清理好厨房，回到屋子里，非让程阿姨把要洗的衣服床单交出来，小燕也拉着程阿姨说拿出来嘛拿出来嘛，我妈洗净后我叠得整整齐齐的。男孩子不说话，盯着外面的雨，哗哗的雨声越来越大。已经五点多，程阿姨的圆脸闪着迷人的光彩，屋子里散发着温馨的气息，让人不忍离去。万素花招呼孩子们走，程阿姨找出一件厚墩墩的军用雨衣，叫小龙穿上，说下次拿来就行。娘儿六个人出门下楼，走进大雨里。

　　程阿姨的这些"亲戚"们每个星期天下午按时前来，默默地从单元门鱼贯而入。双方都没有说过吃饭这个词，只是说你们来，只是说去程阿姨家。邻居们好像也习以为常了，相遇时只是看上几眼，并没有问过他们。那句是她家亲戚，总也没有机会说出口。壮壮这个时候尽量不在家，他不是去姥姥家，就是到六号楼七号楼八号楼找同学玩去。

　　天冷了，屋里生了炉子，烟囱拐一个弯，从玻璃窗上面伸出去，那里被挖出一个圆洞，冬天用一张纸糊起来。这样，除了炒菜，好多饭都可以在自己家里做。寒假到了，一个星期天，他们临走时，程阿姨说，下个礼拜，壮壮的爸爸就回来了。万素花说，啊，那我们不来了吧？程阿姨说，来呀，为啥不来，他爸爸还想见见你们哩，带回来了湖北特产。

下个星期天，万素花杀了两只鸡。她给孩子们说，今天不要都去，那么多人，程阿姨家里都站不下了，显得咱们太丧眼。孩子们立即紧张起来，眼睛转动。妈妈说，俩最小的在家。最小的两个大哭起来。妈妈说，那小虎小燕别去。小虎立即跳起来大叫，爸爸走过来扇他一巴掌，揪住耳朵扯到里屋。妈妈领着小龙和两个小弟弟出门了，小龙提着网兜里杀好的两只鸡，四个人在腊月的寒风中步行。小龙无意中一回头，见小燕远远地跟在后面。万素花回头喊，小燕乖，回家去啊！回来给你带好吃的。小燕转身向回走。

程阿姨的丈夫中等身材，穿着部队上发的军黄色绒衣，文质彬彬地招呼他们，壮壮也在家里。写字台上的馍筐里放着几张死面手工大饼，一个小盆里放着碎馍块，壮壮和程阿姨一人拿个大碗还在掰馍。他们都在准备，也许昨天就开始了，买肉买骨头，配料，泡黄花菜、木耳，和面，揉面，一个个擀好饼子，在平底锅里耐心地翻面，端着平底锅挪动。壮壮一定也参与其中，与父母说笑，和爸爸探讨一个什么知识，他现在坐在自己的被窝里，为的是给地面腾出地方。三个男孩子被安排在壮壮的床边坐下，一时手足无措。壮壮爬出被窝，从自己床头的小书柜里拿出一本《少年文艺》给小虎，拿出两本前几年的《看图识字》给两个弟弟。军代表拍拍小龙的脑袋，问他学习怎么样，长大后想干什么。小龙脸憋得红红的，说，当兵。军代表笑笑说，好样的！揭开锅盖宣布，小伙子们，今天吃羊肉泡馍！半锅奶白色肉汤，程阿姨拿铝壶加入热水，等待开锅，将碎馍块、豆腐干、黄花木耳放进去煮，滚起来后放入泡好的粉丝、切好的肉片，它们在醇厚的肉汤里亲密地翻滚，粉丝则乱云飞渡。程阿姨打开折叠茶几，放在壮壮的床边。万素花客气一番，也接过碗。军代表拿起一张报纸举在脸前看，地方实在太小，一张报纸就是回避了。男孩们尽量不发出声音，不像在自己家里，以他们爸爸为首的全家人，吧唧嘴，呼噜噜，几百年没吃过饭似的。爸爸的吧唧嘴声在门外几步远都能听见。小龙低着头，一片松软多汁的羊肉，几乎用不着牙齿，就酥化了。他的眼睛湿了。像程阿姨一家三口这样，每个人之间好好说话，不要张嘴骂人，抬手打人，怎么就做不到呢？

吃完后，万素花用热水洗了碗，就说叫程阿姨把要洗的东西拿出来，他们年前就不来了，洗完后小龙给送来。军代表说不用不用，我这几天在家洗，一年回来一次，多干点活。程阿姨打开大号铝饭盒，装了一块煮好的肉，碎馍块倒满压实，用罐头瓶装了一瓶肉汤，说那两个孩子没来，给他们带回去做了吃。饭盒在下，罐头瓶在上，放在网兜里，旁边还放了一袋霉干菜、一包麻糖，夹住罐头瓶，不让歪倒，又非要让他们将拿来的鸡再带回一只。

四个人下了楼，看见小燕站在二单元门口望向这边，两手抄在棉袄袖筒里，不停地跺着脚，脸蛋冻得通红。万素花走过去，劈头一巴掌，骂道，死妮子，咋不冻死你哩！小龙走过去，揽过妹妹的肩，热热的嘴在她冰凉的耳边说，回去给你做世上最好吃的羊肉泡馍。

春季开学，他们继续每个星期天下午到程阿姨家。每过一两个月，万素花就作秀般说，今后我们不来了吧，太给你添麻烦。程阿姨都严肃地说，必须来，孩子们正在长身体，不能缺了营养，你这个当妈的，要负起责任。给戴了一顶这么神圣的帽子，万素花也只好愉快听从了。

这样的生活持续了两年，小龙长高了十多厘米。除了程阿姨到湖北探亲的日子，他们每个星期天下午都来。

暑假里，程阿姨告诉万素花，她决定调到湖北山区，秋季开学，壮壮要在那里上学。军代表调不到西安来，而她如果愿意随军，手续将非常顺利。他们想要第二个孩子，她还不到四十岁，也许调到一起能再怀一个小孩，她想要一个女儿，像小燕这样可爱的女孩。小燕从厕所出来，站在厨房门口听到了，"像小燕这样可爱的女孩"，让她幸福了好多年。

1990年，吕俊龙被推荐到军校学习。他六年前高中毕业，从万素花娘家户籍所在地的村子入伍，彻底解决了自己的吃饭问题，后在部队立了功，提了干。他的弟弟妹妹还是城市里的黑人黑户，初中毕业后，摆地摊，打零工，小燕跟着一个生意人奔了海南岛，最小的弟弟接爸爸的班进工厂当了工人。

在一次全校大会上，吕俊龙见到一张白皙文静的面孔，远远地，那个人也看到了他，怔了怔，害羞般转开头去。吕俊龙也打消了上去相认的念头，他现在是个气派的军校学员。

吕俊龙还会时不时见到那个青年,但因为一开始没有相认,后来也不好再重提此事。吕俊龙在那个班上有个一起来学习的战友,从那里打听出,那个小白脸是湖北兵。

吕处长每次从餐桌上起身离去,看着一桌桌剩饭菜,心里都五味杂陈。家里养了两条狗,他成为一个打包爱好者。可这世上剩饭菜这么多,两条狗怎么吃得完?有些品相好的剩菜,他和爱犬一起吃。

军校同学搞战友聚会,他奔赴另一个城市参加,来了差不多一半人。他又看到了那张瘦瘦白白的脸。半百之人,早已洗去了当年的矜持与虚荣,吕处长直接走过去拍他的肩膀,叫一声壮壮。对方不自在地笑笑,说,小龙,真的是你吗?我一直不敢贸然相认。

吕俊龙问,程阿姨好吗?

挺好的,我前些天才回去看她。其实,二十多年前我就告诉她,见到的一个人好像是你,但不便主动打招呼,她说,我是对的。

七十多岁的程老师午睡醒来,欠身拉开一点窗帘,继续躺在床上,用手机听音频,一位大学教授讲宋史。"案情大白,这个事情最后的处理结果,李飞雄夷灭三族。坑爹呀!"专家为了迎合听众,常用一些当下热词。天上的白云,悠悠地飘动。她拿着手机,到客厅泡了一杯茶,坐在沙发里,看阳光射到木地板上。白露已过,天空高远,空气趋于干爽,程老师看到自己胳膊上松弛的纹路。老伴去年不在了,心脏病,突然去世的。两个儿子都在大城市工作,她说山区小城空气好,不愿意跟他们去。

山风吹来,竟然有些凉了,她起身到餐桌椅背上拿件短袖,披在睡裙外面。今天是星期天。虽然退休多年,她还过着规律的生活,注意天气预报和节气变换,以此为标准来添减衣服、调节饮食。离开西安三十多年,仍然保持着一直以来的生活习惯,爱吃面食。时不时做一顿揪面片、旗花面、麻食什么的,也吃不多,真不够费工夫的,就是图一乐子。晚上吃什么呢?一个人,饭真不好做,搅点拌汤,调个黄瓜,半个馒头好了。

突然门铃声响。她起身走到门口,从猫眼看出去,黑压压一片人,一二三四五六,把门口都遮得暗了下来。看不清他们的面孔,只见领头的是个老太婆,佝偻着腰身,努力抬着头看向猫眼。

谁呀?她问。

程阿姨，我是小龙。

程阿姨，我们是来吃饭的！一个女人的声音抢着说。

程老师回头看看钟表，可不是嘛，四点了。

原载《人民文学》2019年第3期

李静睿

温榆河

1

开始我住在温榆河的尽头,拦河闸和分洪闸之间的某个地点,那地方看起来已经走投无路了,但其实前面就是大运河。那是2000年前后,温榆河还没有整治,夏天久不下雨,两岸不断败退,灰白巨石铺成的河床渐渐露出,矿泉水瓶,方便面碗,奥利奥包装袋,破碎的红色毛衣,死掉的狗,单只塑料拖鞋,两场暴雨过去,所有这些飘浮于上,缠绕着密密匝匝的水浮莲。水浮莲有根有蔓,持续繁衍四散,把那些理应被大运河掩盖消化的东西,一直留在了温榆河的尽头,拦河闸和分洪闸之间的某个地点。

左锋来北京艺考,到我家借住了几天。他一路问人,花了三个小时才到通州,到时是下午五点,太阳正沿着温榆河的边缘坠落,我则蹲在门外水泥坝上抽烟。这一带都是四排平房围着一个水泥坝,组成一个个歪歪扭扭的四边形,像强迫症搭出的积木,往一模一样的方向倾斜,我的房间在某一个四边形的西南角。我就是这么对左锋说的,喏,就是那间,西南边,和我们自贡在中国的位置差不多。左锋点点头,露出了然于胸的表情,晓得,就是七八点钟方向。房间咪咪大,又朝南开了一个咪咪大的窗,夏天整日蒸烤,晚上我在坝子里铺了草席,就睡在上面。以前我去左锋家也这么睡,他家的水泥坝子挨着河边,夜里河水奔腾,徒劳地向前追赶,草席旁晒着黄苞谷和豇豆干。半夜大家都饿了,三姨妈就给我们一人煮一碗面,猪油铺底,撒小半碗猪油渣,三姨妈熬猪油的时候会特意不熬那么干,油渣尚有润润的口感。那时候我很喜欢吃猪油面,那时候我很喜欢去三姨妈家,但这些时候很快就过去了,我离开后才知道我对这一切毫无想念。我尽量不在春节回家,这样就不用见到那些人,大舅舅,四姑爹,五姑婆,三姨妈,所有构成我身后不怎么体面背景的人们。三姨妈没有孩子,她只是嫁给了左锋的父亲,随后搬去了凤凰乡,他们的水泥坝子就在凤凰山下面。

  我给左锋煮了一碗辛拉面,让他端到坝子里去吃。屋里味道散不开,我说。他不像我们这些在这里住久了的人,还不习惯蹲着,就坐在水泥坝的坎上吃面。那边有点像凤凰山,他吃完面,指着某个不确定的方向。我不怎么高兴,把面碗泡在公共厨房里,不像,这里是北京,不是凤凰山。

  天黑得非常迅猛,像有人粗暴地一把拉上窗帘。我打算泡个脚就上床看碟,左锋却说,二哥,你带我去逛一哈嘛。我只好带他来了温榆河,月光在灰色冰面闪烁,冰下仿佛有鬼,被困在破碎的毛衣和裂开的矿泉水瓶中间,北京的冬天就是这样,连鬼都施展不开。我们走得离冰很近,腥腥的风从冰面并不存在的缝隙间吹出来,我穿长及脚面的羽绒服,左锋却只有一件灰毛衣和一件黑色仿皮夹克,手上一咕噜一咕噜的冻疮,我们那边的冬天是这样的,人人带着一咕噜一咕噜的冻疮。我并没有问他冷不冷,夜里他睡在地上,铺着我夏天的草席,盖我夏天的薄被和他的皮夹克。风在半夜显得明确,穿过温榆河、栾树林和彩钢屋顶,左锋整夜一动不动,就像这还是在凤凰山下,盛夏的河边,夜风温柔地吹散苞谷,却把豇豆干和猪油面的气味留存到今天。

  按照我给的公交路线,左锋换乘四次,去了北京广播学院。他要考播音主持,当然没有考上,并不用等到放榜我们就都看到结果,它甚至比考试更早到来。左锋自然也知道这点,他看不出有何紧张,临走前换上一套灰色西服,外面还是那件仿皮夹克,夹克太紧了,让西服的袖子和肩膀鼓在那里,他弄了一会儿,艰难地把西服袖口从夹克袖口里扯出,这让一切显得更怪了,像一个人竭尽全力挤进另一个身躯,还以为所有人都没有看见。

他回来时已经过了八点,这一带的平房都停了电,我正在用笔记本看《刺激1995》,为了省电把屏幕调得很暗,那片子本就乌漆麻黑,现在更是什么也看不见。左锋摸黑进屋,递给我一袋冻得梆硬的包子,笑嘻嘻地说,二哥,我去西站买好票了,明天就走,你陪我再去看一哈那条河嘛。

于是我们又去了温榆河,温榆河就是这个样子了,垃圾、大树、月光、冰,冰中有鬼,鬼和三天前相比也并无任何进展。风反复轰鸣来去,让左锋的皮夹克简直显得滑稽,像谁故意让他出丑,而他自己毫无察觉。我缩在羽绒服中,并不觉得冷,只是心里开始厌烦,回去吧,好鸡巴冷哦。左锋却指指前面,二哥,那边是哪里?

我看了看,前面只有风追赶风,在树和树的间隙。但我说,那是大运河。

哪个大运河?隋炀帝造的那个啊?

可能吧,有没有第二条大运河?我也疑惑起来,和他一起往根本看不清的前方看去,无端端说,你知道吧?现在的大运河分为八段,北京到通州叫通惠河,通州到天津叫北运河,天津到临清叫南运河或者卫运河,临清到黄河北岸叫山东北运河,黄河南岸到韩庄叫山东南运河,韩庄到清江叫中运河,清江到六圩叫里运河,镇江到杭州叫江南运河。没错,就是隋炀帝造的那个大运河,喏,就在前面。

我的天,二哥,你怎么记得这个?

我惶恐起来,真的,我怎么记得这个?我只是个刚刚转正的社会新闻记者,我为什么会知道大运河分八段?

我们都沉默了一会儿,看月光在冰面上移动,探照灯一般寻找鬼的踪影,冰有一点点裂缝,也许是被光劈开。左锋突然说,二哥,有个李贽你知不知道?

哪个?

李贽,一个明朝思想家。

哪个?

今天有道题,明朝主张个性解放、思想自由的思想家是谁?出来后我听旁边有个人说,得选李贽。

你选对了没有？

没有，我选了海瑞。

我也会选海瑞，原来这也有人答对。

那人说，李贽就死在通县，坟都还在这边，他是通县人。二哥，这是不是就是通县？

在国贸拼车回家总有师傅这么说，通县十五通县十五，马上走马上走。但我又不高兴起来，好像那意味着一种否定，我冷冷地说，那是以前的叫法，现在叫通州，这是北京的一个区。

李贽的坟到底在哪里哦？

哪个晓得，可能在什么村里。

后来我们回到房间，左锋在草席上躺下了，他还在说，下次吧，下次来北京我一定要去看看李贽的坟。

我想抓紧用剩下的一点点余电把《刺激1995》看完，但电脑并没有撑那么久，只看到那个男人换了崭新皮鞋，走回自己狱室，对着墙上海报发呆。我们应该都躺了下来，我，左锋，电影里穿着新皮鞋的男人，我们都在一个没有窗户的狭窄房间里发呆，不远处有冰面碎裂的声音，水开始奔腾，从温榆河向大运河而去，最终通往杭州，或者大海。全世界的水都终将汇合，水打破了本就不存在的界限，大家都在黑暗中等待，等待水，和一点别的什么东西到来。

2

小竹说，我们应该去一去西海子公园。我说，为什么？小竹指指窗外，因为就在那边啊，不到两公里，我们应该去看一看。我本来在胡乱翻书，就站起来胡乱看了看那边，发现有座塔，又有个湖，有人在湖上蹬一艘艘黄色的鸭子船。我和小竹在这里住了一整年，我第一次知道那里还有个公园。周末我们坐漫长的公交去朝阳公园，倒好几次地铁去颐和园，朝阳公园有空旷草坪，一块草坪被围起来，养了神情阴郁的羊驼，颐和园里游人密密匝匝，湖上回廊必须一个人紧紧地贴着另一个人才能前行，小竹就紧紧地贴着我，用她小小的乳房，晒得滚烫的脸。小竹带我去昆明湖的西边，走了许久才终于走到，坐在石舫面前剥柚子，她把柚子皮撕得干干净净，又把果肉剥出来，递到我手上，我们这才一起吃柚子。已经临近日落了，太阳就在手边，石舫上五彩玻璃变幻光线，我感到一点点失去耐心，小竹则突然说，你知道吗，这石舫以前不是这样。

以前是什么样？

以前是中式的，后来被八国联军烧了，慈禧太后重修的时候就修成了西式，装了玻璃窗。

中式是什么样子？

小竹把散落在地上的柚子皮收拾进塑料袋，又扔进垃圾桶，说，好像是白色的，木头房子，但没有玻璃窗，你想想，故宫也没有玻璃窗。

你怎么知道这些？

小竹有点不好意思，我看了你们报纸，旅游周刊上写的。

我们又转好几次地铁回家，转到八通线时，我忽然想起来，不是八国联军。

小竹有座位，而我站在她面前，她抱着两个人的包，原本在艰难地看书，现在莫名其妙抬起头，什么？

不是八国联军，烧颐和园的是英法联军。

英法联军烧的不是圆明园吗？

一起烧的，都挨着，那时候好像还不叫颐和园。

你怎么知道？

直到下车我也没有想起来，真的，我为什么知道？我又从来不看旅游周刊。

旅游周刊就在我们楼上，据说他们最有钱，旅游周刊，然后是汽车和教育周刊，最差的是美食周刊。有一次接到跳楼爆料，到了才知道爆料人就是我们报社美食周刊记者，他在三里屯SOHO试吃西班牙海鲜饭，忽地听见楼上有几个民工要跳楼，就打了报社热线。我正说过去采访，他把采访本递过来，又给我一支烟，我都采好了，你回去捯饬捯饬就行，哥们儿，给我署个名啊。

他的采访笔记整理出来三千字，详细记录了跳楼民工这几天的饮食，"吃？吃啥子哦吃，回家过年都没得钱，根本吃不下饭，昨天煮了碗面，和了点猪油和豆油,今天一大早就来跳楼了,本来说带两个包子,结果急急慌慌搞忘了"。我发了一千两百字的社会新闻头条,给他署了名,王雨山,听上去倒是更适合在旅游周刊。旅游周刊有钱啊,他说,动不动就去普吉岛和巴黎,不像我们,每天在三里屯吃来吃去,肚子都吃大了,说罢他拍拍并不存在的肚子。报社内调动不那么困难,但他并没有申请去旅游周刊,就像我每天吃楼下7-11便利店的特价盒饭,豆角没有撕筋,茄子烧得稀烂,我自然厌倦了豆角和茄子,却也没有申请去美食周刊。我们都是差不多的人,等待潮水,又惧怕潮水,几番犹豫之后,决定暂时停留在可以听见浪涛声的岸边。

那篇稿子出来后民工们拿到工资,给报社送了一面锦旗,"铁肩担道义,妙手著文章",报社要求我和王雨山一人拿着锦旗的一角,让摄影记者拍了张合影,照片在公告栏里贴了一个月,直到有跑法院的记者收到另一面锦旗。内容没有区别,还是"铁肩担道义,妙手著文章",那篇稿子署名只有他一个人,照片里他就独自拿着锦旗,锦旗有点高,他只能从一旁探出半边脸,那样子不得不说有点滑稽,但说到底,我们都有点滑稽。

做了三年社会记者,我转到时事新闻部,收入其实是差不多的,我连工位都没有换,大家都在一个完全打通的办公室里,去同一个会议室开选题会,只是不同时间。现在我出入国家部委,在部委食堂里吃五块钱一份的自助餐,我把酸奶拿回报社,递给旁边工位的同事,吃不吃?全国政协。换部门前我用内部稿库搜了一下,我写了好多篇关于社会灾难的报道。但跳河的不多,大概因为在这里离河比较远,河床也低,如果跳得不好,容易撞到石头,那样会死得比较难看,一个想死的人到底会不会在乎难看?我并不知道,我没有想过死,一次都没有。

到了年底发生了好几起跳楼事件,都是民工讨薪,但都没死,获得承诺后就都下来了,负责组织跳楼的包工头给各报记者一一散烟,一开始民工跳楼能发一个头条,后来变成八百字,再后来是五百字,大家都厌倦了,包括跳楼的人。他们不再好好做出随时准备跳的姿态(这样有利于摄影记者拍照),而是沉默地坐在楼顶抽烟,警察也懒洋洋的,说,你们下来。他们就都下来,一个接着一个,像大家排队去死,又排队回来。死的两个人我都记得,一个是在朝阳北路的高级公寓,跳楼的人不住这里,半夜跟着人上了22楼，然后打开楼道窗户，干净利落地跳了下去，掉在二楼空中花园，早上六点清洁工看见尸体，趴在小区健身器材上，清洁工说，一开始我还以为是在锻炼身体，那个姿势嘛，很像是要做俯卧撑。稿子我写了五百字，没能发出来，因为什么也不知道，谁，几点，为什么，后来大概也都知道了，但稿子就一直留在稿库里，人死掉了，稿子也是，只要过去一天，整件事就变得失去价值，不可回转。

还有一个跳了温榆河。那时候我已经从平房搬了出去，住在河对岸的一个回迁房小区，房子是十年前盖的，但看起来完全过时了，不知道怎么回事，十年的东西就过时得厉害，红砖褪了色，像我在老家总上的那个公共厕所。现在我确实不需要上公共厕所，一居室有厨房和卫生间，房子在顶楼，但下楼开门又是一个水泥坝，四角有树，狗在树下拉屎，狗屎味久久不散，像一种新时代的平房，我又是怎么回事，为什么会永远住在平房？

接到爆料我出门经过水泥坝，骑上自行车，从铁道桥穿过，两岸密密开满粉色山桃，我穿薄风衣，自行车筐里装了罐装咖啡、两个苹果和一包奥利奥，像打算去桃树下野餐。刚走到就看见尸体捞出来，水淋淋倒在一棵开得正盛的桃树下，前几天刚下了两场暴雨，河水漫岸，让平日软趴趴的温榆河也显得凶猛，确实是一个适合跳河的时间。尸体运走后我采访到死者的女朋友，她懵住了，也不知道哭，坐在同一棵桃树下，杂草上水渍未干，她又穿一条黑色半身裙，屁股上湿了一大块，我递给她一包纸巾，觉得不好意思，又递给她一个苹果。她啃了一会儿苹果，突然问我，怎么会这样呢？是不是因为我们没有钱？

我把这句话作为标题，"温榆河一男子跳河溺亡，女友称因没钱"。稿子发了三百字，过了大半年，那个女朋友变成我的女朋友，采访时我才知道他们就住在我隔壁楼，他们是一楼，卧室窗口正对着狗经常拉屎的那棵树。小竹说，经常一起床拉开窗帘就看见几只狗并排蹲在那里，大大小小，像一个狗的幼儿园，房东也知道那里味道不行，所以房租比同等户型便宜一百块钱。我问小竹，你们到底怎么没钱？小竹说，我也不知道，其实我是有工作的啊，他也是，我们一直交得起房租，吃得也还可以，西门那家必胜客你知道吧？我们每隔两周去吃一次，点蜗牛、鸡翅、比萨和牛排，每次都吃了三百多块钱，咦，到底怎么回事？为什么我们还是总觉得没钱?

我完全知道小竹在说什么,但从那以后,我们没有再谈到过钱,我和小竹是要分手的,迟或者早,结局一清二楚就在面前。小竹是湖北农村人,到底哪个村我从来没有问过,她含含糊糊说,他们那里种了很多藕。湖北人,都喜欢藕,小竹总是用排骨炖藕,一年四季。我很喜欢排骨炖藕,尤其泡上米饭,配半包榨菜。但我不能找个农村人,生活压力已经太大了,这句话像在漆黑背景中闪烁,提醒我扔掉一点什么,以方便起飞,飞往不知道的远方。那时候我正在跑发改委和国资委,"资产重组","产能优化","轻装上阵",我稿子里总写这些,我对这些词语有一种狂热的迷信,和小竹分手大概就是这么个过程,在一场资产重组中,我对生活进行优化,以便轻装上阵,也许她对我也是这样,起码我希望如此。

分手前我们去过一次西海子公园。天非常热,我们在烈日下走了两公里,小竹打一把伞,我则走在后面。公园也没什么看头,我们沿着湖慢慢走,尽可能找有树荫的地方,湖里有人在这样的天气下坚持划船,他们看起来有一种奇异的快乐,好像在零下30℃决定接一次吻,也不畏惧舌头粘住的风险,但我和小竹提也没有提到这件事,我们只是安安全全地走了半圈。快走到最里头的时候,看见前方有个古里古气的墓碑,我说,回去吧,我还有个稿子要写。小竹则坚持要去看一看,我在原地抽了一支烟,她回来时摇摇头,不认识,一个叫李卓吾的人,明朝的,回去我查一查。

我们原地折返出大门,小竹还是打伞走前面,但她突然停下,等我走上去,说,刚才我们不该那么走。

什么?

我们不该那么走,我们该往前走,绕一圈再出来,反正路程是一样的。

前面也一样,我们在湖这边都能看到,前面没什么东西。

不一样的,那样我们就走完了整个公园。

小竹搬出去那天,她早早起床,把最后一点东西收拾进箱子,然后洗了个苹果,坐在窗前等搬家公司的车。啃着啃着她想起来什么,说,那个墓碑是李贽的。

什么?

她指指窗外的西海子公园。上次我们见到的那个墓碑,李贽的,我后来搜了,原来李卓吾就是李贽,李贽你记不记得?中学好像学过,一个明朝的人……以后吧,以后我要再去看一看。

我恍惚记得一点,又什么都忘记了,记忆在二十五岁以后变得着急,总自顾自地覆盖掉那些对前行并无用处的东西,好像怕它们占据内存,影响效率。是的,效率,现在我脑子里永远回旋着这个词,像一种铁板钉钉的规章制度,而我对规章制度有一种不假思索的顺从,好像它们被渗进了骨血。

搬家师傅们把东西搬走后,我也洗了一个苹果。苹果非常甜,小竹总有这种本事,花一点点钱,买到很甜的苹果,新鲜的排骨,她连十块钱六根的玉米都挑得比别人好些。但这些事终究是不重要的,和效率没有什么关系,它们太微小了,像海浪滔天,你却只拿着一块木板。苹果贵一点就会更甜,玉米十块钱三根就不用太挑,我这样想,就会觉得一切都更为合理。

苹果还没有吃完,我已经完全说服了自己。我把苹果核扔出窗外,西海子在右边,而温榆河则在左边。北京短暂热烈的夏天已经过去了,湖上划船的人显得从容,而温榆河的水涨了又退,层层叠叠的垃圾被冲刷上岸,收垃圾的人半个月会去一次,那样大概有半天时间,岸边空空荡荡,只有芦苇、桃树和杂色野菊花。桃树结了硬硬的小果,被虫子咬出一个个小洞,小竹摘下来咬一口,说,桃子有点酸,你别吃了,我摘点回去熬桃子酱。岸边还有酢浆草,我脚背上长了湿疹,小竹下班时绕去温榆河摘酢浆草,捣烂了敷在疹子上面,开始奇痒,后来渐渐感到清凉。

你哪里学的?

书上看的。小竹洗去手上的碧绿草糊,我家以前有本书,《江西民间草药》。

但你不是湖北人吗?

是啊,我也不知道为什么,到底怎么回事,我家为什么会有《江西民间草药》,我家明明只有好多《知音》。

我也不知道为什么,这些毫无用处的记忆久久不被覆盖清洗,像一场大屠杀中莫名其妙的幸存者,又像温榆河边一蓬蓬的酢浆草,不肯臣服于重组、优化,或者效率。

小竹离开后,我很久没有再去过温榆河,如果坐在窗边吃饭,我会习惯对着西海子公园那边，那里看起来更符合这一套秩序，孩子，狗，孩子牵着狗在铺好的石砖地上奔跑，前面不远就是围墙，让后面的人觉得一切都没有失去控制。温榆河则完全不可控制，垃圾有时候上岸有时候飘浮，水浮莲有时候茂盛到占领整个水面，有时候则完全枯萎，盛夏有人跳河，隆冬时也有人踩碎冰面死去，一切都像水一样随机，但这些都不重要了，关于温榆河的所有记忆，都只是废品，不值得留存和提起。

3

我并不需要人来机场接我，我们可以坐大巴，或者包一辆滴滴车，从双流机场包车回自贡只需要四百块钱，开发票后我就可以报销，这根本不是什么问题。但左锋坚持要来，他在亲戚群里听说我要带付霜回家过年的消息，就一次又一次地表示，二哥，你哪天的飞机？我开车来接你和嫂子哈，千万毫跟我客气三。

我只能不客气，发过去自己的航班信息。飞机上我告诉付霜，我表弟说开车来接我们。

哪个表弟？怎么没听你说过？

没有血缘关系，我姨妈的丈夫和前妻生的。

哪个姨妈？怎么没听你说过？

三姨妈，和农村人结婚那个……不重要了，我睡一会儿。我戴上眼罩，收起小桌板，又艰难地把座椅往后调了四十五度。这两年我胖了三十斤，让经济舱座位显得更窄，以前公司财务制度没有那么严格，我回家的公务舱也能报销，但今年下半年开始"严格控制成本支出，全面落实降本增效"，我于是又回到经济舱。

飞机上我只睡了二十分钟，后排的人要吃饭，空姐就把我推醒，又替我调直座椅靠背，她做得非常礼貌，但当中也有显而易见的失去耐心。付霜对此一无所知，她体重只有八十斤，缩在经济舱里仍显空荡，她又始终戴着耳机看iPad里下好的美剧，不管在哪里，付霜总有办法让自己戴着耳机，这让接下来两个小时我有一股莫名其妙又无处发作的怒气。现在我总有怒气，公司开会，路上开车，回家看电视，出门坐飞机，随时随地，怒气像在我周围形成了一个隐形结界，既牢不可破，又毫无痕迹。"结界"是我从一部玄幻小说里学到的词语，不知道怎么回事，这两年我忙到坐在马桶上都在微信群里开会，却用手机看完了好几部上千万字的玄幻小说，有时候作者突然断更，我会怒不可遏，跟着大家在连载下面骂长长的脏话，像除了这件事，再没有什么让我伤心。

一走出行李大厅就看见左锋，他神经兮兮的，手里举着一块不知道从哪个方便面纸箱上剪下的纸板，上面用圆珠笔歪歪斜斜地写着"方铭知"，"铭"划了好几次，大概是写的时候多次失去信心，最后那个字变成糊里糊涂一个黑斑。左锋穿一身西服，头发整整齐齐三七分，看起来确实像个接机人员，我出差开会，对方如果安排了司机，一般就是这个样子，但他们的西服要好一点。西服这件事是一眼即知的，很多事情都是一眼即知的，起码在我这里是如此。

左锋老远就看见我，兴奋地甩动纸板，二哥，二哥。

我感到尴尬，走上去一把抢下纸板，脑壳有包啊你。

左锋嘻嘻笑起来，二哥，你咋胖了怎多，还好我之前看了你朋友圈。

我再次感受到结界，左锋却浑然不知，笑嘻嘻拿过我的行李，又看着付霜笑，噢哟，嫂子长得好乖。

付霜也笑嘻嘻，方铭知，你表弟好可爱。她和我一样清晨六点起床，飞机上一分钟没有睡过，下飞机前才胡乱洗了个脸，但左锋说得没错，付霜一笑就露出不整齐的牙齿，头发油乎乎乱糟糟地束成发髻，口红吃得七七八八，只嘴角有一点鲜红残渍，但她看起来真乖啊，连袖子上粘了饭粒的灰色毛衣也乖极了，像一个迷迷瞪瞪的小朋友，不用花什么心思，已经受尽宠爱。我多年没有用过"乖"这个词了，哪怕下意识里，和大部分男人一样，我使用漂亮、性感以及风骚，但这些都不适合付霜，一回到四川，付霜才拥有了合适的形容词。

左锋的车是一部长安铃木，果绿色，我见到就想转头去坐大巴，但付霜笑嘻嘻地坐上去，说，哎呀这个车好可爱，还是SUV呢。

左锋得意扬扬，北斗星，顶配五万七，还有八千多的汽车下乡优惠，全部办下来不到六万。

付霜真心真意赞美，哇，那真好。

付霜不会开车，我则开一辆华晨宝马3，这个价位本来可以开一辆很好的日产或者大众，但我抵抗不了宝马，哪怕只是3。结婚后我们去过一次欧洲，没有明说是度蜜月，但其实就是那个意思，我觉得可以就去去巴黎，但付霜一定要去法兰克福和柏林，法兰克福冷得要命，柏林满街都是红红蓝蓝的宝马1。好可爱啊，付霜说，像不像格林童话里的场景？真是见了鬼，格林童话里怎么会有汽车，但她从来没有谈论过我的宝马3，对她来说，那只是一辆黑色的车，开在黑色的北京。

我们都坐在后面，六万块的SUV，后座就像一个经济舱，又窄又矮，座位上铺着冰凉的仿皮垫子，付霜什么都没有感觉到，还是舒舒服服继续看美剧，我就只能把腿缩在驾驶座下面的那一点点空间里。左锋的车开得不错，顶配的北斗星居然也只有手动挡，他熟练地换挡和踩离合器，一套动作行云流水，又一边开车一边啃苹果，他可能以为自己这样会比较像007。

窗外间或有小小池塘，又有连绵竹林，池塘中大概都养了鱼，有人在岸边放下鱼竿，却只是一直刷手机。竹林并不苍翠，也没有枯萎，是一种闷头闷脑的绿，久未下雨，叶上蒙灰，我多年没有在春节回家，已经忘记了四川的冬天到处都是这种蒙灰的绿色，像谁在错误的季节错误的地点，持续不开心。

我就是这样，持续不开心，一句话都不想说，希望自己真的只是花四百块钱打了一部滴滴车，但左锋显然不这么想，车开到龙泉山隧道，我已经知道他在湖北做包工头，又在自贡市区买了房，把他爸和三姨妈都接到城里，三姨妈嫁去农村这件事一直是家里的禁忌，过年过节大家都不好意思提起，谁都没有想到，左锋现在买了家里最大的一套房子。

那个小区我也看过，靠着一个巨大的人工湖，我妈说，算了，这里也不好买菜。我没有多说什么，那笔钱放进首付，可以让我在北京一个稍好一些的小区买房了，有电梯，靠着河。

二哥，你现在还住那里吗？

哪里？

我住过那里啊，门口有个水泥坝子。

怎么可能，那是个平房。

那地方挺好的，不是还有条河吗？

我们现在的房子也在河边。

还是那条吗？

我顿了顿，确实还是那条。我搬出通州，在朝阳买了房子，"北京绿肺，无敌水景"，开发商的广告上这么说。刚和付霜在一起，她第一次来我家过夜，到的时候天已经黑尽了，我们又一进门就拉上窗帘，半夜大风，吹出浩荡水声，付霜推醒我，那是什么？

我觉得很烦，假装没有醒，翻身又睡了，那水声呼啸整夜，我知道窗外就是河，但在付霜提醒我之前，我却从未意识到它真正存在。早上付霜拉开窗帘，兴奋地说，哇，原来有条河，方铭知，我们应该去看一看。

为什么？

什么为什么？河就在那里啊，走，我们去看一看。

我很喜欢付霜，却不大明白她怎么会喜欢我，于是我只能和她一起去看一看。

确实很近，出小区之后再走过马路就是河边。天不冷，但风非常大，付霜穿一条花里胡哨的连衣裙，这种裙子其实只是一块整布，用两根带子裹起来，昨晚我解开的时候想，这倒是很方便。现在我才发现，那条裙子非常美，风吹过时紧紧裹住付霜薄薄的身体，叉叉一路往上开到大腿，在经过昨晚之后，我知道付霜瘦而有肉，尤其是大腿，我感到自己的身体出现变化，希望能让付霜早点回家。十一点我要出门去机场，如果现在回家，我们还有一个小时的时间，这个时间刚好够我们从容地做一次，我再洗个澡。

但付霜突然说，温榆河。

风让她的声音往四下散去，我认为自己没有听清，什么？

付霜指指前方，这条河原来叫温榆河。

什么？

付霜又指了指，温榆河啊，就在你家边上你不知道？

我这才看见河边有个大牌子，"温榆河生态走廊朝阳段"，下面是工程承建单位，还有一张地图，我看见温榆河一路往下，走向尽头，那附近我很熟悉，因为我住了整整七年，从一个房子到另一个房子，像被谁画了个圈，一切都要在这个圈里发生。

　　车速大概过了120迈，经过弯道时轻微地往上飘。我对左锋说，是啊，还是那条，不过是在中游，那里就属于朝阳，而且现在整条河经过整治，干净多了。

　　朝阳是哪里？我去过没有？

　　去过，就是你考试那里。

　　付霜把耳机摘下来，考试？你还来过北京考试？

　　左锋得意扬扬，是啊，我当时想考北广。

　　啊，我就是北广的啊，不过我们那时候已经叫传媒大学……你当时想考什么？

　　左锋兴奋起来，播音主持啊，我一直想当主持。

　　哎呀那真好，你特别适合。

　　真的啊嫂子？你真的这么觉得啊？

　　付霜真心真意，真的啊，你看你穿西装多合适，方铭知，你说是不是？

　　哎呀二哥，你哪里找到的嫂子啊？咋子恁乖？

　　我没有说话，他们也不是真的需要我说什么，付霜脱了鞋，盘腿坐在上面，她的脚穿35码还有点大，冬天也不穿袜子，胖胖的脚趾，一个个分开，鲜红的指甲油和口红一样，掉了七七八八，留下点点红斑。我曾经非常迷恋付霜的脚，晚上得摸好一会儿才能入睡，但现在我只觉得吵而心烦，又在这种吵而心烦中睡了过去。迷迷糊糊中，我听见付霜哈哈大笑，她就是这样一个人，电梯里遇到熟悉的快递小哥，也能哈哈大笑聊上好一会儿。付霜认识所有人，楼下保安，物业一个喜欢喂流浪猫的小伙子，顺丰小哥，京东小哥，小区收废品的胖子，每一个扒垃圾箱的阿姨，她对每一个人哈哈大笑。而我每天从车库出门，又从车库回家，我只知道左边停了一辆卡宴，这让我一度想换个车位，直到右边又来了一辆旧款日产骐达。

　　车一停我就醒了，懵了两分钟才知道我们堵在路上，正好是一个弯道，前面的车在坡上密密蜿蜒，起码两公里，就这样，我还是一眼看到前方一公里处有一辆蓝色宾利慕尚。大家都下了车，我也只好下去，问靠在门前抽烟的左锋，怎么了？

谁知道，车祸吧……要烟吗？

我摇摇头，我三年前就戒了烟，过程不怎么痛苦，烟瘾一来我就吃糖，我就是这样胖了起来，所以现在我又正在减肥。付霜却把那支蓝色骄子接了过去，我要，妈呀好困，早知道我在机场买杯美式，昨晚就睡了四个小时，方铭知，你以后能不能不要买这么早的飞机？

我只能蹲在应急道上，看他们抽烟。这大概是资阳和自贡之间的某个地点，离服务区还有五公里，不远处有条河，河面曲折有光，车开了这么久，我根本没有留意到有条河，既不知道从哪里开始，也不知道去向哪里，除此之外就是叫不出名字的树林，树林间偶尔有两间平房，墙壁外镶满瓷砖，像在这无人之地，却修了上好的公共卫生间。天色阴沉，偶尔又有几分钟出太阳，像拿不准是要给我们哪种心情，四川的冬天就是这样了，但我也不喜欢北京的冬天，我半悬空中，想象一个并不存在的四季。

等了二十分钟，我焦躁起来，怎么回事，怎么一点都没动？

左锋欢快地说，堵死了吧，过年就这样，去年我还没车，在大巴上堵了八个小时。

什么？八个小时，那怎么行！

那有什么办法？二哥，我带了卤兔脑壳儿，你吃不吃？我妈专门卤的，说你小时候最爱吃，让你路上啃着耍。

我小时候的确爱吃这些，兔脑壳，鸭翅，鸡爪子，那些无用而空耗时间的东西，吃再多也不可能饱。有一段时间，我还喜欢把一根根筒骨敲开，吸里面的骨髓吃，骨髓软而无形，吃七八根还是略等于没有，只是嘴里留下一点点脂肪的滑腻口感。现在我早就不一样了，我不再想啃兔脑壳，又麻烦又塞牙，也无法忍受在路上等待八个小时。

但我的确毫无办法，天无可奈何地暗下去，前面的人在路边开始斗地主和扎金花，左锋和付霜啃了一饭盒兔脑壳，又开始吃装在塑料袋里的口水鸡和牙签牛肉，口水鸡大概很辣，他们嘴唇肿起来，唏唏嘘嘘喝后备厢的冰可乐，一辆六万块钱的车，左锋居然在后备厢里装了车载冰箱，放着可乐，葡萄和口水鸡。

李记凉菜买的，二哥，你记不记得李记。

我记得李记，我家门口就有一家，小时候左锋来家里玩，我们会暗暗盼望父母买李记的口水鸡和凉拌鹅肠。但现在什么时候了，前方有月亮升起，直直照向下面这些不可理喻的人群，在一动不动堵了两个小时之后，他们为什么还能惦记口水鸡？

我只喝常温矿泉水，喝完一瓶又喝一瓶，大冬天，谁要喝车载冰箱里的东西？月亮升得更高了，路灯亮起后就看不见任何一颗星星。

断断续续有人走去河边，男人在一边，女人在另一边，中间隔着灰绿竹林，我忍了又忍，终于说，我得去一下那边。

左锋刚用矿泉水洗了手，口水鸡放了大量蒜泥，那味道像是永远不可能散去，他下意识地闻了闻手指，说，二哥，我跟你一起去。付霜则打了个哈欠，你们去吧，车钥匙给我，我进去睡一会儿，，你说我们今晚会不会就睡在这里？她兴致勃勃，像我们是要在这里野营。

水边有几个人，一边撒尿一边聊天，月亮正好投向这个位置，像特意为他们打上探照灯。我无法在探照灯下完成这件事，就找了又找，终于找到一个地方，三株竹子隔出两个位置，我和左锋一人一个。

那位置对着闪烁的河面，有大鱼在水下游动的影子，我们都憋得太久了，一开始都不顺利，等待的时间里左锋突然说，这和我住的地方挺像的。

什么？

左锋大概腾出手来往前指了指，就是这里，挺像的，也是两边都是竹林，河里也有好多鱼。

你现在住在河边？

我现在住在船上啊，刚才车上你没听我说。

可能我睡着了，只听到你做包工头。

左锋并不介意再说一次，我现在在湖北做水坝项目啊，好几年了。

挺挣钱的吧？

还行，一年几十万，如果包工头不欠钱的话，欠钱就不好说。

那一般欠不欠？

不好说，没有个定数，他们都说这得看命。

你命怎么样？

我觉得还可以。

我们都撒完了，却似乎都不想走，路上车灯蜿蜒数公里，拎着热水瓶卖方便面的村民不知从哪里冒了出来，远远听到叫卖声，康师傅，康师傅，二十一碗包热水，二十一碗包热水，二十五加卤蛋，三十加蛋加肠。付霜说得对，也许我们今晚真的要住在这里，两个小时前我会觉得这不可思议，但现在我平静下来，开始思考副驾驶的位置能不能彻底放倒，如果可以，那就等于我去了一趟纽约而坐在头等舱里，这么一换算，又会感到平静，我开始憧憬三十块钱的康师傅，加蛋加肠。

左锋自顾自地往下说，住船上挺好的，夏天特别凉快，冬天是冷一点，但我们可以生炉子。

吃饭方便吗？

他来了精神，方便，特别方便，河里就有鱼，我请了个人，开始天天吃鱼，后来工人们说吃鱼没力气，就只能买肉，你知道的，肉贵一些，一盆回锅肉十个人吃，起码三斤三两肉，大家都爱吃肥肉，但肥肉熬出油就那么一丁点儿。

我不知道，我一直以为鱼比较贵，但我也没什么话接上去，想了一会儿只能问，你要朋友没有？

他有点不好意思，肯定耍过哟，但后来都没成。

为什么？

一般都是我不想要了，没意思。有一个我觉得有意思的，人家不想干。

为什么？

她说一直住船上没意思，也是，是有点闷，又没有电视。

她长得怎么样？

还可以吧，眼睛挺大的，但有点黑，农村人嘛，都有点黑，但她比我强，读过大专。

我们沉默下来，看对岸平房里的灯光，遥遥看去像另一个月亮，不知道那里有没有电视。

左锋突然想起什么，对了，那个坟你去看过没有？

什么坟？

李贽的啊，你忘记了？我考试考过的那个明朝人啊，他的坟就在你们通州。

我应当想起什么，但我想了半晌，又迅速放弃，我现在习惯于什么都迅速放弃。我只说，我现在不住在通州了，我住在朝阳。

真可惜，我后来还看过一本写到他的书。

什么书？没想到，你还看书啊？

左锋有点不好意思，就我那个前女友的，她不是学历史的吗？他们老师开的必读书，她也不看，扔在船上，打湿了一大半，她说，学了也没用，根本找不到工作。但我觉得不能这么说，二哥，你说是不是？

我根本不关心他的前女友，无端的，我对一个明朝人感到好奇，书里说什么？

也没什么，不是专门写他，就是有一章，原来他是在监狱里自杀死的，用一把刺刀割了喉。

为什么？

谁知道，我也看不懂，提到好多人，我也不认识，好像是说他觉得不自由。

不是废话吗，坐牢怎么会自由？

好像也不是这个意思，不是这种不自由。

那是哪种？

我也说不清楚。

那监狱里怎么会有刺刀？

说是他假装要剃头，趁人不注意割的喉，一开始没死掉，一直流血，两天后才断气。

水上忽地有风，带着腾腾水气吹过竹林，竹叶顺风颤抖，像是谁在凄厉哭泣。我打了个冷战，回去吧，那边车好像开始动了。

一路上我们都没有说话，快到高速公路时，左锋自言自语，什么时候我能再去北京就好了，我就能找到那个坟。二哥，那条河叫什么来着。

我觉得喉咙不舒服，像是我也吃多了口水鸡，愣了一会儿我才听见他的话，什么？

那条河，我们去过的那条，河水冻成一坨冰。

哦，那条河，那是温榆河。

那条河有名吗？

没有吧，没什么人知道，但它前面就是大运河。

车流的确开始移动，所有人都上了车，留下满地垃圾，没有卖完康师傅方便面的村民站在栏杆之外，等待下一场车祸的来临。车开始走得很慢，后来就全速前进，一切都太快了，连月亮都被抛诸脑后，我不知道沿途河流在哪里拐弯，又从哪里终止。

4

原来我还记得小竹，这让我心惊。原来记忆并没有完全顺服，那些你以为理应被删除覆盖的东西，只是另有存储之地。

春天，北京满城白絮，小区里没有杨树，但所有的花都开了，每天从车库走到大门，我不得不面对玉兰、杏花和一蓬蓬的迎春，我戴着口罩，永远关窗，以躲避花粉的侵袭。但我没有花粉过敏，我只是讨厌这一系列东西，春天、花、阳光，在阳光下露出如释重负表情的人们，那种轻松让我不安，为什么他们可以？我习惯了北京的冬天，沉沉雾霾，刺骨寒冷，刮风的时候才有蓝天，但那时候又会极冷，于是大家都不出去，大家都坐在落地窗前，和我一样，踟蹰不前，假装在享受蓝天、咖啡和暖气。

我在睡前刷了一会儿陌陌，送出去一两千块礼品。陌陌这种地方是很奇怪的，你上来时满怀性欲，却又很快失去性欲，这中间并没有发生什么，只是走向了与你设想不同的结局。我在即将失去性欲时看到小竹，正抱着一海碗面条直播吃面，大概面吃多了上火，她化了浓妆，又用了几层滤镜，还是能清楚地看见她额头密密的小包，整整齐齐一字排开，像特意点出的红痣。妆实在太浓了，像一张脸上叠加了另一张脸，我本来是不可能认出她的，但她也没起个艺名，就那么直不愣登一个身份证上的名字挂在上面，"徐小竹"。

徐小竹的直播厅不怎么热闹，别的主播都知道吆喝老板送礼，她不过随便敷衍两句，然后就是闷头吃面，我看她吃了一小半了，才有人稀稀拉拉送了几根棒棒糖和几对萌猫耳。那碗面看起来不大好吃，又咸又辣，小竹确实喜欢这些又咸又辣的东西，她每天早上给自己搞一碗热干面，一半面条一半榨菜丁，小竹连芝麻酱都比别人调得咸，还要再放两大勺辣椒油。北京不适合吃这么辣的东西,所以她额头上总长包,一长包就想用粉拼命盖住,就像眼前的女主播徐小竹。

我送了一个游艇,又送了两架私人飞机。小竹那碗面吃到最后,果然全是沉底的榨菜丁,她在镜头前消失了一会儿,拿了一瓶可乐回来,可乐一打开噗噗外涌,她才发现我送的礼。小竹连忙擦擦嘴,说,谢谢这位老板,老板新来的哦,老板哪里人哦,要不要小竹给老板唱个歌。她明明是湖北人,不知道怎么变成一口东北腔,好像随时随地要叫我"大哥"。这是我和小竹之间的笑话,以前做爱的时候我们会故意说东北话,她说,大哥求求你轻一点儿,我说,大姐麻烦你动一动。

我当时就下了线,没有听她唱歌。后来一段时间我给另一个主播送了上万块的礼,主播给我唱歌,飞吻,镜头前比心,就是我熟悉的那一套程序,私聊时她几次暗示我可以线下见面,但我糊弄了过去,那有点麻烦,也没有什么惊喜,我现在对一切麻烦的事情,都只是糊弄过去。

到了五月,我去东京出差,住在西新宿那家希尔顿。那地方说是市中心,到新宿站却要坐五分钟酒店摆渡车,附近都是办公区,没有一个居酒屋,我懒得坐车,半夜又想喝酒,就去负一楼的便利店里买了一些东西。便利店有我需要的一切,卤猪舌,卤肘子,煎饺,毛豆,草莓,朝日啤酒,便宜的梅酒,葡萄形状的冰淇淋,咬开里面是冻成冰沙的葡萄汁。一个男人买这些有点不合情理,但这是付霜以前买过的东西,我们来过几次东京,她总住这家希尔顿,半夜买回来这些,我无法在这种事情上付诸思考,在付霜离开后,我依然住同一家酒店,买一模一样的东西,在一模一样的时间里喝酒、剥毛豆、咬开冰淇淋。

啤酒喝完了,梅酒还剩下一小半,我打开陌陌,进入徐小竹的直播间,不过五月,她已经穿着真丝背心和牛仔短裤,正在直播包馄饨,背心没有打底,隐约看见乳头,但小竹就是这样,她一直不穿内衣。我看了一会儿直播,馄饨馅儿是雪菜五花肉笋丁,小竹以前总包这种馄饨,一包上百个,十个一包分装在小食品袋里冻起来,每天早上给我煮一包。她包的馄饨不过是装上馅儿后把四边胡乱捏起来,像一条条小金鱼,馅儿装得过多,煮一锅起码有两三个会破掉,我就满锅里拣出笋丁和肉丁,我对她说,你还不如直接煮馅儿,这馅儿倒是好吃。

所有人都没什么变化，小竹还是包一模一样的金鱼馄饨，包完了她又把手机拿去灶台面前直播煮馄饨，煮完捞起来，还是一锅散掉的馅儿。她默默吃馄饨，馄饨比面条受欢迎一些，可能因为包的过程多少有点技术含量，好几个人送了奖杯，她快吃完了，终于有个人送了游艇。小竹看到游艇，停下来愣了愣，赶紧给那个老板飞吻比心，她做这些非常认真，但因为认真更显笨拙和滑稽。

我也送了个游艇，说，你还不如直接煮馅儿，这馅儿倒是好吃。

小竹又停下愣了愣，没有说话，继续把那碗馄饨吃完，连汤里的笋丁肉丁也一一捞起，那次直播她收获还可以，她看起来却并不怎么高兴，平时直播结束前她会敷衍地跳一会儿舞，伸胳膊抖腿，往下低腰露出乳沟，盲目甩头，但那天她喝完馄饨汤就下了线。我喝完最后的梅酒，把草莓洗干净，就着卤猪舌把草莓吃完，耐心等待小竹和我联系。她在半个小时后和我联系，私聊说，是你啊。我说，是啊，是我，你包的馄饨还是那样啊，跟金鱼似的。

就这样，我和小竹在分手七年后，重新建立了联系。小竹三十一岁，处在一个做主播已经尴尬的年龄。我三十八，因为上一个公司莫名其妙去纳斯达克上市，辞职后我卖掉手上的股份，又卖了房子，凑了一笔钱付首付，买了一栋联排别墅。小区里住着真正的有钱人，有时候还能遇到明星，我住那里其实有点吃力，物业费非常贵，但我无法控制自己那种想在四十岁之前住进一栋别墅的心情，五个卧室，两个餐厅，储藏室没有窗，也没有装什么东西。搬家时莫名其妙找到一个十五年前来北京时背的双肩包，应该是假的Jansport，那是1998年，大家都背Jansport双肩包，包里有一支黑色水笔，一个笔记本和一本《北京著名景点一览》，我翻到写大运河那一页，"现在的大运河分为八段，北京到通州叫通惠河，通州到天津叫北运河，天津到临清叫南运河或者卫运河，临清到黄河北岸叫山东北运河，黄河南岸到韩庄叫山东南运河，韩庄到清江叫中运河，清江到六圩叫里运河，镇江到杭州叫江南运河"，什么烂东西，我想，把整个包扔进巨大的垃圾袋。搬家前我扔掉了所有类似的东西，没有任何价值，我也不想再记得那些东西，所以储藏室里空空荡荡，像一个人，突然来到当下，没有任何过去。

买下房子后我没有余钱装修，只能住在之前业主的法式宫廷风里，餐桌四角雕花，紫红色窗帘有层层帷幕，我从来没有在餐桌上吃过饭，每天早上我在厨房烤两片面包，喝一杯胶囊咖啡，就要赶紧开车去城里上班，公司在朝阳公园附近，南门左拐的路口非常堵，有时候我长久地堵在那里，以一种自己都感到陌生的耐心。我又换了一个公司，又拿了一些期权，四年后才能开始兑现，像参与了一个连环赌局，我赢了上一局，现在正在等待下一个好运气，但赢过的人都是这样，总以为自己会一直有好运气。

小竹还是每天晚上直播，手擀面，包饺子，摊煎饼，剁排骨，卤牛肉。小竹以前就这个习惯，总是半夜把第二天的饭菜做好，有时候要等她把面发上了，我们才能做爱，做完面发得正好，小竹一咕噜起来，开始炒馅儿蒸包子。

我在东京出差十天，就看了小竹十天，我每天买好梅酒，等她直播完和我语音聊天，我说，你这个工作挺好的，反正你也要做饭。

小竹懒洋洋，是啊，我的工作真是挺好的。

你收入怎么样？

还行吧，够我付房租和吃饭。

你现在住哪里？

就是以前那附近，温榆河记得吧？河对岸的小区。

那边现在有小区了？

是啊，树都砍了，好高的小区，比以前树还高。我住在33层，是个loft，我们做主播的好多都住这里，背景拍出去漂亮，有一条河，看起来好像是住在亮马河或者别的什么地方，你不知道吧，现在温榆河可干净了。

以前温榆河对岸没有小区，只有长到天上的白杨林，穿过白杨林则是无边麦田，秋天麦穗金黄，冬天村民们把麦秸堆在田里，烧麦秸时漫天火光，照彻温榆河两岸。小竹那时候就会拉开窗帘，说，要是火能烧到我们这边就好了。

你是不是神经病？

火看起来这么厉害，为什么就过不了河。

神经病。

我们沉默了一会儿，小竹那边有哔哔剥剥的电视声，她不知道从哪部电视剧里回过神来，你呢，你现在住哪里？

我犹豫了一下才回答，我也一直住在温榆河附近。

那这么多年，我们也没有遇到。小竹好像在刷牙，我听见电动牙刷的嗡嗡声，她牙齿一直很好，白而结实，咬起苹果来干净利落，我则因为害怕牙齿出血，不再吃苹果。

温榆河有四十多公里，我现在住在上游附近，那里属于昌平了。

哇，昌平，我还没有去过昌平，我连海淀都只去过一次，昌平好玩吗？

如果想和小竹发生什么，我应该邀请她来一次家里，但我感到犹豫。我确实想和她发生一点什么，在承认自己并没有忘记小竹后，我发现自己尤其没有忘记她的身体，那个光滑、冰凉、不可随意扭转的身体。但我对之后的事情感到担心，如果小竹看到那些东西，别墅，车库，车库前的玉兰花，会不会发生更多事情？

我不确定自己是不是想发生更多事情，于是我对小竹说，我在国外出差，回去我来看你。

小竹打了个哈欠，好啊，只要不是周三，每周三我要去公司开会。

你还有公司？

有啊，我是签约主播。

我笑起来，公司给你发底薪吗？

发的，一个月七千，超出KPI再提成。

那还可以，你能完成吗？

可以啊，每次我剁排骨都能收到很多礼物，大家都喜欢看我用刀，我的刀是我妈在老家特意找铁匠打的，好厚，什么都能剁呢，下次你来看我剁鸡。

那你怎么不天天剁排骨。

公司说，那样就没意思了。

小竹剁完两次排骨和一次土鸡，我开车去了通州。只是六月，天气已经热到没有什么退路了，我在小区里绕了几圈，终于找到一个树荫下的车位，停好下来发现那是一株桃树，桃子半青半红，有星星点点被蛀过的虫眼。它们一大半会在北京的第一场暴雨后坠落地面，剩下的则在七月成熟，这种桃子永远不甜，也永远不会软下去，一直放到烂都有那股脆劲。

我突然想到，小竹到时候就可以直播熬桃子酱，以前她偶尔会做几罐，砂糖融化在酱里，满屋有一种毒品似的甜，我们用馒头和花卷蘸毒品。

小竹穿着直播时那件蓝色真丝背心，还是没有穿内衣，但可以看见花朵型乳贴，下面是一条裹起来的花裙子和白球鞋，卸了妆后她就还是小竹。皮肤不大行，在阳光下尤其明显，眼睛四周有清晰斑点，有些三十一岁的女人还非常隐蔽，但小竹就是一个光天化日的三十一岁。

小竹说，真热啊，我们去哪里？

我没说自己开了车，只问，你想去哪里？

她真的想了想，说，我们去绿道吧，温榆河新修了一条河边绿道，特别长，我走了好多次，也没走到头，那边都是大树，我们可以一直走树下。

我知道温榆河建了一条河边绿道，小区业主群里总有人组织去跑马拉松，跑过的人在群里发起点和终点的照片，从昌平跑到了通州啊，大家都这么说。终点照片的背景有含含糊糊的一座楼，露出含含糊糊的阳台角落，我一眼认出那就是我和小竹住过的那间，黑色栏杆当年就有一块磕掉了漆，现在仍然没有拆掉，也没有翻新。

但我什么也没有提起，关于我现在住的小区、河边绿道或者栏杆上斑驳的油漆，我只说，好啊，那我们去绿道走走。

我们在烈日下走了很久，一直没有看见什么绿道，确实有一条红色道路，但两边只有倒下的大树和翻起的草坪，一眼望去就是如此，没有什么转折的余地。小竹不大相信，反反复复说，怎么会这样呢，不可能啊，我半个月前刚来过啊，那时候还是好好的，草坪上还开着花呢。

我往两边看了看，翻起的泥土里的确有碾碎的花瓣，蓝色，黄色，一种近乎紫的红，关于绿道的一切，残留的都在这里了，没有更多美丽和奇迹。我早就习惯了，在北京发生的一切都没有解释，为什么拥有一条绿道，为什么失去一条绿道，我屈从于任何结果，导致对原因失去了一点点好奇心。

小竹却总想再往前走走，万一前面就好了呢，她说。小竹浑身都湿透了，真丝背心变成更深的蓝，乳贴不知道掉到哪里，凸起两个硬硬的小点。没有大树的庇护，这条路像是在火上飘浮，下午四点的温榆河，河面有火光闪烁，我想起多年前村民们燃烧麦秸的大火，想到小竹那时候就期望大火能跨过温榆河，她一直这样，总期望灼热的东西能战胜水和冰，现在终于都实现了，只是还有一地废墟。

走到某一个点，我终于停了下来，说，就这样吧，前面也就是这样了。

小竹也停下了，想用一双手擦汗，但手心太湿了，什么也不能擦去。她说，那我们歇会儿。

我不耐烦起来，不是歇会儿，我们回去吧，太热了。

小竹不说话，在路边垃圾堆里翻来翻去，找到一块纸板扇风，又突然指着前方说，你看，那边是燃灯塔。

我胡乱看了看，确实有一座塔，露出小小尖顶，怎么了？

就在西海子公园里面啊，你不记得了？上次我们半路回去了，其实燃灯塔就在前面啊，真可惜，再走走就能看到了。

我不知道有什么可惜，一座塔而已，也没有什么名气，但我说，你后来去看过了？

去过啊，我又去看了那个李卓吾的坟。李卓吾你记得吧？就是李贽呀，上次我也看了，后来又去的时候，就往前走到了燃灯塔。

我觉得自己应该想起什么，像一个线索会走向另一个线索，但什么都断开了，像脑子里有人失去耐心一剪子下去，记忆并没有失踪，但零零星星散落一地。

小竹把纸板扇得啪啪响，自顾自说，不过那个坟围起来了，说要整修，我还遇到一个男的，搬了好多砖，垫起来往里面看呢。

看什么？

看墓碑啊，他说，忙了好多年，终于能来看看。

他看到什么？

墓碑啊，上面写着，李卓吾先生墓。他拍了好多照片呢，说要回去发朋友圈。

还有呢？

没有了，就是这些。

就是这些？

就是这些。

我在五点钟回到自己的车上，车内温度在五分钟后降到22度，一切终于恢复了原样，有汽车、车载空调和瓶装矿泉水，我靠这些才能确认生活和秩序。小竹却还在这些秩序之外，她没有内衣，浑身臭汗，拿着一块破纸板，徒劳地想在三十八度的烈日下寻找一条被摧毁的绿道，她只要绿道提供的凉意。

你先走吧，我再去看一看，小竹说。

今天的太阳多大啊，七点以前都不会日落，我放下遮光板，又戴上墨镜，想，小竹应该会中暑。

我走了一段六环，又上了京平高速，开始我和温榆河越走越远，然而在一个复杂的路口，我看见温榆河就在下面，伴随着一条崭新的红色塑胶绿道，有各色野花、碧绿的草坪和亭亭如盖的大树。小竹不可能走到京平高速，但绿道也可能在更近的地方就恢复，谁知道呢，温榆河还在燃烧，我聪明地逃离了每一场大火，却仍然有人奋不顾身，把影子投入火里。

原载《西湖》2019年第8期

哲贵

图谱

1

柯一璀十二年没回信河街了。不是他不回,不存在"回"的问题。他的记忆里没有信河街。对于信河街,他只有想象,而他的想象大多来自父亲。父亲"没了",他的想象无所依托,只剩一丝若有若无的气味。气味这东西古怪得很,无法捉摸,却根深蒂固。

父亲在世时,也很少回信河街。但父亲有他的方式,春节到清明节这段时间,他脸上有一种特殊的"忧伤",表情似笑非笑、似哭非哭,神秘得很,陶醉得很,也怪异得很。

通飞机后,父亲经常念叨着要回去,却迟迟没行动。这不是他的性格。他平时做事都是"手起刀落",从不犹豫。

柯一璀是在考上博士那年寒假,被父亲带回到信河街的。

那时,信河街已经是一个名气很大的城市了。充满了暴发意味,也充满了神秘气息。信河街出名是因为经济上的成功,几乎每家每户都做生意,前门是店铺,后门是工厂。每个家庭都是万元户。据说信河街的人走路是脚不沾地,就差长出一对翅膀。据说信河街人什么生意都敢做,连天上飞机航线都敢承包。这帮人无法无天了。还有一个传说:信河街人基因特殊，头发是空心的。

柯一璀对自己"刮目相看"了，他身体里流淌着信河街的血液。为了证明这一点，他拔下头发，请生物系的老师"化验"。结果令他失望，他的头发是实心的。他确信自己变质了，不能像信河街人那样做生意赚大钱了，只能在大学里当教书匠。

柯一璀终于看见父亲和叔叔柯子阁站在一起了。他们巨大的差别让柯一璀吃惊。父亲身高一米九十，叔叔最多一米六十。父亲是军人，身上有一种特殊气质。这气质说起来挺玄，其实就是一个字：正。立正的正，端正的正。没错，父亲十八岁离开信河街去当兵，一当便是一辈子，退休后依然住在部队大院里，身上穿的是摘了徽章的军装。他的脸是一面国旗，身体也是一面国旗，连讲话也让人联想到迎风招展的国旗。叔叔是倒三角脸，他的脸是歪着的，他的身体也是歪着的。他身上有一股邪气，一股幽暗之气。可是，他身上又透出一种正气，一种不屈不挠的正气。

叔叔的态度让柯一璀意外。按照常理，见到京城回来的哥哥，做弟弟的应该很热情，至少是客客气气的。这是起码的礼数嘛。他没有。他见到柯一璀的父亲时，特意将身体挺一挺，将头昂起来，脸上的表情是傲慢的，不可一世的。眼神是审视的，甚至是蔑视的。这太不正常了。

更不正常的是，父亲见到他后，态度变得谦恭起来，好像他这个哥哥，反倒成了弟弟，而且，是欠了哥哥一大笔债的弟弟。

第一眼看见这个素未谋面的叔叔，柯一璀就觉得他是个有故事的人。他的眼神是倔强的，又是柔和的。他总是一副随时要和人打架的神情，一副绝不服输的表情，可他的姿态分明在告诉别人，他根本不想跟人打架，他不屑，要打只跟自己打。柯一璀还发现，他看人时，总是抿着嘴唇，不轻易点头，也不轻易摇头。

回到信河街那晚，父亲请叔叔一家人吃饭。

柯一璀的印象中，他们住的华侨饭店，是当时信河街最高档的酒店。晚宴也设在华侨饭店。柯一璀记得，那天晚上叔叔一家人都到齐了。柯一璀第一次见到婶婶，第一次知道自己有一个堂弟叫柯一肖，有一个堂妹叫柯可绿。柯一肖高中毕业后，没考上大学，跟着他父亲学手艺。他的样子比他父亲还骄傲，见了柯一璀的父亲，只用眼睛瞟了一下，脸上挂着一丝笑容，那笑容是嘲笑，是不置可否，更是置身事外。他不仅对柯一璀的父亲如此，对所有人都是如此，包括他父亲。柯可绿主动坐到柯一璀身边，介绍自己的"情况"：她正在读高二，成绩差得"没脸见人"，如果柯一璀愿意收学徒的话，她可以跟到北京读博士。

叔叔那晚喝的是父亲从北京带回的牛栏山二锅头。他喝了一口后，对父亲点点头说："这酒不错。"柯一璀发现，叔叔的酒量也"不错"，一瓶牛栏山，大部分是叔叔喝的。叔叔的话明显多起来了，他原来一直讲信河街方言，柯一璀半懂不懂。后来换成普通话了，柯一璀还是半懂不懂。柯一肖早就离席了，说自己有事要办。用柯可绿的话讲，"去跟国家领导人会谈了"。柯可绿没走。她对"博士"很感兴趣，问博士是什么级别？一个月拿多少工资？可以住多大的房子？有没有司机和秘书？是不是经常见到国家领导人？等等。柯一璀如实回答，她开始不相信，后来确信柯一璀讲的是实情，"哦"了一声，脸上的表情相当失望。

第二瓶牛栏山又喝了一半，叔叔不讲普通话了，他开始唱京剧，一开口就是：包龙图打坐在开封府……，唱完了"包龙图"，叔叔再接再厉，唱了《四郎探母》，再接着是《穆桂英挂帅》，然后是《贵妃醉酒》，之后是《空城计》。好像他肚子里的京剧名段不停地翻滚，喷涌着往外冒，捂都捂不住。柯一璀担心他会一直这么唱下去，那就成负担了。还好，唱完《空城计》后，叔叔换"频道"了，开始发表"演讲"，对着酒桌上的人，对着酒桌上的酒菜碗碟，对着酒杯，对着筷子。也有可能，他只是对自己发表"演讲"。可惜的是，这一次，柯一璀一句也没听懂，他问柯可绿，柯可绿摇摇头，她也听不懂，连她妈也听不懂。柯可绿说，他们早就习惯了，父亲一喝就多，一多就要发表"演讲"，非要拉着她妈当听众。第二天酒醒，如果问他昨晚的事，他会瞪大眼睛反问你："我唱京剧了？我演讲了？我怎么不知道？不可能嘛。"柯可绿说，这只是他喝醉的一种表现形式，属于"文醉"。他还有"武醉"，喜欢找人打架，不知进了多少趟派出所："我们全家人的脸面都让他丢光了。他倒好，什么也不管，第二天酒醒了，坚决否认打人，更否认进过派出所。"

2

一周之前，柯一璀接到一个电话，让他"回"信河街取一件东西。电话里那个人告诉柯一璀："我是柯子阁。"

意外了。在柯一璀印象中，叔叔从没给父亲打过电话。叔叔有一次受邀到北京，参加电视台的栏目录制。他在北京住了七天，那家电视台就在柯一璀家马路斜对面。叔叔没有登门。他连电话也没有打，完全无视北京有一个同胞哥哥，很伤人的。父亲是在电视播出后才知道的，他将那个关于盔头制作的专题片看完，什么话也没有讲。此后三天，父亲都没有开口。

父亲就是在那之后身体陡然衰弱的，不到半年就离世了。

父亲去世时，柯一璀将消息通知叔叔。叔叔没有来。这让柯一璀奇怪，他们何以薄情至此？也让他产生疑问，父亲是否做了什么对不起柯家的事？

他一直在等待去信河街的机会。作为一个大学教授，一个研究旅游规划的专家，他接到过全国许多城市的邀请，却没有等到信河街的邀请。对他来讲，信河街是不同的，这是父亲的故乡，也是他的"根"。

柯一璀年过四十才意识到，自己原来是有"根"的。意识到这一点，首先不是在认识上，而是在味觉上，是"胃"先接受了"故乡"。他以前不能理解，父亲为什么喜欢吃信河街的"鱼生"。那是一种由小带鱼、萝卜丝和酒糟腌制而成的小吃，有一股刺鼻的腥臭。母亲掩鼻，柯一璀逃避，却是父亲的天下第一美味。过了四十，毫无征兆，毫无理由，柯一璀突然接受了"鱼生"，接受了那种腥臭。已经不是"臭"了，而是"鲜美"，是香，是亲切，是温暖。柯一璀当时就想，完蛋了，自己活成父亲的样子了。另一个变化是对"家族史"的认识，就在他接受"鱼生"之后，对"家族史"的认识也发生了意想不到的逆转。对于柯一璀来讲，这次逆转是革命性的，是翻天覆地的。他以前一直认为，对世界和自身的认识是从知识开始的，是精神的产物。不是的，他在不惑之年改变了这个看法。他觉得对世界和自身的认识是从味蕾开始的，也可以说，是从"胃"

开始的。"胃"才是一个人最根本的决定因素，你想成为一个什么样的人，或者说，你可能成为什么样的人，决定因素不是知识结构，不是方法论，不是世界观，而是早就长在你身体里的"胃"。它不仅仅是个胃，而是一个人从哪里来又可能到哪里去的方向盘，是一个人以何种方式行走以何种思维处世的隐秘基因，是一个人站在哪个角度观察世界的支点。柯一璀终于发现，自己的"胃"是信河街的，是能够接受"鱼生"的胃。他对"家族史"产生了浓厚的好奇，甚至是自豪。这可能是自己有别于世界其他人的独特基因，独属于他柯一璀的，这是多么宝贵。

柯一璀没有想到，让他"回"信河街的邀请会是叔叔"发来的"。当然，叔叔肯定是信河街他最想见的人。柯一璀也喜欢喝酒，但他对叔叔最感兴趣的不是酒，而是他怪异的演讲。他的演讲才是他的本质，才是他的秘密，才是他身上最神秘的部分。是的，柯一璀意识到了，父亲也有那种神秘的东西，但父亲克制住了。印象中，父亲只"表现"过一次：他还在读小学的时候，清明节的中午，父亲一个人在家里喝醉了。他一进家门，父亲不由分说，将他按在地上痛揍了一顿，揍得他鼻青脸肿。第二天，母亲质问父亲揍他的理由，父亲无辜地问："我有吗？我真的有吗？"柯一璀认为，父亲酒后揍他，和叔叔酒后发表演讲应该有特殊的联系，两者之间有一条隐秘的通道。这条通道是他们家族的秘密，也是他们家族和这个世界的非正常关系。

父亲死后，葬在了北京，他不回信河街了。死也不回了，是他自己提出来的。柯一璀想不通的地方也在此，以父亲对故乡的感情，应该回的。

柯一璀决定在那个周末"回"信河街，他买了周五晚上的机票和周日晚上的回程票，他在信河街有两天的时间。

柯一璀通过"携程"，预订了华侨饭店的房间，华侨饭店已经升级为五星。他没有告诉叔叔周五晚上就到信河街，电话约好周六上午去他家。他不想贸然上门，叔叔这个电话打得蹊跷。

登记入住后，柯一璀去街上吃了一碗鱼丸面。他上次也吃过，没觉得好。这次也没有觉得好，但他感受很"特别"。这种特别首先体现在形状上，柯一璀见过的鱼丸大多是圆形的，"不规则的、棱形的"鱼丸是第一次见到；其次是在颜色上，半透明，如晶莹的琥珀；最特别的是吃的感觉，刚出锅的鱼丸，似乎在跳动，咬一口，也不知是牙齿在咬鱼丸还是鱼丸在咬牙齿。他感到惊奇。感觉鱼丸"活"过来了，在他身体里游弋。

吃完鱼丸面后，柯一璀沿着华侨饭店门前的马路往北走，大约一公里，到了瓯江边。瓯江再向东流，便是东海入海口了。

柯一璀突然想起来，沿着瓯江往上游走，有一座积谷山，积谷山过去就是桃源，柯家的祖墓就在那里。

第二天上午，他拎着两瓶牛栏山二锅头去百里坊祖屋看望叔叔。

叔叔的相貌没变。十二年前他是六十出头，十二年后，他的样子还是六十出头。奇怪得很，时间在他的相貌上失去了流痕。唯一的变化是，他以前的嘴唇是抿在一起的，把嘴抿小了，一嘴的皱纹。现在他将上下两片嘴唇吸进嘴里，用牙齿咬住，看不见嘴唇了，显得更加严肃。与叔叔相貌形成反差的，是周围的环境，老屋还在原来的位置，但四周杂乱无章地建起了许多水泥房子。别人建，叔叔家也建，他将原来的两层楼房推倒，建成了六层楼。上次来时，他家有一个院子，院子里摆满了叔叔种的花草，有月季、水仙、牡丹、朝天椒、仙人掌，等等。整个院子显得蓬勃茂盛，井井有条又生机盎然。院子里还有一个小鱼池，里面养着大大小小的金鱼。每一条金鱼都是叔叔买回来的，他不允许家里人给金鱼喂食，金鱼贪吃，食量却小，吃得过多，就会撑死。当年的花草鱼池不见了，成了一幢幢楼房。柯一璀觉得可惜。可他知道，他的可惜是一厢情愿的，是不现实的，是一种理想状态。生活却不是。

家里只有叔叔一个人。叔叔说，柯一肖建了别墅，生了一个女儿，又生了一个儿子，叫他们住到别墅去。叔叔停了一下，突然拔高了声调："他说得好听，叫我们去'享福'，分明是去给他带孩子，还得煮饭烧菜给他们吃。老子才不会上这样的当。"

柯一璀问："婶婶呢？"

叔叔说："她去别墅'享福'了，叫她不要去，她不听。"

这是他们的家务事，柯一璀不敢乱插嘴，也不敢表态。家务事没有对错，外人怎么表态都是错的。这个道理柯一璀懂。

3

柯一璀临时决定请叔叔吃中饭。叔叔叫他回来"取一件东西",叔叔没说是什么东西。他现在来了,叔叔又只字不提。他不能问,问了反倒显得沉不住气。

叔叔接受了柯一璀的邀请,带他去一个叫东海渔村的海鲜店。叔叔点了五个菜:清蒸水潺、红烧鮸鱼、鱼生、龟脚和本地芹菜炒黄豆芽。柯一璀让他再点两个,他说"够了"。五个菜中,柯一璀以前吃过芹菜炒豆芽,但这里的味道不同,芹菜很细,有苦味,回味却香,特别长。味道留在嘴里盘旋、跌宕,久久不肯散去。柯一璀没有吃过这样的芹菜。

叔叔没有带柯一璀送他的二锅头,而是从口袋里摸出一瓶信河街老酒汗。酒瓶一旦打开,柯一璀就发现叔叔"独自上路"了。他掌握了方向盘,快或者慢,停或者走,何时走何时停,进入他的"议程"。纵使身旁有千军万马,他见到的,只是孤身一人。他的另一个口袋里,还藏着一瓶老酒汗。当第二瓶喝到一半时,他开始"演讲"了。

柯一璀特意观察他的喝酒姿势,果然有特点。他的特点是"轻",轻轻地倒酒,轻轻地端杯,轻轻地倒进嘴里,轻轻地放下酒杯。整个过程,几乎是无声的,几乎是小心翼翼的。他看酒的眼神是淡然的,不是热情似火,也没有如饥似渴,就像看镜子里的自己。但绝对不是漠视,不是可有可无,而是饱含深情的淡然,是达成和解的淡然,是你中有我我中有你的淡然。

两瓶老酒汗喝光了,五个菜也吃光了,叔叔"演讲"了整整两个钟头。酒店的厨师早下班了,只留一个服务员等他们。柯一璀结了账,叫了一辆车,送他回百里坊。

到家后,他带柯一璀上了楼顶。楼顶是个大阳台,柯一璀又一次意想不到了,大阳台上种满各种各样的花草,有月季、水仙、牡丹、朝天椒、仙人掌等等,还有各种造型别致的盆栽。大阳台上还有一个水泥砌起来的池塘,里面有各种水草,各种大小不一的金鱼在水草中穿梭游动。

这场景让柯一璀恍惚。

婶婶回来了。柯一璀想想也是,她怎么放心让叔叔一个人住在老屋里呢?他那么喜欢喝酒,万一有个意外呢?可儿子要她去,她不能不去。她只能两头跑,只能被叔叔骂。柯一璀能够想象婶婶的为难。怎么可能不为难?别的不说,单说叔叔喝酒这一项,单说叔叔喝醉整夜发表演讲这一项,哪个女人接受得了?绝对没有的。叔叔喝酒不是一天两天,他是每天都喝,每天都醉,用柯可绿的说法是"都喝一辈子了"。

柯一璀的出现让婶婶意外。当然,十二年才回来一次,不意外是不正常的。这一点,柯一璀从她的眼神里可以看出来。柯一璀也可以看出来,婶婶是欣喜的,她看见柯一璀是高兴的,这种高兴是发自心底的,是由衷的,骗不了人的。但是,她的眼神又是警惕的,柯一璀不知道她警惕什么。

婶婶让柯一璀留下来吃晚饭,柯一璀不想留。他只想跟叔叔聊一聊,可是,看他的样子,完全没有跟他聊的意思,那么,柯一璀留下来就失去意义了。他对婶婶说,他回酒店还有事,明天再来看叔叔。

回酒店的路上,柯一璀心里想,明天直奔主题,直接问问题了,不管他回答不回答。他想,自己总是犯知识分子的毛病,想得太多,顾虑太多,死要面子,总是等待时机。其实,对待叔叔这样的人,最直接的办法可能是最有效的,当然,可能也是最无效的,因为他不吃这一套。可是,谁知道呢?

4

柯一璀是被一阵手机铃声叫醒的。从百里坊出来后,他回了酒店,中午的半斤老酒汗起作用了。这是正常的,谁喝了半斤六十三度的白酒会毫无感觉?神仙都做不到。身体要跟酒精做斗争的,柯一璀能感觉到体内的"你来我往"。耗体力了,这让他觉得疲软,头有点大,眼皮有点重。回到房间后,他脱了外衣,脑袋一碰到枕头,就睡过去了。

手机响了好几次,不屈不挠的。是个陌生号码,显示来自信河街。柯一璀接了,对方自报家门:"哥,大教授,我是柯一肖。"

柯一璀醒过来了。这个声音很陌生,上次回来,柯一肖基本没开口讲话。但也不陌生,柯一肖的声音和他父亲相似,还是亲切的。这大概就是血缘，古怪得很，也顽固得很，没办法改变的。

柯一肖好像变成一台讲话机器了。手机接通后，根本不让柯一璀有开口的机会，一直是他一个人在"发射"。他说听母亲说了，问柯一璀回来为什么不联系他。他说自己现在"混得还可以"，办了一家旅游文化用品制造公司，"大小算个企业家了"。他特别强调，他的厂房占地面积两百亩，家里的别墅占地五亩。他笑着说，柯一璀从北京回来，他作为堂弟，请堂哥吃一顿饭的钱还是有的。而柯一璀一声不吭地回来，让他"很没面子"，让他"很受伤"，很"内疚"，也让他"深刻地反思"，他这个堂弟做得不好，很不到位。柯一璀发现他有一句口头禅，讲两句，就问柯一璀"你懂我的意思吧？"问完后，也没有等待柯一璀回答的意思，类似于语气助词。

柯一璀听出来了，柯一肖的"表现形式"跟他父亲不同，他父亲是自言自语，有意或者无意不让人懂。而柯一肖每一句话都是大白话，都在表明他的意图。但他不直接讲，迂回，反转，瞒天过海，欲擒故纵，他故意将简单的事复杂化了。

柯一肖的话没有停下来，话锋一转，对柯一璀说，他为什么要创办旅游文化用品制造公司？因为他觉得自己有责任将京剧盔头制作的手艺传承下去，这是他作为柯家后人的责任，不能让这门手艺断送在他手里。京剧盔头制作是传统文化，是瑰宝。这瑰宝属于柯家，属于社会，更属于未来。他要让更多人知道柯家的京剧盔头，他要让柯家的京剧盔头走进千家万户。

说到后来，他激动了，每讲一句，都会问："哥，大教授，你懂我的意思吧？"

柯一璀大致能听懂他的意思，可也不敢说听懂，他对这个堂弟了解太少了。

柯一肖在手机那头说："哥，大教授，你一定要来我公司看一看。"

柯一璀看了下时间，已经下午四点半了。柯一肖接着说："我的司机已经在酒店门口等了，很近的。"

柯一肖"先斩后奏"了。

话说回来，对于柯一璀来讲，去柯一肖的公司看看他也是乐意的，他对这个堂弟很好奇。

一个陌生的手机号码打进来了，柯一璀接了，是柯一肖的司机，他说自己已在大门口，黑色的奔驰，车牌号是五个8。

确实不远，半小时不到，柯一璀远远看见，一幢大楼的楼顶有一个"柯氏传统文化用品制作公司"的招牌。到了招牌下面，柯一肖已经站在大门口等候。柯一肖已经从一个瘦子晋级为胖子，但他的五官、脸型和神态都是他父亲的样子。

车在柯一肖面前稳稳停住，车门打开，他张开双臂，跟柯一璀热烈拥抱。亲热得根本不像十二年没见面，而且没有任何联系。他的热情感染了柯一璀，可也让柯一璀不踏实。柯一璀觉得他热情得有点过头，似乎是在"燃烧"。拥抱之后，柯一肖对他说："哥，大教授，先参观我的公司，然后咱们一起吃饭，咱们好好喝一杯。"

柯一肖没有带他去车间，他说："哥，大教授，我带你去参观我的博物馆。"

柯一璀怀疑自己听错了："你建了博物馆？"

柯一肖哈哈一笑："我乱建的，没章法，你是大教授，多提宝贵意见。"

他领着柯一璀来到一幢三层楼。没错，柯一璀看见了，那幢楼的外立面上有一排巨大的横排铜字：柯氏文化用品博物馆。

进去之后，柯一璀发现，博物馆建得"很有章法"。

一楼的藏品是笔，中国的外国的都有，近现代的有，古代的也不少。有一支毛笔比一个人还高。柯一璀想，这么大这么重的毛笔谁能拿得动呢？当然，在这里不需要体现使用价值，需要体现的是历史价值。柯一肖介绍说，这支毛笔是在他的指导下，请信河街百年制笔老店李小同特制的，他还申请了吉尼斯世界纪录。二楼是笔记本藏区，有各种材料和造型的笔记本，小的只有指甲片那么大，最大的有半个篮球场大。柯一璀问柯一肖，这么大的笔记本是他找人特制的吧？柯一肖说不是，这本特大笔记本是他从信河街"文具大王"张逍遥公司购买来的。张家历史可以追溯到清朝乾隆年间，当过贡品。柯一肖说自己做了三年的"工作"，张家才愿意以两百万人民币的价格将"镇店之宝"卖给他。三楼展示柯家的京剧盔头，足足有两百个平方，摆满了各种各样的京剧盔头，大小不一，颜色各异。柯一肖说，一楼二楼摆的是别人的作品，那是生活，是做给别人看的。三楼是为自己做的，是他的人生追求。说完之后，他认真地看着柯一璀："哥，大教授，你懂我的意思吧？"

5

晚餐就在公司食堂吃。柯一肖说："我的食堂比五星级还高级。"

柯一肖又说："我让你真正体验什么叫信河街美食。"

吃饭前，柯一肖打电话叫柯可绿过来。他对柯可绿说："北京的哥来了，你必须半个钟头内现身。"

柯可绿果然在半个钟头内"现身"。一见面就飘出一句英语："Oh,my God,my brother。"

柯可绿的变化是脱胎换骨的。不只是语言上，是全方位的，当然，最直接的是外在形体。如果在路上碰到，柯一璀一定不敢相信她就是自己的堂妹。有一点她跟柯一肖是相同的，一见面，就给柯一璀来个大大的拥抱。当然，这不仅仅是拥抱。柯一璀还感受到热情，这热情是真实的，是可以触摸的。

柯可绿完全是个"饱满"的时髦女人。没错，她给柯一璀的第一个感觉就是"饱满"。从她身上能够感受到什么叫生机勃勃，什么叫蠢蠢欲动。更能感受到什么叫春意盎然，什么叫让人想入非非。她身上有一股蓬勃的气息，特别招人，让人想亲近，却又一种说不出的距离感。

以柯一璀的观察，她的穿着打扮，她的气质谈吐，跟北京上海的女人不同，跟香港广州的女人也不同。她更复杂一些，更微妙一些。她身上混杂着洋气和土气，既有国际时尚的派头，又有小城镇女人的粗俗。她的五官立体而干净，可她却喜欢在脸上涂上许多化妆品，绿色的眼影，紫色的唇膏，很夸张的。柯一璀有点恍惚，觉得她像戏曲舞台上的人。在柯一璀的生活中，很少有机会接触到柯可绿这种类型的女性，他接触的女性大多是"知识型"的，也有性格外向的，也有行事泼辣的，但都受过"良好的教育"。那些教育"滋养"了她们，"提升"了她们，同时，也在某种程度上"制约"了她们，她们表现出来的，并非真实的自己，不敢，也不想。柯可绿不管,她一坐下来就问柯一璀:"哥,你当教授,每个月拿多少工资?"

柯一璀说:"国发工资不到一万。"

柯可绿说:"Oh,my God!还不如我一个部门经理拿得多。"

柯一璀不意外。她来之前,柯一肖已经介绍过,柯可绿开了一家外贸公司,卖柯一肖的文具产品,也卖其他轻工产品。她年收入上千万,是信河街名副其实的"富婆"。柯一肖还说,她结过一次婚,丈夫是个意大利人,他们是在做外贸生意时认识的。不到两年就离婚了。因为对方希望她去意大利,而她却要对方常住信河街。离是离了,他们的生意没有断。用柯可绿的话讲是"断什么也不能断生意"。所以,她现在是个"单身富婆",漂亮,多金,很有"市场"。

柯可绿大概觉得不应该对柯一璀这样讲话,人家怎么讲也是大学教授,这是不礼貌的。所以,她抱着柯一璀的胳膊说:"But,我哥是教授,是无价之宝,是不能用金钱来衡量的。"

这就会讲话了。生意人千锤百炼,见什么人讲什么话是基本功。

柯一肖确实做了安排。他的食堂有一个大包厢,足足有半个足球场那么大,有会客室,有钢琴室,有休息室,还有一个卡拉OK室。包厢布置得像一个小型的京剧盔头博物馆,四周都是京剧脸谱和盔头。柯一肖介绍说:"这些都是我公司的产品,远销全世界七十多个国家。"

柯一肖没有食言,也没有讲大话,他的食堂确实比五星级酒店好,确实让柯一璀体验了"真正的信河街美食"。柯一璀没有想到,柯一肖准备了"鱼生",而且是顶级"鱼生"。柯一璀以前在北京看见的"鱼生",比筷子细,而在这里见到了食指粗的"鱼生"。除了鱼生,还有许多海鲜是之前所未见的,如海蜈蚣,如辣螺,如佛手,如鲉鱼,等等。

柯可绿喝酒有"乃父之风",但她只喝法国进口的葡萄酒。她说,喝别的葡萄酒只能喝两瓶,喝法国葡萄酒她可以喝三瓶,nice。令人意外的是,柯一肖不喝酒。他说自己"滴酒不沾","看见酒就难受,心情灰暗"。他没有兑现跟柯一璀"咱们好好喝一杯"的诺言。

柯可绿很快就喝高了,开始全程英文发表"演讲",不管你听不听得懂,也不管你在不在听,她不断地重复"Are you sure?"

柯一璀发现，柯可绿喝高后，英文讲得流利多了。

柯一肖安然地坐在位置上，看着柯可绿用英文"演讲"，脸上没有波澜。

6

柯一璀知道，叔叔叫他"回"信河街，肯定不是为了和他喝一顿酒。可他不知道，为什么叔叔昨天直接把自己喝醉了？当然，柯一璀知道，叔叔是奇人，他的为人处世不能以常理论之。柯一璀准备今天再去一趟叔叔家，他改变主意了，不问了，继续陪叔叔喝酒，听他醉后的京剧演唱和无人能懂的演讲。柯一璀甚至希望叔叔能够和人打一架，他想见识一下叔叔手脚上的功夫，是不是真的像传说中那么厉害，一抬手就将一个铁塔般的彪形大汉摔出五米开外。他很好奇。

柯一璀一大早去百里坊祖屋找叔叔，两扇大门如紧闭的嘴唇。没错，确实让柯一璀联想起叔叔紧紧抿起来的嘴唇。柯一璀打家里的座机电话，无人接听。柯一璀昨天晚上留下了柯一肖和柯可绿的手机号，但他不想给他们打电话。他今天只想见叔叔，哪怕和他喝醉一次，也算不虚此行。他很久没有醉过了，已经失去喝醉的勇气，好像也找不到喝醉的理由。

柯一璀在祖屋对面站了半个小时，他第一次这么认真地打量这座房子。说起来，这里才是自己的血脉之地，父亲在这里落地，柯家上溯三百年都住在这里。但是，叔叔建起的六层楼房，阻碍了他的想象。他无法在脑子里描绘五十年前的祖屋模样，更不要讲三百年前了。

半个钟头后，柯一璀决定离开，慢慢往回走。百里坊在华侨饭店的东北边，靠近瓯江。走到路口时，柯一璀临时起意，想去桃源看看祖坟。但又犹豫，他不记得祖坟的具体位置和模样。柯一璀决定先回华侨饭店，中午再到祖屋找叔叔。直接带着行李来，能够等到叔叔最好，如果等不到，晚上就叫辆车去机场。

意外的是，当他回到酒店，却看见叔叔坐在大堂的沙发上。他脸上没有表情，好像不认识柯一璀似的。柯一璀走上前去，在他面前站定，他缓慢地站起来，他手里提着一个铁皮盒子。不对，不是提，而是紧紧地抱在怀里,好像那个铁皮盒子是从他身体里长出来的。他什么话也没有讲,慢慢走出酒店。

一路沿瓯江而上。没喝酒的叔叔,是个沉默寡言的人。他淹没在人群里,淹没在树丛中。跟他喝醉后的状态完全不同,喝醉酒的叔叔身上有一种光芒,有一种神奇的力量,犹如神灵附身。

过了积谷山,就到了桃源。叔叔依然没有开口,领着柯一璀爬山。都是蜿蜒小径,用青石板铺成。路上没有任何标记,对于初来的人,如进迷宫。山中多是乔木,约两人高,有的成排列队,有的孤独站立。杂草茂盛,将青石板路遮掩得若隐若现。山高,路远,缠绵又曲折。当柯一璀跟随叔叔站定后,回身一看,已在山腰,瓯江变成一条小水沟,流向看不见尽头的东边。东边一片白茫茫,什么也看不清楚。

把目光从瓯江收回来,柯一璀发现自己已经站在祖坟面前了。祖坟是座交椅墓,共七层,每层六圹。见到祖坟,柯一璀的记忆被激活了,是的,父亲上次就是在这里长跪不起,痛哭流涕,哭得比一个无家可归的孩子还伤心。

祖坟很干净,没有杂草,更没有枯枝败叶,清清爽爽,富有生气。显然是经常有人来打扫。叔叔对着墓圹拜了三拜,回过头来,看着柯一璀,严肃地说:"你也来拜一拜。"

严肃了。柯一璀还听出了庄严,听出了神圣,甚至听出了命令。声音虽轻,口气却是不容置疑的。柯一璀的内心也没有排斥这种仪式,他要拜的是先祖,要拜的是自己的过去甚至未来,不需要商量的。但是,有意思的地方在于,柯一璀双手合十拜了三拜后,身体有股热流突然涌上来。确实是突然涌上来的,从脚底板开始,贯穿全身,汇聚到头上。他觉得眼睛一热,眼泪掉了下来。

7

叔叔的声音就是在这个时候响起来的。神奇的是,他的声音变了,首先是角度变了,似乎从空中轰鸣而下,每一个字都有回音,每一个字都震得柯一璀耳膜嗡嗡作响。其次是声调变了,是一个完全陌生的声调。柯一璀事后想，或许不是叔叔的声调变了，也不是角度变了，而是自己的幻觉。可问题是，自己当时确实产生了幻觉。这是千真万确的。那是一个悠远而缓慢的声调，好像来自遥不可知地方。那声音对柯一璀说起了家族史，说起了柯家京剧盔头的历史：故事跟一个叫金三清的人有关，据传他是清朝宫廷里的御用戏剧盔头制作工匠，后被疑为潜伏在宫廷的反清复明分子。金三清提前得知消息，星夜逃出京城。一路南行，来到信河街，租住柯家的房子。经常与柯家的大儿子柯辅良一起喝酒，后来两人结义金兰。金三清靠手艺吃饭，给庙里的菩萨制作盔头，也给戏班制作盔头。忙不过来时，金三清就请柯辅良帮忙。金三清是有心传他手艺，柯辅良也是有心要学，两人都没讲破。八年之后，官府从京剧盔头和佛像中找到信息，前来捉拿金三清，他再一次闻风而逃。出逃之前，他将一百四十八幅京剧盔头图谱和三百六十道制作工序图谱交给盟弟柯辅良。金三清离开信河街后，再也没有回来。而他交给柯辅良的两份图谱，成了柯家的传家宝。柯辅良后来以制作京剧盔头名满天下，他为了感恩盟兄，在每个京剧盔头内打上三个字：柯三清。"柯三清"后来便成了柯家京剧盔头的招牌。柯辅良育有三子三女，临终前，他立下遗嘱："柯三清"京剧盔头制作的手艺传大不传小，传男不传女，传内不传外。

声音停住了，四周寂静。柯一璀能听见风刮过祖坟周围杂草和乔木的声音。那些声音汇成一片，如涨潮的海水朝柯一璀涌来，将他淹没。当他觉得被"潮水"冲走时，是叔叔的声音将他拉上来，叔叔这时恢复了原来的声调，眼睛直视他："知道我为什么带你来这里吗？"

柯一璀似乎知道，又似乎不完全知道。叔叔并不需要他的回答，接着说："我要在列祖列宗面前，将两份图谱还给你。因为这两份图谱属于你父亲。"

叔叔将那个铁皮盒子递给柯一璀，眼神是坚毅的，是没有商量余地的。柯一璀不由自主伸出了双手。铁皮盒子没有他想象的沉重，可柯一璀觉得他手里捧的不是铁皮盒子，也不是两份图谱，而是一份责任。问题在于，这是他无力承担和完成的责任。他犹豫了一下，将铁皮盒子重新推回叔叔怀里。叔叔果断地将铁皮盒子推回来："你父亲已经推卸了一次责任，你不能再推卸。"

一切谜团似乎都在叔叔这句话里得到了答案。柯一璀好像突然理解了父亲至死不回信河街的原因。同时,他也突然理解了叔叔和父亲超乎常情的关系,更理解叔叔逢酒必喝和逢喝必醉的原因。对于他来讲,或许更愿意当一个游侠,行侠仗义,周游天下。可是,柯一璀也有一个大问题,他问叔叔:"你将这个铁皮盒子交给我,我怎么办?"

"怎么办是你的事。"叔叔脱口而出,停了一下,缓和了口气说:"你也可以来跟我学。"

这是柯一璀愿意的,但也是不现实的。他非常愿意了解并参与到京剧盔头制作中来,但他只能是一个参与者,甚至可以是当事者,绝不可能成为主事者。不是不愿意,是不能。他有自己的路要走,有自己的人生规划。可是,柯一璀突然惊觉,这个借口,可能也是父亲当年的借口。

柯一璀跟随叔叔回到祖屋,叔叔带他到五楼,五楼陈列着他亲手制作的一百四十八个京剧盔头。叔叔告诉他,柯一肖开价一千万,要将这批盔头买走,他不卖。他很自负:"全世界找不到第二套的。"

柯一璀在五楼整整待了一个下午,叔叔陪了他一个下午。中间似乎听到婶婶来敲门的声音,叔叔没开门。叔叔将每一个盔头的人物特点和结构原理讲解给柯一璀听。柯一璀一边录像一边记录,他知道,这是一笔无价的财富。

下午六点,柯一璀离开祖屋,叔叔送他出门之前,对他讲:"这批盔头只有一个主人,那就是你。"

柯一璀愣住了,这是他完全没有想到的,但他什么话也没有说。

回到华侨饭店,柯一璀退了房,叫了一辆去机场的"专车"。车开出半个钟头后,他突然问司机:"知道柯氏公司吗?"

司机说:"知道,卖京剧盔头很有名的。"

柯一璀说:"调头去那里。"

司机说:"你去买京剧盔头?"

柯一璀没有回答,他突然很想喝酒,有强烈的喝醉冲动。而且,他觉得身体里有股顽固的声音想喷涌而出。

原载《人民文学》2019年第9期

东君

立鱼

> 愚昧人抱着手，吃自己的肉。
>
> ——《传道书》

你来了，请坐，在树荫里吹吹风吧。如果你还有点耐心就听我讲一个故事吧。我是谁？你听我讲完这故事自然就晓得了，而我是谁其实并不重要。

从前总是喜欢在树下跟人聊天，那年头屋子小呀，暗沉沉的，像是挤满了鬼魂。夏天的时候闷热，冬天的时候冷风直往墙洞里钻。对我来说房屋只是我睡觉的地方，而我家门前那棵松树才是我真正的家。树荫是树的一部分，在树荫里面久坐就会发现自己也是树的一部分。我走动，风吹我的衣裳，感觉自己就是一棵缓慢移行的树。我的身体、说话的语调里面也散发着树的气息，骨骼硬朗经冬不凋的松树的气息。

好吧，现在可以跟你讲讲我们这个村子的故事了。

丁酉年春，本村有两人出了远门。一个是木匠，一个是秀才。那个浑身散发着木屑味的木匠去八百里外的一座山上学武艺去了，那个酸气十足的秀才呢？去省城考功名了。

木匠什么时候回来？

秀才可有消息？

有一阵子村上的人时常会这样问起。

我打村外山上放羊回来他们就不会问晚饭吃罢了没有这样的话，太阳快要下山的时辰我就想着吃饭，这年头吃饭是唯一一件大事。

人人都要吃饭，都要睡觉。不同的是别人刚放下碗的时候我还没拿起筷子，别人入睡的时候我依然醒着。不同的是别人一家子围坐着吃饭有说有笑，我却只能独自一人蹲在门口扒着别人施舍的剩饭。吃饭当然是为了图个饱，一家人吃饭是为了图个饱，一个人吃饭也是。别人嘴里的饭不会落到我肚子里去，我只要管好我的肚子。可是眼下连这件事都让我发愁了。

没有人喊我回去吃饭，但我常常会去蕙姑家蹭饭。每次去她家我的手都没空着，有时是一捧用来染指甲的凤仙花，有时是一捆柴火。蕙姑是哑巴。但她的眼睛会说话，在她面前我总觉着声音这东西是多余的。

晚饭吃罢了也未？蕙姑用眼睛问我。

吃罢，我说。

蕙姑看着我的眼睛就晓得我没吃，她从口袋里掏出一块米饼塞到我手上。蕙姑的手上衣裳上满是阳光的味道，我猛吸一口气就没饥饿感了。

吃吧，这是她舍不得吃特意留给你的。蕙姑的姑姑说。

蕙姑的父母早逝，七岁时就与姑姑相依为命。姑姑是个老寡妇，村上的人都说她有孤独相。可她还是很喜欢跟我说话，她说我长得像她那个死去的儿子。

蕙姑没有弟弟，她就把我当作弟弟了。而我既想做蕙姑的弟弟又不想做蕙姑的弟弟，有些话我不想说出来，含在嘴里它就有了柿子的青涩味道。人嘛，活着总得有个念想，我的念想不是阳光照出来的，也不是风吹出来的，我的念想就长在我的心里就像树长在土里。今晚有月亮，自然而然地它就长出来了。

这一晚我睡得有些不踏实，脑子里总有个白影子飘过，不是蕙姑的影子，而是午后出现的白影子。那时我正看着远处的一棵松树出神，忽听得一个声音从身后飘过来。转身，先是看到一棵树，继而看到树下一条人影。白衣，肩上立着一只公鸡，一脸的英武。

他问我在看什么，我说我在看山下村子里自家门前那棵松树。他就走过来在我身边坐下，那样子像是要跟我一起看松树。我没有跟他说话，他看他的松树，我看我的松树。我的松树跟他的松树是不相干的，看着想着，想着看着。忽然觉着全身发冷。你是人是鬼？我问那人。那人朝我扮了一个鬼脸，没说话。

我没敢将这事告诉村里人，更不敢告诉蕙姑，我想我是见鬼了。

第二天一大早，又见鬼了，那鬼好像在这座山上待了一夜。

你是在这里等我？

我在等太阳。

鬼是怕太阳的，因此我料定他是人。

秀才还有消息？

你认识秀才？

我是秀才的朋友，当然认识。

我怎么没有听秀才说起你。

我问你秀才还有什么消息？

我没有回答他，其实我也不晓得怎么回答。我走开了，把那人扔到身后，把一棵树和一个人和一只公鸡扔到了身后。

一只野雉扑棱一下掠过树丛，黄泥路上腾起淡淡的尘垒，二棍正在追捕野雉。那张粽子脸满是灰土，露出可怜兮兮的两点白光。他一定是饿慌了，这样细瘦的一条影子挂在空气里，风一吹，宽大的衣裳仿佛就要飘到树枝上了。

我问二棍今天有没有看到什么，二棍说他遇到了一个外乡人，白衣，肩膀上立着一只公鸡，那人还向他打听过木匠的消息。二棍这样说着就向远处张望了一眼，没再吭声。

我想木匠出门大概也有个半年光景吧，听说木匠是找三清山的一位老道学艺去了。听说那老道法力甚大，手一抬袖子里就飞出一柄短剑，嘴一张口中就吐出三支飞针，搬一块岩石像掇凳，击倒一个壮汉像掸掉一灰尘，木匠饶是学得一二分都可以打遍天下了。可这半年来木匠竟断了消息，木匠是不会回来了，东先生就是这样断定的。

回来时看见东先生正在院子里裁纸，他把纸裁成斗方，我晓得他又要画点什么了。我坐到一边，开始替他磨墨，人们都说我是东先生的书童，我仿佛真的就是东先生的书童了。

你要画什么？

我要画风。

风是无形的。怎么画？

画一棵树的时候风就出来了。

东先生这样说着就画了一棵树。树上还有果子。

喏，再画一池涟漪的时候风就从水面出来了。

东先生画了一池涟漪之后又画了一尾挂在树上的鱼。

这鱼跟风有甚关系？

这是一条风干的鱼呀。

他舔了舔舌头，他的舌头一定是干的，就像一条风干的鱼。

今晚的饭有着落了？

你给我画一个饼如何？

我之前给很多人画过饼了，纸都快画没了。

东先生把笔交给了我，他坐在那里，抬头看云。

飘在空中的没有意义的云我懒得理会它们。在东先生眼里云不是云，云是另外一种东西吧，东先生可以摇头晃脑念出很多跟云有关的诗句来。

云走了，风突然不作声了，天空里是一股坦荡荡的静。

静，这世界除了静似乎没有别的声音了。我闭上眼睛，那边树影一动我也能听见。东先生坐那里默默地吸着水烟。烟在空中也是一幅画。

今天我见到了一个外乡人。

长什么模样的？

穿一身白衣裳，肩膀上立着一只公鸡。

东先生的脸唰地一下白了。

东先生跟我提到了上回来到我们村里的神秘人物，青头白面，但他不是和尚。东先生说和尚头上是有香疤的，那人肯定不是和尚。他称自己是幻术师，穿的也是白衣裳，肩上也立着一只公鸡。幻术师果真有一手，他能让鸡立在一根细弱的草上，村上的人不晓得是公鸡厉害还是幻术师厉害。有一派人说公鸡厉害。他们愿意打一两银子的赌；有一派人说是幻术师厉害。他们也愿意拿出一两银子做赌注。一派人把银子砸到桌子上，另一派人也把银子砸到另一张桌子上。银子被阳光照着，煞是扎眼。

究竟是幻术师厉害还是那只公鸡厉害？幻术师笑而不答。他把公鸡扔给我们村里的人，你们自己看吧，那人是这样说的。众人摸摸鸡翅，又摸摸鸡爪。这公鸡跟我们村上的公鸡没有什么区别，当他们断定是幻术师厉害的时候幻术师已不见踪影了。

后来，所谓后来也就是当天晚上。一群山贼来了，不是偷偷摸摸地来，而是明火执仗地杀过来，也就个把时辰把我们的村子里但凡值钱的能吃的都抢了去。

东先生断定幻术师就跟那帮山贼有关，他说他早该看出来者不善了，可他居然就这样轻易放过了他。

这半年来东瓯一带天灾人祸不断，更可怕的是人心坏了。东先生说人若有向善之心云飘到眼里风吹到心里都是一片善意，东先生又说人若生恶念世间万物无不是丑恶的。总之人心是坏了，坏透了。

古时候的人不是这样子的，东先生常常这样对我们说。

可古时候的人又是怎样的？

听得一声雁叫，秋天的凉气又添了一层。天上是一片瓦蓝打底的白，地里是一派荒凉，可吃的东西已经不多了。

我听到你肚子里的咕噜声了。东先生说。

我问东先生家里有没有可吃的？东先生却反过来问我一天吃几餐。从前是一日三餐还带点心。现在？有时两餐，有时一餐半。一餐半是什么意思？就是中午吃一顿，晚上勉强吃个半饱，早睡晚起，用睡眠当饭可不是我发明出来的。

每日两餐，有利于养生。这是东先生说的。

东先生给我们讲过一个故事。宋国有位养猴的老人，时称狙公。他养了一群猕猴，猕猴们能解狙公之意，狙公也能懂得猕猴之心。然而狙公家中粮食匮乏，心里不免忧虑。狙公对猕猴们说我手头橡实不多了以后你们每天早上分得三枚，晚上分得四枚可否？猕猴们听了很生气。狙公转而说不如这样早上四枚晚上三枚可否？猕猴们听了都露出了微笑。有人说猴子们太蠢了，朝三暮四与朝四暮三有什么不同？"不然。"东先生说，"早餐吃饱晚上吃少是符合养生规律的。"

东先生说什么都是对的，他是我们乡里最有学问的一位。这里不妨说东先生的几桩轶事吧。

东先生没有妻儿，也没听说他跟什么女人相好过。对瞎子来说灯烛没有什么用处，对东先生来说妇人也没有什么用处。见过一妇人躺在东先生的床上，东先生跟她说了几句什么就回到桌子前，东先生朝一本书作揖（这是他读书前的惯例）之后就开始咿咿唔唔地读了起来。我不晓得东先生读的是什么书，过了许久东先生就吹灭了灯，然后我就听得一声"老夫失陪了"。

东窗一定要看得见月亮，南窗一定要有清风徐来，这就是东先生要过的日子。逢着好看的花他会哼几句，吃到爽口的酒他也会哼几句。有人告诉我那叫诗。我不甚明白诗是什么东西。

东先生喜欢独乐，也喜欢与人同乐。夏日，蒲扇一把，浮瓜沉李数枚，偶尔会有几个面色忧郁的读书人荡过来。茶是香的，酒是烈的，谈兴是浓的（如果还有余兴他们就在东先生家的白纸上涂抹几笔）。东先生不善饮酒，他说自己喝一杯就要骑马上扬州，再喝就驾鹤上青天了。但他跟那些读书人说话时总是像喝了酒那样摇晃着脑袋，东先生喜欢说一些教人听不明白的话。讲得好讲得好，刚才这一句话仄起平收；讲得好讲得好，总会有些人拍着掌说些附和的话。我不知道平仄是什么东西，我只是觉着这些读书人跟我们村上那个唱龙船调的赵五一样也是很无聊的。到了吃晚饭的时辰他们就散了，酒落肚的就带着一身酒气晃荡着消逝。

我们村上的周老爷对这群读书人是很鄙夷的，他把这些人统统称为清谈派。这群书呆子，哼哼，清谈误国。

周老爷是我们村上最有钱的人，也是整个乡里最有钱的人。东先生是我们村上最有学问的人，也是整个乡里最有学问的人。有钱，周老爷说，只要有钱我们可以办很多事。周老爷在我们乡里办了很多好事，也办了不少坏事。有钱能做一个小地方的皇帝，周老爷就是我们这一带的皇帝，连县太爷都要敬他三分。周老爷不仅有钱还喜欢炫富，结果被一群山贼盯上了。都是一些来路不明的乌合之众，凶年恶岁的个个都饿疯了不要命了豁出去了。周老爷亲自组建的勇营被山贼在一夜之间打垮了，周老爷从外地请来的武师也被山贼干掉了，周老爷让力大如牛的木匠跑出去学艺至今却落得个音信全无。所以，东先生说，以暴制暴是无法从根本上解决问题的。今天击退了山贼又怎样？明天指不定还会杀回来。村上要是有人读书出仕情况就不同了，做了京官还怕小小的山贼不成？呔。哪里走？我手上有剿匪平乱的圣旨，看谁还敢横行？东先生这样说时手上仿佛已经拿着圣旨了。

世道乱了，匪祸是一桩接一桩地发生了，连县太爷都吓得躲起来了。那些山贼每隔两个月就要把我们的村庄洗劫一次，每次拿的东西不算多也不算少。如果你有两只鸡他们会拿走一只，如果你有两只羊他们会拿走一只，周老爷有四个妻妾他们就拿走了两个。

"古时候的人不是这样子的。"东先生常常对我们说，"那时候没有强盗，也没有那么多坏人。"

东先生确曾写过一篇进呈御览的万言书，递交给一名京官后就再也没有消息了。东先生有些愤慨，他觉着朝中无人终归办不了事。

好男儿理当读书考取功名，这是东先生常说的一句话。读书读得好的可以做南书房行走，读不好的就做牛马走，这也是东先生常说的。你呀一辈子只配做牛马走，东先生曾指着我这样说。我说这里有天有地的我为什么出去？外面的世界会比这里更好？东先生笑了，他说你不读书即便是赶着牛马走万里路也还是不中用。东先生这一辈子最憧憬的一件事就是追逐功名。做大官啊，见皇帝啊。他时常跑到山洞口朝洞里山呼万岁，吾皇万岁！山洞里就发出回音。吾皇万岁，万万岁！山洞里再次发出回音，万万岁！东先生说金銮殿很高很大，回音也大，乡下人进殿面圣免不了要被回音吓得连魂魄都掉地了。可惜，东先生参加过几回乡试，回回都是落榜。如果不是腿脚不便他或许还会去赶考的，东先生常常念的一句诗是太宗皇帝真长策赚得英雄尽白头。

说完了东先生再来说说周老爷。东先生是个瘦子，周老爷却是个大胖子。东先生在周老爷面前就更显瘦弱，周老爷在东先生面前就更显肥硕。

每回过桥时看见那个大胖子迎面走来我总会感觉桥向另一边倾斜。大胖子身后每每跟着一条狗，或是几个人模狗样的家奴。不晓得为什么我见了他就想赶紧走开。

周老爷家的狗格外凶，听说它专咬读书人。

狗怎么晓得谁是读书人谁不是读书人？

读书人身上有一股酸腐气呀，它晓得的，它只要嗅一下就能辨别。早些年高夫子的大腿被周家的狗咬了一口，徐夫子也被周老爷家的狗追出村外老远，他跳到河里才算躲过一劫。

我算不上什么读书人，但我也怕狗，怕的是周老爷家的狗乱咬人。

周老爷家的狗也是胖的。

话说回来，周老爷也没怎么亏待过我，我放的第一只羊还是拜他所赐。周老爷说一只羊可以生出另一只羊，往后还还可以有更多的羊。我原本有五只羊，第一次山贼来了我短少了两只羊，第二次又短少了两只，现在我只有一只羊。我每天都会带着这只羊去南山玩，傍晚回来。

那天午后我和我的羊在水潭边纳凉，目光掠过水面，忽听得一声怪叫立起。环顾四周，才明白那是我喉咙里发出的声音。有人脸浮了过来，一张苍黄的粽子脸，是二棍。二棍跟我对望了一眼，目光又不约而同地投向水潭。鱼立水中，如刀剑，寒气森森。

这会是不祥的预兆吧？二棍问。

乌鸦嘴乌鸦嘴。

我这样说着好像一只乌鸦真的会从他嘴里飞了出来。

又有人脸飘了过来，一张两张三张，嘀咕声在水面泛开。这事得去请教东先生，他们这样对我说。

东先生在睡午觉，雷打不动。我回来后向他们报告说。

东先生说自己喝了点酒，现在他脑子糊涂只想睡觉。我又补充说。

东先生总是在关键时刻装睡。他们说。

大约过了一炷香的时辰，有人连被子带人把东先生背了过来，东先生一只眼睛睁着一只眼睛还闭着。你看你看，有人指着水潭说。

东先生瞪大双眼盯着潭中直立的鱼，目光一下子就直了。

"这是异象。"东先生说，"自先祖迁徙至此从来没发生过这样的怪事。"

有关始迁祖的二三事我也不妨说上一说。

始迁祖是一位渔翁，三百年前他带着家人来这里避乱。他在这里用竹子草草搭建了几座茅屋，他们不怕竹子烂掉，他们要等到战乱平息之后再重返故园。一年两年过去了外面的世道还是那么乱，那位始迁祖到底还是很怀念故园的。他花了半年的时间打造一条大船,船造好了就藏在一个山洞里。那一年战乱结束了,始迁祖就想动身回去,可家人住着住着就懒得动了。那时节始迁祖也老了,他独自一人把船拖到山下已经不可能了。日复一日,那条藏在山洞里船就这样烂掉了。

我们的祖先就这样定居下来,过着世外桃源的生活。

这些事都是东先生告诉我的。

从水潭那边回来天色就黑了下来。

天色黑下来之后的月亮和天色未明之前的月亮是不同的,四周静极了,骚乱之前发生的寂静和骚乱之后的寂静也是不同的。

我独自一人躺在床上,整个村子静得有些可怕。

站在山顶,隐隐约约觉着一场灾难已经像乌云那样降临了。满世界都是寂静的,耳朵里只有风声。风吹到草上,声音嘶哑,越来越不中听了。风从春天吹到秋天,吹得都有些发旧了。

远远地我又看到一群挟枪带棍的山贼朝这边杀过来,他们大概也是饿得快不行了,跑得没有像从前那样利索了。一朵云在天上缓缓地移动。

我丢下羊飞一般地跑下山坡,二棍已经敲响了锣。我跑到蕙姑那里,蕙姑和蕙姑的姑姑正在掀床板。蕙姑是小脚女人,蕙姑的姑姑也是小脚女人。跑不动,只好躲在床铺底下一个事先挖好的地洞里。洞口有一块盖板,盖板上铺着龙须草席,里面有干粮和火镰。

不怕被人发现?我问。

山贼要是发现了我们藏身的地方我就立马点火焚身给他们看,蕙姑的姑姑一脸悲壮地说。

东先生若是听到这一番话是一定要写一篇文章大加赞叹的。我看了一眼蕙姑,她的眼中噙着泪珠。嘴角一咬,泪珠破了,滚落。我用手势告诉她我会回来的,我还告诉她如果没有我喊话你们不许出来。

然后我又顺道跑到东先生那里,东先生正在整理书稿,我对他说山贼来了已经来不及了。

东先生只说了一个避字。

我算不上硬汉,但也不是懦夫。我跑在东先生前面是为了给他带路,东先生害老花眼,视线模糊。他在我后面跑着,喘气的声音越发急促。前面是一条湍急的溪流，溪流上有一道窄窄的木桥。眼看着大人与小孩过去了，牛羊过去了，一只蝴蝶也过去了，他愣是站在这一头，不敢过去。直立着过去他会头晕的，他怕自己头一晕人就栽下去了。效仿牛羊四肢着地爬过去固然稳妥些，但此举毕竟是有辱斯文的。唯一体面的做法就是找一头驴或马驮着自己过去，我从二棍手中牵来了一头驴。东先生骑在驴上，身体倒伏，双目紧闭。东先生总算是过了溪，身子僵着还是久久不敢下坐骑。

不承想另一帮山贼竟从桥那头猝然杀了过来，一些村里人只好又抱着头往回跑，还有一些人从木桥上掉落被溪流卷去了。东先生趴在那头驴上又一颠一颠地跑回来，山贼从两边夹击，我们已经没有退路了。我先是看见枝头花落，继而听到有人惨叫的声音。溪流的声音乱乱的，马蹄踏水，人头落地。那一刻我仿佛从空中看到了一条红色的弧线，就那么一闪，血同枫叶一般铺在水面。东先生从驴身上滚下，抱头伏地。我喊着东先生东先生，他差不多要昏过去了。既然是山贼总不能没几把刀子吧？既然提着刀子来总不能不砍几颗脑袋吧？砍掉几颗脑袋他们就能拿到他们想要的东西了。我凝神细瞧，又一颗脑袋飘落了，这一回竟连声音都没了。落地的脑袋不是东先生的，东先生的脑袋还垂挂在那副瘦削的肩膀上。有人提着血淋淋的脑袋掷到我跟前，我忽然感到全身的血液都朝一个方向奔去。我连滚带爬来到溪边，但溪水无法冲刷我身上的恐惧。我开始在水中跑动，我想把恐惧甩掉，甩得越远越好，可是那东西还是像影子一样黏着我不放。

有人追上了我，劈脸一拳，我眼前一黑，我倒在地上的那一瞬间看到了天上一团慌乱的乌云。我呛了口水，脑袋随即从水面浮露。睁开眼睛的时候我听到了东先生喊救命的声音，也许他只是张大嘴，而我只是用眼睛听。一壮汉揪住东先生的衣领，提起来，放下。再提起来，再放下。如是者三。东先生站定，嘴唇跟虫子一般蠕动。你说什么？我听不清楚！那人问。东先生又说了一遍。这回我也听清楚了，东先生请求他们不要打他的脸，他好歹是个读书人，脸上布满指印是很没面子的。那人说我吩咐你的事可曾记得？东先生使劲地点了点头，还说了些圣人说过的话。那人推了他一把，用脚踩住他的脑门，你他娘的光记住死人说的话却忘了活人说的话啦。东先生立马伏地,作死人状。那人喝了一声起来,东先生就爬起来,双腿打弯,仿佛随时会跪下去。

山贼走了,他们带走了全村仅剩的几十只鸡犬牛羊。村里村外除了哭声没有别的声音了,东先生像死了一般地躺在那里,一连串痰塞的声音。哽咽,烟一般的叹息。

那些逃到山上的人又在暮色中探头探脑地回来了。我跑到南山找我的羊,走了一圈还是没找到,这羊准是见我下山了也跟着跑下来结果正好被山贼逮个正着。那朵云还在山上缓缓飘着,我不忍心再看。鞋子磨着路。越走越发白的路。月亮快被狗吃掉了,只剩下那么细的一块。我不敢走太多路,我一摇晃,骨头就发出吱吱响,肚子就咕咕响。我只想在村口坐上半晌。晚风吹在身上,一点点凉下去。

世人如风。我爹说。吹吹也就好了。

这世上的风呀我见得多了,东刮一阵,西吹一晌。到头来吹着吹着就没了,没了也就没有了。然后是又一阵风起来了,又没了。

这是凶年,东先生说这是末世。天还是那片青天,地却已成白地。天地之间人是黄瘦的,人饿成了疯狗到处抢吃食。山贼抢走了我们的吃食,我们也抢自己人的吃食。但凡可吃的人人都抢着吃,野菜、树皮、草根。观音土。

我在山上的坟洞里偷偷埋了几块番薯,趁人没留意我掏出两块揣在怀里。下山的时辰淡淡的月影就在天边挂着了,月亮也见瘦了。

我把一块番薯送给蕙姑,另一块送到东先生家中。东先生整个人看上去都脱了形,像是在一夜之间老掉的。腰弯曲了,腿弯曲了,手指也弯曲得跟鸟爪似的,不晓得东先生的手指为什么总是伸不直。我把番薯清洗干净递给他,他一边啃着一边流泪。

东先生已经没有心思读圣贤书了,他坐在松下,说是听松风。其实我们都晓得他是在等待一个人,这个人就是他的学生,也就是那位进省城考功名的秀才。秀才起初还会写信给他,说沿途的见闻,说书上的东西,说自己在异乡的客栈听了七天七夜的雨结果病倒了。读书人总是有那么多闲话好说,可东先生要等的就是那一句重要的话。我问东先生秀才后来怎么就没写信了呢?东先生掩面长叹一声就回到屋子里了。

这些日我没少唤松树爹樟树娘。我五岁时就死了爹，我娘让我认门前那株松树作爹，后来我娘死了我就认山顶上那株樟树作娘。我每天去山顶看一回我娘，回来后就跟我爹说上几句。

出门的时候撞见了周家的二少，周二少冷不丁给了我一个耳光子。你为什么要打我？我问。没有为什么。他说。解恨。你为什么恨我？我又问。我恨每一个人，周二少说。周二少说话时露出冷森森的白牙，那样子仿佛要吃掉我。

你晓得吗？山贼们要拿我们的人做人肉宴了。周二少冷笑一声就走了。

太阳又要落山了，往常这个时辰，牛羊下山，鸡犬归窠，吃罢了饭的人就摇着蒲扇纳凉闲话。可如今村里村外一片沉寂，这一晚天黑得似乎比往常早一些。

祠堂里倒是灯火通明，他们已经聚在一起讨论人肉宴的事了。到底把谁推出去？年老的还是年少的？男的还是女的？聪明的还是愚笨的？丰满的还是瘦弱的？

实在没法子就抓阄吧，村上的人说。

有人发出了吃吃的笑声，好像吃人是一件很有意思的事。

没有人会吃我的，东先生很笃定地说。

为什么？

我是堂堂的秀才，把我吃了祖宗传下的学问从此就断绝了。

秀才的肉是酸的，谁会吃？山贼头领说过了他们要的是两脚羊。

什么是两脚羊？我们这里连四脚羊都被抢光了哪来的两脚羊？

这就得请教东先生说上一说了。

东先生的喉头像卡住了似的，半天说不出一句话来。

吃人的事，呃，古时候也不是没有的。把妇人或小孩装进袋子里然后就扔进烧沸的大镬里煮，他们把这种人肉称作两脚羊。

东先生说这话时面色肃然，东先生好美食，他不会做饭烧菜却不妨碍他大谈美食。据说他早年参加乡试有一篇文章便是谈孔子的骈齿与"食不厌精脍不厌细"一说之关系，可东先生断然没想到自己有一天会跟人谈论古人如何吃人肉。

东先生不是说古时候的人比现在好吗？有人抢白。

那是太古时代的人呵，你们懂吗？东先生说。

周老爷咳了一声便开了口，东先生这话的意思我明白了，敢情这两脚羊就是拿金童玉女做的食材。

周老爷说这话时我向后退了一步，可他们还是把目光转到了我身上，好像我就是他们所说的两脚羊。周老爷也看了我一眼，周老爷向来是目中无人的，但他那一刻居然也看了我一眼。周老爷看到的仿佛不是人，而是肉。

他们吃过几顿人肉宴想必就会离开吧，周老爷淡淡地说。

我原来是想开溜的，但我听到有人忽然提到蕙姑的名字就站住了，他们见我踅回就不提蕙姑了。可他们还在脸不改色地谈论人肉宴的话题，仿佛谈论的是过年怎样置办年货。

太古时代的人不是这样子的，东先生叹息一声拂袖出去了。

太古时代的人又是怎样的？我出门时对着月亮想象了一番。

太古时代的人也看月亮，我们现在看过的月亮被那时候的人不知看过多少遍了。无论我们饿成什么样月亮还是在那里的，月光是淡淡的，也不晓得那些酸气十足的秀才们是否还会说它是铺在石板路上的霜呢。半夜里我听到有人磨牙的声音，嘎吱嘎吱，嘎吱嘎吱，不是一个人在磨，是全村的人都在磨。

第二天一大早我就听说蕙姑死了，蕙姑是服毒自杀的，我还听说蕙姑服了毒从屋子里跑出来掐着自己的喉咙喊着我渴我渴。蕙姑说她渴死了，但村上的人都说蕙姑不是服毒死的，她是渴死的，她是喝了很多盐渴死的。那一夜下了雨，雨水从屋瓴间伸出舌头，舌头一伸一缩舔着一双布满哀怨的手。渴死了渴死了，蕙姑就这样渴死了。

可惜。

可惜什么？

可惜是服毒自杀的。

若是上吊自杀我们就可以把她当作两脚羊献出去了。

你不说，我不说，谁晓得？

糊涂，他们都是吃过人肉的！肉里有没有带毒他们一看就明白。

蕙姑躺在一张自己睡过的破席子上，蕙姑已经听不到他们说话了。

蕙姑的姑姑坐在那里抬着苎麻丝，我听到她叹息了一声，我问她叹什么气？

这孩子不懂事，她说。

云舔着远山一片绿，没有放羊我也要去南山转转。半道上又撞见了二棍，二棍比从前更细了。

他说我饿，他说我饿得也想吃人肉，他这样说着，两眼放光直直地看我。我后退了一步。他说人肉与猪肉有什么区别？他说如果别人不告诉你这是人肉那是猪肉你能区分得出来？一块肉放在嘴里嚼了掉进肚子里，但它碰巧是一块人肉你会怎样？我说我会把它吐出来。他说吃了之后你也许不会这样想。我说我会怎么想？他说你会想人肉也是肉，然后你就心安理得了，你说是不是这样？

我没吃过人肉，自然也就无法想象。

饿啊饿啊饿啊我听到了男人们的呻吟，饿啊饿啊饿啊我听到了妇人们的呻吟，饿啊饿啊饿啊我听到了老人和孩子们的呻吟，我听到饿字眼前就飘出了一朵棉花样蓬松的阳光。

那个肩膀上立着一只公鸡的家伙又出现了，我自然认得他，他在我们村子外转一圈之后我就知道会有什么不祥的事要发生了。这个深秋的下午风在呼呼地吹着，我感觉那个白影子一直在我身后飘荡着，我的耳朵里飘满了细碎的阳光。

吃晚饭的时辰我就听说村里又出人命了，这回死的是周老爷的儿子周二少。周二少是被人砍死的，周二少死的时候嘴角还有饼末，杀死周二少的人不是别人正是他哥哥，也就是周大少。周大少在林子里发现周二少吃独食，周大少要跟他分享。周二少囫囵吞下一个饼，然后拍拍手说没了，周大少抡起一把刀就把弟弟砍死了。

给我们送来饥饿的人这回给周家送去了血淋淋的死。血一旦流出就不会回到身体里，瀑布一旦落进水潭就不会返回源头，这话是周老爷当年拿着刀时说的。

有人说那帮山贼是拿一块饼做诱饵，一块饼！是的，一块饼就把一条人命给了结了。

有人说周二少死都死了不如把尸体献给那帮山贼，但周老爷说谁若是敢打他儿子的主意，他立马就将那人剁成肉末腌了吃。周老爷的狠话撂在那里谁敢动半个手指?

有人说那阵子周老爷见人就骂,有时即便不说话嘴里也含着一口还没变成粗话的怒气。

然后我就听说周老爷病倒了,周老爷快死了。

周家三姨太举着几个盘子跪在床前。

老爷想吃什么就吃点吧。

周老爷的舌头在嘴里蠕动了一下。

盘子是空空的。

我想吃的东西很多,周老爷说,我想吃虾子冬笋猪油玫瑰年糕桂花香糕薄荷糕酒酿圆子火腿全鸡清蒸甲鱼豆沙八宝饭腐皮包黄鱼。

老爷,太太说,你要吃的都在这些个盘子里了。

有人说周老爷临死的时候嘴里发出吧唧吧唧的声响。

周老爷死了,周家人给他准备了一口上好的棺材。中堂冷清清的,殓床边上摆着一盏菜油灯。但座头饭是没有了,代替它的是一碗清水。

东先生是穿着一身黑衣来拜吊的,堂前见了三姨太,三姨太不理会。只甩给他一张冷脸。东先生在灵堂前抚棺哭唱了一番,我依旧不晓得他唱的是什么。凭吊过后他又走到三姨太跟前,实在没话可说就夸她一句气色不错。三姨太狠狠地瞪了他一眼,还是不说话。

东先生告诉我三姨太是他表妹,当初她若是嫁给我也不至于现如今做个寡妇,真是个可怜人哎!说到这里气息渐显粗重,他站在那里稳了稳自己。

听得铜磬叮的一声,我猛地回过头来,一灯如豆,我们像是走在冥路上,没有一点声息。

起风了。

风越吹越大,我孤零零地站在风里,我的衣裳被风托举起来。这风一下子吹得我耳朵一阵饱胀,一下子又让我心里一阵虚空。东先生把两块石头放在我手里。

你给我石头做什么?

你太瘦了,手上要是没块石头坠着怕是要被风刮跑了。

我把石头扔掉了,石头在风中飞了一会儿就不见了,但听得山谷响起咚的一声，异乎寻常的沉闷。我双手空荡荡的，想飞起来，离开这个村庄，再也不回来了。可手臂不能变成翅膀，它们在风中垂挂着犹如两根枯枝。

风在石上磨尖了，一刀刀刮过，割脸肉疼，我听到呼爹喊娘的声音就晓得村里面已经有人要吃肉了。

东先生没有吃肉，我也没有。我们饿了就吃点草根研成的粉末，东先生一边吃着一边叹气。

如果羲皇以来的人一直吃草该有多好，看牛羊一直吃草也能长膘。

我们就来做这羲皇上人吧。

我们恐怕连人也做不成了。

先生这话是什么意思？

从我给山贼下跪那一刻开始我就已经死了，打个嗝我都已经闻到尸体的恶臭了。

满山的鬼，竟没一点人气，我们依然坐在山等待着什么。东先生貌似在看其实什么也没看到，他那两只眼睛差不多已经作废了。有时候听到异响东先生就会坐起来，问我他来了么他来了么？我说没有没有一只鸟影都没有呢。

月亮没有消失，我看着月亮，有点怀念那双递给我米饼的手。它在我的记忆中被月亮照着，美得让人想哭。那个米饼因为是她赠的所以就格外香脆，我的舌头仿佛还能勾住那一点残存的味道。

那阵子东先生没事可干就在山上挖坑，我问他挖坑做什么？东先生没告诉我。泥土堆一旁，看起来像一团凝固的乌云。东先生挖到一米深的地方时竟看到一层灰，你看呀你看呀这就是劫灰。

东先生说这就是世界终尽后的劫灰。

饥饿让我忘掉自己的嘴里还夹着一条舌头，忘掉自己还有一双攫取吃食的双手。风吹在我手上，空空的。但我是一个善于等待的人，总希望这苦日子会有个尽头。

一天又一天过去了，总算是等来木匠和秀才的消息。

他们说木匠艺成下山就混进了李闯王的军队，但他后来在一场攻克洛阳的战役中被乱刀砍死了。

他们说秀才中了举，但没过一阵子大明王朝就崩塌了，皇帝跑到煤山上挑了一株老槐树上吊了。那块死掉的肉被龙袍裹着，尸虫还是爬了出来。

他们说木匠没有做成侠客，秀才也没有当上京官，山贼还是那些山贼。世道还是那么乱。

我没打算把这些坏消息告诉东先生，饥饿已经让我忘掉了嘴巴还能说话。走到半道上我发现东先生挖的那个坑已经把填上了，不晓得东先生是在坑外还是在坑里面，我想我现在不用再去找他了。一块乌云摩着铅色的天空，我的牙齿发出了嘎嘎声，风是冷的，风把我的肉一片片割掉不晓得要喂给谁。我找到了樟树娘，让自己坐到了树洞里。树也快要饿死了，饥饿和寒冷在我身上无非是比赛着谁下手更狠一些。多年以后人们看到树洞里的一具骷髅会怎么想？他们或许会说有个和尚在这里坐化？他们会把我当作佛龛里的佛陀礼拜？

我饿得眼睛都快昏花了，早些时候我的眼睛连针尖上的一粒灰都能看得到，现在我看什么都是模糊的，眼眶里那两颗眼珠子也懒得动了。忽然听见鸟的一声怪叫，我的眼珠子动了一下，鸟从我头顶上飞了过去。我的目光被鸟衔去了，它翻过一重又一重山。它跟木匠的目光相遇，木匠的目光是呆滞的。它跟秀才的目光相遇，秀才的目光是怯懦的。我的目光忽然折回，越飞越近，越飞越低。我的目光落在我的手上，但我的手无力去接。它在地上扑腾一下，又扑腾了一下。我的目光死了，它被我的灵魂收回了。有什么东西似乎要离我远去，又有什么东西似乎正朝我走来，我的灵魂带着我的目光飞出了我的身体。

唯一值得庆幸的是我的灵魂没有被煞神吃掉，我没有死，只是变成了别的看不见的物事。我让自己附在一棵树上，快要死掉的树居然奇迹般地活了过来。我常常会琢磨一些莫名其妙的问题，比如我从哪里来又要到哪里去。我把这问题想了一遍又一遍，唔，话说到这里我就不想说什么了，我想我该打住了。

原载《作家》2019年第6期

林那北

两个半月

一

徐莉走出高铁站，远远地看到李唯薇站在人群里正扬起下巴伸长脖子找她。她鼻子一酸，眼睛就湿了。人群向出闸口涌去，她停下，掏出手机，用拇指和食指推大屏幕，把远处的李唯薇拉近，拍了一张照片。

在李唯薇十八岁以前，徐莉曾为她拍过无数张照片。那时还有胶卷，用的都是傻瓜机，一卷柯达或者富士拍完了，送到洗印店冲洗出来，插进那种一页可以装六张相片的相册里，相册攒了一大摞。李唯薇考上大学走后，每年仅寒暑假回家两次。毕业后留在省城，探亲假大多跟国庆或春节假合到一起，一年也只回两三次。再后来恋爱结婚，虽然高铁已经通到西旗镇，也忙得没时间回。她不在家时，徐莉只能翻开相册，隔着一张透明塑料膜看不同年龄但同样都是笑眯眯的李唯薇。

现在好了，不用翻相册就可以天天看到这张脸了。

"妈，这里！"李唯薇看到她了，大喊一声，一只手臂直直举起，在空中用力摇着。

徐莉笑了。看来自己视力还行，竟提前几秒钟先看到对方。她肩上背个包，左手提个袋子，右手推着半人高的行李箱所以腾不出手打招呼。紧走几步，出了闸口，李唯薇也已经迎过来，一下子把袋子和行李箱都接过去。

徐莉眼睛往旁边瞄了一下，没发现杜兵。这不意外。虽是星期天，但她是自己人，哪需要夫妻一起来接？

李唯薇把车停在车场，上了车，开十几分钟，就进了一个全是别墅的小区，有单体，有双拼，有联排，李唯薇住的是后者。房子是杜兵父母十几年前买的，一直是毛坯房空在那里，直到杜兵和李唯薇结婚前才装修成婚房。四年前办婚礼时徐莉来过，一同来的那时还有李泰丰。仅仅四年，李唯薇还没怀过孕，李泰丰却已经在前年死于肠癌。

"妈，是累了吗？"李唯薇手抓着方向盘，侧过头问。

徐莉摇头，心里有点惊讶。想到李泰丰，她刚才心里一黯，一闪而过罢了，竟被李唯薇看出来了。她笑起。李泰丰一死，李唯薇就不放心她一个人在家，反复催她来。她是来过日子的，有责任让女儿女婿的日子过得比以前好，不能一来就让李唯薇扫兴。

小区比以前俊了，第一眼以为是走错了，再细看是树茂盛了，原先保安岗附近那几棵干瘪的鸡蛋花，已经窜高变壮一大截，叶子胖乎乎的，粉色的花顶得满树都是。路上两人的话题大多围绕着杜兵的父母。杜兵父亲前年中风，在医院躺了两年后前两个月去世，母亲丁翔办完葬礼就开始到处旅游，这几天刚要动身去欧洲深度游。李唯薇说："妈，杜兵妈妈说等她回国再见面。"徐莉说可以可以。李唯薇又说："以后你也一起出去玩吧。"

徐莉笑了笑，她对旅游一点兴趣都没有，又累又浪费钱。全省全市都没走遍哩，真要玩，何必跑那么远？她眼睛往车窗外瞄，以后她就是这小区的一员了，以前来没留心过这里是否有平整的空地。不出去玩，她其实也没闲着，退休这四年，先是忙着照顾李泰丰，李泰丰死后，她伤心一阵，后来终于缓过来了，一缓就从悲伤直接跳到欢乐，就是跳广场舞。

年轻时徐莉进过学校宣传队，虽是拉二胡的，但架不住天天在其中泡着。舞蹈队排练演出时，她坐在舞台侧面的幕布后伴奏，一而再再而三，看都看出感觉来了。其实徐莉也很想上场，跳跳群舞应该可以，但老师从未正眼看过她。后来考上师专，毕业后又回到母校西旗镇中学教语文，几十年一晃而过，她脸上是皱了，但身材还好，至少比其他人好。西旗中学教职工住宅楼就建在校园隔壁，当年集资建了三幢，楼前有块一百多平方米的空地，铺着青石板。不知从哪天起，几个退休女教师拿出音响，晚上到空地跳舞。同事又是邻居就这点好，做什么都不难。徐莉迟疑了好久才去，一去，站在同事中马上就显出曾沾过艺术的气质来。广场舞动作没难度，关键要踩准节拍，而节拍对弹过琴的人来说，真是小菜一碟。为了支持退休女教师锻炼身体，学校总务处特地在空地上搭起架子，覆上铁皮，这样只要不是大暴雨天，徐莉都会来蹦跶几下。"哇，徐老师你跳得真好。"这样的称赞对徐莉来说，跟吃补药似的，她手脚就越放越开，慢慢肩臂跳开了，腰也跳柔了。她一直拖着不来省城，也有些这方面的原因。李唯薇就说这几年城里广场舞简直不要太多，所有稍像样点的空地都被妇女们占领了。"我这个小区也是。"李唯薇特地加上一句。

应该正是这句话最后说服了徐莉，她带上四季的衣服，坐着高铁来了。

二

徐莉最初不喜欢杜兵，当然现在也不见得有多喜欢。李唯薇身高一米七，杜兵一米七三。男人多五厘米都没用，看着就是比李唯薇矮。李唯薇第一次把杜兵带回西旗镇时，李泰丰也不满意。好好的一个女孩，长得清清秀秀，一朵花为什么要和一泡牛粪在一起？结婚时来城里，看到新装修的三百多平方米婚房，李泰丰才稍稍舒一口气。杜兵祖籍山东，爷爷随解放大军南下，在省文化厅厅长位置上离休，父母以前在省歌舞团当演员，一个唱歌一个跳舞。杜兵歌和舞的基因都没继承，他大学学的是油画，毕业后不找工作，也不画画，而是整天坐在电脑前炒股。反倒是李唯薇在出版社当编辑，每天吭哧吭哧地编书挣钱。

徐莉进门时，杜兵光着膀子穿一条宽松花短裤从楼上下来，叫了一声妈，就倚在栏杆上，点起一根烟，眯着眼，头仰起，好像很快就忘了徐莉来这件事。这么多年徐莉很少看到光着上身的男人，到处都是学生和同事，再热的天，周围的人至少穿一件白背心才敢出门。而李泰丰就是在家里关上门，也一直不肯脱下外衣。李泰丰也是师专中文系毕业的，比徐莉早两年分配到西旗中学，两人在一个教研组，说不清谁追谁，反正很快就走到一起。徐莉觉得李泰丰身上有一样东西是杜兵永远不可能有的，就是书生气。杜兵本来也该有，但他自己放弃了。李泰丰生病住进县医院时，找医生、安排床位、买白蛋白之类的事倒都是杜兵出面的。本来要转院来省城，他也跟省立医院联系好了，李泰丰病情却一下子恶化，从发病到去世总共只两个多月。葬礼杜兵也没少操心，招呼这个招呼那个，西旗中学的人都说这女婿能干。

能干却不出去干活，这就是可恶之处。

之前李唯薇在电话里催徐莉搬到城里住时，徐莉委婉地说出过自己的顾虑，她担心杜兵给脸色。李唯薇一边笑一边说："他天生长得跩。一个傻乎乎的北方佬，哪有什么心眼！"话里满是早就任意拿捏杜兵的意思。北方人是不是真没心眼，这个徐莉不好把握，语文教研组里一个河南来的同事，评先进评职称哪项出手不重？感觉身上每个毛孔都是心眼。

所谓联排别墅其实也谈不上别墅，一排房子共六户，每户竖着一直溜，共三层，前面有六七十平方米的小院，顶上有三四十平方米的露台，算是有天有地了。李唯薇和杜兵住二楼，厨房在一楼，厨房旁是间不大的卧室，已铺好草席和枕巾。李唯薇问："妈你住这间行吗？"徐莉觉得李唯薇偏客气了，顺手在她屁股上拍一下，说："当然可以。一楼方便，挺好。"李唯薇有点夸张地把腹部往前一挺，做出屁股被拍疼的样子。这个动作她小时候常做，就如同徐莉以前也常拍打她屁股一样——不仅拍，更喜欢摸，细细嫩嫩，微凉，绸缎似的。

屋里有鱼肉的香味。在李唯薇去车站接人时，杜兵已经把午饭煮好，炒了几个菜。油焖虾偏咸了，空心菜偏油了，但徐莉都没开口。她想年轻人有几个注意养生的？从今往后她接管厨房，一切都会好起来的。

中午睡一觉，晚饭后李唯薇带徐莉出去，到小区双语幼儿园前的一块空地上，果然有十几个女人放着音乐跳舞，年纪有大有年轻。李唯薇跟她们居然没一个认识的，在一支曲子停下来的间隙，她赔着笑先报出自己房子的门号，然后说："这是我妈，她来向你们学习行吗？"女人们倒自来熟,马上招呼徐莉来来来。有个圆脸的女人看样子是领头的,她向前一步说:"我姓林,叫我林姐就行。你可能比我小吧?"徐莉说:"我六〇年的,五十九岁。"林姐说:"呀,看不出来。我六四年的,五十五岁,不过没关系,这几个比我大的,也都叫我林姐。欢迎啊,来来来。"

徐莉稍稍客气一下,扭头看李唯薇。李唯薇推了推她,她就顺势站到最后一排。刚才站旁边瞥一眼,她心里就有底了:这些人根本没基础,就是硬跳。

李唯薇要赶书稿先回去,徐莉跳到九点半,散场时她跟那些女人似乎已认识一百年,互相加了微信,还被拉进她们的舞蹈群。她们都叫她"徐老师",徐老师于是在群里发了三十元的红包,以示初来乍到多多关照。

回到家李唯薇特地下楼来问怎么样。徐莉脸上红扑扑的,她说:"她们跳得很初级,那些舞我以前都学过了。"这不是夸张,《北风吹》《心上的罗迦》《梦见你的那一夜》之类的,视频网上都有,西旗中学的同事也是从网上扒下来的。想一想真是好玩,省城离西旗镇坐高铁还要一个多小时,教师住房和别墅差别也不小,跳的舞居然这么相似。是不是全国各处的空地上跳的都一模一样?

应该说到李唯薇家的第一天,徐莉是满意的。年老不易居,但她毕竟还不老。可以持续不停跳一两个小时舞的人,怎么算老?洗了澡躺下,她很快就睡着了,一夜都没有梦。

三

第二天徐莉心里堵了一下。

李唯薇单位上班要打卡,一大早就开车赶去。她下楼时,徐莉已经把粥煮好,摆在桌上。好久没有看着李唯薇吃自己亲手煮的东西,粥吸进李唯薇嘴里吱吱地响着,好听得像一曲歌。

小区大门外就有超市,李唯薇要把她带出去。徐莉摆手,她不想坐车。那个超市以前她去过,又不远,她喜欢走一走活动一下筋骨。李唯薇中午在单位吃饭,家里就剩她和杜兵。有些东西她还不熟,上楼问杜兵几次。杜兵一直坐在电脑前,前倾着身子盯住屏幕,嘴里嗯嗯应付着。等到饭菜摆好，已经快十二点了，杜兵下楼，一坐到桌子旁，眼盯着盘子里的虾就说："妈，以后不要买死虾。"

徐莉一怔。虾煮熟后都是死的，他怎么看出之前是死是活？

杜兵应该明白了徐莉脸上的疑惑，他把筷子伸到虾身上比画了一下，说："活虾煮后尾巴是张开的，死虾才这样缩着尾巴。"

徐莉没接腔。她买的确实是死虾，是刚死的那种，装在铺着冰碴的架子上。打着氧气泵的玻璃缸里还有几只肚子向上翻的虾，也捞上来，凑成八两多。中午两个人吃，晚上三个人吃，够了。刚死的和活的吃起来有什么差别？这么一会儿时间，就是人死了都还没僵哩，二者价钱却差三分之一。

她注意到杜兵一只虾都不吃。桌上还有青菜和西芹炒鱿鱼，杜兵好像也不怎么下筷，匆匆扒光米饭，放下筷子。徐莉问："饱了？"杜兵说："是，好饱。"

杜兵站起，但身子起一半，突然又停住，眼看着桌角那个纸巾盒。

"你买的？"杜兵问。

徐莉说："我编的。"

用尼龙线串起彩色塑料珠，这是徐莉去年跟同事学的，不仅可以编纸巾盒，还可以花瓶、杯套、碗垫，甚至非常复杂的布偶。学的时候门类并没有这么多，但触类旁通。她的手一直很巧，打毛衣、做衣服在西旗中学都是首屈一指的。

杜兵眉微皱，嘴呵着，扭头往用木花架隔开的客厅看一眼，然后走过去，转一圈。

没有错，客厅茶几上也有一个粉色塑料珠编的纸巾盒，还有一个大红色花瓶，插着早上徐莉从超市买回来的紫红色绢花。动身来省城前，她特地忙了一阵，编了五个纸巾盒和两个花瓶，一到这里就摆出来了，其中有几个摆到楼上的卧室和书房里，可能杜兵还没看到。

傍晚李唯薇回来，进门时还是高高兴兴的，连喊几声妈，上楼换了睡衣下来，脸却黑了。她走到餐桌旁拿起纸巾盒看了看，又到客厅在茶几旁站了会儿，然后进了厨房。徐莉正在炒菜，油烟机开得呼呼响。等菜铲起，关了油烟机，李唯薇才开口，她说："妈，我早上跟你说了，餐桌抽屉里有一千多块钱，你随便拿去买菜……我的意思是，咱们别去贪便宜……"

徐莉一下子明白了，杜兵告状了。一个大男人，是不是无聊啊？她说："虾是不是？那些虾没一只坏的，怎么不能吃？你小时候有死虾吃都高兴得又喊又叫的，不也吃得长这么高吗？"

李唯薇说："杜兵嘴刁，他家境好，从小就挑剔。"

徐莉扭头看过去。李唯薇长得像李泰丰，简直太像了，单眼皮，眼梢微微向上，鼻梁长而挺，脸型也长。女儿一般都像父亲，李唯薇的儿子以后不要像杜兵就好。徐莉说："你干吗宠他？不上班不挣钱，吃你的倒这么不省事。"

李唯薇说："他股票还是挣点钱的。再说，他爸给他一大笔遗产，哪里吃我的？"

徐莉叹一口气。以前李泰丰什么时候对她买的菜说三道四过啊？有时候她菜买多了，李泰丰还总是提醒她省点省点，别浪费了。省下来的钱不都是给李唯薇留着？结婚时三十万做嫁妆，去年催李唯薇快点怀孕生孩子时，怕她有经济压力又转给她二十万。

"妈，"李唯薇笑起来，有点讨好的意思，"家里东西你不要买。那个假花……"她嘴往客厅茶几上努了努，"我单位门口有花店，你要是喜欢花，我每天可以带回一束鲜花。"

徐莉说："干吗要鲜花，这不挺好吗？买一次永远不用再花钱。"

李唯薇说："现在哪有人再在家里插假花？"

徐莉马上打断她："我就一直插假花啊，从来不会枯掉，有什么不好？"

"那是你……算了，那就先插着吧。"李唯薇不想说下去了，转头往楼上走。

徐莉也不想讲了。好好的买一束花回来，明明这么好看，却不被待见，真是打破头都没想到。为这种小事生气有必要吗？完全没有。过了一会儿她调整好情绪，站在楼梯口向上喊："薇，吃饭了。"

李唯薇马上也没事一样大声应着："来啦。"

中午那盘虾仍摆上饭桌，但挪到了角落。午饭后徐莉其实又去了一趟超市，重新买了半斤活虾，清水煮过，果然尾巴张成八字形。虾的旁边，放了一碟老抽。这么鲜的东西，吃原味才是。杜兵显然发现了，脸色舒展了很多，嗓门大地，不停地说今天做T+O，多少钱买进，多少钱出手。当然他是对李唯薇说的，徐莉根本听不懂。她也顾不过来听，手机铃声不时响起，林姐在舞蹈微信群里发了一个视频，是藏舞《卓玛》。大家就讨论开了，觉得可以学。

徐莉犹豫着要不要把她在西旗时早就学会《卓玛》这件事说出来。最后她忍住了。林姐手短腿短，腰腿都硬，手一抬起肩膀就跟着往上耸。舞这东西，潜移默化很重要，林姐能教出什么效果？

当然如果让徐莉来教，她肯定也会拒绝，毕竟火候还没到嘛。

四

徐莉每天会去三楼一两趟，上去拖拖地擦擦灰尘，另外也顺便拉拉筋。当初装修时，不知是杜兵父母还是杜兵本人的主意，三楼被弄成健身房的格局，摆着跑步机，放着杠铃，墙上有一面大镜子，地上还扔着几片瑜伽垫。但来了十几天了，徐莉从来没见杜兵上来锻炼过。她曾私下里问李唯薇，为什么杜兵整天待在家，不是别人在手机上也能炒股吗？李唯薇说："他不习惯用手机炒。"徐莉没听明白，她觉得无非是借口。

楼上空着反正也是浪费，徐莉就找时间上去。以前宣传队跳舞的那些人平时都要练功，下腰踢腿之类的。虽然是伴奏员，但闲着也是闲着，徐莉就经常混到队伍里，一字马不是问题，腿一抬就可以高过头顶。现在呢，双臂往下伸，最多只够到膝盖那里，韧带太硬，根本拉不开了，这就是时光的距离。有一种说法是"筋拉长一寸，寿延十年"，这么虚头巴脑无法对证的事，徐莉其实也不信，但筋拉开总是有好处的，至少跳起舞来，腿好使。来李唯薇家之前，她在自己家里也不时地压压腿，那时根本没想到应该买一块瑜伽垫，腿也压得轻风拂面，三天两头丢脑后去。现在有垫子在那里，垫子像张大的彩色的嘴，每天催促着她。

几天后徐莉发现摆在二楼的塑料珠纸巾盒和花瓶都不见了，不知是杜兵还是李唯薇把它们悄悄地收起来了。一楼的倒还在，但有一些细微的变化，客厅茶几上的花瓶挪到角落，纸巾盒也用报纸盖住。

以前她编的任何东西，在西旗中学都受欢迎，送给谁谁都很高兴，当宝一样拿走。她以为李唯薇夫妻也会高兴，没想到他们这么排斥。年轻人有自己的审美，这一点她倒是能化解得开。再去跳舞时，她把茶几上的纸巾盒和花瓶都带上，送给林姐。林姐很高兴，其他几个也说哎呀好看好看，徐莉跟着也高兴起来。回家后她让李唯薇把家的准确地址用微信发给她。李唯薇狐疑地看着她，她说："我想买几件衣服。"李唯薇说："要什么衣服？我来买吧。"徐莉说："不要不要，还是我自己来。"李唯薇就没有坚持，在手机上写好地址，发给徐莉。徐莉马上就用手机在淘宝上下了单，她要买的其实不是衣服，而是白色尼龙线和直径六至八毫米的粉、白、银、蓝、红、绿、黄、紫塑料珠各一斤。货到后她就动手，编了十七个书本大小的钱包，每一个色泽或花纹不同，比如白色的珠子中间用另一种色彩嵌出菱形或牡丹状的纹路，线条工整，花形生动。

她都是在李唯薇上班后弄，杜兵不上班，但上午九点到下午三点，除了吃午饭，他坐在电脑前是不会下楼的。三点后他开始打游戏，还是坐电脑前。

包不是编好一个送走一个，而是都垒在卧室，齐了，再一股脑儿拿去。跟着林姐跳舞的有二十五六个人，但队伍是松散的，有七八个人很少露面，可以不考虑在内。那天晚上到场的有十六个人，十七个恰好够分，多出来的一个她又给了林姐。送走包，徐莉一下子觉得自己心里安稳了很多。跟小区跳舞的这些人在一起，毕竟跟西旗中学那些老同事在一起不一样，处好关系很重要。

左右几户邻居院子都是一样大小，或多或少种了树和花，早晚浇水时，看到其他人也在院子里忙碌，徐莉会主动走过去问问花草的情况，这样很快就跟邻居混熟了。她觉得也应该有点小礼物，就再编几个包给了01、04、05房的女主人。李唯薇的家是02号，06号还是毛坯房，03号家里有个十岁左右的小女孩，徐莉就用大红塑料珠子给她编了个穿长裙的洋娃娃。

那天吃晚饭的时候，杜兵看着徐莉突然说："妈，你快成我们小区名人了。"

一开始徐莉没反应过来,正想高兴,马上觉得不对头。她瞥李唯薇一眼,发现女儿嘴轻轻一抿,笑容一闪而过。

杜兵又说:"妈,我们在这里住了四年了,都没你认识的人多。"

李唯薇看来不愿意继续话题,于是在他头上拍一下,说:"妈煮的菜好吃,看你最近又肥出新高度了。"

杜兵低头看看肚皮,不置可否地笑笑。

晚饭后杜兵又上楼去了,李唯薇留在一楼帮徐莉整理碗筷。站在徐莉旁边,李唯薇突然小声说:"妈,你以后说话确实应该小心些。"

徐莉一怔,问:"小心?我说什么了?"

李唯薇说:"我听到一些,杜兵也听到一些……"

徐莉问:"听到什么?"

李唯薇张了张嘴,好像有点迟疑,最后还是说:"我二叔八十年代偷渡去美国中途死在海里,你没必要告诉01的老张?我小姨嫁到台湾,最后又离婚了回来,你也没必要告诉别人。我爷爷奶奶以前整天吵架,为什么要让人知道?还有……"

徐莉问:"都是事实,哪一样是我瞎说的?"

李唯薇说:"妈,你好歹是老师,这还不懂吗?"

徐莉不接话。她不懂?在讲台上她跟学生讲了一辈子道理了,什么不懂?

晚上去跳舞时,林姐跟徐莉说:"今天我开车去加油时,碰到你女儿了。"

徐莉笑着"噢"一声,心里也同时"噢"一下。看来有些话除了01的老张,这张嘴也传给李唯薇了。至于03、04、05号的人,估计也没省着。问题是传就传呗,有什么大不了的。西旗中学老师们几十年住在一起,哪家今天吃炒鸡蛋还是炖排骨,大家不都一清二楚?又没有什么见不得人的,何必把自己弄得那么累。

五

丁翔从欧洲回来几天了,周末李唯薇开车,把杜兵和徐莉一起载过去吃饭。说是丁翔请客,结果车一出小区,李唯薇就先在超市前停下,一路小跑,出来时也是跑,手里提着几袋东西。到了丁翔家,李唯薇马上穿上围裙进厨房,徐莉一看,只好过去帮忙,但被丁翔拉住,让她坐到沙发上聊聊天。徐莉眼角瞥去,看到杜兵已经把客厅角落的电脑打开,屏幕上现出来的又是游戏,打打杀杀的声音很快就响起。她有点不高兴。原以为李唯薇已任意拿捏杜兵,这些天眼见为实,根本是反过来的。

丁翔递过一盒巧克力,说:"给你。"

徐莉怕甜,但她还是接过来了。说是亲家,关系很亲,但算起来和丁翔见面并不多,李唯薇结婚前一次,办婚礼时一次,还有就是李泰丰葬礼和杜兵父亲葬礼上见过,算上这次,也不过五次。杜兵比李唯薇大两岁,丁翔却比徐莉小四岁。徐莉生李唯薇时二十八岁,正常,丁翔二十二岁生杜兵就有点奇怪,毕竟跳舞的嘛。其实现在丁翔的身材仍没变,腿细长,腰紧实,脖子梗着,走路微微外八字。这么纤细高挑的女人,怎么生出那么矮胖的儿子?基因这东西实在诡异。

丁翔问徐莉在城里习不习惯,徐莉问丁翔一路上累不累,话题就这样有一搭没一搭地接着。她们的话语中,不时有游戏声和厨房的煎煮声冲进来。徐莉看看杜兵,她的意思是杜兵过分了,这时候至少应该进厨房帮帮李唯薇。在丁翔家她不便开口,她觉得丁翔应该明白过来,主动开口提醒儿子,可是丁翔完全没反应过来。

再扭过头看杜兵时,徐莉看到电脑桌旁边的地面上,杂乱地扔着LV包、快递盒子、背心式衬裙、丝袜,再细看,花梨木地板上浮一层灰,连眼皮底下的茶几也一样,都是灰尘。

"保姆回家了,"丁翔这时突然敏感起来,"我出门玩就放保姆回湖北老家,结果我都回来了,她说她妈住院,还得过几天才来。卫生没人做,看我家里脏的。我回来时差一直倒不过来,头疼,地稍稍拖一拖就算了。"

厨房不是封闭的,连门都没有,只框了个与枣红色地板一致的门套,离客厅也就十几步的距离。李唯薇从里面探出头喊道:"妈,一会儿我来做卫生。"

徐莉心里颤了一下,她第一个反应以为喊的是自己。她脸是对着厨房坐的，丁翔则是背对着厨房，结果李唯薇说话时视线并不是落在徐莉脸上，而是落到丁翔后背上。

徐莉拿起茶几上的矿泉水往嘴里送。丁翔没有泡茶，她坐下后直接把一瓶矿泉水放在她面前的茶几上。这是不是问题？刚才她不觉得有问题，这会儿再想，心里怪怪的。李泰丰以前经常说："茶有多烫，待客的心就有多热。"就是有学生登门，他也一定烧水泡茶。矿泉水？这幸亏是夏天，要是冬天还不喝出病来？

这套房子有一百四十多平方米，三间卧室，一间书房，客厅的另一头摆着钢琴，琴上方挂着一排丁翔年轻时的演出照：旋转的新疆姑娘，弯腰撅臀的藏族姑娘，柔臂抖肩的蒙古族姑娘，扭胯推掌的傣族姑娘……徐莉站起，走到照片前看着。以前这些照片就挂在这里，但以前和现在看感觉不一样。想了想，徐莉觉得区别在于以前她的心思并没放在舞蹈上，看了觉得美，仅此而已，现在却知道怎么看门道了。重新坐回沙发时，她突然有了一个想法，她说："其实你可以开个抖音，每天录一段舞蹈的视频上传。用手机录又不难。"

丁翔眉头微微皱了一下，摇头。

徐莉说："你看你功底这么好，随便跳跳都是专业级别的，肯定能火……"说到这里她猛地收住了嘴，她看到丁翔脸上淡淡地浮着诡黠的笑。

"我有个表妹也是当老师的。你们当老师的人说话很像。"丁翔说。

徐莉问："什么像？"她真没明白。

李唯薇走出来，把一盘还冒着热气的菱角放到茶几上。"妈，你说话声音太大了，这里又不是讲台。"

丁翔顿时大笑，边笑身子边往后仰，双臂举起，双腿也勾着往上荡，在空中蹬踢几下。她身材确实好，穿着修身的黑色T恤和微喇的黑色长裤，腰胸都跟少女似的该凸的凸，该凹的凹，连手臂都是紧致圆润的。而自己虽然也瘦，小腹却不瘦，一坐下肉就堆出两层，蝴蝶臂也挂在那里。放在一起比，这距离就不仅仅是四岁了。如果跟同岁的林姐比呢，夸张点还以为是母女哩。

可能意识到自己笑得有点不礼貌，丁翔坐稳了，表情也平和下来，说："我早就火过，不需要再火。"

顿了一下又说:"那些出来跳的,都是无知无畏,简直群魔乱舞。"

"妈,不要乱说。"杜兵回过头喊了一声。

李唯薇也接嘴说:"哈,妈是不知道,我妈最近也迷上广场舞了。"

"噢?"丁翔很意外,小女生似的耸耸肩,伸伸舌头:"对不起对不起,我不知道哩。"

李唯薇有意岔开话题,说:"你们吃菱角吧,我刚用高压锅煮过的。"

丁翔说:"哎呀,菱角啊。你看你这个女儿多好,每年都记得我最爱吃菱角。"

徐莉笑起,眼睛落在菱角上。这东西长得真丑,黑乎乎的,一副鬼鬼祟祟的样子,似乎有一身肌肉,可是送到嘴里一咬,它就裂成两瓣了。以前徐莉也吃过,多久没吃了?原来是丁翔最爱吃的,原来李唯薇每年都会给她买。

徐莉保持着笑的样子,心里却非常沮丧。她不该提起跳舞的话题,真是自找没趣。另外,她刚才说话真的很大声吗?当初分配进西旗中学前有场试讲课,她差点因为声音太小被否决,最初几年也一直被提意见,后来慢慢才不成问题,没想到现在成另一种问题了。

李唯薇招呼道:"来,吃饭吧。"她特地走到徐莉身边拍了拍她肩膀,又走杜兵身后用膝盖亲昵地顶了顶他屁股。"吃饭,别打了。"杜兵说:"就来就来,你们先吃。"

餐桌上米饭和筷子都已放好,还摆着海带排骨汤、干煎带鱼、炒花蛤、韭菜炒乌鱼、鸡蛋炒蛏子和空心菜。徐莉站在桌旁怔怔地看了一会儿,她从来没看见李唯薇做过菜,以前在家都是吃现成的,就是结婚后回西旗中学,徐莉也没让她沾过厨房,在丁翔家居然眨眼就煮出一桌子菜。

"真能干啊。"她明显压低了嗓门,但仍然夸得很欢快,她想用这种语调表明自己并不介意丁翔刚才的话。"这么能干,我看快点生个孩子吧。都三十一岁了,一胎之后还有二胎哩。你说是不是?"最后一句她把脸朝向丁翔,在这个问题上她相信丁翔跟自己是一致的。

丁翔手一甩说:"她不是想竞争编辑室副主任吗,哪会去生孩子?其实主任不主任不重要,孩子生不生也不重要。"

丁翔说话时李唯薇就站在旁边,两臂一伸勾到丁翔腰间,下巴再搁上丁翔的肩膀，然后晃动身子，嘴里拖出长长的撒娇声。丁翔笑起。李唯薇也笑起。

徐莉抿住嘴猛吸一口气，气流冲进鼻孔时发出咝咝的声响。

六

西旗中学同事有个跳舞微信群，到省城后徐莉并没有从群里退出，也就是说那些同事新学什么舞她每天都关注。有时候她会把这边小区跳舞的视频转发给同事群，也把同事群里录的视频转到小区这个群。两地因为广场舞拼接到一起，双方看来看去，很快就看成了熟人。林姐说："你们学校老师气质都不错啊，一点都不像农村的。"徐莉心想，镇算不上农村吧？西旗中学是一所有一百多年历史的完全中学，光学生就有近两千人哩，每年高考、中考成绩在县里都数一数二。同事说："哎呀徐老师跳得越来越美，气色也越来越好了。"徐莉想，似乎并不如以前好。

从丁翔家回来，徐莉一连几天没睡好。她必须正视一个事实，就是李唯薇对丁翔比自己更亲。大意了，她以前完全没有觉得这是个问题。没来省城前，李唯薇差不多每天跟她通微信，有时是语音，有时是视频，最不济也打几个字报平安。遇到她生日，总会有李唯薇订购的鲜花送达，或者转两百元红包让她买好吃的。但上一次李唯薇是什么时候也像抱丁翔那样抱住她腰，并且晃着身子哼声哼气地撒娇？完全想不起来了。儿媳与婆婆难相处是千古难题，徐莉就跟李泰丰母亲合不来，几十年里能不见就不见。没想到李唯薇竟跟丁翔这么亲。

她从来没听说过李唯薇要竞争编辑室副主任，刚从欧洲旅游回来的丁翔却知道。

那天从丁翔家回来的路上，徐莉忍了再忍，最后还是问起这件事。杜兵坐在副驾驶座上马上笑起，扭过头说："妈，你教育得比我妈成功，我妈以前都是放羊，考零分也没关系。她就是愁人生太短了，高兴是一天，吃苦也是一天。你看，我就比唯薇没出息……"

李唯薇说："你傻人有傻福呗。"

杜兵说："主要我娶个傻老婆，为一个破副主任愁哭了几次。你以为那是联合国秘书长啊——就是秘书长也没什么可当的,你就老老实实当我老婆就行了。"

李唯薇说:"那不行。凭什么比我资历浅、能力差的人都能上去,上去了还领导着我?我咽不下这口气。"

杜兵又回过头来说:"妈,你看看她这股傻劲。是不是小时候天天被你们逼着当班长给逼出来的啊?"

车子已经进了小区,拐两个弯停在家门口。自动感应灯亮起,但光线毕竟不够,徐莉从后排下车时脚滑了一下,趔趄两步,差点摔倒。李唯薇失声叫起,已经先一步下车的杜兵猛地冲过来扶住她。徐莉说:"没事没事。"

其实此时徐莉心里装着一堆的事。小两口感情挺好,这从他们打情骂俏中可以看出;杜兵人不坏,这从刚才他冲过来的瞬间反应体现出来;李唯薇很在意副主任这个职务……杜兵说得没错,让李唯薇求上进,考九十五分都要打骂一场这不是以前的常态吗?可如果不这样,李唯薇怎么可能从西旗镇走出来?

洗了澡躺下之前,徐莉在同事群发一条微信:"你们谁有学生或熟人在省新闻出版系统工作?"马上,她又把这条复制到小区跳舞群里。李唯薇为这件事已经哭几次了,她必须想办法帮一帮,她不能不帮。

十几天后李唯薇傍晚下班回来,拉着脸进门。饭菜已经做好等在那里了,徐莉正坐在沙发上看电视里的养生节目。李唯薇走过来说:"妈,你到底怎么回事啊?"

徐莉仰起脸看着李唯薇,一回家就这么气呼呼的到底又是怎么回事?

李唯薇声音大起来:"你为什么要叫人到我社里说三道四啊?"

徐莉问:"我叫谁说什么了?"

李唯薇吼起来:"你叫谁你不知道吗?说什么你不知道吗?"

徐莉说:"没有啊……"

李唯薇打断她:"还没有!你怎么变成这样了……"

杜兵从楼上小跑下来,问:"干什么干什么?"

"她……"李唯薇手臂横向戳过来,"她也不知找了谁到我社里乱说,结果我们集团不正在巡视吗?有人告上去了,这……"下面的话被哭声切断了。

徐莉慢慢从沙发上站起来，身子硬硬地立着不动。李唯薇脸上那双与李泰丰一模一样的眼睛，此时已经瞪出很多眼白。可是嫁给李泰丰三十多年，李泰丰从来没有用这么凶狠的眼神看过她。

杜兵揽住李唯薇肩膀："你先上楼歇歇。"

李唯薇仿佛刚才是闷在罐子里，这会儿肩膀被杜兵一碰，罐子上的木塞就猛地被拔掉，她嘶喊一声，青蛙般蹦跳起来："你是不是傻啊你，直接往枪口上撞知不知道？我以后怎么办啊，脸都没地方搁了……"

"没有那么严重。"杜兵说着用上了力气，把李唯薇往楼上拖，"上去，快点。"

两人在楼梯拐弯处消失后，悲恸的号啕声很快就顺着台阶瀑布般滚下来。多少年没听李唯薇这么哭过了？李泰丰死时，她都没这么失控。徐莉重新坐下，身子往后仰，软软地靠到靠背上。电视里那个脸庞圆润的女人还在不停地说话，介绍手上哪个穴位跟什么内脏有关系，要怎么掐怎么搓。

林姐的弟弟有个同学在省委办公厅当处长，这个处长有个同学在新闻出版局当副局长。林姐说没问题，编辑室副主任只是副科，多大个事啊。徐莉当时就信了，特地去超市买了一盒岩茶送给林姐。林姐孙女上小学一年级，徐莉还去过她家，给孙女讲阅读的重要性。她一直憋着不告诉李唯薇，是想给她个惊喜。

这天晚上李唯薇没有下楼，是杜兵把饭菜端上去的。第二天早上李唯薇没有吃早饭就直接开车上班去了。她从楼上下来经过徐莉身旁时，正眼都没看过来。徐莉望着她背影，一恍惚，以为外人到家里了。

屋子里空荡荡的，徐莉走过来走过去，像片树叶飘过来飘过去，不知落到哪里才好。上楼，见卧室的门还关了，她转身就下楼，顺便把昨晚李唯薇吃的碗筷带下去，洗好，放入消毒柜，然后她盯着大门静静地看着。几分钟后她出了门，手机抓在手中，身份证在裤袋里。她走到小区门口，拦下一部的士，去了高铁车站。路上她已经在手机上买了一张回西旗镇的票，下车后取好票，她给李唯薇发了微信："我回去拿点东西。你要记住吃饭，别饿坏了。"

高铁驶得很快，地面上的房子、树、山、河都向后一闪而过，如同曾经的日子。曾经她身边有李泰丰,有瘦瘦小小、连睡觉都要抱紧她脖子的李唯薇。

出了西旗镇站,她下意识地看看左右。突然怕碰到熟人,要是问起为什么回来,该怎么答?抬眼一望,什么都没变化,连阳光都跟她去省城那天很相似。南方的夏天太长了,两个半月过去,季节却还未彻底转换。要是没有那天就好,那天她不该从这里出发。

她没有直接回家,而是先去福寿宫。说是宫,其实是座山,或者说是公墓,远远看去,一排排墓碑整整齐齐,像新种下的树。找到李泰丰那一块,她蹲下。这时候她才记起自己是空手来的,蜡烛、香、纸钱都没带。

她用指甲在墓台那块蟹青色大理石上来回划几下。李泰丰就在下面,他躲开她,不管她了。

过一会儿她掏出手机,李唯薇一直没有给她回复。她打开朋友圈,从手机相册中找出那天刚到省城,李唯薇站在闸口,高高举着手笑眯眯地冲着她摇动的照片。

"女儿长大了",写下这句,她点了发送。

以前微信加过很多学生,还有学生家长。她不想什么都袒露在他们面前,就分组做了限制,其中有一组只有一个人,就是李泰丰。李泰丰死了,组仍在,她没有删除。刚才这张照片她就是发在这个组,只给李泰丰一个人看。

原载《作家》2019年第9期